이오덕의 글쓰기 교육 ②
글쓰기 지도 길잡이

글쓰기, 이 좋은 공부

이오덕의 글쓰기 교육 ❷

글쓰기, 이 좋은 공부

1판 1쇄 발행 2017년 5월 18일 ｜ 1판 5쇄 발행 2024년 10월 1일

글쓴이 이오덕
펴낸이 조재은 ｜ 편집 이송희 이혜숙 김명옥 박선주
디자인 육수정 ｜ 마케팅 조희정 ｜ 관리 정영주
펴낸곳 (주)양철북출판사 ｜ 등록 2001년 11월 21일 (제25100-2002-380호)
주소 서울시 영등포구 양산로91 리드원지식산업센터 1303호
전화 02-335-6407 ｜ 팩스 0505-335-6408
ISBN 978-89-6372-234-4 04810 ｜ 값 20,000원

글쓰기,
이 좋은
공부

양철북

시험 남학생 초 5학년

나는 시험이
무섭다.

시험 보고
매 맞고

통지표 받고
매 맞고

내 다리
장한 다리.

어른들은 아이들을 짓밟고 그 영혼을 더럽히고 병들게 한
다. 그러나 아이들은 참으로 신통하게도 잘 견딘다. 순수함을
지킨다. 가엾게도 그 생명이 아주 시들고 마는 수도 많지만, 눈
물겨울 만큼 잘 이겨 내는 아이들이 많다. 그리고 아이들은 늘
새롭게 태어난다.
　아이들의 글을 읽으면 아이들을 믿게 된다.
　아이들의 글을 읽으면 아이들을 배우게 된다.

그 누가 아이들의 글은 아무 가치도 없다고 했던가? 그런 사람은 아이들을 가르칠 자격도, 아이들이 읽을 글을 쓸 자격도 없는 사람이다. 아이들의 글이 아무 가치도 없다면 어른들의 흉내를 내게 한 때문이다. 아이들을 원숭이나 앵무새로 만들어 놓고 그런 아이들을 얕보는 어른들이 뜻밖에도 많다.

아이들을 믿게 하는 글, 아이들을 배우게 되는 글, 그런 글을 쓰게 해야 한다. 아이들이 스스로의 삶에 긍지를 가지는 글을 쓰게 해야 한다.

글을 쓰게 하는 것보다 더 좋은 인간 교육이 있는지를 나는 모른다. 글쓰기보다 더 나은, 아이들을 지키고 가꾸는 교육이 있는지를 나는 모른다. 내가 40년 동안 아이들과 살면서 여기에 정신을 판 까닭이 이러하다.

1장 '어린이를 지키는 교육'은 글쓰기 교육의 문제점과 방향을 논한 것으로 〈글쓰기〉 2~22호(경북글짓기교육연구회 회보, 1979. 11.~1983. 6.)에 발표한 글들이다.

3장 '글감 찾기에서 발표까지'는 지도 단계론을 중심으로 한 것인데 이 지도 단계론 부분은 지난해 〈교육자료〉에 연재한 바 있고 얼마 전에는 그 잡지의 부록으로 본의 아니게 다시 묶여 나오기도 하였으나 그 연재된 글이나 부록본이 원래 쓴 원고와도 많이 다를뿐더러 삭제된 부분이 여러 곳이나 되기에 모두 바로잡고 많이 보충해 썼다는 사실을 밝힌다.

4장은 지난해 〈교육신보〉에 연재한 글을 정리한 것이다.

1965년에 낸 《글짓기 교육—이론과 실제》 이후 글쓰기 교육 전반에 걸친 실천 이론을 책으로 내는 것은 처음이다. 그동안 내가 한 교육의 방향이나 방법이 크게 달라진 것은 없다. 다만 18년 전의 좀 어설폈던 이론과 방법을 더 정리해서 확실히 세웠을 따름이다. 이러한 이론들이 더구나 현재 우리 교육의 비뚤어진 상황 속에서 명확하게 다져지고 세워졌다는 것도 말할 수 있겠다.

글짓기라는 말을 글쓰기로 고친 것은, 글짓기라는 말이 어딘가 일부러 글을 꾸며 만드는 짓으로 느끼게 한다고 생각되었기 때문이다. 사실 우리 교육의 지난날은 어른들의 문학작품 창작 방법을 그대로 아이들 교육에 적용하여 삶을 떠난 남의 글 흉내 내기를 시켜 왔던 것이다. 글쓰기라는 말은, 아직도 대부분의 글쓰기 교실을 지배하는 이런 그릇된 교육 풍토를 바로잡고 싶은 의도가 담겨 있는 말이다. 이 말은 최근에 쓰기 시작했지만 다행스럽게도 모든 교육자들이 자연스럽게 받아들이고 있는 듯하다.

아이들의 글을 읽고 글쓰기를 지도하면서 최근에 또 한 가지 깨달은 것은, 어른들의 글쓰기도 아이들의 그것과 같은 방법으로 시작해야겠다는 것이다. 이 책이 글쓰기에 뜻을 두는 어른들에게도 적지 않은 참고와 암시를 줄 수 있겠다는 생각을 해 본다. 독자 여러분의 성원과 비판을 기다릴 뿐이다.

1984년 11월 이오덕

읽어 두기

1 이 책은 《삶을 가꾸는 글쓰기 교육》(보리)을 새로 고쳐 펴냈습니다. 다만, '학급 문화의 꽃'은 싣지 않았습니다.

2 맞춤법과 띄어쓰기는 지금 표기법을 따랐습니다. 다만, 이오덕 선생님이 지금 맞춤법과 달리 띄어 써야 옳다고 여긴 '우리 말' '우리 나라' 같은 말은 그 뜻에 따랐습니다. 또, 선생님이 우리 말 운동을 확실하게 하기 전에 쓴 글이라 절대로 써서는 안 되는 말로 분류한 '~등' '~적' 같은 말과, 지금은 잘 쓰지 않는 어려운 중국글자말이 나옵니다. 이것은 되도록 바꾸었습니다.

3 이 책에 나오는 아이들의 글과 글 쓴 날짜는 그동안 나온 책들마다 조금씩 다른 곳이 있어 이오덕 선생님의 기록과 모아 놓은 아이들 글을 보고 바로잡았습니다.

4 '국민학교'는 '초등학교'로 바꾸었으며, '경북 안동 임동동부초등학교 대곡분교장'은 '경북 안동 대곡분교'로, '강원 정선 여량초등학교 봉정분교장'은 '강원 정선 봉정분교'로 적었습니다.

1장

어린이를
지키는 교육

말과 삶을
가꾸는 길

어린이 글은 어린이의 환경과 생활의 산물이다

글쓰기 시간에 어느 아이가 이런 글을 써냈다. "어제 나는
우리 집 뒤의 우리 집 밭의 우리 집 복숭아를 따 먹었습니다."
이 글에서 '우리'라는 말이 세 번('나'까지 하면 네 번) 되풀이되어
있는데, 누구든지 이런 글을 보면 필요도 없이 써진 듯한 '우
리'라는 말을 적어도 두 군데쯤은 없애고 싶어 할 것이다. 그
리고 글쓰기 지도교사들의 하는 일이 대개 이런 것으로 되어
있는 것이 우리 나라의 교육 실정이다. (지도하는 데까지 가지도 않
고 보잘것없는 글이라 해서 휴지통에 버려지는 것이 통례가 아닐까 싶다.) 그
런데 이 글을 쓴 아이의 담임교사는 이것이야말로 이 아이가
진정으로 쓴 귀중한 글이라고 보았다. 언뜻 보아 필요도 없이
되풀이한 '우리'라는 말에 숨어 있는 뜻을 발견했던 것이다. 무
엇을 발견했던 것일까?

이 아이는 평소에 도벽이 있다는 혐의를 급우들로부터 받고

있었는데, 어제 따 먹은 그 복숭아는 남의 밭의 복숭아가 아니라 우리 집 밭의 우리 집 복숭아라는 것이다. 그래서 여기 거듭된 '우리'란, 이 아이로서 결코 없애서는 안 되는 말이며, 확고한 자리를 차지해야 하는 말이 되어 있다고 본 것이다. 이것은 어느 외국에 있었던 이야기다.

우리 나라 아이들의 글을 신문 잡지에서 보면 하나같이 개성이 없고 생활이 없다. 아이들의 글이 어른들의 천박한 문장관에 의해 모조리 난도질당하고 뜯어고쳐져서 죽은 글이 되어 있다. 먼저 쓸거리부터 무엇을 쓰라고 강요받고 있다. 글쓰기에서 가장 기본이 되는 것이 저마다 쓰고 싶은 것을 쓰는 일인데 그것이 안 되고 있다. 쓰고 싶은 것을 쓰는 자유가 주어져야 한다.

어린이 그림에서는 아이들이 그린 그림의 선과 색채로 아이들의 성격과 환경과 신체의 건강 상태까지 진단하는 연구를 하고 있는 모양이다. 그림으로 아이들의 건강을 진단하는데 글쓰기 작품에서 어린이의 생활과 성격과 건강을 진단하는 것은 더욱 잘 할 수 있을 것 아닌가. 글쓰기는 마땅히 아이들을 진단하는 자료가 되어야 할 것이다. 이것은 글쓰기 지도가 어떤 다른 목적에 예속되는 불명예스런 일로 되는 것이 아니다. 참된 글쓰기 지도는 어린이 생활의 종합 진단에서부터 출발해야 한다.

어린이 글의 귀중함

어린이들에게 자기가 보고 듣고 행한 것을 정직하게 쓰게 하는 일은 글쓰기 지도에서 처음이요, 마지막이 될 만큼 중요하다. 얼핏 생각하기에 이것이 아주 쉬울 것 같지만 그렇지 않다는 것은 교육을 해 본 사람이라면 누구나 잘 알 것이다.

그런데 사실을 그대로 정확하게 쓴다는 것이 무슨 가치가 있는가? 보이지 않는 것, 체험하지 않은 것이 더 가치가 있는 것 아닌가 하고 생각하는 사람이 아직도 있는 것 같다. 더구나 문학을 한다는 이들 가운데 이런 생각에 빠져 있는 사람이 적지 않다. 그래서 어린이들에게 사실과 생활을 떠난 글만을 익히고 쓰는 재주를 가르치려고 애쓰는 이른바 문예 지도라는 것을 하는 것이다. 이런 손재주의 훈련을 받아, 머리로 만들어 내고 거짓을 꾸며 쓴 어린이의 글을 읽으면 참 불쾌하다. 무한히 뻗어 나갈 수 있는 어린이의 마음과 생활과 창조의 재질이 그처럼 굳어져서 흉내만 내는 하나의 비참한 동물로 전락하는가 싶으니 한심스럽기 짝이 없다. 이런 글일수록 무슨 대회 같은 데서 상을 잘 받는 경향이 또 있는 것이다.

글쓰기 교육의 목표가 아이들을 소설가나 시인으로 만들기 위함이 아니라는 것에 다른 의견을 제기할 사람은 아마 없을 줄 안다. 그런데 많은 교사들이 말로는 '인간 교육'을 운운하면서 실제 지도 목표는 '버젓하게 남 보기 좋은 작품의 생산'에 두고 있지 않은지 의심스럽다.

어린이들의 삶의 세계에는 우리 어른들의 머리로 생각할 수 없는 진실이 있고 아름다움이 있다. 그리고 그런 것이 또 무한히 뻗어 나갈 가능성이 있다. 어린이들은 자기의 경험을 정직하게 쓰는 데서 자라나고 또 그것이 그대로 놀라운 글이 된다. 그것이 우리 어른들이 따르지 못하는 자랑이다. 소설가들은 겨우 허구로 사실을 흉내 냄으로써 진실을 표현하려고 머리를 짜내지만, 어린이들은 오직 생활을 그대로 그려 보이고 말해 보임으로써 진실을 표현하는 것이다. 이것이 문학 작가의 글과 어린이 글의 다른 점이다. 어린이들에게 어른의 글을 흉내 내게 하는 것은 당치도 않은 짓이다.

우리 나라 어린이들은 너무 어른들의 흉내만 내도록 교육받고 있다. 그래서 정직한 자신을 말할 줄 모르고, 자기의 모습을 부끄럽게 여겨 감추려고 하는 그릇된 글을 쓰고 있다. 고등학생들에게 소설을 현상으로 모집하는 행사를 하는 나라는 아마 우리 나라밖에 없을 것이다. 일기 한 줄 정직하게 쓰지 않는 학생이 소설을 쓰는 것이다. 학생들이 소설이라고 쓴 것을 보면, 당선작이란 것이 기가 막힌다. 이런 학생이 진작부터 정직한 생활글을 쓰는 공부를 받아 왔더라면 정말 지금쯤 소설 같은 것도 쓸 수 있을 것인데, 하는 생각이 들도록 재질이 있어 보이는 학생이 괴상한 말장난을 문학인 줄 알고 애써 해 놓은 걸 보면 눈물이 날 정도로 가엾다.

쓰는 즐거움을 누리도록

흔히 글은 '자기를 나타내기 위해서 쓴다'고 한다. 어느 작문 교과서에도 그런 말이 나와 있었다. 틀린 말은 아니지만 이 말에는 폐단이 따르고 있다. 곧 자기를 나타내기 위해서 쓴다고 할 때는 그 누구에게 보이기 위해 쓰는 것이 된다. 글짓기라는 행위는 쓴 사람과 그것을 읽어 줄 사람과 맺은 사회관계에서 이루어지는 것이 사실이다. 아이들은 교사나 부모의 칭찬을 기대하면서 쓰고, 또는 상을 받기 위해서 쓰기도 한다. 여기서 문제가 일어난다. 자칫하면 자기를 잘 보이기 위해 사실이 아닌 것을 사실처럼 꾸미고 거짓을 조작하는 경향으로 흐르기 쉬운 것이다. 더구나 교육이 아이들을 행복하게 하는 것이 못되고 있는 상황에서는 한층 이런 타락한 글쓰기 현상이 나타난다. 이런 보이기 위한 거짓글 꾸며 만드는 경향은 아이들의 글짓기에만 나타나는 것이 아니라 어른들의 문학에도 해당되는 것이다. 아니 '글은 자기를 나타내기 위해서 쓴다'는 명제는 사실은 문학 하는 이들의 이론에서 나온 말이다.

읽어 줄 사람이 있어 글을 쓴다는 말은 글을 쓰는 행위를 사회관계에서 따져 본 것이고, 실제 쓰는 태도를 생각하면 읽는 사람을 의식하지 않고 다만 쓰고 싶어서 쓴다고 하는 것이 더 옳다. 아이들이 글을 쓰는 행위는 밥을 먹는 행위와 같다. 먹고 싶어서, 배가 고파서 먹는 것이지, 먹기 위해 먹는 것은 아니다. 마찬가지로 쓰고 싶어서, 쓰지 않을 수 없어서 쓰는 것이다. 배부르게 하기 위해 먹는다는 말은 표현을 위해 쓴다는 말과 같이 무의미하다. 배는 그 결과로 부르게 되는 것이고, 표현도 결과로 되는 것이다.

아이들의 글은, 보고 느끼고 생각하고 경험한 것을 정직하게 쓰도록 해야 한다. 그렇게 해서 쓴 글이 비록 남들에게 칭찬받을 수 있는 것이 못 되더라도 그렇게 해야 한다. 글은 자기를 벗겨 보이는 것이지 '보이기 위해서' 쓰는 것이 아니다. 작품의 발표를 최종 목적으로 삼기 때문에 글쓰기 교육은 타락한다. '자기를 나타내기 위해서'라고 할 때는 어쩐지 작품 위주로 발표 위주로 글이 써지고, 그런 지도 방법을 이론으로 합리화하는 말같이 느껴진다.

'자기'라는 말도 좀 생각할 필요가 있다. '자기'는 '남'과 따로 떨어져 있는 자기가 아니라 '남'과 함께 있는 '우리'로서 자기가 되어야 한다. '이웃집' '내 친구' '길에서 본 사람'이라는 제목으로 쓴 글도 자기를 말해 주는 글이라 할 수밖에 없다.

물론 아이들에게는 칭찬도 해 주어야 하겠지만, 글을 쓰는 일 그 자체에 기쁨을 느끼게 하는 것이 가장 바람직하며, 그렇게 해야만 아이들은 만족과 위안과 성찰과 인식을 얻게 되는 것이다.

지금의 아이들에게 "글을 왜 쓰나?" 하고 물었을 때 만일 그 아이들이 정직하다면 대부분이 "선생님이 써내라 하기 때문"이라 말할 것이다. 지시와 명령에 따라 할 수 없이, 지정된 제목으로, 쓰라는 제목을 억지로 꾸며 만든다. 그러나 따지고 보면 거짓글도 어떤 의미에서 '자기표현'이라 할 수 있다.

쓰고 싶은 것을 쓰게 해야 한다. 쓰고 싶은 마음을 일으키도록 해야 한다. 글을 쓰는 데 기쁨을 느끼는 아이만이 글을 쓰는 데서 성장한다.

글은 자기를 내보이기 위해 쓰는 것이 아니라 쓰고 싶어서,

어쩔 수 없이 쓰는 것이고, 쓰는 즐거움을 누리기 위해서 쓰는 것이 되어야 하며, 그렇게 하는 것이 지도 기술이다.

문학의 글과 실용글

어느 학교에서 있었던 일이다. 학년 초에 학급마다 담임선생님들이 공부가 뒤처지는 아이들의 지도 계획서를 써내게 되었다. 그 계획서에는 이른바 부진한 아이들 실태가 이러저러하다는 것, 그래서 아침 자습 시간이나 방과 후에 몇 시간씩 어떻게 지도한다는 것이 상세하게 적혀 있었다. 그런데 단 한 학급만이 잘못 써져 있었다. 잘못 썼다기보다는 무엇을 썼는지 도무지 알 수 없는 문장을 지루하게 적어 놓은 것이다. 할 수 없이 교장 선생님은 그 학급의 담임선생님을 불러서 다시 써내게 했다. 언제, 어디서, 어떻게 지도한다는 것을 알 수 있게 써내라고 했다. 그런데 이렇게 무슨 말인지 도무지 알 수 없는 계획서를 써낸 사람이 다름 아닌 문학 공부를 하는 사람이었다. 그는 학창 시절에 대학 신문에도 종종 글을 써낸 일이 있는 작가 지망생이었다. 문학이라면 그런 것 도무지 모른다고 말하는 선생님들은 모두 지도 계획서를 분명하게 써냈는데, 문학작품을 쓰고 있다는 사람은 이 모양이었던 것이다.

오늘날 문학을 한다는 사람들, 더구나 교직에 있으면서 어린이문학이나 수필을 쓰고 있는 대부분의 사람들이 문학에서 쓰는 문장이 별나게 따로 있다고 알고 있는 것 같다. 그래서 산문을 쓸 때 공연히 까다롭게 글을 꾸미는 취미에 젖어 있는 듯하다. 괴이한 표현의 말을 찾아 쓰고, 문장도 비비 꼬아 불투명하게 해 놓는다. 그런 것이 실제 생활에서 필요에 따라 쓰는 문장과는 다른, 문학에서 쓰는 문장이라 잘못 알고 있다. 이럴 바에는 차라리 문학 수련을 전혀 하지 않은 사람이 더 글을 잘 알고 더 잘 쓸 수 있겠다는 생각이 든다. 마치 그림 공부를 하지 않은 어린이가 더 순수한 그림을 그리듯이.

문학에서 쓰는 문장과 실제 생활에서 쓰는 문장이 따로 나뉘어 있지 않다는 것은 벌써 반세기 가까운 옛날 다니자키 씨가 그의 《문장독본》 첫머리에서 잘 지적했지만, 오늘날 우리나라에는 작가 지망생들 대부분이 이 첫걸음을 제대로 걸어가지 못하고 있다. 이런 사람들은 황석영이든 또 그 누구든 좋으니 훌륭한 산문 작가의 작품 그 어느 한 구절이라도 임의로 가려내어 읽어 볼 것이고, 그리하여 문학에서 쓰는 문장이 따로 있을 수 없다는 사실을 배울 일이다.

그리고 이런 아주 알쏭달쏭한 문장관, 문학관을 가진 사람들이 교직에서 아이들의 글쓰기를 또 그 모양으로 잘못 지도하고 있다는 것은 불행한 일이며, 간과할 수 없는 일이다. 글쓰기를 통한 인간 교육이 말에만 그치는 것은 지도교사의 그릇된 문장관, 문학관 때문임을 깨달아야 하겠다.

글과 사람

옛날부터 '글은 사람'이라고 했다. 글을 보면 그 글을 쓴 사람을 알 수 있다는 말이다. 글에는 그 사람의 느낌이나 생각뿐 아니라 인품까지 나타난다고 한다. 이것은 어린이들의 글부터 청소년들의 작문이나 시인, 작가들의 창작물에 이르기까지 두루 해당되는 말이다.

그런데 최근 우리 나라의 문인들 가운데 이 말이 잘못되었다고 주장하는 이들이 있다. '글은 사람이다'라는 말은 옛날 사람이 하던 말이고, 오늘날에는 글과 사람이 같을 수 없으며, 글은 어디까지나 글이고 사람은 사람으로 따로 봐야 한다는 것이다. 이 주장에 따르면 인품이 보잘것없고 비뚤어진 생활을 하는 사람도 글은 잘 쓸 수 있다.

어느 쪽이 맞는 것일까?

사람이 어떤 문화 현상이나 사회문제에 대해 의견을 표명했을 때는 그것이 어떤 종류의 의견이건 그 의견 자체가 그 사람의 존재를 드러내는 것이 된다. '글은 사람일 수 없다'라든지 '글과 사람은 분리해서 봐야 한다'든지 하는 말 자체가 벌써 글과 사람에 대한 어떤 태도를 보여 주고, 그 사람이 쓴 글의 세계와 사람 자체를 암시한다. 다시 말하면 '글은 사람이 아니다'는 말은 '글은 사람이다'는 말을 더욱 잘 증명해 주는 말이 되고, 따라서 '글은 사람이 아니다'라는 말은 엄밀한 뜻에서 성립할 수 없는 말이다.

언젠가 많은 인기를 얻었던 어느 고명한 문인의 책을 본 일이 있다. 그 책 첫머리에 나온 글은, 글쓴이가 어느 외국인의 차를 얻어 타고 시골길을 달려가면서 본 풍경을 재치 있게 그린 것인데, 일하면서 가난하게 살아가는 농촌 사람을 못나고 우스꽝스런 존재로 보고 희화해 놓은 그 글에서 불쾌하다 못해 어떤 분노 같은 것마저 느껴졌다. 이 사람이 대관절 한국 사람인가? 서양 사람인가? 나는 그만 다시 더 그다음 글줄을 읽을 흥미를 잃어버리고, 이번에는 그 책 끝에 나와 있는 작자의 문장관을 피력한 글을 읽고는 또 한 번 놀라고, 그리고 수긍이 가는 점이 있었다. 그 글에서 작자는 옛날부터 말해 온 '글은 사람'이라는 말이 아주 잘못되었다고 역설해 놓았던 것이다. 나는 그 글을 보고, 다시 한번 글은 사람일 수밖에 없구나 하고 생각했다.

빈 말재주를 부릴 줄 모르는 시골 아이들은 그만큼 정직한 글을 쓴다. 잘못된 어른들의 가르침을 받지 않은 저학년일수록 순진한 글을 쓰는 것이 당연하다. 남의 것을 모방하여 재치만 피우고, 착한 어린이처럼 보이기 위해 말만 꾸며 만드는 것을 글짓기라고 쓰는 아이들은 그런 잘못된 지도를 받아 그 마음이 병들었기 때문이다. 가정환경이 잘못되어 마음의 안정을 잃은 아이, 부모가 없는 아이, 또는 귀여움만 받는 아이……아이들의 글만 보면 그 아이들의 환경과 성격을 잘 알 수 있다. 아이들의 그림에는 환경과 성격과 건강 상태마저 나타난다고 하고, 글씨에도 성격이 나타난다고 하는데, 글에서 사람을 모른다면 참글이라 할 수 없다. 어른들의 글에도 쓴 사람의 마음과 생활과 인품이 나타나는 것이 당연하다면 아이들의 글이 그럴 것은 너무나 당연하다. 만일 자기를 숨기려고 온갖 재주를 피워 거짓말을 써 놓았다면 어떨까? 거짓글에는 거짓스런 인간이 그대로 나타난다. 글은 결코 속일 수 없다.

글쓰기 교육이 곧 인간 교육이어야 하는 까닭이 여기에 있다. 생활을 가꾸어 나가는 일을 떠난 어떤 글쓰기 교육도 아이들을 병들게 하는 교육이 된다는 것을 여기서 깨닫는다. 아직도 우리는 비인간화의 글짓기 교육을 경계해야 할 단계에 놓여 있다. 비인간화의 어린이문학까지도⋯⋯.

사심邪心 없는 어린이 마음

ㄱ 선생님,

〈너와 나를 위하여〉와 어린이 작품 감사히 받았습니다. 지난번에도 편지를 받고 회답을 못 드리고, 이제야 이 자리를 빌려 몇 줄 씁니다. 선생님은 그 편지에서 "복잡한 현대 구조 속에서 어린이를 따라서 산다는 일은 무슨 의미인가? 이 선생님은 동심의 세계를 참이다, 절대다 생각하시는지요?" 하고 물으셨습니다. 아마 제가 동심의 세계를 참이라 믿고, 그 동심의 세계에서 (어린이를 따라) 살고 싶어 하는 줄 아시고 이렇게 물으신 것으로 압니다. 그렇습니다. 저는 어린이 세계, 곧 동심에서 살고 싶은 것이 소원입니다. 제가 보기로 선생님도 동심으로 살아가는 분이라 생각되는데, 제게 이렇게 물으신 것이 혹 동심이라는 것을 달리 해석하시는 것이 아닌가 싶습니다. 그래서 여기 제가 믿고 있는 동심을 간단히 설명해 보려고 합니다.

첫째, 동심은 헛된 욕심을 모릅니다. 물질에 대한 소유욕은 본디 어른의 것입니다. 결코 약빠른 계산을 할 줄 모릅니다. 그래서 유치해 보이고 바보 같지요.

둘째, 동심은 정직합니다. '순진' '소박' '솔직'이라는 말들을 흔히 씁니다만, 아무튼 거짓을 꾸미지 않는 것이 어린이입니다.

셋째, 동심은 인간스런 감정이 풍부합니다. 동정심이 많고, 정의감을 가집니다. 때로는 남을 위해 눈물을 흘리고, 때로는 분노하기도 하는 것이 어린이입니다.

이런 동심을 한마디로 말한다면 사심邪心이 없는 상태라 하겠습니다. 동심은 결코 남을 해치지 않으며, 그것 자체가 선善이요, 진眞이요, 미美입니다. 동심은 세련된 것이 아니고 차라리 서툴고 어설프고, 또는 야성을 지닌 것이기도 합니다. 뻔뻔스러운 것, 오만한 것이 아니고 겸허하고 수줍어하는 모습으로 나타납니다. 도시의 것이기보다 시골스런 것입니다. 문명보다는 원시라 할 것입니다.

"그런 동심은 네가 멋대로 만들어 낸 것이지, 아이들이 어디 그렇던가? 요즘 아이들, 어른들 간 내먹을라 한다."

물론 비뚤어진 어린이들이 많습니다. 그러나 이런 어린이들은 모두 어른들에 물들어 그렇게 되었습니다. 저는 얼마 전까지 동심이란 어른들이 미화시킨 관념의 세계라 생각했습니다만, 이제는 그것이 어린이 속에 실지로 존재하는 세계임을 확고히 믿게 되었습니다. 어린이가 아니면 하늘나라에 갈 수 없다고 한 그리스도의 말을 믿습니다. 동심에 산다는 것은 결코 도피가 아닙니다. 그리스도야말로 동심의 화신이 아닙니까.

저희들 글쓰기 교육의 신조가 '이름 없이 정직하고 가난하게'입니다. 가만히 생각해 보니 이거야말로 어린이의 마음 되기를 염원하는 우리들의 생각이라 깨달아집니다. 명예욕, 거짓 꾸밈, 헛된 욕망, 이런 어른 세계의 추악함이 글쓰기 교육의 적입니다.

동심은 인간의 가장 인간스런 상태, 인간 정신의 가장 순수한 상태입니다. 좀 더 잘 설명하지 못한 것은 아직 그 사심邪心 없는 상태에 이르지 못한 때문입니다.

선생님의 하시는 일에 영광이 있기를 빕니다.

어른의 글과 어린이의 글

글은 누가 누구에게 읽히기 위해 쓰는가에 따라, 어른이 어른에게 읽히기 위해 쓴 글, 어른이 어린이에게 읽히기 위해 쓴 글, 어린이가 어린이나 어른에게 읽히기 위해 쓴 글, 이렇게 세 가지로 나눌 수 있다. 첫 번째는 대개 문학이라고 말하는 것이고, 두 번째는 그 문학 가운데서도 어린이문학이 되는데, 세 번째만은 문학이라고 하지 않고 작문이니 글쓰기니 하며 교육으로 쓰게 하는 것으로 되어 있다.

여기서 잠깐 생각해 보고 싶은 것은 어른들이 쓰고 있는 문학작품과 그 어른들이 하고 있는 교육으로 써진 어린이의 글이 근본에서 어떻게 다르며 어떤 관계가 있는가 하는 문제다.

어른들은 문학으로 삶을 탐구하는 즐거움을 누린다. 그러면서 한편으로는 어린이들도 즐길 수 있는 문학을 창조해 보여 준다. 그런데 어린이들은 문학을 창조하지 않는다. 창조할 능력이 없다고 하기보다 그런 문학이란 것을 창조할 필요성을 느끼지 않는다고 하는 것이 정확하다. 왜 그런가? 어린이들이 어른들에 오염되지 않고 순수한 어린이의 마음 그대로라면 그들의 말과 행동은 그대로 진眞이요, 미美요, 선善이기 때문이다. 어린이들은 문학작품을 쓴다고 골치를 앓아야 할 이유가 없는 것이다.

어른들이 만든 현실 세계는 언제나 거짓과 악으로 넘쳐 있다. 그래서 그들은 진실을 염원하여 허구의 세계를 문학으로 창조하고 싶어 한다. 그러나 어린이들은 체험한 그대로를 쓰면 된다. '본 대로, 들은 대로, 생각한 대로, 행한 대로 정직하게' 쓰는 태도가 글쓰기 지도의 처음이요, 마지막이 될 만큼 중요한 까닭이 여기에 있다. 어른들이 쓰는 문학작품과 어린이들의 글이 다른 점도 바로 여기에 있다. 앞의 것은 진실을 창조하는 것이고 뒤의 것은 진실 바로 그것이다. 그러니 앞의 것은 철저하게 의도가 있고 더욱 잘 다듬어진 글이지만, 뒤의 것은 저절로 생겨나거나 갑자기 마음속에서 일어나고 흔히 어설프게 써지는 것이 예사다. 이래서 어린이의 글은 서툴고 정리가 안 되고 표현이 불충분하다. 그러나 그것은 때로 어른들의 '만들어 놓은 진실' 이상의 진실이며, 어떤 짧고 서투른 어린이의 글도 그 어린이 나름의 진실을 보여 주고 있다는 점에서 귀한 가치를 지니고 있는 것이다.

그런데 이렇게 진실 바로 그것이어야 할 어린이들의 글이 어른들의 그릇된 교육으로 말미암아 진실을 그대로 보여 주지 않고 어른들의 이른바 '창조하는 진실'을 흉내 내게 된다면, 그 것은 진실이 될 수 없고, 다만 허위가 될 뿐이다. 그런 지도는 어린이의 본성과 본질을 무시하거나 망각하고서 오직 교육을 불순한 돈벌이 수단으로 이용하려는 데서 출발한다고 볼 수밖에 없다. 어린이를 짓밟는 글짓기 지도가 우리의 둘레에서 찬란한 전시 성과를 과시하면서 진행되고 있지는 않은지 살펴볼 일이다.

오늘날 어른들이 창조하고 있는 문학은 비인간화로 가는 경향이 있다. 대부분의 소설과 시는 근로대중들에게 인연이 없는 것으로 되었고, 어린이문학은 어린이들을 떠난 어른들만의 오락으로 되었다. 어른들의 글은 그렇다고 하더라도 어린이의 글만은 정직한 삶의 글이 되어야 할 것인데, 이것마저 잘못되고 있다. 어린이들은 쓰고 싶은 것을 쓰지 못하고, 쓰기 싫은 것, 억지로 꾸며 낸 거짓 이야기를 쓰도록 강요받고 있지는 않은지, 다만 요란스런 문장을 꾸미는 기술을 글쓰기니 문예 지도니 하여 가르치고 있지는 않은지 우리 모두 살피고 반성해야 하겠다.

대개 어른들은 문학작품을 쓰면서 즐기고 또 그 문학을 어린이들에게 주고 싶어 하면서, 어린이들이 쓴 글은 읽을 줄 모른다. 어린이의 글은 어린이들, 아니면 학교의 선생님들이나 읽는 것인 줄 안다. (그 선생들도 읽는 분이 얼마나 될까?) 그러나 어린이가 쓰는 글은 모든 어른들이 읽어야 한다. 학교의 선생님이나 부모들뿐 아니라 문학인, 종교인, 정치인…… 그 밖에 모든 사람들이 어린이의 글을 읽고 거기서 깨닫고, 뉘우치고, 발견하고, 배워야 한다. 또 그러한 어른들이 배울 수 있는 순박한 글을 어린이들이 쓰도록 지도해야 할 것이다.

글쓰기와 창작

아이들이 글을 쓰는 과정을 살펴보면 맨 처음 그 무엇을 쓰고 싶어 하는 마음을 갖는 것이 무엇보다 중요하다. 아침에 학교 오는 길에서 교통사고가 일어난 현장을 보았다든지, 어젯밤 이웃집에 불이 났다든지 하여 마음이 온통 어떤 일에 사로잡혀 있다면, 누구든지 그런 일을 본 대로 남들에게 말하고 싶어 할 것이고 자기가 받은 생생한 느낌을 전하고 싶어 할 것이다. 이런 특별한 사건이 아니더라도 길에서 팔려 가는 염소 새끼를 보았다든지, 어제 냇가에서 어머니를 도와 빨래를 했더니 기뻤다든지, 신발이 다 떨어져 걱정이라든지, 제 짝과 사이가 좋지 않아 늘 마음이 괴롭다든지…… 아무튼 어떤 일에 관심이 쏠려 있어서 기쁘거나 괴롭거나 답답하거나 그립거나 하는 온갖 감정들이 그런 일에 얽혀 마음을 차지하고 있다면, 대개는 그런 일을 시원스럽게 남에게 털어놓고 싶어 할 것이다.

글은 이렇게 해서 써진다. 그래서 글을 쓰고 싶어 하는 마음은 사람마다 그 알맹이가 다르고 그 절실함의 정도가 다르다. 아이들에게 글을 쓰게 하는 교사는 아이들이 이러한 '쓰고 싶은 마음—쓰고 싶은 것'을 마음대로 붙잡아 쓸 수 있게 도와주어야 한다. 이것이 글쓰기 지도의 첫 단계이자 가장 중요한 단계다.

쓰고 싶은 마음(동기)은 체험과 체험 속에 살아 있는 감동으로 생겨난다. 그러니 아이들의 글쓰기 과정에는 주제, 소재, 제재 같은 것들이 현실 체험의 사건 속에 함께 다 포함되어 있다. 결코 주제와 소재가 따로 있어서 주제에 따라 알맞은 소재를 선택하는 것이 아니다. 그러니 체험한 것을 생생하게 되살려 정직하게, 자세하게 쓰도록 하면 되는 것이다.

그러나 어른인 작가가 문학작품을 창작하는 과정은 이와 다르다. 작가가 작품을 쓰게 되는 최초의 동기도 현실 체험과 감동에서 생겨난다. 그러나 작가의 경우 무엇을 쓰고자 하는 마음이 생겼다고 해서 곧 그것을 그대로 쓸 수는 없다. 체험만 가지고 써서는 작품이 되지 않는다. 남들을 설득할 만한 힘이 있는 글을 쓰자면 자기의 간절한 생각이(곧 주제가) 더 알맞고 효과 있게 전달될 수 있도록 여러 가지 자료를 모아서 이야기를 짜고 꾸미고 해야 한다. 이렇게 해서 만들어진 이야기가(있을 수 있는 이야기가) 아이들의 경우에는 거짓말이 되지만, 작가로서는 진실이 되는 것이다. 그 까닭은 아이들은 사상과 관념이 아니라 어디까지나 현실 생활 속에서 몸으로 살아가지만 어른인 작가는 생활뿐 아니고(더구나 창작에서는) 생각 속에서 살고 있기 때문이다.

작가는 생각으로 진실을 만들지만, 아이들은 체험하고 살아가는 것을 그대로 보여 주면 그것이 바로 진실이 된다. 어른의 창작에서 사상과 구성이 중요한 데 견주어, 아이들의 글쓰기에서 쓰고 싶은 그 무엇(곧 주제, 소재, 제재 들이 하나로 된 것)을 쓰게 하는 취재 지도가 가장 중요한 까닭이 여기에 있다.

여기서 글쓰기의 제목을 어른들이 지시해서 정해 주는 문제를 이야기해야 하겠다. 앞에서 말한 바와 같이 아이들의 생활과 개성은 참으로 다양하다. 그리고 그들의 세계는 나날이 달라진다. 이런 아이들에게 어떤 제재(제재 속에는 주제가 들어 있다)를 주어 똑같은 글을 쓰도록 강요하는 것은 아이들의 세계를 무시하고 그들의 창조하는 삶을 봉쇄하는 짓이 되는 것이니 깊이 경계해야 한다. 이것은 어린이의 생명을 짓밟는 폭행일 수 있다. 책이든 사람이든 그것이 아무리 권위 있는 옷을 입었다 하더라도 아이들에게 '쓰고 싶은 마음'을 주어 '쓰고 싶은 것'을 쓰게 하는 데서 출발하지 않고 어른들의 생각을 머리로 짜서 만들도록 하는 것이라면, 그런 가르침을 우리는 단호하게 거부해야 할 것이다.

문형 학습이라든가, 짧은 글 쓰기 같은 것도 그것이 아이들의 살아 있는 생활과 말로 하지 않고 추상의 글 모양 만들기 연습으로 하게 된다면 글쓰기 교육에 도움을 주지 못할 것이다. 오히려 아이들의 생활을 북돋우고 그들의 세계를 넓혀 가는 참된 글쓰기 교육의 방향을 흐려 놓고 방해가 되게 할 뿐이라 생각된다. 어린이들이 말의 짜임을 배워서 비로소 말하기를 익히는 것이 아니듯이, 글쓰기도 글의 추상화된 구조를 학습해서 쓰게 되는 것은 아니다. 살아 있는 말, 아이들이 이미 자유롭게 쓰고 있는 일상의 말을 그대로 글로 쓰게 하면 되고,

또 반드시 그렇게 해야 한다. 그 이상의 지도는 글쓰기 교육이 정상으로 되어 모든 아이들이 쓰고 싶은 것을 거짓 없이(단 몇 줄씩이라도) 쓰게 되었을 때, 그때 새로운 다음 단계로 올라서서 할 일이다.

글쓰기와 작문과 문학

어른에게는 어른들이 쓸 글이 있고, 어린이는 어린이가 쓸 글이 있다. 어른의 글과 어린이 글이 같은 점은 시와 산문이 따로 나뉘어 있다는 것뿐인데, 이것도 나이 아주 어린 아이들의 말(글)에서는 따로 나눌 수 없게 되어 있다.

어른의 글과 어린이의 글이 다른 가장 뚜렷한 점 두 가지를 들어 본다.

첫째는 어른들이 쓰는 산문은 실지의 생각이나 체험을 그대로 쓴 글과 상상을 바탕으로 쓴 글로 나뉘는데, 어린이의 글에서는 산문이고 시고 실지의 느낌과 생각과 체험만을 쓴다. 어린이에게서는 상상의 글도 이 '실지의 느낌과 생각과 체험을 쓴 글'에 포함된다.

둘째로 어른의 글은 실용문과 비실용문으로 나뉘지만, 어린이가 쓴 글은 이것을 나눌 수 없다. 비실용문을 문학작품이라 한다. 어린이의 글을 실용문과 비실용문으로 나누지 못하는 것은 마치 어린이의 행동에서 노동과 유희를 구분할 수 없는 것과 같다. 어린이의 글을 문학과 문학 아닌 글로 나눌 수 없고, 따라서 문학이라는 말을 쓰는 것이 합당하지 않은 까닭이

○ 글쓰기의 갈래

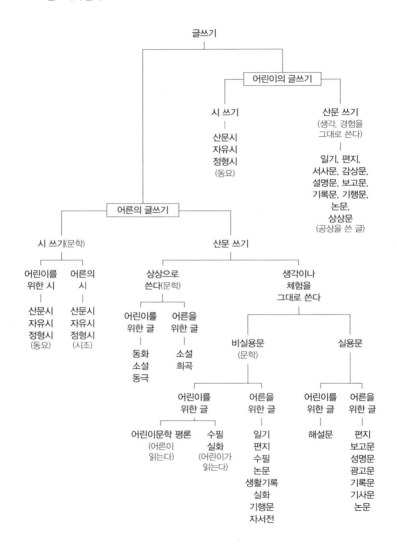

여기에 있다.

문학작품이 문학 아닌 글보다 언제나 가치가 더 있다고 할 수 없다. 또한 같은 문학작품에서, 실제 체험을 정리해서 쓴 것보다 상상을 바탕으로 쓴 것이 더 가치가 있다고 할 수 없다. 어른의 글이 어린이의 글보다 가치가 더 있다고 할 수 없는 것은, 어른의 생명이 어린이의 생명보다 더 귀하다고 할 수 없는 것과 같다.

이래서 어른들이 쓰고 있는 글을 어린이들이 흉내 내어도 안 되고, 어린이들이 쓰는 것을 어른들이 흉내 내어도 안 되는 것이다.

우리 나라에서는 교사들이, 어린이가 어른의 흉내를 내도록 하는 잘못된 글짓기 지도, 작문 지도를 하는가 하면, 어린이문학을 하는 이들 가운데는 어린애들 흉내를 내는 어른들이 있다. 이것은 우리의 교육과 문학이 제 구실을 하지 못하고 있는 하나의 증거다. 글쓰기라면 초등학생이나 쓰는 정도가 낮은 것으로 알고, 작문은 글쓰기보다 고급의 글이고, 문학은 최고 수준의 글이라는 잘못된 인식이 보편화되어 있다. 작문 지도의 목표가 문학작품을 쓰는 것이 되어 있고, 글쓰기는 또 작문으로 발전해야 한다는 터무니없는 생각을 가진 문학 작가들이 어린이들 흉내를 내는 것도 문학의 이념과 본질을 잊어버린 상태가 되었기 때문이다.

교육자들이 우리의 교육 현실을 과학의 바탕에서 정확하고 타당한 안목으로 바로 파악하는 일은 글쓰기 교육에서 가장 시급한 과제가 되어 있는 것 같다.

앞의 표에서 알 수 있듯이, 글쓰기라는 말은 문학보다 훨씬 그 뜻이 넓으며, 문학은 글쓰기 가운데서도 어른들이 쓰는 글, 그 글에서도 일부분이라는 것을 확인할 필요가 있다.

심신장해자*와 글쓰기 교육

오늘날 우리 교육에서 다른 어떤 일보다도 앞세워 이루어 가야 할 과제가 있다면 아마도 어린이들에게 인간다운 마음을 지켜 가도록 하는 일일 것이다. 그 까닭은 어른들은 물론이고 어린이마저 인간성을 점점 잃어 가고 있는 위기에 놓여 있기 때문이다. 인간을 잃어버리려고 하는 막다른 상황에 내몰리고 있는 우리들은 그야말로 배수의 진을 치고서 모든 힘을 한데 모아 이 일을 수행해 나가기 위해 스스로의 몸을 방패로 삼지 않으면 안 되게 되었다.

인간성 수호의 교육은 어린이가 자기 자신을 지키고 살려 나가도록 하는 데서 출발한다. 개성과 창조력을 뻗어 나가게 하는 글쓰기 교육이 인간 구원의 교육으로서 모든 교육의 중심이 되는 까닭이 여기에 있다.

자기를 구원한다는 것은 자기 속에 갇힌다는 것이 아니다. 자기 속에 갇히는 것은 자기를 소외시키는 인간답지 못한 태도다. 외부와(남들과) 관계하는 것을 단절하고 자기만 결백하려

———
* '장애자'보다 '장해자'가 더 적당한 말일 것 같아 이렇게 썼다.

하고 자기만 행복하려 하는 사람은 본인이야 의식하든 안 하든 결과로는 남을 해치는 사람이다. 글쓰기 지도를 해서 상 받고 이름 내고 윗사람과 학부모들의 인정을 받아 편리하게 살고 싶어 하는 이들이 있다. 이런 사람이 얼핏 보기에 열성을 다하는 공무원 같고, 또는 그 정도의 자기 보신 행위는 용서되어야 마땅할 것 같지만, 많은 어린이를 희생시키고 그들의 인간성을 파괴하는 사실은 결코 용서될 일이 아니다. 교육자와 상인이 달라야 하는 점이 여기에 있다. 교육자란 두려운 직업이다.

자기 구원은 남과 관계를 맺지 않고는 이루어질 수 없다. 한 학급에서 글재주 있다는 몇 아이만을 상대로 해서 이상야릇한 글 꾸며 만들기를 가르쳐 글쓰기 교육의 이름을 팔거나, 스스로 주인이 되어 창조하는 삶을 북돋워 주려는 노력은 추호도 없이 시류를 따르고, 연중행사로 써야 할 몇 가지 글 제목에만 관심을 기울여 글짓기 선수의 훈련이나 하고 있다면, 이것이 어찌 장사꾼 노릇과 구별될 수 있겠는가. 그릇된 글짓기 교육이 보여 주고 있는 역기능은 실로 무서운 것이다. 그것은 어린이들을 따로따로 분열시키고 소외시키며, 인간답지 못한 삶으로 내몰고 있는 것이다.

우리가 글쓰기 교육에서 심신장해 어린이에 관심을 갖는 까닭이 여기 있다. 시력장해자, 청력장해자, 언어장해자, 기타 신체장해자, 정신의 발달이 뒤지는 아이들—이들뿐 아니다. 사회 환경 장해로 말미암아 정상으로 성장하지 못하고 있는 어린이들―부모 없는 아이, 극빈한 아이, 혼혈아, 병을 가진 부모 밑에서 자라는 건강한 아이, 벽지에 사는 아이, 부모들의 지나친 학습 강요로 정서에 장해가 있는 아이…… 이 모든 어린이의 문제를 생각하지 않는 교육은 교육이라 할 수 없다.

이렇게 생각할 때 어쩌면 우리가 사는 이 사회의 거의 모든 어린이가 심신장해를 입고 있는 것이 아닌가 하고 볼 수도 있다. 이런 생각은 결코 과대망상이 아니다. 심신장해자를 확대 해석해서 우리의 교육을 이런 관점에서 다시 검토하고 반성한다는 것은 인간성 회복의 교육을 위해 필요하다고 본다.

올해(1984년) 여름 우리 글쓰기교육연구회(글쓰기회)의 연수회 주제를 '장해아와 글쓰기 교육'으로 한 것은 올해가 '심신장해자의 해'라고 해서 형식상 따라 하는 것이 결코 아니다. 이것은 우리 글쓰기회가 인간 교육을 표방한 20년 전부터 늘 관심의 초점으로 두고 있던 문제다.

이름 없이 정직하고 가난하게 이루어 가는 교육은 불행한 어린이를 위한 교육이다. 불행한 어린이를 위한 교육은 불행하지 않은 어린이를 위한 교육이 되지만, 행복한 어린이를 위한 교육은 불행한 어린이는 물론이고 행복한 어린이마저 불행하게 만드는 교육이 되는 것이다.

농사짓기와 글짓기

농사짓기와 글짓기는 비슷한 점이 많다. 첫째, 농사짓기의 주체는 농민이고 글짓기의 주체는 어린이인데, 농민과 어린이는 여러 가지로 닮은 데가 있다. 먼저, 소박하고 정직한 것이 그렇다. 옛날부터 농민은 권력층에, 어린이들은 어른들에 시달려 온 역사가 또 그렇다. 그러면서 농민은 언제나 나라의 살림을 지탱하고 역사의 보이지 않는 주역이 되어 왔고, 어린이는 언제나 인류의 희망으로 기대되어 왔던 것이다.

다음에 농사짓기의 대상은 땅이고 글짓기의 대상은 어린이의 삶이다. 땅과 어린이의 삶이 또 너무나 비슷하다. 땅은 그것을 가꾸고 섬겨야만 거기 생명이 싹트고 풍성한 열매가 맺을 수 있듯이, 어린이의 삶도 그것을 지키고 가꾸지 않으면 결코 아름다운 생명이 피어날 수 없고 살아 있는 글이 써질 수 없다. 농민들은 땅속의 씨앗이 싹터 자라날 수 있도록 물과 거름을 주고 햇볕이 들도록 해 준다. 교사는 어린이의 삶을 북돋워 준다. 어린이들이 그들의 삶을 자각하고 그것을 풍성하게 영위해 나갈 수 있도록 도와주는 것이다. 농민들이 씨앗을 심는 것은 교사가 어린이들에게 인간스런 말을 가르치고 인간스런 느낌과 생각을 보여 주는 것과 같다. 농민이 씨앗의 성장을 위해 거름을 주고 햇빛과 수분을 공급하고 바람이 알맞도록 배려하는 것은 교사가 어린이에게 좋은 지식을 주고 책을 읽게 하고 자연과 사회를 올바르게 인식하도록 도와주는 것과 같다. 그러니 교사는 어린이에게 지시하고 명령하고, 어린이를 훈련하는 사람이 아니다. 교사는 어린이를 돕고 어린이에 봉사하는 자리에 있다는 것, 그런 자리에서 농민과 같은 일을 해야 한다는 사실을 잊지 말아야 할 것이다.

농사를 짓는 일은 단순하지 않아서 농작물의 성장에 필요한 여러 가지 요소를 공급해 주는 일뿐 아니라 외부로부터 침입해 오는 적을 막아 내는 일도 해야 한다. 바로 병충해를 막고 없애는 일이다. 더구나 요즘은 병충해가 성해서 이것을 예방하고 제거하는 일이 아주 어려운 과제로 되어 있다. 글짓기 교육도 이제는 온갖 장애에 부딪혀, 갈수록 해내기가 힘들게 되었다. 그 장애물이란 무엇인가? 꾀부리고 재주 피우는 아이들에게 점수를 많이 주는 입신출세식 교육이 그것이고, 백일장이나 글짓기 대회에서 상 타기 선수를 양성하는 지도 풍조가 그것이고, 병든 꼬마 문인을 만드는 문예주의 글짓기가 그것이다. 이런 여러 가지 장애는 그 어느 한 가지만으로도 능히 수많은 우리 어린이들의 삶을 위축시키고 어린이들의 생명을 짓밟아 글짓기 교육을 망치게 하기에 충분하다. 농작물의 병충해를 없애기 위해 여러 가지 농약이 만들어져 나오지만 그 해독이 더 큰 것같이, 글짓기 교육을 해치는 온갖 장애 요인을 제거하는 일도 결코 간단하게 해결할 수 있는 것이 아니다. (농민과 교육자들이 땅과 어린이를 사랑하는 마음에서 우러난 깊은 예지를 가지고 행동으로 실천하는 것만이 이 문제를 해결할 것이다.)

세 번째로, 농사짓기의 목표는 곡식을 얻는 일이고 글짓기의 목표는(먼저 일차로) 글짓기 작품을 얻는 것인데, 곡식과 글은 다 같은 생명체라 할 수 있다. 곡식은 농민이 땅을 가꾼 값으로 얻은 생명의 열매요, 글은 교사가 어린이를 섬기고 어린이의 삶을 가꾼 값으로 얻어 낸 생명의 열매다. 이 생명의 열매는 결단코 손끝으로 만들어 낼 수 있는 것이 아니다.

농사짓기와 글짓기는 그 원리가 사랑이라는 점에서도 같다. 농사일은 땅과 곡식에 대한 사랑이 없이는 잘될 수 없다. 이해 타산으로 화학비료와 농약을 함부로 뿌려 땅을 혹사하고 오염시키고 땅에서 빼앗기만 할 때, 농토는 척박해져서 곡식은 병들고 결국 농사는 파멸의 날을 맞을 것이다. 마찬가지로 어린이들의 삶을 가꾸지 않고 글재주의 기술이나 가르쳐서 작품 만들어 내기에 정신이 팔릴 때, 말장난의 글짓기 풍조가 휩쓸어 어린이들의 생명은 시들고 짓밟혀 버릴 것이다. 교육은 이렇게 하여 파멸된다.

그러나 농사일이 나라 경륜과 인류 생존의 근본이 됨은 땅 위에 인간이 살고 있는 동안 변함없는 진리가 되듯이, 글짓기 교육은 언제나 인간 교육의 가장 중요한 자리를 차지하게 될 것이다.

○ '농사짓기'와 '글짓기'라는 말을 비교할 때 말의 짜임에서는 얼마쯤 다른 점이 있다. 이 두 겹씨(합성어)는 다 같이 뒷가지가 '짓기'로 되어 있지만 '농사'와 '글'이라는 두 이름씨는 그 뜻에서 서로 잘 대응되는 말이 못 된다. '글짓기'와 대응되는 말이라면 '곡식짓기'가 될 터이고, '농사짓기'와 어울리는 말이라면 '작문짓기'쯤 될 것이나 이런 말은 없다. '곡식짓기'라는 말이 어색하듯이 '글짓기'라는 말 또한 우리들 생각에는 불만스러워 '글짓기' 대신에 '삶짓기'쯤으로 쓰인다면 좋겠지만, 그런

말이 안 쓰이니 '글쓰기'라도 대신 써 보고 싶은 것이다.

'글짓기'라는 말이 불만스러운 것은 요즘 많은 농민들이 땅을 가꾸지 않고 곡식만 거둬들이려는 욕심으로 곡식 만들기(짓기)에 정신이 팔려 있듯이, 교사들이 어린이의 삶을 가꾸지는 않고 작품 만들어 상 타고 이름 내기에 마음이 팔려 있는 상황이 이 말(글짓기)에 느껴지기 때문이다. 물론 말이야 어느 것을 쓰든지 상관없다. 문제는 교육에 있다. 말이라도 고치면 좀 나아질까 싶어서지.

길을 보여 주는
글쓰기

●
●

교육자와 글쓰기

옛날부터 학교의 선생님을 '글 가르치는 사람'이라고 했다. 글뿐 아니라 노래도 가르치고 그림도 체육도 산수도 가르치지만, '글 가르치는 사람'이라고 해서 잘못 말한 것으로 느껴지지 않는 것은 무슨 까닭인가? 그것은 노래도 그림도 과학도 수학도 다 말과 글로써 가르치고 배우기 때문이고, 따라서 말과 글이 모든 학습의 기본이 되어 있기 때문이다. 그리고 모든 학습의 마지막 목표가 사람이 살아가는 도리를 깨닫고 행하는 것이라고 하겠는데, 이런 삶의 길은 말과 글, 더구나 글로 가장 잘 표현하고 전달할 수 있기 때문이다.

글이란 단순히 글자라는 부호를 집합시켜 놓은 것이 아니다. 글은 사람의 생각, 정신을 나타낸다. 글은 곧 길(진리)이다. 그러고 보니 '글'과 '길'은 묘하게도 닮았다. 가운데의 홀소리 하나가 다를 뿐이다. 글을 가르치는 것은 길을 가르치는 것이다. 가르친다고 하지 않고 보여 준다고 해도 좋고, 길을 가도록 도와준다고 해도 좋다. 어쨌든 글을 가르치는 사람은 진리를 가르치는 사람이다.

진리를 가르치는 사람이 글 읽기와 글쓰기를 좋아하는 것은 너무나 당연하다. 교육자가 글을 쓰는 일은 그 직책을 수행하기 위해 꼭 필요한 행위요, 소양이라고 할 수 있다. 그림을 그린다든지 축구를 한다든지 피아노를 친다든지 하는 취미와 기능을 발휘하는 것은 교육자로서 아주 바람직하지만, 글을 쓰는 일은 그런 개별 교과 지도에 필요한 특수 기능을 체득하기 이전에 누구나 익혀 놓아야 할 기본 기능이다.

그런데 풍금을 치지 못하는 것은 부끄러워하면서 짧은 글 한 편 못 쓰는 것은 예사로 여기는 경향이 있는 것 같다. 뭐 글 쓰는 일이야 문학에 취미를 가진 사람이나 할 일이지, 하고 말이다. 이런 교육자들의 태도는 교육 현장에서 커다란 장애가 되고 있다. 먼저 선생님들이 칠판에 글을 쓸 때 띄어쓰기를 안 하니 아이들이 모두 그대로 따르게 된다. 그림을 못 그려도 그리게 할 수는 있고, 글씨를 못 써도 붓글씨 지도는 할 수 있지만, 칠판에 글을 쓰지 않고는 수업을 할 수 없다.

글을 쓰기는 쓰는데 '길'이 될 수 없는 이상한 글 장난을 취미로 즐기는 사람이 있다. 이런 사람은 글 가르치는 일이 성격에 맞지 않거나, 아니면 그 글이 자기의 삶과는 거리가 먼 남의 것을 모방하는 손재주가 되어 있는 것이다. 어떤 사람이 "문학작품을 쓰는 선생이 아이들 글짓기 지도를 하면 손해를 본다고 하는 친구가 있는데 어떻게 생각합니까?" 하고 물어 온 일이 있다. 바로 그런 친구가 교육자로서 부적당하거나 문학을 잘못 알고 잘못된 글을 쓰는 사람이다. 교사로서 성실하지 못한 사람이 글을 잘 쓸 수 있다고 생각되지 않는다.

농사꾼의 글에 두엄 냄새와 흙냄새가 나지 않는다면 거짓 글이 되듯이, 교육자의 글에 아이들의 교육 문제에 이어진 삶의 세계가 보이지 않는다면 참된 글이라 할 수 없다. 교육자들은 자신의 숨김없는 모습, 괴로움과 슬픔, 절망과 기쁨을 글로 나타내는 것을 자랑스럽게 여겨야 한다. 이러한 인간스런 감정과 생각을 글로 쓰는 것은 그들 자신을 키워 가는 일이 되기 때문이다.

만약 교육자들이 의도하여 아이들에게 주기 위해 글을 쓰고, 그런 글을 쓰는 일을 기쁨으로 삼고 있다면 이보다 더 반가운 일이 없겠다. 어린이문학은 가장 훌륭한 어린이 교육의 수단이다. 글쓰기 교육에 남다른 관심을 가지고 있는 교육자가 글쓰기를 취미로 하고, 더구나 아이들에게 주는 글을 쓰고 싶어 하는 것은 아주 자연스런 현상이다. 부디 그들의 글이 아이들에게 빛이 되기를 바랄 뿐이다.

작품의 심사와 발표

가을이면 학생들의 체육 기능과 예능 실기를 겨루는 여러 가지 대회가 열린다. 이 가운데 백일장이라고 말하는 글짓기 대회는 다른 어떤 대회보다 작품 심사가 어렵고 힘들다는 점에서 특이하다 하겠다. 체육은 경기가 진행되는 순간순간에 그 우열의 등위가 한눈으로 판단된다. 노래는 듣는 순간, 그림은 보는 순간 그 기능의 정도를 직감으로 판단할 수 있다. 그런데 글자라는 부호로 생각과 느낌을 적어 놓은 글은 그렇게 간단히 될 수 없다.

글 한 편을 읽는 것만 해도 꽤 시간이 걸린다. 많은 작품을 읽으면 처음에 읽었던 작품을 보던 태도와 기준이 뒤에 가서 달라지기도 한다. 많은 작품을 두고 그 우열을 견주려면 먼저 읽었던 작품의 내용을 잊어버려서 다시 읽어야 할 경우가 있고, 그러다 보면 작품의 일부 인상만으로 그 작품을 기억해서 견주기도 예사가 되니, 참으로 힘든 노릇이다. 또 잘못된 지도로 말재주 부리는 작품이 있는가 하면 남의 글을 모방한 작품, 남이 대신 써 준 작품을 가려내야 하는 어려움이 있다. 이래서 작품을 바른 눈으로 식별하자면 글짓기 교육의 올바른 방향과 방법은 물론이고, 현재의 교육 상황, 학생들의 작품 경향 들을 파악하고 있지 않으면 안 되고, 여기에 다시 학생들의 글을 깊은 이해심과 애정을 가지고 살필 줄 아는 감수성과 정성이 반드시 필요하다.

그런데 백일장의 현장은 어떤가? 대부분 너무 수월하게 이 행사를 생각하는 것 같고, 쉽게 처리하고 있다. 사전 준비, 행사 진행, 출제, 심사, 시상, 발표, 이 과정의 어느 단계도 소홀히 할 수 없는 것이지만, 더구나 출제와 심사, 시상을 당일 하루에 다 마치려고 겨우 몇 시간 동안에 심사를 무리하게 끝낸다는 것은 가장 큰 문제라 안 할 수 없다. 참가자가 백 명 정도라면 모르지만, 수백 명의 작품을 두세 시간에 다 보고 정확하게 평가한다는 것은 거의 불가능한 일이다. 심사 위원이 많으면 수월하다고 생각하겠지만, 그러면 그럴수록 우수한 작품이 예선에서 탈락될 우려가 많다. 이러한 예는 지금까지 실지로 많았던 것으로 알고 있다.

다음은 발표 문제다. 체육이나 음악은 경쟁 경연하는 그 자리에서 보고 들으면 다 되는 것이고 미술도 그렇다. 그런데 글은 그럴 수 없다. 백일장은 반드시 당선 작품은 활자화해서 공표해야만 그 뜻이 있다. 이런 뒤처리를 책임지고 할 능력이 없으면 백일장은 하지 않는 것이 좋다. 왜냐하면 행사를 위한 행사, 주최자의 돈벌이 전시와 광고를 위한 행사로 학생들을 희생하는 결과가 되기 때문이다. 이것이 백일장의 또 하나 어려움이다.

백일장 입상 작품은 반드시 인쇄물로 발표하여 많은 사람이 읽도록 해야 한다. 그 까닭은 첫째, 글이란 원래 이렇게 눈으로 보고 읽어야 하는 것이기 때문이다. 다음은 이렇게 함으로써 그 백일장의 심사가 공정하게 되었음을 알릴 수 있다. 그러니 될 수 있으면 전체 작품의 경향, 당선권 내에 든 작품의 평까지도 하는 것이 좋으리라.

우리는 학생들의 작품을 심사할 자격을 완벽하게 갖춘 사람이라고 자처하지 않는다. 다만 글쓰기 교육의 바른길을 탐구하는 뜻을 가진 사람으로서 이 백일장 행사의 폐단을 최소한도로 줄이는 한편, 이제는 이런 행사로서 권장할 수밖에 없는 글쓰기 교육을 조금이라도 바른길로 이끌어 가려고 하는 성의와 노력을 여기에 보이는 것뿐이다.

학급 문집의 참뜻과 조건

아이들의 글을 모은 책이라면 개인 문집, 모임 문집, 학년 문집 들이 있다. 이 밖에도 한마을 학생들의 글을 모으면 마을 문집이 되겠고, 어떤 더 넓은 지역의 학생 작품을 모을 수도 있고, 전국의 학생을 대상으로 가려 뽑은 문집도 있다. 이 가운데서 현재 우리 나라의 교육 상황으로 보아 가장 그 참뜻이 강조되어야 할 귀중한 문집이 학급 문집이다. 여기서 학급 문집의 특수성, 곧 학급 문집만이 가지고 있는 참뜻을 생각해 보기로 한다.

첫째, 이 학급 문집은 특수하게 선발된 어린이를 위한 문집이 아니다. 학교 문집이나 학년 문집, 어떤 지방 학생의 문집에서는 대부분의 아이들이 따돌림을 당한다. 이러한 일부 선발된 아이들의 문집은 거기 실린 글들이 쓰이고 뽑히는 과정에서부터 여러 가지로 바람직스럽지 못하고 교육과는 먼 일이 일어난다. 따라서 그 선발된 작품, 이른바 모범 작품 자체가 잘못되어 있는 것이 일상으로 되어 있다. 학급 문집은 이러한 문집들이 갖는 잘못에서 벗어날 수 있다.

둘째, 학급 문집은 참된 교육의 자리에서 이루어진다. 누구나 다 아는 것과 같이 학교의 교육은 담임교사를 중심으로 한 학급에서 실천된다. 따라서 글쓰기 교육도 학급 단위의 교실에서 이루어지는 수밖에 없고, 담임교사가 실천하는 것이 가장 현실 가능성 있고 바람직하다. 학급 문집은 참된 인간 교육을 지향하는 교사들이 이룬 교육 실천의 가장 빛나는 성과요, 산물이라고 할 수 있다.

셋째, 학급 문집은 학급의 문화를 창조하는 크나큰 일을 감당한다. 학급 문화의 창조는 교육의 주체성과 창조성을 전제로 하며 또 이를 보장해 준다. 이러한 학급 문집은 지금까지의 잘못된 상 타기, 이름 내기 선전으로 아이들을 희생시켜 온 그릇된 교육 풍조에서 벗어날 수 있는 가장 나은 길을 틔워 준다. 학급 문집이야말로 교육을 살리는 길이다.

그렇다면, 모든 아이들을 위한 참된 교육의 결실로 만들어지는 학급 문집이 마땅히 갖추어야 할 조건을 몇 가지 들어 본다.

첫째, 학급 문집에는 학급 아이들 전체의 글이 수록되어야 한다. 일부 아이의 글만으로 된 학급 문집은 그 생명을 잃는다. 한 사람도 빠져서는 안 된다. 글을 못 쓰는 아이가 있으면 교사가 그 아이의 말을 대신 써 주든지, 그림을 삽화로 넣어서 함께 참여하도록 해야 한다.

둘째, 학급 문집은 삶을 탐구하고 창조하는 자리가 되어야 한다. 담임교사는 인간 교육에 대한 믿음과 열의를 가져야 하며, 의도에 따라 교육 계획을 세우고 실천해야 할 것이다. 그리하여 모든 아이의 생활과 성격, 심리 들을 깊이 이해하고 작품의 정도, 경향을 환히 알아야 한다. 학급 문집에는 글 한 편이라도 표절작이 끼어 있어서는 안 된다.

셋째, 학급 문집은 아이들의 글을 발표하는 최적, 최상의 자리로 인식되도록 해야 한다. 일반 신문이나 잡지에 글을 발표하는 것을 최고의 명예로 삼지 않도록 해야 할 것이다. 글쓰기가 글재주를 부려서 이름 내기 위한 공부가 아니라는 것, 참되게 살아가는 길을 생각하는 공부라는 것을 알게 하는 것이 학급 문집이다.

넷째, 아이들이 좋아하는 문집이 되어야 한다. 모든 아이들이 친근감을 가지고 대하는 문집이 되지 않으면 안 된다. 그러기 위해서는 글자(활자)의 크기도 알맞아야 하고 글자의 모양도 반듯하게 써야 할 것이다. 물론 인쇄도 선명해야 한다. 표지의 그림과 삽화, 제본도 충분히 고려해야 하며, 결코 겉모양만 야단스럽게 꾸미지 말 것이다. 종이도 너무 고급인 것은 좋지 않다. 그러나 무엇보다 중요한 것은 바로 아이들의 글이다. 아이들이 읽어서 재미를 느끼고, 어떤 발견이나 깨달음, 인식을 얻고, 아름다운 느낌이나 참된 생각을 하게 하는 글, 이런 글을 쓰게 하고 이런 글을 찾아내어 보여 주는 문집이라야 아이들이 좋아한다.

그런데 이렇듯 귀중한 학급 문집은 교사의 취미와 재질로 만들어지는 것이 아니다. 교사의 문학 재능만이 글쓰기 지도를 가능하게 한다고 믿는 것은 아주 잘못되고 해로운 생각이다. 이른바 문학의 재능이란 것은 경우에 따라서는 교육을 그

르칠 수 있다. 글쓰기 교육은 아이들에 대한 이해와 교육에 대한 열의만 있으면 누구든지 할 수 있는 것이다. 글쓰기 교육 성과의 하나로(더 큰 성과는 어린이의 참된 성장이지만) 이루어지는 학급 문집은 다만 교사의 정신과 물질의 희생(?)이 없이는 불가능하다.

학급 문집은 밤에 이루어진다고 한다. 작품 읽기와 지도, 아이들의 삶을 북돋워 주는 일, 인쇄, 제본, 비용 마련…… 이런 일들을 위해서 밤낮으로 몰두할 수 있는 사람만이 문집을 만들 수 있다. 학급 문집이야말로 교사의 피와 땀의 결정이다.

이 피와 땀의 결정을 그 누가 알아줄 것이라고 생각해서는 안 된다. 다만 아이들이 알아줄 것이다. 학급 문집은 아이들에게 주기 위해 만드는 것이고, 아이들의 참된 성장만이 고귀한 갚음으로 생각되어야 할 것이다.

그렇기에 문집을 내기 위한 문집, 어떤 어른들에게 보이기 위한 문집과는 그 질이 전혀 다른 학급 문집은 그 모양이 소박하고 다정한 느낌을 주며, 사치가 없고, 아이들의 정직한 마음과 교사의 교육 이상이 함께 녹아들어 있는 순수한 모습으로 만들어져야 할 것이다.

글 고치기는 잘못하면 안 하는 것보다 해롭다

글을 쓰는 사람이 처음 쓴 글을 다시 읽어서 잘못된 점을 바로잡고 만족스럽지 못한 점을 다듬는 일은 아주 중요하며, 반드시 있어야 하는 글 쓰는 과정이다. 우리가 흔히 훌륭한 글을 읽을 때면, 이런 글을 쓰는 사람은 타고난 재주가 남달라서 펜을 잡으면 마치 물줄기가 거침없이 흘러가듯 저절로 아름다운 문장이 쏟아져 나오겠거니, 하고 생각하기 쉽다. 사실은 그런 것이 아니다. 정확하고 아름다운 문장일수록 그런 글은 쓴 사람의 피나는 노력으로 이루어진 것임을 알아야 한다.

그렇다면 글쓰기를 배우는 어린이들에게도 글 고치기는 가볍게 볼 일이 아니다. 다만 이 글 고치기에서는 어른의 경우와 어린이의 경우가 얼마쯤 다를 뿐이다.

그 다른 점은 무엇인가? 무엇보다 어린이의 글 고치기는 교사가 개입해서 교육으로 행해진다. 그러니 여기에는 지도교사의 확고한 교육관과 그 교육관에 기초를 둔 건전한 문장관이 절대로 요청된다. 어린이들을 참된 인간으로 가꿔 주고 싶어 하는 올바른 교육 정신 없이 어린이의 글을 고친다는 것은 위험천만하다. 이런 경우 십중팔구는 어린이의 순수한 마음을 해치는 비뚤어지고 거짓스런 말재주를 가르치는 방향으로 글을 개악하게 된다. (이렇게 하도록 우리 사회가 교육자들에게 압력을 주고 있다.)

글을 개악한다는 것은 마음을 개악한다는 것이다. 이렇게 하여 얼마나 순수한 어린이들의 마음이, 얼마나 진실하고 아름다운 어린이들의 세계가 무참하게 짓밟히고 꺾이고 뿌리 뽑히는 것일까? 그래서 얼마나 많은 가짜 어린이들의 말재주놀이와 어른을 닮은 거짓스런 글들이 모범문으로 칭찬받고 온갖 지상에 발표되고 있는 것일까?

입으로야 좋은 말을 있는 대로 다 늘어놓아도 실제 행동에서는 교육을 출세의 수단으로 삼는 사람들이 '글짓기 지도' '문예 지도'에 손을 뻗친다는 것은 무서운 일이다. 글 고치기를 중시하여 어린이들의 생명을 무참하게 난도질하는 특기를 유감없이 발휘하기 때문이다. 글 고치기 지도를 잘못하면 안 하는 것보다 열 배, 백 배도 더 해로운 까닭이 이렇다.

그렇기에 우리는 오랫동안 글 고치기 지도에 대해서 아주 조심스럽게 이야기해 왔다. 글감 찾기에 견주어 고치기 지도를 가볍게 다루고 싶어 했던 것도 이런 이유에서다. '아이들의 글에 손을 대지 말자'고 한 것도 어린이의 이름으로 발표된 글이 불순한 어른의 의도로 고쳐지고 만들어진 것이 너무나 많았기 때문이다.

그러나 언제까지나 이런 상태에 머물러 있을 수는 없다. 이제는 한 걸음 앞으로 나아가야 하겠다. 나아가는 만큼 성장하는 것이다. 어린이의 정직성을 살피고, 인식을 키우고, 표현의 즐거움을 맛보게 하는 글 고치기 지도를 해야 한다.

다만 여기서 우리가 어린이들을 키워 간다면서 도리어 그들을 죽이는 짓을 저지르지 않도록 세심한 주의를 해야 할 것이다. 그래서 글 고치기 지도의 목표를 확인하고, 원칙을 세우고, 방법을 충분히 검토할 필요가 있다. 또 이러한 목표나 원칙이나 방법이 학년에 따라, 지역에 따라, 개인에 따라 달리 적용되어야 한다는 것도 깊이 새겨 둘 일이다.

어린이가 자신이 쓴 글을 고치고 다듬는 일은 그 자신의 삶을 더욱 정직하고 진실하게 다듬고 가꾸는 일임을 다시 확인하자.

글쓰기 교육 현실을 보여 주는 세 가지 이야기

(1) 나환자 자녀들을 위한 글쓰기

최근 나는 릴리회라는 데를 알았다. 거기서 나온 인쇄물에서 엠마 원장님에 관한 감동 깊은 이야기도 읽고, 불행한 사람들과 그들을 생각하여 돕고자 하는 분들의 이야기도 읽었다. 여기 쓰고 싶은 것은 릴리회에서 모집한 교원과 학생들의 글에 대한 내 생각이다. 해마다 그런 작품 모집 행사를 하는 것인지 모르지만, 이 행사는 학교교육에서 소외된 나환자와 그 자녀들에게 관심을 갖게 하고, 올바른 태도로 인간답게 그들을 대하도록 하기 위해 하는 것임에 틀림없다.

내가 읽은 글 가운데 배용길 교사가 쓴 나환자 자녀들의 지도 기록은 참 훌륭했다. 가식이 없고 경험하고 실천한 그대로를 기록한 글이면서 감동을 주는 글이었다. 그러나 아이들 작품으로 입선된 것 두 편은 모두 거짓 이야기를 꾸며 낸 것이고 어른스런 말을 쓴 것이 아주 불쾌했다. 그것은 분명 아이들 글이 아니고 교사나 부모가 만들어 준 것이었다. 이런 작품을 만들어 내어 상을 타게 하는 어른들이 한심스럽기 짝이 없다. 더구나 이런 작품을 뽑은 심사 위원이란 사람들의 안목과 교육관이 어처구니없다는 생각이 들었다. 이런 글을 읽는 나환자와 그 자녀들이 위로를 받거나 감동을 받을까? 결코 그렇지 않을 것이다. 빤히 들여다보이는 꾸민 이야기와 어른스런 교훈 투의 말씨에 위선을 느꼈을 불행한 환자나 그 자녀들은 얼마 나 기막히게 슬픈 생각을 할 것인가. 내가 아이들 글에 대한 독후감을 이야기했더니 릴리회의 인쇄물을 주고 거기서 하고 있는 사업들을 소개한 ㅈ 씨는 그 아이들이 자기가 겪지도 않 은 것을 그렇게 썼다는 말을 자기도 들었다고 했다. 아이들에 게 거짓말을 시키고, 그들을 위선자로 만들어 상을 타게 하는 글짓기라면 이보다 잘못된 교육이 또 없을 것이다.

(2) 교회 어린이의 글

벌써 여러 해째 나간 일이 있는 교회연합회 어린이 글짓기 대회에서 느낀 것을 적어 본다. 거짓 이야기를 쓰지 않고 대체 로 정직하게 쓰고 있어서, 교회 어린이들은 다르구나 하는 생 각이 들었다. 그래서 제목을 정해 주는 일이나 작품을 읽는 일 이 즐거웠다.

그런데 올해에는 여기서도 커다란 문제점이 있음을 발견했 다. 그것은 거의 모든 아이들의 글이 신앙 이야기 일색이었다 는 것이다. 어떤 제목의 글도 그랬다. 그건 교회에 다니는 아이 들로서 당연한 일이 아닌가, 할는지 모른다. 그러나 신앙 문제 를 이야기하도록 되어 있는 제목이 아닌데도 거의 모든 아이 들의 글이 이렇게 된다는 것은 분명히 어딘가 잘못되었다. 글 의 제목이 '내 마음'이면 예수님 믿고 의지하는 마음이 되고, '기다림'이라는 제목으로는 예수님 오시기를 기다리는 이야기다. 제일 많이 선택된 제목이 '용돈'인데, 이것도 용돈을 모아 주일날 헌금한다는 이야기로 되었다. '내가 하고 싶은 일'은 장차 자라서 목사님이 되어 안 믿는 사람을 전도하는 일이다.

'양식'이라는 제목이 있었는데, 이 제목을 준 것은 올해 흉년이 들어서 아무리 도시라고 하더라도 양식 이야기를 글로 써야 한다고 ㅅ 선생이 주장해서 넣은 것인데(그날 낮에 어느 신문에서 보니 벼를 베러 갔다가 돌아온 사람이 자살했다는 사건이 세 곳에 일어났다) 어처구니없게도 이 제목으로 쓴 아이는 모두 '양식'을 입으로 먹는 그것이 아니라 '하나님의 말씀'으로 써 놓은 것이다. 심지어 '팽이'라는 제목까지도 예수님과 믿음으로 결부시켜 놓은 것이 많았다. 어째서 팽이치기 놀이를 한 그대로 쓰지 못하는가? 이 아이들은 모두 성인군자가 되어서 팽이치기를 하면서도 그 놀이의 즐거움은 느끼지 못하고 채찍을 맞고 있는 예수님만 생각하면서 치고 있었던가? 이 아이들은 언제나 예수님 말씀만 생각하면서 예수님 오시기만 기다리며 살고 있는가? 결코 그렇지 않을 것이다. 만일 그렇다면 이 아이들이야말로 아이가 아닌 비참한 어른들이요, 아이의 마음을 잃고 '예수님'에 짓눌려 죽어 버린 허수아비들일 것이다. 아이들은 어디까지나 아이임으로서 하늘나라에 가게 된다. 그리스도의 삶을 그대로 사는 것이 아이들이 아닌가. 아이를 어른으로 만드는 것이야말로 죄악이다. 입으로 예수님을 받들고 외치는 것은 아이들이 아니다.

글을 쓰는 아이들마다 예수님을 외치는 것은, 어떤 강박관념에 쫓기고 있는 상태라는 말은 아닐까? 아무튼 이것은 교회 어린이들이 평소 교회에서 어떤 교육을 받고 있는가를 짐작하게 한다. 개성을 무시한 획일화 교육, 관념 주입 교육이 교회학교에서도 진행되고 있는 것은 아닌지 심히 의심스럽다. 교회 어린이들까지도 개성과 생활이 위축된 상태에서 어른들에게 잘 보이려고 글을 쓰고 있는 것 같아 암담한 생각이 든다.

이전에 정직하게 쓴다고 기뻐했던 것은 워낙 다른 글짓기 대회에서 어처구니없는 거짓말의 글이 많다 보니, 거기에 견주어 대놓고 드러내는 거짓이 없었기 때문에 그런 느낌을 받았던 것이라 깨달아진다.

(3) 어느 시화전 뒷이야기

어느 회관에서 수필 전시라는 광고가 나 있기에 수필도 전시를 하는가 싶어 들어가 보았더니 한 고등학생의 작품이었다. 수필을 시같이 써서 액자에 넣어 놓은 것들이었다. 읽어 보니 이상야릇한 어른들의 글, 교과서의 글, 시 같은 것들을 모방한 글들이어서 씁쓸한 생각이 들었다. 중고등학교의 잘못된 작문 교육, 또는 작문 교육이 이루어지지 않는 상황을 잘 말해 주는 본보기가 될 만했다. 그 전시실을 나와 회관의 관장님을 만나 이 이야기를 했더니, 요즘 학생들의 글이 점점 잘못되어 간다고 했다. 나는 학생들이 잘못된 것은 선생님들이 잘못 가르치기 때문이라고 했더니 그는 다음과 같은 이야기를 했다.

얼마 전 어느 고등학교에서 시화전이 있었는데, 전시가 끝날 무렵 학생들과 선생님들이 한자리에 앉아 작품 이야기를 하는 자리에 자기도 초대를 받아 참석한 자리에서 겪은 일이란다. 어느 한 학생의 작품에 자기가 왜 그런지 나이 많아진 느낌이 들고 늙었다는 생각을 하게 되었다는 내용의 시가 있었는데, 선생님들이 모두 그 작품을 두고 비판하기를, 학생으로서 그런 걸 써서는 안 된다고 하더란다. 선생님들이 그 작품에 대해 비난하기를 계속하여 그치지 않는 것을 보고 참다못해 관장님이 일어나서 이렇게 말했다는 것이다.

"요즘 학생들의 생활을 관찰해 보면 학생들이 그런 생각을 할 수 있다고 봅니다. 학생들이 정직하게 느끼고 생각한 것을 쓰는 것이 진실한 태도입니다. 왜 이런 것은 쓰지 말고 저런 것을 쓰라고 하는지 나는 이해가 안 됩니다."

이 말을 듣고 선생님들은 아무 대답을 못 했고, 학생들은 손뼉을 쳤다고 한다.

이 관장님은 외국인이다. 물론 글짓기 교육이고 작문 교육을 전공으로 연구한 분이 아니다. 그러나 이분이 고등학교 선생님들 앞에서 한 말은 교육에 대한 가장 보편화된 양식의 바탕에서 나온 것이다. 오늘날 우리의 글짓기(작문) 교육이 이런 기초와 상식의 양식을 바탕으로 깔고 있지 못하다면 이것보다 더 앞서 해결해야 할 과제가 없을 것이다.

백일장에서 진단되는 글쓰기 교육

8·15 이후 오늘날까지 우리 나라의 글쓰기 교육은 백일장

(글짓기 대회)이 좌우하는 상 타기 목표의 글 꾸미기 선수를 양성하는 교육이 되어 있었다. 나는 이런 그릇된 교육을 기회 있을 때마다 거론하여 행사를 주장하는 이들과 이런 행사에 덮어놓고 동조하는 교사들을 비판해 왔다. 그러다가 얼마 전부터는 나 자신이 이따금 이런 백일장에 나가서 제목도 내어 주고 작품의 심사도 맡고 하였는데, 그 까닭은 이런 행사를 없앨 수 없는 이상 차라리 적극 관여하여 현장의 교육을 개선해야겠다는 생각이 들었던 때문이다.

백일장의 글쓰기 작품을 보아 오다가 최근에 와서 나는 우리의 글쓰기 교육 현실이 한층 악화된 사실을 통감했다. 그것은 학교의 선생님들이 글쓰기 시간에 아이들에게 진정으로 쓰고 싶은 글을 쓰게 하는 것이 아니라, 행정상 필요한 글을 만들어 내기 위해 글의 제목을 지시해 주고 내용을 꾸며 만들도록 하고 있다는 사실이다. 아이들의 글에 순진한 느낌이나 아이다운 생각, 살아 있는 생활이 없고, 머리로 만들어 낸 형식에다 거짓 내용을 담아 놓은 것이 보편화되어 있다. 거짓을 조작해 내는 것이 글쓰기의 기술로 요령으로 장려되고 있는 것이 분명하다. 현실 생활에서는 아무리 자기만 알고 교활한 짓마저 태연히 하더라도, 글쓰기에서는 착한 일을 혼자 맡아 놓고 한 것처럼 쓰는 '착한 어린이'식 글쓰기가 성행하는 기막힌 교육이 지금 거의 모든 글쓰기 교실을 지배하고 있는 부인할 수 없는 현실이 된 것 같다. 여기에서 우리는 현장 교육자들의 각성을 촉구하는 한편 백일장 행사에서 그릇된 교육을 어느 정도라도 바로잡을 수 있도록 그 방법을 신중하게 모색해야 할 필요성을 절감하게 되는 것이다.

백일장 행사의 운영 방법 같은 것은 다른 기회에 쓰기로 하고, 여기서는 작년과 올해 몇몇 백일장에서 써진 작품에 나타난 아이들 글쓰기의 실상 같은 것을 말해 보고자 한다.

지난해 어느 자리에서 농협이 주최하는 글짓기 대회가 있었는데, 그때 '저금'이라는 제목으로 쓴 작품들을 부득이 심사했던 적이 있다. 그 행사에서 써진 글들을 보면 이른바 글짓기 선수라는 아이들이 상 타기와 학교 이름 내기를 목표로 평소 용돈을 아껴 저금을 열심히 한 것같이 보이기 위해 얼마나 기막힌 거짓 이야기를 꾸며 쓰는 훈련을 하고 있는가를 잘 알 수 있다.

또 지난해 어느 문화제 행사의 한 가지로 열린 적 있는 백일장에서는 제목을 내가 내어 주게 되어, 초등학교 산문에서 '오늘 아침' 이야기를 쓰라고 하고 설명까지 해 주었다. 아이들이 하도 거짓말을 꾸며 쓰기 때문에, 그날 아침에 자기가 겪은 일이라면 정직하게 쓰지 않을 수 없으리라 생각했던 것이다. 그런데 놀랍게도 그날 아침의 일을 썼다는 글이 빤히 들여다보이는 거짓 이야기를 소설같이 꾸며 놓은 것이 대부분이었다. 그날 아침에는 무슨 별난 사건이 그렇게도 아이들마다 있었는지! 글의 형식도 대부분 소설의 구성을 흉내 내고 있어서 불쾌하기 짝이 없었다.

다음은 이번 가을 이야기다. 이번에야말로 제목을 잘 생각해서 정하고, 미리 글 쓰는 태도에 대한 이야기도 좀 해 주어서 순진하게 자기가 한 것을 쓰도록 해 보리라. 그래서 초등학생 산문에는 '어제 하루의 일기'를 쓰라고 하고, 중고등학생에게는 '버스' '기차'라는 제목을 정해 주었다.

그런데 초등학생들이 일기를 쓴 걸 보니 기가 막혀 입이 딱 벌릴 지경이었다. 천편일률이라 할 만큼 앞에서는 돈 100원을 주워서 임자를 찾아 주지 않고 써 버리거나, 시험 칠 때 옆의 아이 것을 보고 쓰거나 해서 나쁜 일 잘못한 일을 적어 놓고, 뒤에 가서는 그걸 후회하는데 눈물을 흘린다든지 하여 억지스럽게 과장해 놓고 있다. 그래 모두 착한 아이가 되고 나라에 충성, 부모에 효도하는 아이가 되어 있는 것이다. 제 잘못을 반성해서 착한 일을 한 것처럼 꾸며 쓰지 않고, 그저 자기가 느낀 것, 한 것을 그대로 쓴 아이는 스물에 하나가 있을 정도였다. 이 사실을 그 행사가 있었던 지방의 어느 초등학교 선생님한테 이야기했더니, "우리 학교에서도 충효일기니 선행일기니 하여 하루 한 가지씩 반성하거나 착한 일 한 것을 쓰게 합니다. 일기장 전시회도 열고, 일기장을 검사해서 아이들 행실이 나아진 걸 통계로 내고 있으니 모두 그렇게 쓰게 합니다"고 했다.

중고등학생에게 '버스'라는 제목을 준 것은 버스를 안 타는 학생이 없을 것 같았고, 더구나 날마다 버스로 통학하는 학생이 많기 때문에 일상생활을 글로 쓰도록 장려하고, 그런 글을 쓰는 태도가 어느 정도 되어 있는가를 알아보기 위함이었다.

그런데 여기서도 또 나는 놀랐다. 제목이 버스인데 거의 모두 버스 이야기를 쓰지 않고 낙엽 이야기, 시골 할머니 이야기, 어렸을 때 이야기들이고, 버스 이야기는 맨 끝에 잠깐 나올 정도였다. 버스란 제목으로는 글을 못 쓴 것이다.

중고등학생들의 글 쓰는 태도와 경향을 여기서 짐작할 수 있다. 그것은 평소에 글이란 것을 전혀 안 쓰고 있다는 것, 글이라면 교과서의 글이나 중고등학생 상대로 읽히도록 쓴, 더구나 여학생들에게 환영받는 감상과 애상 위주의 작가들 글만을 대해 왔고, 문예부 학생들도 이런 글만 써 왔다는 사실이다. 추억이니 그리움이니 하는 제목을 주었더라면 학생들은 반가워했을 것이 틀림없었다.

결국 오늘날 학생들의 글쓰기 경향을 한마디로 요약하면 초등학생들은 착한 아이인 척하는 거짓말을 꾸며 만들고, 중고등학생들은 자기의 문제, 자기의 생활은 덮어 두고 책에 나오는 남의 글 흉내 내는 것만을 글쓰기 공부, 문학 공부라고 알고 있는 것이다. 초등학생이고 중고등학생이고 공통되는 것은 개성이 없고 창조하는 태도를 완전히 잃어버리고 자기의 삶을 외면하면서 말재주의 잔꾀만 부리는 흉내를 내고 있다는 점이다. 이것은 글쓰기 교육의 파멸이 아니고 무엇인가? 차라리 글쓰기 지도를 그만두는 것이 낫겠다는 생각이 든다.

제목을 아무리 적당한 것을 주더라도 원체 아이들의 글 쓰는 태도가 잘못되어 있으면 어찌할 수 없다. 제목을 좀 잘못 내어 주더라도 글 쓰는 태도가 바로 되어 있으면 좋은 글이 나올 수 있다. 그러나 그렇다고 해서 제목을 아무렇게나 주어도 좋다는 것이 아니다. 제목은 그릇된 글쓰기의 태도를 더욱 그릇되게 부채질할 수도 있고, 어느 정도 반성하고 고쳐 나가는 데 도움을 줄 수도 있다. 그리고 작품을 가려 뽑는 일은 한결 더 중요하다. 아이들의 작품을 심사하는 사람은 글쓰기 교육에 대한 연구를 하여 상당한 소양이 있는 사람, 그래서 거짓글과 참글을 가려낼 줄 아는 사람이라야 한다. 흔히 백일장에서 당선된 작품이 어느 작가의 글을 표절한 것임이 밝혀져 물의를 일으키는 일이 있는데, 이것은 전부 심사자의 잘못이다. 백일장(글짓기 대회)이 거짓말 짓기를 장려하는 행사가 되고, 어른들의 글을 흉내 내는 대회가 되는 것도, 두말할 것 없이 제목을 정해 주고 작품을 심사하는 사람들에게 책임이 있는 것이다.

우리의 믿음과 태도

어린이의 글은 머리로 손끝으로 쓰는 것이 아니다. 어린이의 글은 손과 발과 가슴으로 쓴다. 이것이 문인들과 어린이 글쓰기의 다름이다.

지금까지의 글쓰기 교육은 손끝으로 잔재주를 부리도록 가르쳐 왔다. 이러한 재주 부리기는 문예 교육이란 이름으로 초등학생들에게는 말장난을 일삼도록 하였고, 중고등학생들에게는 주로 애상과 회고 위주인 일부 문인들의 글을 흉내 내도록 하였던 것이다. 그 결과 모든 학생들에게 공통되는 것은 삶

을 외면하는 태도였으며, 실감이 없는 빈말을 모방한 나열이
요, 쓸데없이 겉만 꾸민 문장 만들기였다. 그리하여 글 짓는 재
주라면 으레 자기 자신과 인간의 문제를 될 수 있는 대로 멀리
떠난 가공의 세계를 머리로 짜내어 만드는 노릇이라고만 알고
있는 것이다. 그런 것을 글의 본질이라고 인식하고 있는 것이
대개의 경향이었다. 글쓰기에 대한 학생들의 이러한 비뚤어진
인식은 지금도 여전하며, 갈수록 그 병폐가 깊어지는 것 같으
니 이것은 예삿일로 보아 넘길 수 없다.

우리는 이러한 비뚤어진 생각과 병든 현장의 교육을 바로잡
으려고 한다. 글을 머리로 지어 만든다는 느낌이 드는 글짓기
라는 말을 고쳐 글쓰기로 일컫기로 한 까닭도 여기에 있다.

글쓰기 교육은 삶을 떠난 글 만들기 기술을 가르치는 것이
될 수 없다. 어디까지나 삶을 바로 보고 삶을 이야기하는 글을
쓰게 함으로써 어린 사람들의 세계를 건강하게 가꿔 가려고
하는 것이다.

교육을 하는 사람이 어린이를 무시하거나 멸시해서는 안 되
지만, 더구나 글쓰기로 교육을 하는 사람이라면 어린이를 높
이 보고 섬길 줄 알아야 한다. 어린이의 마음과 삶을 이해하려
하지 않고, 그들의 세계에서 배울 것을 찾지 못하는 사람은 글
쓰기 교육을 해낼 수 없다. 어린이의 글을 멋대로 깎고 보태거
나 어른의 생각대로, 글 버릇대로 쓰도록 바라는 사람은 글쓰
기를 가르칠 자격이 없다.

어린이의 글은 소박한 느낌과 생각을 소박한 그들의 말로

쓰는 것이다. 그것은 마치 조금도 오염되지 않은 맑은 샘물과 같은 세계라고 할 수 있다. 어린이의 글에서는 우리의 희망과 모든 가능성이 발견되기도 한다. 그러나 한편 어린이의 글에는 어른들이 일으켜 놓은 흙탕이 있기도 하다. 어린이의 글에는 어린이의 삶과 이 시대의 모든 문제가 들어 있다. 이러한 어린이의 글을 바르게 해독하는 일부터 우리는 시작해야 한다. 이것이 글쓰기로 교육을 하려는 우리의 첫걸음이다.

따라서 우리는 어린이의 글에서 먼저 배운다. 그리하여 겸허한 마음으로 서로 생각을 나누고 충고와 비판을 받아들이려고 한다. 글쓰기 교육은 어린이를 글쓰기로 키워 갈 뿐 아니라 우리 자신이 어린이와 함께 자라나는 교육이 되어야 하는 것이다.

지금까지의 글짓기 교육은 백일장 입상을 목표로, 학교교육의 선전 수단으로 이루어지고 있었다. 그것은 상업성을 띤 것이 아니면 정치성을 띤 것이라고 할 수 있다. 우리는 이러한 불순한 동기로 시작된 교육을 따를 수 없다. 이런 교육이 얼마나 크게 어린이를 해쳤던가를 잘 알고 있다. 우리는 앞으로 불순한 목적을 가진 어떠한 외부의 유혹이나 압력에도 굽히지 않을 것이며, 단호히 이를 배격할 것이다.

순수한 교육 정신을 지키기 위해서 우리는 하나로 단단히 뭉친다. 그리고 우리 자신들이 타락한 세속에 휩쓸리지 않도록 야무진 각오를 하는 바이다. 어린이의 앞날에 모든 희망을 걸고 있는 우리들은 오직 그들의 삶을 깨끗하고 참되게 가꾸는 일만이 우리가 목숨을 걸고 해야 할 일임을 안다. 이러한 일을 글쓰기로써 가장 확실하게 할 수 있다는 것을 믿는다.

풍성한 글감, 감동 깊은 이야기들 (일하며 배우는 청소년들의 글쓰기)

하루 12시간을 직장에서 고된 일을 하는 청소년들이, 잠자는 시간을 줄여서 공부를 한다는 것은 여간 어려운 일이 아니다. 더구나 이런 근로자들이 글을 쓴다는 일은 더욱 그렇다. 낮에 정규학교에서 공부하는 학생들도 글을 쓰라고 하면 어려워하고 싫어하니 말이다. 무엇보다 시간이 없는 것이다.

그러나 일하면서 배우는 청소년들의 글쓰기는 다른 어떤 공부보다 더 중요한 뜻을 가지고 있다. 먼저 그들, 가정과 학교와 사회에서 버림받고 소외된 청소년들의 억눌린 마음을 글쓰기로 풀어 줄 수 있다. 글을 씀으로써 그들은 위로를 받고, 자신과 용기를 얻는다. 열등감을 씻고 삶에 대한 바른 인식과 믿음을 가질 수도 있게 된다. 얼마나 다행한 일인가.

다음 또 하나는, 글쓰기가 일하는 청소년들에게는 다시 더 없는 귀중한 인생 공부가 된다는 것이다. 정규 중고등학생들은 거의 모두 시험공부에만 몰두하여 입신출세의 길을 서로 다투어 가려고 하지만, 일하는 청소년들은 그와 전혀 다른 자리에서 살아가므로, 글쓰기를 통해 인간과 사회를 배우고, 참된 사람의 길, 남들과 함께 손잡고 정의롭게 살아가는 길을 배우게 되는 것이다.

일하는 청소년들은 시간이 없어서 글을 쓰기가 힘들다고 했지만, 한편 그들은 그 어떤 행복한 학생들보다 훌륭한 글을 쓸 수 있는 자리에 놓여 있다고 생각된다. 그것은 그들이 얼마든지 감동 깊은 글을 쓸 수 있는 무진장한 글감을 가지고 있다는 사실이다. 숙제와 시험공부에 시달리는 중고등학생들이 사물과 사실에서 격리되어 추상의 부호 같은 것만 가지고 암기하고 베껴 쓰고 꾸며 맞추고 하는 것을 생각하면, 괴로운 현실 속에서 살고 있는 그들은, 역설이지만 글쓰기의 인생 공부를 하는 처지에서 보면 가장 풍성한 환경 속에서 살고 있다고 할 것이다.

나는 부산 지방 야학생들의 글을 모아 놓은 책을 본 적 있다. 작품의 전부를 다 읽지는 못했지만, 여기에는 이 나라 산업 노동의 현장에서 희생하며 일하고 있는 남녀 청소년들의 생생한 삶의 이야기가 넘쳐 있고, 그들의 고통과 한숨과 눈물과 기쁨과 인간스런 정이 글마다 담겨 있다. 어쩌다 일반 학교 문예반 학생들의 오염된 글재주를 따르려고 한 대문이 전혀 없는 것은 아니지만, 대부분의 글들이 일하는 사람의 글답게 소박하고 간결하여 절실한 이야기들이 감동으로 와닿았다. 이 책은 어떤 도시 중고등학생의 문집보다도 읽는 이들의 가슴을 울릴 것이다.

이 책이 나온 것을 계기로 지방마다 일하는 청소년들의 글쓰기 공부가 활발해지기를 바란다. 그래서 글쓰기를 통해 모든 청소년들이 참되게 성장하고, 글과 삶이 따로 떨어져 있는 일반 학생들에게도 큰 자극을 주어 인간의 삶이 무엇인가를 생각할 수 있도록 했으면 싶다. 또 일반 사회의 어른들도 이것을 읽고 일하는 청소년들을 이해하고, 그들과 함께 바르게 살아가는 길을 생각할 수 있다면 얼마나 다행일까 싶다.

여기 글을 쓴 모든 청소년들과 그들에게 이런 글을 쓰도록 도와준 분들에게, 삶을 가꾸는 글쓰기에 관심을 가진 교육자의 한 사람으로서 깊이 감사드린다.

어른들의 글쓰기

문학작품을 전문으로 쓰는 사람들이 있다. 이들은 문단이라는 것을 만들어 놓고 있으며 그 문단에 들어가려면 공인된 어떤 절차를 밟아야 한다.

문학작품을 쓰는 사람을 문인이라고 한다. (문인협회란 단체도 있다.) 문인이라면 글자 그대로 글을 쓰는 사람이다. 실제로 우리는 시인이나 소설가들을 가리켜 '글을 쓰는 사람'이라 한다. 글을 쓰라고 권하면 문학작품을 쓰라는 말로 듣는다. 곧 '글=문학'으로 알고 있는 것이다.

여기서 우리가 당연히 제기해야 할 몇 가지 의문이 있다. 어른들이 쓰는 글은 반드시 문학작품이어야 하는가? 문학이 아닌 글을 쓸 수는 없는가? 쓸 필요가 없는가? 문학작품이 아닌 글은 가치가 없는 것인가? 과연 오늘날의 문학작품은 현재와 같은 형태와 내용으로 쓰는 것이 당연한 것인가?

내 생각에 글이란 누구나 어느 정도는 다 쓸 수 있고 써야 한다고 믿는다. 그것이 원칙이다. 소설까지도 그렇게 생각한다. 시인이나 수필가라는 사람이 따로 있어야 하는지 나는 의문을 가진다. 그것은 마치 달리기와 높이뛰기 같은 것만 죽자살자 해서 먹고살아 가는 사람이 있을 필요가 없듯이, 노래고 그림이고 글이고 누구나 그것을 취미로 삶의 일부로 즐기도록 해야 할 것이라 생각한다. 그렇게 될 수 있어야 정상인 사회라 생각한다.

그래서 당분간 이른바 문학이라는 것이 현재의 형태로 존속하는 것이 불가피하고 '글=문학'이라는 등식이 통용된다면, 누구나 쓸 수 있고 써야 하는 '생활글'을 마땅히 문학의 한 갈래로 설정해야 한다고 생각한다. 이 생활글은 아이들이 학교에서 배운 글쓰기가 그대로 연장되어 어른이 된 다음에도 자기의 삶을 여러 가지 형식으로 표현하는 글이 될 터이다.

이것은 결코 실현성이 없는 허황한 공상이 아니다. 얼마 전 나는 〈대구매일신문〉에 연재된 여러 편의 '여성 생활 수기'를 읽고 큰 감명을 받았다. 그 수기들은 어느 것이나 결코 문학작품을 쓴다는 태도로 쓴 것이 아니었다. 그런데 솔직하게 말해서 신춘문예에 당선된 소설들보다 훨씬 더 재미있고 감명 깊게 읽었다. 나뿐 아니라 그 수기를 읽었다는 교원, 농민, 구멍가게 주인, 식당에서 일하는 아주머니 같은 많은 사람들의 의견이 나와 같았다. 그런데 그 수기를 쓴 사람들은 대부분 초등학교를 겨우 졸업한 분들이었다. 또 나는 최근에 나온 어느 동인지에서 농민들이 생각나는 대로 거리낌 없이 말한 것을 녹음 편집한 '공동 창작 농민시'를 읽고 큰 감동을 받았다. 그것은 시인들의 시를 무색하게 하고도 남음이 있었다.

사실 세계의 문학을 살펴보아도 옛날부터 작가가 아닌 사람들이 문학작품을 쓴다는 생각은 전혀 없이, 다만 자기가 보고 들은 것을 그대로 쓰고 자기가 알고 있는 것을 남들에게 전하기 위해 쓴 글이 감동 깊은 작품이 되어 고전으로 남아 있는 것이 많다.

더구나 오늘날 우리 사회와 같이 모든 문화가 비인간화되어 가는 상황에서는 글을 쓰는 일을 특정한 사람들에게만 맡길 것이 아니라 모든 직업을 가진 사람이 글을 쓰고, 쓴 글을 논의하는 일에도 참여해야 한다고 생각한다. 그래서 또 하나의 문학 갈래인 이 삶의 글이, 앞으로 우리 문학을 제대로 된 인간의 문학이 되게 하는 튼튼한 바탕을 다지는 일을 해야 하며, 그렇게 할 수 있다고 믿는다.

우리는 아이들에게 글쓰기를 가르친다. 일부의 글짓기 선수를 훈련해서 상 타고 이름 내고 점수 따서 출세하기 위한 글 꾸며 만드는 재주를 가르치는 것이 아니다. 모든 아이들이 글을 쓸 수 있고 써야 한다고 믿고서 삶과 글을 하나로 가르치는 것이다. 일부 글짓기 선수를 양성하는 교육은 그대로 특수한 말장난을 즐기는 시인과 작가를 양성하는 교육으로 연결된다. 그러나 모든 아이들이 즐기는 글쓰기는 그대로 모든 어른들이 삶의 일부로 즐기는 '어른들의 글쓰기'(그것을 문학이라 하지 않아도 좋다)로 이어진다. 그렇게 되어야 한다. 글쓰기가 인간 교육, 평생 교육의 가장 알맞은 수단이 되는 까닭이 이러하다.

아이들에게는 모두 글을 쓸 수 있어야 한다고 말하면서, 어른들은 특수한 전문인이 쓴다는 문학작품밖에 쓸 글이 없다면 이 얼마나 잘못된 일인가? 직공도 청소부도 가겟집 아주머니도 누구나 써야 한다. 그리고 농사꾼의 글에 농사꾼의 삶이 나타나듯이 교원의 글에 교원의 세계가 나타나야 살아 있는 글이라고 할 수 있다. 그렇게 써야만 생활글은 그 건강성을 유지할 것이고, 비로소 읽고만 즐기는 문학이 아니라 쓰면서도 즐기는 문학이 될 것이다.

2장
:
:
:

글쓰기 어떻게
가르칠까

어떻게
시작할까

●
●

먼저 쓰고 싶은 마음이 들도록

어린이들은 글을 쓴다(짓는다). 왜 글을 쓸까? 물론 대개의 경우 교사나 부모들이 쓰라고 해서 쓴다. 그리고 교사나 부모들한테 칭찬을 받고 싶어서 쓰고, 상을 받고 싶어서 쓴다. 그러나 진정으로 쓰고 싶지 않다면 쓸 수는 없고, 설사 쓴다고 하더라도 좋은 글이 될 수 없다. 쓰라는 지시를 받아 어쩔 수 없이 쓰거나, 벌을 받지 않으려고 쓰거나, 칭찬을 받거나 상을 받는 것만 생각해서 쓴다면 결코 좋은 글이 될 수 없을 것이다.

어린이의 글은 진정으로 쓰고 싶어야 써진다. 그러니 부모나 교사들이 어린이에게 글을 쓰게 하려면 무엇보다도 먼저 쓰고 싶은 마음이 일어나도록 해 주어야 한다. 어떻게 하면 쓰고 싶어질까? 여기 가장 널리, 그리고 많이 쓰일 수 있는 방법 한 가지를 말하겠다.

그것은 어린이들에게 좋은 글을 보여(읽어) 주는 것이다. 그러고는 "이 글을 흉내 내지 말고 저마다 쓰고 싶은 것을 찾아써 보아라" 하고 말해 주면 된다. 그러면 어린이들은 '나도 그런 글쯤이야 쓸 수 있다'든지, '나도 내가 한 것을 한번 써 보고 싶구나' 하는 생각이 날 것이고, 그렇게 되면 글쓰기 지도는 반 이상 성공한 것이다.

이렇게 말하면 아주 간단하고 쉬울 것 같고, 사실이 그렇다. 그러나 쓰기 전에 이와 같이 보여 주는 그 '좋은 글'이라는 것이 어떤 글인가에 따라 어린이가 쓰게 되는 글의 경향과 성격이 좌우되고, 그 글쓰기 지도의 성패도 결정된다. 그러므로 교사와 부모들은 어떤 글이 좋은 글인가를 판단할 수 있어야 하겠다. 얼핏 보기에는 근사하게 써진 글, 무슨 우수상 무슨 특상을 받았다는 글도 알고 보면 한 푼의 가치도 없는 거짓된 글일 경우가 많다. 글을 바른 눈으로 볼 수 있는 건강한 문장관이 없이는 글쓰기 지도를 바로 할 수 없다는 것을 명심할 일이다.

좋은 글과 좋지 않은 글

여기 같은 제목으로 쓴 글 두 편을 들어 견주어 보겠다.

식목일 남학생 초 6학년

자연은 사람을 보호하고 사람은 자연을 보호한다. 매년 이날만 되면 나무를 심고 물을 주어 가꾼다.

나무가 없는 나라가 망한다고도 한다. 나무가 많은 나라는 잘살고 부강한 나라가 되고 또 나라가 튼튼해질 것이다. 나라가 있어야만 사람이 살고, 홍수도 막고 바람도 막을 수 있다.

우리 나라는 나무가 별로 없다. 그래서 해마다 4월이 되면 전 국민이 나무를 심어야 한다. 그러면 우리 나라가 부강해지고, 잘살고 빨리 복지국가를 이루고 국민 모두가 부지런해질 것이다.

식목일 여학생 초 6학년

오늘은 4월 5일 식목일이다.

아침부터 동네 사람들이 나무를 심고 있었다. 나와 동생은 집 옆으로 갔다. 그리고, 낫으로 버들가지를 치다가 그만 낫을 바윗돌에 떨어뜨렸다. 나는 낫을 주우러 갔더니 낫자루가 빠져 있었다. 나는 집에 가서 딴 낫을 가지고 와서 버들가지를 쳤다.

버들가지를 들고 우리는 비탈진 언덕에 올라갔다. 나는 구덩이를 파서 심고, 동생이 물을 주고 발로 밟았다.

다 심고 나서 작년에 심은 나무가 살아 있는지 보았다. 작년에 심은 잣나무 세 그루가 무성하게 살아 있었다.

우리가 집으로 돌아오니 오빠가 동네에 갔다 오더니 버들나무 몇 그루를 들고 왔다.

나와 동생은 다시 나무를 들고 비탈진 언덕으로 올라갔다. 그리고 나무를 다 심고 나서 오늘 심은 나무가 잘 자라기를 바라며 집으로 돌아왔다.

이 글 두 편은 여러 가지로 다르다. 앞의 글은 무엇을 주장하는 것같이 썼고, 뒤의 글은 자기가 한 일을 그대로 썼다. 그래서 글의 형태부터 다르다. 어린이의 글에는 자기가 한 일을 쓴 글(서사문)이 가장 많다. 그러나 생각이나 주장을 쓴 글(감상문, 논문)도 얼마든지 나올 수 있다. 그러니 글의 형태를 두고 이 글 두 편 가운데 어느 것이 좋다 나쁘다 할 수는 없다. 다만 지도교사가 같은 제목으로 글을 쓰게 했다면, 이런 경우 식목일에 대한 어떤 주장을 쓰게 한 것이 아니고 아마 산에 가서 나무를 심고 나서 그 심는 일 한 것을 글로 쓰라고 했을 것이다. 그렇다면 그런 체험을 쓰지 않고 일반화된 생각을 쓴 앞의 글은 당연히 그 점에서 지적되어야 할 것이다.

그런데 앞의 글은 내용이 좋지 않다. 좋지 않다는 것은 잘못된 말을 했다거나 거짓말을 했다는 것이 아니다. 이 글을 읽어 보면 재미가 없고 맛이 없다. 왜 그럴까? 자기의 생각이라는 것이 없고, 선생님들한테서 들은 교훈, 벽에 붙은 구호 같은 것을 그대로 썼기 때문이다. 개성이 없는 글은 죽은 글이다. 자기의 생각을 주장하는 글도 자기의 생활 속에서 얻은 생각이 바탕이 되어야 읽는 사람이 '참 그렇구나' 하고 공감하게 된다.

이와 견주어 뒤의 글은 실제로 나무를 심은 이야기를 어느 정도 자세하게 썼다. 이 글은 남의 말을 모방하려 하거나, 근사하게 잘 써 보이려고 하지 않고, 다만 자기가 한 것을 그대로 정직하게 썼다. 그래서 읽을 맛도 난다. 글 두 편을 견주어 보면 뒤의 글은 월등하게 좋은 글이 되어 있다. 어린이들에게 보여 주는 글은 이런 글이라야 된다. 또 이와 같이 좋은 글과 좋지 않은 글을 맞견주어 보여 주는 것도 효과가 있을 것이다.

문장에 대한 관점을 이야기하기 위해 다음에는 두 소녀가 쓴 편지글을 보기로 한다.

  선생님 읽어 주셔요.
  낙조는 말이 없고 청산은 태고의 역사를 읊으며 아스라한 기억들을 실은 세찬 바람이 계절의 입김으로 내 볼에 와 닿습니다.
  섭리에 따르는 계절의 순서 앞에 낭만을 만끽하는 앙상블 아니면 속죄하는 참회의 몸부림 오직 젖어진 하늘 조각을 마구 흩날리며 계절을 반항하듯 낙엽은 갔나 봅니다.
  먼 훗날 구름이 머물다 간 세월의 뒤안길에서 어린 시절의 그날을 그리워하며……. (줄임)

  차숙아 읽어 주렴.
  차숙이 너 서신 반갑게 받아 보았다. 우리는 추운 겨울 날씨에 늘 몸조심해야 한다.
  몸이 건강해야 돈을 벌인다.
  차숙아, 우리 돈 많이 벌어서 넘 못지않게 살자.
  참! 너 내 물건 찾아 주니라고 수고 많이 했지. 고마워.
  내가 너 신정 때 집에 안 갔는 줄 알고 3일 아침 일쩍 너한테 가서 같이 놀라고 해서 서대구 시장에서 너 줄라고 과일과 떡을 사 가지고 가다가 대구은행 앞에서 아버지한테 붙들려서 집에 가자고 해서 집에 왔다. 차숙아! 부디부디 몸 건강하기를 바란다.
  ※ 참 내가 1월 말일에 월급 타로 가는데, 잘 주겠니? 돈을 주야지

구정을 시는데, 안 주면 어떻게 하꼬. 차숙아, 한번 놀러 와. 109번 타고 서대구 시장 앞에서 내려서 31번, 32번 타고 안내양한테 농촌 지도소 내려 달라고 하면 돼. 안 그러면 항대 입구 앞에서 내리고 보면 내가 다닌 동신직물 문이 있다. 반대 방향으로 건너서 보면 고물상이 있어. 그 옆길로 가면 주택이 많아. 앞에서 3째 집이 우리 집이고, 도로에서 3분만 걸으면 된다.

꼭 놀러 와.

이만 안녕.

편지할 때 우편번호 좀 적어 도.

선생님께 쓴 앞의 편지는 아름답다고 생각되는 말과 유식하게 보이는 말들을 요란스럽게 꾸며 썼을 뿐, 무슨 말을 하려고 했는지 거듭 읽어도 알기 힘들고, 어떤 느낌을 썼는지 모르도록 되어 있다. 이와 견주어 친구에게 쓴 뒤의 편지는 진정이 가득 담긴 글이다. 이런 편지를 받으면 얼마나 반가울까?

편지뿐 아니라 어떤 글이든 쉬운 말, 자기의 말로 쓰고 싶은 것을 써야 한다. 남에게 자랑하고 싶어서, 유식함을 보이기 위해서, 근사한 남들의 말을 흉내 내어 쓴다면 아무리 재주를 부린다 해도, 아니 재주를 부리면 부릴수록 추하고 거짓스럽게 느껴지는 것이다.

좋은 시와 좋지 않은 시

이번에는 어린이의 시에 대해서 생각해 보기로 한다. 어떤 시가 좋은 시일까? 여기 시 네 편을 보기로 든다.

시골 아침 여학생 초 6학년

어머니는
아궁이에 새벽을
태우고 있다.

솥 안엔
아침이 끓는 소리.

그제야
잠꾸러기 앞산은
하얀 안개빛
커어튼을 말아 올리고,

울 아래엔
짹짹짹
아침을 쪼아 먹는 참새들.

나는 산새 울음을
신나게 쓸어 모으고 있다.

시냇물　여학생 초 6학년

풀숲 사이로 몰래몰래
시냇물이 졸졸졸
숨어서 흐른다고
누가 모르나.
개구리 땀방땀방
헤엄을 친다네.

풀숲 사이로 몰래몰래
시냇물이 졸졸졸
숨어서 흐른다고
누가 모르나.
물쨍이 또릿또릿
거울을 본다네.

풀숲 사이로 몰래몰래
시냇물이 졸졸졸
숨어서 흐른다고
누가 모르나.
꾀꼴새 꾀꼴꾀꼴
노래하며 온다네.

딱지 따먹기 남학생 초 4학년

딱지 따먹기를 할 때
딴 아이가
내 것을 치려고 할 때
가슴이 조마조마한다.
딱지가 홀딱 넘어갈 때
나는 내가 넘어가는 것
같다.

마늘 여학생 초 5학년

마늘 집 식구는 가난한데 왜 이리 식구가 많을까? 참 이상한 생각
이 드는군요. 어머니 아버지께서 마늘을 하나 쪼개 가지고 밭에
다 심으면 꼭 식구가 많아요. 해마다 해마다 마늘의 식구가 다섯
식구도 있고, 여섯 식구도 일곱 식구도 있고, 아홉 식구도 있고,
열 식구도 있죠. 나는 마늘 한 송이가 있으면 욕심쟁이라고 하고,
여러 식구와 같이 살면 착하고 귀엽다고 생각합니다. 비가 오면
빗물도 혼자 먹지 않고 같이 먹지요.

위에 든 시 네 편을 차례로 검토해 본다.

‘시골 아침’은 내가 어느 글에서 다음과 같이 비판한 일이
있다. “여기에는 기이한 표현의 효과를 노린 손장난이 있을 뿐

이다. 어째서 새벽을 아궁이에 태우고, 솥 안에 아침을 끓이며, 참새가 아침을 쪼아 먹고, 산새 울음을 쓸어 모으는가? 그런 표현이 자연스럽게 느껴지는가? 참, 기묘한 말재주를 부렸구나! 비유가 능란하구나! 하고 느껴지는 것이 결코 시의 감동일 수 없다. 이런 우스개 같은 말장난을 시라고 가르치고 쓰게 하는 것은 어린이의 순박한 느낌의 세계를 짓밟는 일밖에 될 수 없으며, 모국어를 시의 이름으로 우롱하는 짓이다." 이것은 아무리 좋게 보려고 해도 괴상한 말장난을 하는 어떤 시인들의 시 쓰기 이론을 어린이의 시 지도에 억지로 적용한 것이라고밖에 생각되지 않는다.

'시냇물'은 '시골 아침'에 견주어 그 정도가 덜하기는 하나 이것 또한 말재주만으로 된 작품이다. 감동이 오기 전에 참 재미있게 말을 맞추어 짜 놓았구나, 하고 느껴지는 것이니 시가 될 수 없다.

이 두 작품은 어른들의 잘못된 시 쓰기 지도로 비참한 훈련을 받아 쓴 것이 아니라면, 어른들이 만들어 보인 작품이다. 어린이들은 결코 스스로 즐겨서 이런 말의 장난을 하지 않는다. 이 두 작품은 전국 규모의 어떤 글짓기 대회에서 특선으로 뽑힌 것인데, 이런 행사에서 당선된 작품일수록 어른들이 조작해 낸 엉터리 글이 많다고 생각하면 거의 틀림없다.

그런데 '딱지 따먹기'와 '마늘'은 어린이의 마음이 잘 나타난 좋은 시다. '딱지 따먹기'는 어린이의 천진한 마음이 나타나 있어서 저절로 웃음이 나오고, '마늘'에서는 마늘쪽을 가르면서 느낀 인간스런 마음이 깊은 감동으로 나타나 있다.

시란 어떠한 느낌이나 생각도 다 쓸 수 있는 것이지만, 무엇을 썼든지 그것을 읽고 가슴에 울려 오는 것, 마음을 따뜻하게 해 주는 것, 곧 감동이 느껴져야만 시가 된다. 이런 점에서 어른이 쓰는 시나 어린이가 쓰는 시나 다르지 않다. 시란 괴상한 말재주도 수수께끼 놀이도 아니고 가슴을 울리는 감동인 것이다.

어린이문학과 어린이의 글

감동이 있어야 한다는 점에서 어른의 시와 어린이의 시가 같다고 했는데, 이 말은 시를 쓰는 태도와 방법에서 시인과 어린이가 같다는 말이 될 수 없다. 시뿐 아니라 모든 글을 쓸 때 어린이들이 태도를 바르게 가지도록 하기 위해서 어른의 문학작품과 어린이의 글은 구별할 필요가 있다.

흔히 어른들의 문학작품을 모은 책 속에 어린이들의 글을 함께 넣어 놓은 것을 보게 된다. 어떤 특별한 의도가 있어서 어른의 문학작품과 어린이의 작품을 구별해서 한 권의 책에다 수록할 수도 있겠지만, 대개의 경우 문학작품과 어린이의 글을 같은 것으로 보는 것이다. 더구나 어린이문학과 어린이의 작품을 혼동하는 경향이 있는데, 이것은 아주 잘못된 일이고, 어린이들에게 좋지 못한 영향을 준다. 그 좋지 못한 영향이라는 것은 어린이들이 어른들의 문학작품을 흉내 내도록 만드는 것이다. 어른의 작품과 어린이의 글을 다 같은 문학으로 보는 결과는 어른들 편에서도 유익할 것이 없다. 어른들이 어린이의 글을 짐짓 위장하는 경향이 있기 때문이다. 사실 지금까지의 우리 어린이문학이 어린이의 말이나 행동의 유치한 상태를 흉내 내어 보이려고 한 경향이 있었고, 한편 어린이의 글, 더구나 어린이가 쓰는 시라는 것이 어른들의 장난스런 동시를 따르고 있었다고 할 수 있다. 이것은 어른이 쓰는 것도 동시요, 어린이가 쓰는 것도 동시라는 이름으로 일컬어 온 것만 보아도 알 수 있다. 또한 어린이 문예니 문예 지도니 하여 어린이문학과 어린이의 글쓰기를 문예라는 이름으로 같이 보고 혼동하고 있는 것도 모두가 아는 사실이다.

어른이 쓰는 어린이문학도 제 갈 길을 가야 하겠지만, 무엇보다 어린이가 쓰는 글이 어린이의 것으로 되도록 하기 위해서 어른의 글과 어린이의 글이 다르다는 것을 분명히 인식해야 한다. 여기서 한 가지 알고 넘어가야 할 것은, 이렇게 어른의 것과 어린이의 것을 구별해야 한다는 것은, 어린이의 글이 어른의 문학작품보다 못하기 때문에 그런 것이 결코 아니다. 낫고 못한 차이라면 구별할 필요가 없다. 어린이의 글은 어른의 문학과는 달리 그것대로 가치가 있는 것이고, 그 내용과 질이 본디 다른 것이다. 이것을 모르고 있기에 많은 사람들이 어린이문학과 어린이의 글을 같은 것으로 잘못 본다.

그러면 어린이의 글은 어른의 글과 어떻게 다른가? 먼저 산문부터 말해 본다. 소설이나 동화를 쓰는 작가는 맨 처음, 남들에게 하고 싶은 어떤 생각, 곧 주제를 결정한다. 다음 이 주제를 독자들에게 전달하기 위해 이야기를 하나 만들게 된다. 물론 이 이야기라는 것은 직접 또는 간접으로 경험한 것을 토대로 구상하는 것이지만, 어쨌든 정말 있었던 이야기처럼 가공의 이야기를 만들어 내는 것이다. 그런데 어린이의 글은 전혀 다르다. 먼저 주제가 있는 것이 아니고, 가공의 이야기를 만들어 내는 것도 아니다. 어린이의 글은 보고 듣고 행한 것, 생각한 것을 조금도 더 보태지 않고 정직하게 그대로 쓰는 것이고, 그렇게 쓰면 다 되는 것이다. 물론 어린이들도 남에게 말하고 싶은 생각이 있을 테지만, 이 생각이라는 것은 자기의 체험과 하나로 되어 있어서, 그 체험을 글로 쓰면 다 되는 그런 생각이다. 어린이에게는 삶을 떠난 생각 '사상'이 있을 수 없고, 삶을 떠난 글을 쓸 수 없다. 삶을 떠난 글을 쓰면 그것은 거짓이 되고, 어른의 흉내가 되고 만다. 그렇기에 가공의 이야기를 만들어 낼 수 없으며, 만들어 낼 필요가 없는 것이다. 어린이들에게 동화나 소설을 창작하도록 하는 것을 더러 보는데, 그런 지도가 결코 성공할 수 없으며, 어린이의 건강한 글쓰기 태도를 해칠 뿐임을 명심해야 한다.

그러므로 어린이가 글을 쓸 때는 자기들이 가장 관심이 많은 일에 대해 쓰도록 해야 한다. 결코 어른의 생각이나 취미를 강요하는 제목을 주어서는 안 된다. 마음에 없는 것, 체험을 정직하게 쓸 수 없는 제목으로 글쓰기를 지시하면 글을 못 쓰거나 거짓말을 쓰거나 죽은 글을 쓰게 되고, 글쓰기를 싫어할 것이 틀림없다. 백일장 같은 데서 제목을 내어 줄 때, 생활과 동떨어진 제목을 주는 것이 좋지 못한 까닭이 여기에 있다.

시도 산문과 같은 자세로 쓴다. 어른의 시는 말을 짜서 만들지만, 어린이의 시는 그렇게 써질 수가 없다. 어린이가 말을 짜서 만들었다면 그것은 시가 아니다. 어른의 글을 흉내 낸 것이다. 어린이의 시는 그들이 살아가면서, 어느 때 어느 곳에서 얻은 느낌이나 생각, 감동을 그대로 쏟아 놓은 것이다. 상급생이 되면 어느 정도 말을 고르고 다듬는 수가 있겠지만, 삶 속에서 우러난 감동, 이것이 어린이시의 전부다.

어른이 쓰는 동시는 어떤가? 이것은 어른이 어린이들에게 읽히기를 바라서 쓰는 시다. 어린이 자신이 온몸으로 쓰는 것과는 그 태도에서부터 뚜렷하게 다르다. 그렇기에 어린이문학의 동시가 어린이시를 닮고 싶어 해서도 안 될 것이고, 어린이가 동시 쓰는 흉내를 내어서도 안 되는 것이다. 백일장 이야기를 또 하게 되는데, 어린이가 쓰는 시의 제목에 '항아리'니 '들국화'니 하는 따위가 나온다면 그런 백일장에서는 어린이와 교육이 짓밟히는 것밖에 아무것도 기대할 것이 없다.

글감 찾기에서 발표까지

어린이의 글쓰기를 지도하는 단계는 '글감 찾기→구상→쓰기→글 고치기→발표' 이렇게 다섯 단계가 된다.

글감 찾기에서는 한마디로 그 요령을 말하면, 어린이가 가장 하고 싶은 말, 쓰고 싶은 이야기, 자신 있게 쓸 수 있는 것을 찾아내게 하는 것이다. 어떤 글감이라도 좋다. 부모나 교사에게 부탁하고 싶은 말, 호소하고 싶은 생각을 쓸 수도 있고,

자기가 겪은 어떤 일을 알리는 수도 있겠고, 평소에 늘 생각하고 있는 것을 쓸 수도 있겠다.

글자를 익히기 전에는 말을 자유스럽게 하고, 그림을 그리게 한다. 어린이들이 저희들끼리 놀면서 하는 말을 교사나 부모가 듣고 그것을 적어 두면 여러 가지로 유익하고 재미있는 기록이 되기도 하겠지만, 그렇게 쓴 것을 그 어린이에게 읽어 주면 글자를 익히고 싶어 하고 글을 쓰고 싶어 할 것이다.

글자를 쓸 수 있는 저학년에서는 생활에서 일어나는 일들, 가지고 다니는 물건들, 식구와 동무들, 놀이, 공부 시간이며 골목에서 일어난 일들을 쓰게 한다. 그래서 점점 학년이 올라갈수록 학급의 일, 학교의 일, 마을의 일, 사회의 일로 관심을 넓혀 가서 인류 전체의 문제, 전쟁과 평화, 죽음과 삶 같은 좀 더 가치 있는 생각을 키워 갈 수 있는 제목으로 글을 쓰게 함이 좋을 것이다. 여기서 거듭 말하지만, 절대로 어린이가 관심을 가지지 않는 것을 쓰라고 해서는 안 된다. 어디까지나 쓰고 싶은 것을 자유스럽게 쓰도록 해야 한다.

쓸거리가 정해지면, 다음에는 어떤 차례로 쓰는가를 생각하게 한다. 이것이 구상이다. 다만 저학년에서는 구상이라고 해서 특별한 시간을 두어 생각을 정리하고 순서를 짜는 일을 하지 않아도 되며, 그렇게 해도 잘 안된다. 3학년 정도라면 대강 쓸 것을 첫머리, 중간, 끝부분의 세 단계로 나누어 쓰도록 하는 것이 좋다. 5, 6학년이 되면 좀 더 자세한 구상이 필요하리라.

대체로 어린이들은 쓰면서 생각을 하고, 생각하면서 쓰는 것이 보통이다. 그러나 쓸거리, 쓸 이야기가 어느 정도 길면 미리 몇 대문으로 나누어 놓고 쓸 필요가 있다. 긴 글을 처음부터 끝까지 줄을 바꾸지 않고 계속 달아 쓴 것은 구상이 안 된 때문이다. 같은 이야기가 되풀이되거나 차례가 바뀐 듯한 이야기가 되었다면 이것 또한 구상이 충분하지 못했다는 증거가 된다.

구상이 끝났으면 실제로 글을 쓰는 차례가 되겠는데, 아주 글 속에 들어가 열중해서 쓰는 것이 좋고, 그렇게 쓸 수 있도록 분위기를 만들어 주어야 한다. 글을 쓰는 동안에는 둘레가 조용하도록 해야 한다. 단지 저학년 어린이들은 입으로 중얼거리면서 쓴다는 것을 알아 둘 필요가 있고, 모르는 글자가 많으니 어른들이 옆에서 가르쳐 주는 것이 좋다. 교실에서 쓸 때 모르는 글자가 있으면 손을 들어 묻게 해야 하겠지만(이럴 경우 그때그때 재빨리 가르쳐 주도록) 모르는 글자 자리에 ○표를 해 두고 넘어가도록 할 수도 있다. 그래서 다 쓴 다음 물어서 ○ 속에 써넣도록 하는 것이다. 이렇게 하면 모르는 글자를 쓰려고 애쓰는 동안에 긴요한 쓸거리를 잊어 먹는 일이 없을 것이다.

긴 글이라고 해서 반드시 좋은 글이 아니고, 짧은 글이라고 해서 가치가 없는 것이 아니지만, 능력에 따라 더러는 아주 긴 글을 끈질기게 쓰도록 하는 것이 좋다. 다만, 독서감상문이라고 해서 일정한 분량을 써내도록 하는 것은 좋지 않다. 이것은 글을 쓰는 태도에도 나쁜 영향을 주고, 책을 읽는 버릇을 들이는 교육에도 해를 끼친다. 어린이가 책을 읽고 무엇을 쓰고 싶어 한다면 한 줄이든지 두 줄이든지 자유스럽게 쓰도록 할 것이다. 쓰고 싶지 않으면 한 줄도 쓰게 하지 말 일이다. 책을 팔아먹기 위해 독서감상문을 모집하는 장사꾼들의 술책에 넘어가지 않도록 할 것이고, 상 타기와 점수 따기와 교육 성과의 선전을 노려 어린이를 희생시키는 짓거리들을 하지 않도록 해야 하겠다.

글을 다 쓰고 나면 다시 읽어 보고 잘못된 곳을 고친다. 이 글 고치기 지도가 또 엉망이 되어 있는 것이 우리 나라의 교육 실정이다. 주로 학교의 선생님들이 어린이의 글을 멋대로 깎고 보태고 하여 병신 글, 죽은 글을 만든다. 그렇게 해서 신문과 잡지에 내고, 글짓기 대회에 내어서 상을 받아 교육의 성과를 자랑하는 것이다. (그러니 글짓기 대회나 백일장에 당선된 작품치고 제대로 된 것이 거의 없다.)

지금의 실정으로 보아서는, 어린이의 글에 어른들이 일체 손을 대지 않도록 하는 것이 좋겠다. 만일 어린이가 쓴 글에서 내용을 알아볼 수 없는 곳, 틀린 말, 틀린 사실이나 생각, 분명하지 않은 표현 같은 것이 있다면, 그것을 쓴 어린이에게 물어서 그 어린이가 그런 사실을 수긍한 다음에 스스로 제 생각대로 고치도록 하여야 한다. 저학년이고 고학년이고 다 그래야 한다.

마지막으로 글을 발표하는 문제인데, 백일장이나 글짓기 대회 같은 행사에 어린이들을 참가시키는 것을 권하고 싶지 않다. 현재, 우리 나라 곳곳에서 하고 있는 이런 행사에서 어린이의 글을 바르게 보는 식견을 가지고 글쓰기 교육이 바람직스럽게 이루어지기를 염려하는 이들이 행사를 운영하는 곳은 거의 없는 것 같다. 글의 제목을 내는 일부터 시작하여 작품을 심사하는 일, 시상과 발표에 이르기까지 어린이들과 교육은 거의 염두에 두지 않고 단지 그런 행사를 벌이는 사람들의 이름을 내보이기 위해 하는 상업성을 띤 것으로 되어 있다. 그래서 어린이의 글은 학급에서 만들어 내는 학급 문집에 발표하는 것이 가장 좋겠다는 생각이다. 만약 할 수만 있다면 초등학생들도 간단히 인쇄한 개인 문집을 내는 것이 좋겠지만 학생들이 모두 그렇게 하기는 어려우리라. 아무튼 신문 잡지에 나오는 잘못된 어린이들의 글을 본받지 않도록 해야 하겠고, 어린이의 글을 조작해서 상 타고 신문 잡지에 내는 일이 없도록 할 일이다.

어린이에게 글을 쓰게 하는 것이 가장 소중한 교육이 되는 까닭은, 정직한 글쓰기를 통해 어린이의 순수한 마음을 지키고 키워 갈 수 있기 때문이다.

어떻게 시를
가르칠까

●
●

우리 시 교육의 현실

시를 가르치는 일은, 어떤 시 작품을 두고 그것을 음미하고 감상하고 비평하도록 하는 일과 시를 쓰게 하는 일의 두 가지가 된다. 시 교육에 대한 내 견해를 제대로 말하려면 먼저 우리의 시 교육이 어떤 상태로 되어 있는가를 밝혀 두어야 하겠기에, 여기 교육의 실상을 파악할 수 있는 두 가지 이야기를 해 볼까 한다.

그 한 가지—두어 해 전, 어느 연구학교에서 수업을 참관했을 때다. 마침 지정된 어느 반의 수업이 국어과였고 '동시' 교재를 다루는 시간이었는데, 그 교재라는 것이 아무 맛도 없는 말장난의 시시한 글인 데다가 그것을 지도하는 교사는 또 한 시간 내내 그 글을 꼬치꼬치 분석해서 아이들에게 묻고 대답하게 하는 것이 아닌가. 그 교재에는 어려운 말도 표현도 전혀 없었고, 그저 아이들이 한 번 읽으면 다 알게 되는 것이었는데, 그렇게 신물 나는 문답을 했으니 얼마나 아이들이 지루하게 여기고 동시라는 것을 재미없는 것으로 여겼을까, 그런 생각이 들었다. 수업이 끝난 다음 문예부를 맡고 있다는 그 교사를 만나 솔직한 느낌을 말했더니 그는 이렇게 대답했다. "선생님, 이번 달 〈○○〉지에 보면 교재 연구란에 꼭 그렇게 지도하도록 나왔습니다. 권위 있는 분들이 연구한 것이라 그대로 한 것이지요."

또 다른 이야기 하나―바로 두 달 전에 ㅈ고교에 근무하는 ㅂ 선생과 같이 버스를 타고 가면서 나눈 이야기다. ㅂ 선생은 시를 남달리 잘 이해하여 김수영의 시를 논하는 글을 쓰는가 하면, 초등학생들의 시도 즐겨 읽는 분이다. 화제는 처음부터 글짓기 교육에 관한 것이었는데, 한참 이야기를 나누다가 내가 한 말이 이랬다.

"글짓기 교육이 말이 아닙니다. 어느 국어과 연구학교에서 전교생의 글을 모두 모은 문집을 냈다고 해서 놀랍게 여겼더니, 그 학교에 근무하는 어느 선생님이 그러는데 신문의 것, 책의 것을 마구 베껴 낸 것투성이랍니다. 그런 책을 많은 돈을 들여 만들어 학교의 자랑거리로 삼았으니, 그 학교 아이들이 글이고 책이고 선생님들을 어떻게 보겠습니까?"

내 말에 이어 ㅂ 선생은 이런 이야기를 했다.

"일간신문이나 잡지에서 나오는 아이들의 시도 그렇지만 학교신문이나 교우지에 실리는 아이들의 시란 게 정말 시가 돼 있는 게 없어요. 모두 어른들의 시를 흉내 낸 거지요. 억지로 꾸며 만들어 그게 그거란 느낌이 들어요. 그런데 며칠 전 어느 중학교서 낸 교우지에서 딱 한 편 맘에 드는 게 있었어요. 감동이 느껴지는 시던데요."

이렇게 말하면서 그 감동을 받았다는 시의 한 구절을 외우고는 내용을 설명해 주는데, 가만히 들어 보니 그것은 영락없이 돌아가신 이원수 선생의 시였다.

"아이고 ㅂ 선생, 그건 이원수 선생의 '밤중에'라는 작품입니다. 그게 해방 후 교과서에도 실렸지요. 이원수 동시 전집에도 나옵니다."

"그래요?"

이래서 ㅂ 선생은 놀라고, 둘이서 한바탕 웃었던 것이다.

이 두 가지 이야기 가운데 앞의 것은 교과서의 시를 감상하는 지도의 실상을 보여 주는 것이고, 뒤의 것은 시 쓰기 교육의 현황을 짐작하게 하는 이야기다.

시 교육의 목표와 교재의 조건

먼저, 시 교육의 목표부터 제시해야 할 것 같다. 길게 풀어서 말할 자리가 없기에 몇 가지 간단히 나열해 본다.

첫째, 일상의 삶에서 비뚤어지고 오염된 마음을 순화시킨다. 또는 사람의 정신을 더 높은 경지로 고양시킨다. 둘째, 시적인 직감을 통해 사물의 본질을 붙잡는다. 셋째, 참된 삶을 인식하고 인간스런 삶의 태도를 갖는다. 넷째, 진정이 들어 있는 말, 진실이 꽉 찬 말, 정직한 말의 아름다움을 깨닫고, 그런 말을 쓴다. 다섯째, 자신의 느낌과 생각을 표현하고 싶은 욕구를 갖는다.

또 더 쓰면 많이 나오겠지만, 대강 생각해 본 것이 이렇다. 이렇게 볼 때, 시 교육은 국어과 안의 한 분과에 갇혀 있는 단순한 표현 지도의 교육일 수 없음이 명백하다. 시 교육은 실로 폭넓은 인간 교육이라 할 수 있을 것이다.

이러한 시 교육을 하자면 어떤 교재를 선택해야 할까?

우리 나라의 문단인 주소록을 보면 시인이 절대 다수이다. 그들이 낸 그 많은 시집과 시 작품에서 어느 것을 교재로 선정해야 할까? 여기서 학생들에게 선택해 줄 만한 시의 일반 조건을 몇 가지 생각하게 된다.

첫째, 학생들이 읽어서 깊은 감동을 얻을 수 있는 시라야 한다. 다시 말해, 양질의 시, 훌륭한 시라야 한다. 둘째, 학생들의 삶과 마음의 세계가 잘 표현되어 있어서 그들의 공감을 불러일으킬 수 있는 것이 좋다. 셋째, 그러나 그 시가 가진 인식과 사고의 깊이가 배우고자 하는 학생들의 그것보다 늘 얼마쯤 앞서 있는 것이어야 한다. 넷째, 어떤 한 가지 경향성을 띤 작품만을 주어서는 안 되며, 될 수 있는 대로 다양한 시의 세계를 보여 줄 수 있게 교재를 구성해야 한다. 다섯째, 감상보다 표현 욕구를 일으키기 위한 것이라면 배우는 학생들과 같은 정도의 인식과 감수感受의 세계를 보여 주는 작품이 좋다.

그런데 오늘날 학교 교실에서 하고 있는 시의 감상과 쓰기 지도는, 대체로 교과서의 교재에 의존하고 있다. 그래서 교과

서의 교재가 앞에서 말한 시 교육의 목표와 교재 선택의 조건
에 비추어 합당한 것으로 되어 있는지 살펴볼 필요가 있다.

교과서*의 교재

이 글의 목적이 교과서를 분석 비판하는 데 있지 않다. 그러
니 여기서는 내가 생각하는 시 교육의 목표에 비추어 바람직
한 교재가 되어 있는지를 개략하여 고찰하는 정도의 소견을
말하려고 한다.

초등학교 3학년에서 6학년까지의 교과서에 실린 시는 시조
아홉 편을 포함해서 모두 49편이다. 이 시들을 보면 어린애들
을 귀여워하는 어른의 심리를 보여 주는 것이 많은데, 이런 유
아 완상의 시가 열 편이나 된다. 이것은 아이들의 의식을 더
어린 과거에 매어 두는 결과를 가져올 것이며, 앞에서 말한 교
재의 조건에 맞지 않다.

이런 경향은 중학교 교과서에도 볼 수 있다. 중학교 1학년 1
학기 교과서에 나오는 '먼 길' '달밤'은 너무 어리거나 어린애
들의 세계를 어른의 눈으로 본 것이다. 이런 것이 아무리 시로
서 성공한 작품이라 하더라도 중학생들에게 시의 세계를 보여
주는 교재로써는 적당하다고 생각되지 않는다. 같은 책에 나
오는 '엄마야 누나야' '물새알 산새알'도 좋은 시이기는 하나,
이런 작품은 차라리 초등학교 교과서에 넣었더라면 좋았겠다

---

* 3차 교육과정(1973. 2.~1981. 12.)으로 짐작된다.

는 생각이다.

다음은 시 교재 전반이 어떤 경향성을 띠고 있다는 것이다. 자연의 경물을 완상하는 시가 대부분인데, 더구나 초등학교의 교재가 그렇다. 시의 제목만 보아도 짐작이 가지만, 시의 용어에 하늘, 햇살, 바람, 꽃, 산 같은 말이 자주 나온다. 이것은 잠, 꿈, 아기란 말이 자주 나오는 사실과 함께 어른들의 자연 완상, 유아 완상의 취향을 보이는 시들에 편중해 있음을 말해 주는 것이다. 이와 같은 시에 나오는 자연은 오늘날 우리가 보는 자연이 아니며, 거의 모두 과거의 자연, 회고와 목가풍의 자연으로 되어 있다. 그래서 거의 모든 시 교재에 인간의 삶이 보이지 않는다. 초등학교 교재에서 삶이 느껴지는 시는 겨우 세 편 정도다. 이것은 다양한 시의 세계를 보여 주어야 한다는 교재 선택의 원칙에 어긋나는 것이라 할 수 있다.

셋째로, 초등학교의 경우인데, 삶이 없이 써진 시가 갖는 필연의 결과로 감동보다는 말재주가 앞선 느낌이 드는 작품이 많다. 이미 어느 분이 지적했지만, "햇살을 당긴다"든지 "얼굴로 하늘을 연다"는 말이 나오는데, 이런 표현들은 오늘날 많은 동시인들이 작품에 유행처럼 쓰고 있는 표현의 타성이다. 이 밖에도 뻔하고 격식을 차린 표현에 그치고 있는 작품이 여러 편 보인다.

교재를 보다가 발견한 것은, 초등학교에서 시조를 제외한 40편이 모두 연으로 구성되어 있다는 사실이다. 한 편도 한 연으로 된 것이 없다. 그런데 정작 중학교에 가서는(현재 나와 있는

1학기 것만 보아도) 17편 가운데 연이 나눠져 있지 않은 것이 세 편이나 나온다. 이것은 예사로 보아 넘길 수 없다. 아이들의 시는 저학년에서 연을 나누지 않고 쓰다가 점점 학년이 오를수록 말의 선택과 함께 구성에 일부러 노력을 하게 된다. 따라서 감상 교재도 아이들의 이러한 시를 쓰는 단계에 맞추어 나가는 것이 옳고 당연하다. 그런데 정작 중학교에서는 연 없는 시가 여러 편 나오는데 초등학교의 교재가 이렇다. 이것은 초등학교의 시 교재 전반이 말의 기교에 치중해 있음을 증거하는 것이다.

시의 생명은 감동이라는 것을 가르쳐야 한다. 그렇지 않고, 시란 재미스런 말을 머리로 만들어 내어 그것을 짜서 맞추는 것이라고 가르친다면 이것이 어찌 교육이 될 것인가?

본문 공부와 글짓기(작문)

교과서에는 시 교재만 수록한 것이 아니고, 단원마다 그 끝에 '본문 공부'(중학교: 공부할 문제), '말 익히기'(초등학교), '글짓기'(중학교: 작문)로 나누어 학습 문제를 제시하고 있다. 이것은 본문의 시를 분석하고 감상하도록 한 다음에 실제로 시를 쓰는 방법을 구체화하여 지시하고 있는 것이다.

먼저 '본문 공부'인데, 그 가운데 '내용 알기'에서 전혀 물을 필요가 없는 것, 본문을 읽으면 누구나 다 알 수 있는 것을 묻고 있는 것이 많다. 이런 공부를 해야 하는 아이들은 얼마나 재미없게 여길까? 초등학교에 견주어 중학교의 '공부할 문제'

는 좀 더 요령 있는 물음이 되어 있다고 본다.

'말 익히기'는 시 교육에 관련된 공부가 아닌 것이 많다.

'글짓기'에서는 시를 짓는 방법을 지시하고 있는데, 이것은 예를 들어야 하겠다. 초등학교 3학년 2학기 교과서에서 처음으로 시 쓰기를 다음과 같이 가르치고 있다.

1. 다음 글을 읽어 봅시다.

푸른 하늘에는 하얀 구름이 떠 있습니다. 가만히 생각해 보니 푸른 하늘은 넓은 목장 같고, 하얀 구름은 양 떼 같습니다. 구름을 움직이는 바람은 목동이고요.

구름이 움직이는 것을 보고 있으려니까 목동이 양 떼를 몰고 산을 넘어갔다가 넘어왔다가 하는 것 같습니다.

2. 위의 글을 여러 번 읽어 봅시다. 이 글에 나타나 있는 생각을 충분히 알고 나서, 그 생각을 잘 정리하여 동시로 써 봅시다.

1) 먼저 이 생각을 간단한 글로 써 봅시다.

2) 다음에 따라 쓴 글을 다듬어 봅시다.

• 행과 연을 만든다.

• 같은 말을 반복한다.

• 글자의 수를 맞춘다.

시를 쓰는 최초의 공부가 이렇게 남의 생각을 정리해서 시의 모양같이 다듬고 꾸미도록 하고 있다. 행과 연을 만들고 글자 수를 맞추라고 했다. 이래서 아이들이 시를 쓸 수 있을까?

"어른들은 창조의 태도로 자기의 세계를 표현할 수 있다. 그러나 아이들은 그럴 능력이 없으며, 아이들에게는 모방부터 시켜야 한다."

이렇게 말할 사람이 있을 것 같다.

그러나 아이들이야말로 어른들보다 더 창조력이 있을 수 있다. 아이들은 현실에 부대끼면서 자라나는 존재로, 그들의 삶에는 무한히 풍부한 시의 세계가 있다. 그들은 결코 시를 쓰는 어떤 어른들같이 말과 관념 속에서 살지 않는다. 그들에게 (얼마든지 찾아낼 수 있는) 삶의 감동을 쓰게 하지 않고 남의 글(그것도 그들의 세계와는 거리가 먼 남의 글)에서 시의 형식만 다듬어 만들게 한다는 것은 얼마나 무의미하고, 해롭고, 또 그들로서는 재미없고 괴로운 일이겠는가?

아이들이 삶에서 우러난 감동을 시로 쓰는 것은 그들의 삶을 충만하게 하는 일이며 그들에게 기쁨을 안겨 주는 일이 된다. 그것은 마치 어린이들이 즐겨 창조성을 발휘하는 그림을 그리는 것과 같다. 어린이들에게 어른의 그림을 베껴 그리게 한다면 얼마나 어려워하겠는가? 그런데 그렇게 베껴 그리는 노릇을 몇 번쯤 시키고 나면 그다음에는 그전에 그렇게 재미있게 그리던 자신의 그림을 그만 못 그리게 되고, 언제까지나 남의 그림을 보고 흉내 내는 짓밖에 할 줄 모른다. 아이들의 창조성 넘치는 재질이 시들어 버리는 과정이 이렇다. 시도 그림과 같은 것이다.

산문에서 시를 쓰는 공부를 시키더라도 저마다 쓴 글을 가지고 얼마든지 할 수 있을 것이다.

또 하나 예를 들어 본다. 초등학교 5학년 1학기 교과서에는 다음과 같이 나온다.

1. 다음 시를 읽고, 짜임을 생각해 보자.
1) 본   것: 동네에서 제일 작은 집

분이네 오막살이

2) 본   것: 동네에서 제일 큰 나무

분이네 살구나무

3) 생각한 것: 밤사이

활짝 퍼올라

대궐보다 덩그렇다.

2. 다음 중에서 쓰고 싶은 것을 골라 보자.

장난감. 이슬비. 나비. 참새. 아지랑이.

꽃밭. 새싹. 동생. 새 동무. 시장. 꿈.

3. 고른 글감을 다음과 같은 짜임으로 써 보자.

1) 본 것

2) 본 것(또는 들은 것)

3) 생각한 것

4. 위의 시를 참고하면서 글자의 수, 행과 연을 정하여 시를 써 보자.

여기 예로 든 작품은 본문에 나온 것이다. 1에서는 작품을 분석해서 어떤 틀을 만들어 보이고, 2에서는 어떤 경향(거의 모두 어린애 같은 세계에 관심을 갖도록 하는)의 글감을 제시해서, 이것을 가지고 3에서는 1과 같은 틀에 맞춰서 써 보라고 하고 있다. 앞서서 예로 든 3학년 2학기 책에서는 남이 써 놓은 산문을 시의 형태로 고치는 공부를 시켰는데, 여기서는 어른의 시를 그 형태와 내용까지 모방하도록 하고 있다.

교과서에서는 모든 시 단원에서 이런 방법으로 시를 짓는 공부를 시키고 있다. (중학교에서도 초등학교에서 제시한 방법이 그대로 연장되어 있다. 다만 중학교에서는 교재에 나오는 것과 유사한 형식을 제시하기는 하나, 그 안에 담을 느낌이나 생각만은 될 수 있는 대로 자기 현실의 삶 속에서 찾도록 하고 있다.)

오늘날 우리 나라 아이들이 쓴 글이라는 것이, 시든 산문이든 개성이 없고 삶이 없이, 다만 남의 것을 흉내 내는 장난스런 글이거나 아주 남의 것을 베껴서 이름을 내는 상태가 되었다는 것은 첫머리에서도 밝혔다. 교과서에 나타난 시 지도의 방법은 지금까지 수십 년 동안 흉내 내기와 말장난으로 상 타고 이름 내고 한 백일장 당선 목표의 문예 지도, '동시' 지도의 방법이 이렇게 정착된 것으로 보인다.

내가 실천한 시 지도 방법

내가 실천하여 온 방법을 간단히 말해 본다. 맨 처음에 할 일은 아이들이 가진 편견과 선입관을 없애는 일로써, 나는 이런 말을 해 준다.

"지금까지 여러분이 신문이나 책에서 읽은 시니 동시니 하는 것은 거의 모두 엉터리 글입니다. 다만 여러분 마음속에 있는 간절한 생각이나, 그때그때의 절실한 느낌, 그것만이 시가될 수 있습니다. 자기의 것이 가장 귀중합니다."

다음은 아이들 자신의 삶에서 감동의 순간을 붙잡게 하는 일인데, 가장 흔히 하는 방법으로는 같은 반 아이들이 쓴 시를 한두 편, 또는 두세 편 보여(들려) 주는 것이다. 아이들의 삶과 마음이 잘 나타난 것이 좋다. 그 두세 편이 모두 같은 글감이 면서도 저마다 다른 느낌이나 생각을 보여 준다든지, 그 시들이 저마다 다른 글감과 느낌을 쓴 것이어서 사물을 보는 데 얼마든지 다양한 생각이 나올 수 있고 삶은 사람마다 다를 수 있다는 것을 깨닫게 하는 작품을 선택하는 것이 좋다.

작품을 보이고 나서 간단히 이렇게 말해 준다.

"지금 읽은 시를 흉내 내려고 하지 마세요. 저마다 이 자리에서 무엇을 가만히 보고 있다가 문득 머리를 스쳐 가는 것, '참!' 하고 느껴지는 것을 붙잡으세요. 아니면 평소 가슴에 깊이 새겨져 있어 지울 수 없는 생각이라든지, 오늘 아침이나 어제저녁에 어디서 보고 듣고 느낀 감동을 지금 막 그것을 겪는 것같이 되살려서 써도 좋아요."

말할 것도 없이 학년에 따라 얼마쯤 말이 달라져야 하겠다. 그리고 이런 말은 아이들이 가지고 있는 저마다 다른 환경과 개성과 재질을 살려 주도록 하는 데 도움이 되어야 할 것이다.

이렇게 해서 조용한 분위기를 만들어 주면 된다. 쓰는 시간은 초등학생이면 저학년의 경우 10분 정도면 되겠고, 상급생은 30분이면 충분하다. 중학생은 좀 의식하여 말을 선택하고 구성을 하고 고쳐 쓰고 할 테니까 한 시간이 필요하겠지.

쓰고 난 다음에 그것을 고치는 것은 초등학교 상급생부터 제대로 할 수 있겠으나, 이 고치기 지도는 아이들의 살아 있는 말을 죽이지 않도록 신중을 기해야 한다.

나는 학생들에게 시조나 그 밖에 외형률로 된 시를 쓰게 하는 데는 의문을 가진다. 그런 지도를 한 일이 없다.

또 아이들이 쓰는 시를 그냥 시라고 해야 옳은데, 이것을 아직도 동시라고 말하는 사람이 있다. 잘못된 말이다. 어른이 아이들에게 읽히기 위해 쓰는 문학의 한 갈래인 동시와 아이들 자신이 쓰는 시는 다른 것이며, 명칭부터 엄연히 구별해야 한다. 아이들이 쓰는 시를 동시라고 하니까 정말 아이들은 동시인들이 써 놓은 동시를 흉내 내는 것이다. 또 그런 잘못된 지도를 하는 사람들이 동시와 시를 혼동해서 말하는 것이다. 초등학교 교과서에도 같은 책에서 노래, 동시, 시를 혼동해 쓰고 있다. 중학교 책에는 모두 시로 되어 있는데.

교사들의 창조하는 실천으로

시는 초등학교 저학년에서 처음으로 쓸 때부터 온몸으로 쓴다는 점에서 어른들이 쓰는 일반 시와 공통되는 점이 있다. 그러나 아이들에게 시를 쓰게 하는 것은 결코 시인을 만들기 위함이 아니다. 산문을 쓰게 하는 것이 소설가나 수필가를 만들기 위함이 아닌 것과 같다. 어디까지나 사람다운 사람으로 자라나도록 하는 데서 비로소 시인이 될 자질도 형성되는 것이다.

우리 교육에서 가장 등한시되고 소외당하고 있는 것이 창조성을 기르는 교육이다. 그래서 예능교육은 교문 안에서나 밖에서나 여러 가지 비뚤어진 모습으로 나타나면서 아이들을 괴롭히고 있다. 그래도 음악이나 미술교육은 아무리 그것이 제대로 안 되고 있다고 하더라도 기본이 되는 이론만은 어느 정도 서 있다고 본다. 그런데 시를 쓰는 교육은 참으로 미개한 그대로 방치되어 있고, 온갖 잘못된 방법이 성행하고 있다. 우리는 오직 아이들의 순수한 마음과 삶을 지키고 키워 가기 위해 참된 시 교육을 해야 할 것이고, 그러기 위해서 이제부터 황량한 땅을 저마다 지혜와 힘으로 개척해 나가야 하겠다.

어느 시대 어느 나라든지 다 그러하지만 교과서는 결코 완벽한 교재일 수 없으며, 하나의 교육 자료다. 이 자료가 살아 있는 훌륭한 교재가 되도록 창의성을 발휘하여 활용할 수 있는 사람은 다만 일선의 현장에서 교육을 실천하는 분들이다. 그리고 시의 감상과 쓰기는 음악, 미술이 그런 것같이, 정해진 교재와 시간에만 의존할 것이 아니다. 때와 자리를 가리지 않고 좋은 시를 읽히고, 또 그때그때 체험한 감동을 일기장 같은 데 쓰도록 하는 것이 바람직하다.

시를 쓰면서 자라는 아이들, 이 아이들보다 더 귀엽고 더 인정스럽고 더 슬기로운 아이들이 어디 있겠는가?

3장

. . .

글감 찾기에서
발표까지

글쓰기
어디까지 왔나

글쓰기 교육의 뜻

글은 삶의 표현이며 창조다. 어린이의 글이든 어른의 글이든 다 그러하다. 글이 정직한 삶의 표현이 되고 삶의 창조가 되자면, 그 글을 쓰는 사람의 마음이 자유로워야 한다. 강요받아서 쓴 글은 거짓글이며, 남의 것을 흉내 내어 쓴 글은 개성이 없는 죽은 글이다.

어린이들에게 글을 쓰게 하는 까닭은 그들의 삶을 풍부하게 해 주기 위해서다. 삶을 가꾸는 일이 없이는 어떤 교육도 이루어질 수 없다. 더구나 글쓰기를 통한 교육은 불가능하다. 삶을 북돋우는 일, 그것은 글쓰기의 출발점이자 마지막 도달점이다. 어린이의 다양한 개성과 무한한 창조력을 믿고 그들의 편이 되어 그 순수와 자유를 지키고 그 삶을 옹호해 주고 싶어 하는 사람만이 참된 글쓰기 교육을 할 수 있다.

사물을 바르게 인식하고 더 풍성한 삶을 영위하는 진실한 인간이 되도록 하기 위해, 모든 교과에서 배운 지식과 현실에서 얻은 체험과 생각들을 종합해서 주체성을 갖고 판단하여 자신의 삶을 개척하고 창조해 나가도록 도와주는 일, 이것이 글쓰기 교육이다.

글쓰기 지도의 목표

어린이의 삶을 지키고 북돋우는 글쓰기 교육을 어떻게 해야 하나? 글쓰기 지도의 목표를 다음 일곱 가지로 생각해 본다.

첫째, 보고 듣고 생각한 것을 솔직한 태도로 쓰게 한다. 이것은 어린이의 순수성과 정직성을 키우기 위함이다.

둘째, 무엇이든지 쓰고 싶은 것을 자유롭게 쓰게 한다. 글을 쓰는 어린이의 자유를 확보하지 않고 참된 글이 써질 수 없다.

셋째, 제 것을 귀하게 여기는 마음을 갖게 한다. 자기의 삶을 긍정하고 자기만이 가진 느낌이나 생각을 소중히 여기도록 한다. 어린이의 개성과 창조성 있는 재질은 삶에 대한 자신과 긍지에서 비로소 피어날 수 있기 때문이다.

넷째, 실제의 삶에서 우러난 살아 있는 느낌과 생각을 쓰게 한다. 선생님이나 어른들의 가르침을 그대로 따르거나, 남들의 주장에 동조하기만 하는 태도, 교과서나 그 밖의 책에 나오는 글의 내용을 머리로 익혀 그것을 약빠르게 흉내 내는 태도를 글재주라고 훌륭하게 볼 것이 아니라 오히려 부끄럽게 여기도록 한다. 그리하여 실제의 삶에서 우러난 생생한 느낌과 생각을 귀하고 가치 있는 것으로 여기고, 그러한 느낌과 생각을 쓰는 즐거움을 누리게 한다.

　다섯째, 자신의 말로, 살아 있는 일상의 말로 쓰게 한다.

　여섯째, 쉽고 아름다운 우리 말을 정확하게 쓰게 한다.

　일곱째, 자기와 남이 맺고 있는 관계, 부분과 전체의 관계를 인식하고, 사물과 현상을 총합하여 파악 판단하며, 그리하여 인간다운 감정과 올바른 삶의 자세를 몸에 붙이도록 한다.

　위의 일곱 가지를 짧게 요약하면 어린이의 마음과 삶을 키워 가는 것이다. 다시 말하면 풍부한 인간다운 감정을 가지고 바르게 생각하고 판단하면서 행동하는 민주 인간을 기르는 것이다. 옛날부터 '글은 사람'이라고 했다. 인간을 지키고 인간을 키워 가는 것이 글쓰기 교육이요, 글쓰기 교육의 목표인 것은 너무나 당연하다고 하겠다.

글쓰기 교육의 과거와 현재

　그러면 여기서 잠깐 우리의 글쓰기 교육 상황을 살펴보자. 앞에서 열거한 일곱 가지 지도 목표도 실상은 이러한 우리들 교육의 역사와 현실 위에서 세워진 것이다. 우리는 역사의 과거와 현재를 바르게 파악함으로써 비로소 교육의 방향을 잡을 수 있을 것이고, 또한 확신을 가지고 참된 교육을 실천할 수 있을 것이다. 일제강점기 이후 우리의 어린이들은 어떤 글을 어떻게 쓰도록 훈련받아 왔던가?

　일제 36년 동안의 글쓰기 교육은 한마디로 말해서 우리 어린이들에게 조선 민족임을 부끄러워하고, 열등감을 갖게 하는 것이었고, 영광스런 황국신민임을 감사하도록 하는 교육이었다. 초등학교에서 주마다 한 시간씩 일본어로 쓰게 되어 있던 글쓰기 시간에는 대개 어떤 미사여구가 들어 있는 모범문을 흉내 내어 글을 지어야 했다. 그것은 우리 민족의 삶과는 상관이 없는 글이었고, 우리 민족의 모습을 부끄러워하고 멸시하는 감정과 생각을 은연중에 갖도록 하는 글이었다. 그러다가 일제 마지막에는 침략 전쟁과 군대와 황국신민의 영광을 찬양하는 글을 써야 했다. 그러니까 일제강점기에는 우리의 글쓰기 교육이라는 것이 있을 수 없었고, 일본어로 쓰는 반민족의 글쓰기 교육만 있었던 것이다.

1945년 8월 15일부터 1983년까지 38년 동안의 글쓰기 교육은 대강 다음과 같이 네 단계로 나누어 생각할 수 있다.

- 제1기 : 1945년(해방)부터 1950년(6·25)까지의 5년 동안.
- 제2기 : 1951년부터 1960년까지의 10년 동안.
- 제3기 : 1961년부터 1970년까지의 10년 동안.
- 제4기 : 1971년부터 1983년까지의 13년 동안.

제1기는 미군정과 이승만 정권 초기의 5년 동안이다. 이때의 교육은 일제의 군국주의 교육에 대한 반성에서 출발하였다. 대체로 어린이 중심 교육을 표방했다고 볼 수 있지만, 글쓰기 교육에서는 어떤 뚜렷한 이념이 없었던 것은 말할 것 없고 방향이나 지도 방법의 제시도 없었고, 글쓰기의 어떤 경향성 같은 것도 찾아볼 수 없었다. 어쩌다가 뜻있는 교사들의 지도가 있었다면 일본인들의 작문 지도서를 참고로 하였을 따름이었다. 그러나 실로 오랜만에 우리 말과 글을 자유롭게 쓰게 된 감격은 너무나 벅차서 겨우 몇 줄씩 서툴게 적어 보는 글쓰기의 첫걸음도 그만큼 즐거웠다. 그런 즐거움이 그대로 참된 글쓰기의 밑거름이 되어 올바른 교육으로 출발했어야 할 것인데, 그렇게 할 수 없는 상황이 된 것은 너무나 안타까운 일이었다.

일제강점기에 우리 문단에서 활동했던 동요 작가들의 작품을 교재로 가르치면서, 그런 동요를 모방하여 짓게 하는 따위의 교육을 하기 시작하였다. 이렇게 하여 이른바 문예 지도교사들이 일부에 생겨났으니, 이는 참된 교육의 방향을 모색할 수 없는 정치 상황에서 필연으로 나타난 현상이었다고 하겠다. 다만 이 동안에 《생활 작문 교실》(노봉우, 1950)이라는 좋은 이론을 겸한 실천 지도서가 나온 것만은 우리의 글쓰기 교육 역사에서 특기할 만하다. 만일 6·25의 이변이 일어나지 않았더라면, 우리 글쓰기 교육의 이론과 실천은 이 책이 마련했던 기초 위에서 착실하게 발전할 수 있었을 것이다. 그러나 아깝게도 전쟁으로 말미암아 모든 진실한 것을 모색하려던 싹들이 짓밟혀 자취도 없이 사라졌던 것이다.

제2기는 자유당 전성시대의 10년이다. 이 동안은 미국의 실용주의 교육을 그대로 받아들여 학교의 제도와 교과서, 교육 방법에 이르기까지 모두 그 나라의 것을 그대로 따르는 것을 이상으로 하였다. 따라서 글쓰기 교육도 우리의 삶을 떠난 자리에서 이뤄져야 한다고는 아무도 말하지 않았지만, 교육의 실상을 보면 온전히 우리 민족과 어린이의 현실에서 멀리 떠나 있는 것이었다. 겉으로 보기 좋고 화려한 것, 자랑거리가 되는 것, 또는 웃기는 것이나 명랑한 것만 글로서 쓸 가치가 있는 것으로 인정되었다. 어린이들의 글이라면 유희 생활이 거의 전부였고, 짝짜꿍 동요를 흉내 낸 동시 짓기가 크게 유행하였다.

결국 교육정책을 수립하는 사람은 말할 것 없고, 이론가나 실천가들도 남과 우리 삶의 다른 점을 깨닫지 못했다. 미국식 교육을 참되게 받아들이려는 자세가 되어 있지 못했던 것이다. 자기 삶을 외면하도록 하는 자세를 어린이들에게 가르치는 이런 글쓰기 교육은, 그것이 아무리 우리 민족의 언어와 문자로 쓰는 글쓰기라 하더라도, 자기 민족을 멸시하는 정신을 심어 주던 일제 식민지 교육과 별로 다를 것이 없다고 하겠다.

제3기는 1961년에서 1970년에 이르는 10년이다. 이 동안은 제2기의 유희 생활을 제재로 하던, 삶을 외면한 글쓰기가 한층 악화되어 빈말과 문장을 꾸미고 다듬는 손재주를 글쓰기라 하여 교육한 때다. 웬만한 학교들은 모두 문집을 내고 신문을 내었지만, 그것들은 거의 예외가 없이 교육의 성과를 선전하기 위한 것이었고, 어린이들의 삶을 정직하게 보여 주는 문집이나 신문은 찾아보기 힘들었다. 이렇게 교육이 돈벌이로 타락하는 것을 부채질한 것이 언론과 그 밖의 사회단체에서 떠

벌인 백일장, 글짓기 대회의 행사였다. 이런 행사에 당선해서 상을 타고 이름을 내는 것이 유일한 글쓰기 교육의 실제 목표였으니, 실로 백일장 행사 교육 시대라 할 만했다. 문교부(지금의 교육부)의 교육과정도 백일장과 글짓기 대회 당선을 목표로 하는 글쓰기 풍조 앞에서는 제 노릇을 다하지 못하고, 한낱 빈 문서에 머무를 뿐이었다.

이러한 풍조—공허한 말 꾸며 만들기를 글쓰기 기술로 알게 된 것은 일부 문학 작가들의 창작 이론이 글쓰기 지도교사들의 교육 태도를 지배한 때문이기도 하였다. 작가들이 백일장이나 글짓기 대회의 작품을 심사하고, 문학작품 창작 이론과 글쓰기 교육 이론을 혼동해서 일선 교사들에게 제공하였으며, 대부분의 문예 지도교사들은 문단에 진출할 목표로 이들 선배 작가들의 이론을 아무 비판 없이 그대로 받아들였다. 이러한 현실의 상황을 아울러 상기한다면, 글쓰기 교육이 비뚤어진 방향으로 나간 까닭을 충분히 수긍할 수 있을 것이다.

이 기간에 나온 책으로 이윤복 소년의 일기《저 하늘에도 슬픔이》(1964)가 있다. 이 책은 도시의 특수한 가정에서 자라난 어린이들의 호화판 문집과는 달리, 이 시대 한 어린이의 고난의 삶을 정직하게 보여 준 글이다. 8·15 이후 우리 어린이들의 작품 가운데서 가장 높은 수준의 것이라 할 수 있으며, 우리 교육의 빛나는 성과라 하겠다. 교육 전반이 상업화된 이 시기에 어째서 이만한 글이 써질 수 있었던 것일까? 그것은 사랑과 희생의 정신을 가진 어느 한 교육자가 있었기에 가능했던 특수한 경우가 될 것이다. 그렇기에 해방 이후 10년이 지난 사이에 겨우 이 한 권의 책밖에 나올 수 없었다. 만일 글쓰기 교육이 제대로 바르게 이루어져 왔더라면 이와 같이 감명을 주는 어린이 문집이 수십 권 나왔을 터이고, 그렇게 나오는 것이 당연하지 않았겠는가 생각된다.

제4기는 1971년에서 1983년까지의 13년 동안이다. 이 시기에 와서 공허한 문장 수식 기술이 점점 더 성행한다. 더구나이 기간의 후반기에 오면 교육의 성과를 선전하기 위한 글쓰기를 어린이들에게 강요하는 경향이 한층 더 심해져서 거짓스런 이야기를 조작해 내는 기술이 글쓰기 지도의 요령이 되고, 착한 아이인 척, 효도하고 충성하는 아이인 척 꾸며 대는 꾀를 가르치는 것이 글쓰기 지도교사의 할 일이 된다. 초등학교에서 나온 거의 모든 신문과 문집들에 실린 어린이들의 글은 그 제목부터가 행정 지시로 쓴 작품 일색이 되고 말았다. 중고등학생들도 자신의 이야기를 솔직하게 쓴다는 것은 있을 수 없는 일로 알게 되었다. 글쓰기고 작문이라면 무슨 웅변 원고 같은 것이나 교과서에 나온 글의 흉내, 아니면 이른바 문학 소년, 소녀들에게 주기 위해 쓴 게으른 작가들의 달콤한 애상 위주의 글을 어른스럽게 모방하는 것으로 인식되었다. 글이란 자기의 이야기를 정직하게 쓰는 것이라고 말하면, 그런 이야기가 무슨 글이 되는가, 하고 의아스럽게 여기는 것이 거의 모든 학생들의 태도가 되었던 것이다.

1965년에 나는 《글짓기 교육─이론과 실제》라는 책을 낸 적 있다. 이 책은 글쓰기가 참된 인간을 키우는 교육이 되기 위해서 자기의 생활을 정직하게 받아들이고, 생활 속에서 인간답게 느끼고 생각하며 살아가는 길을 탐구하는 것이 되어야 한다고 주장하고, 그러한 견해를 바탕으로 지도 방법을 전개하면서 작가들의 잘못된 지도 이론도 비판했다. 그리고 1973년에는 《아동시론》을 내어 해방 이후의 우리 시 교육이 얼마나 잘못되었는가를 논하였다. 그러나 이러한 견해가 어느 정도 일선 교사들에게 받아들여졌는지 알 수 없었다. 단지 경상북도 지방을 중심으로 하여 적지 않은 교육자들이 내 주장을 이론으로 받아들여 동조하거나 적극 주장을 함께하는 것 같기도 하였지만, 어린이들의 작품에 나타난 실제 지도 면에서는 거의 변화를 느낄 수 없었다. 어린이들의 글은 여전히 상 타기를 목표로 한 말장난이었고, 어른들의 지시로 쓴, 정직성이 짓밟힌 글이 되고 있었다. 이것은 어쩌면 교육자의 양식良識이라든가 양심이라는 것이, 물욕만을 추구하도록 하고 있는 사회구조 속에서 얼마나 쓸모없는 것이 되어 버리는가를 잘 말해 주는 것인지도 모른다.

그런데 어린이 시집 《일하는 아이들》(1978)과 어린이 산문집 《우리도 크면 농부가 되겠지》(1979)가 나온 뒤부터는 삶을 가꾸는 글쓰기 교육을 이해하고 실천하려는 분들이 전국에 많이 나타난 듯하다. 역시 글쓰기 교육이란 아이들의 글로서 그 방향과 방법을 깨달을 수 있는 것 같다. 이미 적지 않은 분들이 주목할 만한 교육의 성과를 보여 주고 있지만, 좀 더 확실하고 전체에 영향을 줄 만한 교육의 성과는 앞으로 기대하는 수밖에 없다. 그러나 이제 그러한 기대는 충분히 할 수 있을 만큼 우리 교육자들은 성장해 왔다고 믿는다.

쓰기 이전에
무엇을 할까

●

두 가지 할 일

글을 만드는 재주를 가르치는 것이 아니라 마음에서 우러나는 것이 저절로 글이 될 수 있도록, 삶이 그대로 글이 되고 글이 곧 삶이 되도록 하는 것이 글쓰기 교육이다. 그러니까 글을 쓰기 전의 지도, 곧 글쓰기의 준비 지도는 참된 글을 쓸 수 있는 바탕을 닦아 나가는 '생활 가꾸기'와 '글을 쓸 수 있는 조건을 갖추어 주는 일'의 두 가지라고 할 수 있다.

몸으로 보여 주는 생활

우리는 아이들이 창조성을 갖고 살아가는 민주 시민이 되기를 바란다. 남이야 어찌 되든지 나만 공부 잘해서 성적을 올려 좋은 학교를 나와 좋은 자리에 앉아 잘살아 보자고 하는 비민주 인간을 키우는 것이 참교육일 수 없다. 서로 다투어 남의 위에 올라가려고 하는 것이 아니고, 서로 도와 다 같이 즐겁게 살아가고 싶어 하는 사람을 키우는 것이 교육이고, 그것이 바로 글쓰기로써 해 나가는 교육이다.

학급 단위의 교육은 이러한 민주주의에 걸맞은 삶을 가꾸기 위해 이루어져야 한다. 먼저 민주주의에 반하는 모든 요소가 학급 사회에서 비판되고 추방되어야 하겠다. 아이들은 모두가 평등한 자리에서 교사의 지도와 보살핌을 받아야 하고, 아이들 사이의 관계도 평등과 우애로 맺어져야 한다. 공부가 뒤떨어진 아이, 몸에 장해를 입은 아이, 가난한 아이들이 멸시받거나 놀림감이 되고, 힘이 약한 아이가 짓눌려 하고 싶은 말을 못 하고, 그래서 힘과 꾀와 돈 같은 것이 지배하게 된다면 그런 학급에서는 결코 참된 글이 써질 수 없고, 글쓰기 교육이 이루어질 수 없다. 그러나 가난하고 약한 아이들이 자연스럽게 위함을 받고 보호받게 되는 학급에서는 감동 깊은 글이 써진다. 거기서는 어떤 말도 자유롭게 할 수 있도록 보장되어 있을 것이고, 모든 학습과 놀이와 작업―삶 전체가 창조성을 발휘하며 이루어지고 있을 것이기 때문이다.

아이들의 삶을 가꾸는 일에서 가장 중요한 방법은 교사가 몸으로 보여 주는 일이다. 선생님 자신은 칠판 글씨를 어지럽게 쓰면서 아이들에게 글씨를 단정하게 쓰라고 아무리 말해 보았자 될 수 없다. 선생님 자신은 담배꽁초를 아무 데나 버리면서 아이들 앞에서 "휴지를 버리지 맙시다"고 한다면 무슨 교육이 되겠는가. 선생님이 아이들에게 사사로운 심부름을 예사로 시키는 것도 비민주주의 생활을 가르치는 것이다. 몸으로 보여 주는 교육은 어렵고, 그래서 글쓰기 교육은 어렵다.

그러나 이것은 교육의 출발이자 마지막 도달점이다. 맨 처음 몸으로 보여 주고, 다음에 말로 들려주고, 그다음에 글을 쓰게 하고, 다시 몸으로 행하는—이것이 글쓰기 교육의 차례다.

말로 가꾸는 삶

글이란 말을 글자로 써 보인 것이다. 따라서 글을 잘 쓰도록 하려면 말을 잘하도록 하는 지도가 앞서게 된다. 더구나 글을 쓰기 전에 글자를 익히는 단계에 있는 저학년 아이들에게는 말하기와 듣기 지도가 글쓰기의 기초로 필요하며, 중학년 이상이라도 글쓰기에 어떤 장애를 느끼고 쓰기를 어려워하는 아이들에게는 말하기 지도를 아울러 하여 그 효과를 거둘 수 있을 것이다.

글을 잘 쓰려면 말을 제대로 할 줄 알아야 한다는 것은 좀 부연해서 설명할 필요를 느낀다. 다시 말해, 말을 잘하는 사람은 글쓰기의 필요성을 크게 느끼지 못하지만, 말을 잘 못하는 사람은 말하기에 장해를 입고 있기 때문에 글로 마음을 표현하려고 하는 욕구가 한결 더 강하다는 것이다. 이러한 경향이 분명히 있기는 하다. 그렇다고 해서 글쓰기를 잘하도록 하기 위해서 말하기 지도를 기피하거나 말을 자유스럽게 하지 못하도록 하는 것이 좋은가 하면 결코 그렇지 않다. 우리는 될 수 있는 대로 모든 아이들이 말을 잘할 수 있게 하고, 그렇게 함으로써 글쓰기도 말하듯이 잘하도록 지도해야 한다. 말하기와 글쓰기는 표현을 하는 데 서로 보완하는 관계가 있지만, 말한 것을 그대로 쓰면 글이 된다는 생각, '말 곧 글'이라는 생각을 더구나 저학년 아이들이 갖도록 하는 것은 아주 중요하다. 그러한 생각은 아이들이 글쓰기를 쉽게 여기고, 그러면서 글과 생활을 밀접한 것으로 보도록 할 것이기 때문이다.

글쓰기의 준비로써 말하기 지도의 목표는 자유롭게 자기의 생각과 생활을 말할 수 있도록 하는 데 있다. 이러한 말하기는 듣기 지도에서부터 시작하거나 듣기와 병행한 지도로 하게 된다.

듣기는 주로 교사의 말을 듣는 것인데, 그러니까 그것은 교사의 말하기요, 말하기의 본을 보여 주는 일이 된다. 교사는 평소의 학습 시간이나 그 밖의 기회에 아이들을 상대로 말을 할 때 될 수 있는 대로 알아듣기 쉬운 말을 정확한 발음으로 간명하게 해 주는 것이 좋다. 이것은 글쓰기의 준비이자 국어교육의 출발이요, 모든 교육의 기초가 된다.

교사는 아이들에게 관료들의 말, 격식을 차린 말을 안 쓰도록 노력해야 한다. 위압감을 주는 말을 쓰지 말아야 한다. 경박한 유행어, 외래어를 삼가야 하며, 어려운 말이나 유식한 말도 피해야 한다. 될 수 있는 대로 순수한 우리 말을, 아이들에게 친근감을 주는 생활의 말을 천천히 다정한 음성으로 들려주는 것이 좋다. 이러한 교사의 말은 아이들의 가슴에 우리 민족의 혼을 심어 주게 될 것이다.

우리의 말은 우리 민족의 피요, 생명이다. 우리의 민족정신을 기르는 교육은 이러한 순수하고 아름다운 우리 말을 아이들에게 들려주는 것밖에 더 좋은 방법이 없다. 아이들이 언제나 귀를 기울여 재미있게 들을 수 있도록 말을 해 주고 이야기를 들려주는 유치원이나 초등학교 선생님들이야말로 우리 민족의 혼을 키워 가는 교사라고 할 수 있다.

글쓰기를 이와 같이 말하기와 듣기에서부터 시작하는 것은 글쓰기가 우리의 생활을, 생활의 말로 쓰는 것이라는 사실을 처음부터 몸으로 익히도록 하기 위해서다. 그리고 또한 이것은 글쓰기가 단순히 글 꾸미고 다듬는 재주를 익히는 것이 아니고 처음부터 말과 글을 통해 민족의 혼을 불어넣어 주는 인간 교육이 되고 있다는 사실을 잘 말하고 있다.

교사의 말은 그대로 아이들의 말이 된다. 아이들의 말도 생각을 분명하게, 사실을 그대로, 자유스럽게 무엇이든지 말하도록 지도해야 하겠다. 다음에 말하기와 듣기 지도에서 몇 가지 참고가 될 만한 방법을 들어 본다.

(1) 마음을 열어 주는 말

운동장 조회 때 선도 당번 교사가 아이들 앞에서 흔히 하게 되는 말을 생각해 본다. "지금부터 생활 목표를 발표하겠다. 이번 주 목표는 '동작을 빨리 하자' 이것이다. 실천 사항으로는 첫째, 종을 치면 빨리 움직일 것. 둘째, 지각을 하지 말 것. 셋째, 선생님이 부르면 곧 큰 소리로 대답할 것. 이상 세 가지를 철저히 지켜 주기 바란다. 이만!" 이쯤 되면 중고등학교의 규율부 학생이 연출하는 연극의 한 도막과 유사하다. 이와는 조금 달리, 말을 부드럽게 해서 "이달의 생활 목표는 교실을 빛내자, 이것입니다. 실천 사항으로는 첫째로 교실을 아름답게 꾸밀 것, 둘째로 교실을 깨끗이 할 것, 이 두 가지입니다. 잘 실천해 주기 바랍니다." 이렇게 해도 그 말의 내용은 여전히 아이들의 행위를 표면으로만 규제하려는 일반 지시가 되어 있다.

앞의 것은 일본 제국주의의 군대식 교육 방법을 그대로 이어받은 교사들의 말이고, 뒤의 것은 겉치레만 하는 상업주의 교육 상황을 잘 보여 주는 말이지만, 둘 다 아이들을 강압하여 몰아붙이는 공허한 구호가 되어 있기는 마찬가지다. 좀 더 부드러운 말로, 살아 있는 생활의 말로, 그리고 무엇보다 아이들의 마음을 내면에서 북돋우는 말로 이야기할 수는 없을까?

"이번 주간에 우리가 살아갈 목표는 '즐거운 교실 만들기'로 정했습니다. 거기 따라서 실행할 일로는 '남 방해 안 하기'와 '제자리 깨끗이 하기' 두 가지입니다. 오늘 어린이 회장이 안 와서 내가 대신 알리니 학급마다 이 문제를 두고 잘 의논해서 모든 교실이 즐겁게 되도록 힘써 주세요."

이런 정도라도 되었으면 싶다.

학교에서 버릇처럼 쓰이는 형식화된 말이 너무 많다. 가령 '용의 단정' '철저 이행' '실천 사항' '책임 완수' '○○○ 관리' 같이 얼마든지 그 예를 들 수 있는 이런 말은 일종의 관료 교육 용어라고 할 수 있으니 부드러운 우리 말로 고쳐서 '바른 몸가짐' '잘 지킬 일, 잘 실행할 일' '실제로 해야 할 일' '책임

다하기, 맡은 일 다하기' '○○○ 손질, ○○○ 돌보기'와 같이 쓴다면 얼마나 좋겠는가. '등교'니 '타종'이니 하는 말들도 '학교 가기' '종 치기'로 쓰면 될 것이다.

말을 순화한다는 것은 겉도는 말이 아닌 살아 있는 말을 쓴다는 것이다. 살아 있는 말은 살아 있는 사람의 창조성 있는 삶의 자세에서 나오는 것이며, 따라서 그것은 순수한 우리 자신의 마음을 찾아 가지는 것이 된다. 글쓰기의 생활 태도가 여기서 이루어진다.

(2) 사실을 정확하게 말하기

공부가 끝나고 청소 당번만 남게 되었을 때 경수가 달려와 이런 말을 한다.

"선생님, 아이들이 청소도 안 하고 다 집으로 갔어요!"

"다 가 버렸어?"

"예!"

"넌 청소 당번 아니냐?"

"당번입니다."

"그럼 다 가 버린 건 아니구나. 그렇지?"

"예."

"나 혼자만 남았어요, 이렇게 말해야 거짓말이 안 되지."

이때 옆에서 듣고 있던 아이들에게, "너희들은 청소 당번 아니냐?" 하고 물었더니 모두, "당번이래요" 대답한다. 알고 보니 늘 말썽을 부리던 성광이만 집으로 갔던 것이다.

"성광이가 청소 안 하고 집으로 갔습니다, 이렇게 말해야지."

이때 머리를 숙이고 있던 경수가 말했다.

"재윤이가 그랬어요. 다 가 버렸다고."

"그럼 그렇게 말해야지. 선생님, 청소 당번들이 다 가 버렸다고 재윤이가 말합니다, 하고."

"재윤아, 넌 왜 그런 말을 했니?"

"길수가 그러던걸요."

"길수야, 넌 왜 그런 말을 했니?"

"성광이 뒤를 따라 모두 변소에 가는 걸 집에 가는 줄 알았어요."

이런 일은 담임교사가 출장을 가고 없는 교실에 보결 학습을 들어가는 선생님들이 흔히 겪게 되는 일이다. 사실을 본 대로, 들은 대로, 정확하게 말하게 해야 하겠다.

(3) 거짓말 찾기 놀이

이것은 공부 시간을 기다리는 아침이나 특활 시간, 또는 점심시간 같은 때에 이따금 아이들을 자리에 앉혀 놓고 할 수 있는 재미있는 공부다.

"자, 이제부터 내 이야기를 잘 들어 봐요. 이야기 가운데 거짓말이 들어 있다고 생각되면 '거짓말입니다!' 하고 소리치세요."

이렇게 말해 놓고 교사는 큰 소리로 천천히 이야기를 만들어 들려준다. 그러다가 슬쩍, 거짓말을 끼워서 아이들이 이것을 깨닫게 하는 것이다.

"오늘 아침에 말이야, 내가 늦잠을 잤어. 그래 일어나니 벌써 열한 시가 됐잖아!"

이때 아이들은 일제히 소리친다.

"거짓말입니다!"

"그렇지. 아직도 열한 시가 안 됐는데, 거짓말이 됐구나. 사실은 눈을 떠 보니 벽시계가 열한 시를 가리키고 있더라. 깜짝 놀라 다시 눈을 비비고 보니 시계가 잠을 자고 있지 뭐야. 그래 라디오를 틀어 놓으니 여덟 시였어. 급히 세수를 하고, 밥을 먹고, 비가 올 듯한 날씨라 우산을 들고 학교에 왔어. 오늘은 선도생 지도할 일도 있고 해서 빨리 온다고 지름길 골목으로 오는데, 한 모퉁이를 굽어 돌 때 저쪽에서 커다란 호랑이가 한 마리 떡 버티어……."

"거짓말입니다!"

"그래, 그래, 아주 호랑이라 했으니 거짓말이 됐구나. 호랑이같이 무섭게 생긴 개 한 마리가 버티어 서 있었지. 이것 큰일 났구나. 개 한 마리에 겁을 먹고 되돌아 딴 길로 갈 수는 없고 어쩌나? 하다가 옳다 됐다고 손에 들었던 우산을 총대같이 잡고는 앞으로 떡 내밀고 용감하게 한 걸음씩 걸어 나갔지. 개가 무서운 얼굴로 나를 노려보고 서 있는데……. 그렇게 자꾸 가다가 이제 여남은 걸음 왔다 싶을 때 손에 잡았던 우산을 앞으로 내민 채 활짝 폈단 말이야. 그랬더니 그만 그놈의 개가 깜짝 놀라 걸음아 날 살려라 도망치고 말았어!"

"거짓말!"

"아니야, 참말이야! 나도 우산 가지고 개 쫓은 일 있어."

이 거짓말 찾기 놀이는 학년 단계에 따라 쉽게 판단할 수 있는 거짓말부터 시작하여 얼핏 들어 속아 넘어가기 쉬운 거짓말을 찾아내는 훈련을 하면 좋을 것이다. 이것은 글을 쓸 때 사실을 정확하게 쓰는 태도를 기르고, 남의 글을 읽을 때 거기 표현된 참과 거짓을 판별하는 능력을 기르는 공부가 된다.

글자 익히기

아이들이 실제로 글을 쓰는 단계에 와서도 두 가지 준비가 있어야 한다. 그 하나는 글자를 익히는 일이요, 다른 하나는 문장관의 확립, 곧 글이란 어떻게 써야 하며 어떤 글이 좋은 글인가, 하는 생각을 갖게 하는 일이다. 먼저 글자 익히는 문제부터 생각해 본다.

아무리 쓰고 싶어도 글자를 모르면 쓸 수 없다. 국어교육은 글자 익히기가 글쓰기에 앞선다. 저학년에서 문자 해득 지도에 힘써야 하는 것이 이 때문이다. 이 글자 익히기는 국어교육에서 주로 '읽기' 시간에 할 일이기에 여기서는 짓기와 깊이 관련지어 이야기해야 할 문제만 말하겠다.

글자를 알아야 글을 쓰는 것이 사실이지만, 한편 글을 씀으로써 글자를 알게 되고 더욱 확실히 글자를 익히게 되는 것도 사실이다. 읽는 것은 머리로 읽는 것이지만 쓰는 것은 몸으로 하는 행위라고 할 수 있다. 그러면 글자를 모르고 어떻게 먼저 쓰기를 할 수 있는가?

여기 예를 좀 들어 보기로 한다. 저학년 아이들, 아직 글자를 마음대로 쓸 수 없는 아이들에게 글을 쓰게 하면 모르는 글자가 많아 몇 자 쓰고는 옆의 아이들에게 서로 묻고 한다. 이때 교사는 "글자를 모르면 손을 드세요" 해서 아이들이 말하는 것을 부지런히 칠판에 써 보인다. 이것이 저학년 글쓰기 시간에 교사가 해야 할 가장 중요한 일이다. 아이들은 이렇게 하여 글을 쓰면서 글자를 익힌다.

글을 쓰는 시간에 글자를 익히는 이 방법이 글쓰기 지도에서 중요할 뿐 아니라 문자 해득을 촉진하는 효과가 있다는 것은, 아이들 생활에 많이 쓰이는 말, 곧 그들이 가장 절실히 필요로 하는 말을 글자로 써 보는 즐거움을 누리게 하기 때문이다. 아이들은 자기의 생활과는 상관없는 말과 글을 익혀야 할 때 아주 어려워하고 그 학습이 부진하게 된다. 글쓰기 시간에 글자를 익히는 이 학습은 오늘날 추상화, 획일화된 내용의 교과서로 문자를 해득해야 하는 국어 학습의 커다란 결함을 가장 잘 보충해 줄 수 있는 방법이기도 하다.

또 한 가지, 저학년의 글쓰기 시간에 지도할 일이 있다. 글을 열심히 써 나가다가 글자를 모르면 그 자리에 ○표를 해 두고 쓸 수 있는 글자만 써 나가도록 한다. 이렇게 해서 다 써 놓고, 나중에 모르는 글자를 물어서 ○ 자리를 메워 넣게 하는 방법이다. 가령, "나는 어제 집으로 갈 때 ○○에서 ○을 보았습니다. ○○ 놀라서 뒤에 오는 선희를 불렀습니다" 이렇게 써 놓고 나중에 '냇가' '뱀' '깜짝'과 같은 말을 써넣는 것이다. 이렇게 하는 까닭은, 아이들이 모르는 글자를 그때그때 물어서 쓰려고 하면 너무 시간이 걸려서, 그만 쓰고 싶은 말을 잊어버리는 수도 있고, 또 쓸 재미도 없어지기 때문이다.

그러나 저학년뿐만 아니라 중학년 이상이라도 표기 능력이 없는 아이들에게 지나치게 글쓰기를 강요하지 않는 것이 글쓰기 교육에 오히려 도움이 될 것이다.

문장관의 확립

문장관의 확립이라고 하니 좀 어렵게 들리지만, 글을 어떻게 보는가 하는 태도를 바로잡는 문제다. 이 글의 첫머리에서 우리 나라 글쓰기 교육의 과거와 현재를 간략하게 말했지만, 지금 우리 나라 아이들은 대부분 글을 바로 볼 줄 모른다. 글을 자기의 생활과 관련이 없는 것으로 여기고, 그래서 손재주를 부려 글을 만들어 내고 있다. 이것은 말할 것도 없이 잘못된 교육 때문이다. 많은 글쓰기 지도교사들이 잘못된 문장관을 가지고 있다. 어쩌면 대부분의 교사들은 건전한 문장관을 가지고 있지만, 일부 이름 내기를 목표로 교육하는 교사들이 지도하는 아이들의 글이 떠들썩하게 상 타고 신문 잡지에 발표되어 선전되는 바람에 그만 대부분이 그런 것처럼 보이는지도 모른다. 그러나 언론에서 선전하는 아이들의 '우수작'이니 '최우수작'이니 하는 작품의 영향은 대단히 큰 것이어서 이것을 대수롭지 않은 것으로 넘겨 버릴 수는 결코 없다. 아이들이

글을 바로 보는 태도와 능력을 갖게 하는 지도가 앞서지 않고
서는 글쓰기 교육을 할 수가 없다.

여기, 아이들의 글을 어떻게 보아야 하는가를 생각하기 위
해 최근 전국 규모로 응모, 당선되어 신문과 잡지에 발표되었
던 작품 몇 편을 들어 보기로 한다.

양파가 사 준 인형 여학생 전남 초6학년

재작년!

우리 집에서는 처음으로 농사에 첫발을 내딛었다.

한 마지기 정도의 밭을 사서 양파를 심었다.

아직 농사에 관해 잘 알지는 못하지만 아버지, 어머니께서는 열
성이셨다. 양파의 이모저모를 책을 통해 또는 동네 사람들의 말
을 참고로 배우고 익히셨다. 나도 종종 학교 공부를 마치고 나서
는 밭에 나가 양파를 바라보면서 자라는 정도와 변화를 메모해서
일기장에 옮겨 적곤 하였다.

처음 우리 밭을 가지고 거기서 자라는 농작물을 관찰하는 것은
나에게 큰 즐거움이 되어 주었다.

무럭무럭 잘 자라기를 비는 나의 바램을 알기나 하는 듯이 양파
는 숱한 병 속에서도 아무 사고 없이 잘 자라나 마침내는 캐야 하
는 날이 찾아왔다.

아버지께서는 인부를 부르시고 경운기를 동원하여 양파 캘 것을
계획하시고 이장님께 도움을 청하셨다. 그런데 여기서 나는 처음
으로 농촌 사람들의 협동하는 생활을 절실히 엿볼 수 있었다.

우리 마을에 사는 어른들 모두가 우리 밭에 나오셔서 일을 해 주시고 차차 돌아가며 집집의 양파를 캐기로 하시겠다는 것이었다.

마침 우리 학교에서도 농번기 철이라 하여 임시 방학을 했기 때문에 양파 캐는 날 나도 한몫의 일을 맡을 수 있었다.

작은 양이지만 캐어서 경운기에 실었다. 하다가 익숙치 못한 탓으로 잎줄기가 뜯어져 버린 것도 있었다.

그런 때는 꾸중을 들을까 봐 몰래 감춰 놓기도 했다.

아침 7시부터 하기 시작했지만 오후 8시가 넘어서야 다 마칠 수가 있었다. 다음 날 또 다음 날 이렇게 하루하루 양파를 저장고에 달아매는 작업이 계속되었고 그 노력으로 무사히 모든 일을 마쳤다.

그 양파를 팔아서 아버지께서는 나에게 예쁜 인형을 선물해 주셨다.

예쁜 금빛 머리에 화려한 옷을 입은 검둥이 인형이었다.

양파를 판 돈으로 산 인형이기 때문에 이름도 '양파 아가씨'라고 지어 주셨다.

지금은 머리가 빠지고 얼굴엔 때가 묻었지만 그 인형을 볼 때마다 검게 그을은 얼굴로 양파 작업을 하시던 우리 마을 어른들!

서로서로 협동하는 농촌 사람들을 생각하며 빙그레 웃어 보곤 하였다.

– ○○ 주최 전국 농촌 어린이 글짓기 대회 은상 수상작

이것은 양파 농사를 지은 한 해의 일을 회상해서 쓴 글이다.

봄부터 가을까지의 일을 원고지 여섯 장 정도로 개괄해서 썼는데, 설명문과 서사문이 뒤섞인 형식이다. 그런데 그 어느 형식도 철저하지 못하고 서술 내용을 지나치게 추상화시켜 개괄하고 있으며, 수긍이 안 가는 점이 너무 많다. 과연 어린이가 쓴 것인지 의심스럽다. 어린이가 썼다면 지도자의 간섭과 지시에 따라 썼거나 지나친 개작으로 심히 잘못된 글이라 판단된다. 문장의 차례를 따라 문제점을 들어 본다.

"자라는 정도와 변화를 메모해서 일기장에 옮겨 적곤 하였다" "자라는 농작물을 관찰하는 것은 나에게 큰 즐거움이 되어 주었다" "양파는 숱한 병 속에서도 아무 사고 없이 잘 자라나……"와 같은 문장들은 그것을 실감하게 하는 아무런 구체화된 경험 사실을 보여 줌이 없어 살아 있는 글이라 할 수 없다. 아이들의 글을 조금이라도 주의해서 읽은 사람이라면 깨닫게 되는 것이지만, 아이들이란 본래 이런 추상의 글을 쓰지 않는다.

"아버지께서는 인부를 부르시고 경운기를 동원하여 양파 캘 것을 계획하시고 이장님께 도움을 청하셨다" "우리 마을에 사는 어른들 모두가 우리 밭에 나오셔서 일을 해 주시고 차차 돌아가며 집집의 양파를 캐기로 하시겠다는 것이었다"고 했는데, 한 마지기의 양파 농사를 지어 놓고 온 마을 어른들을 불러 경운기까지 동원해서 양파를 캤다는 것은 수긍이 안 간다. 차차 돌아가며 집집의 양파를 캐기로 했다는 말이 있으나 온 마을이 양파 농사만 했다고 볼 수도 없다. 더구나 한 마지기의 양파를 캐는 데 온 마을 사람들이 "아침 7시부터 하기 시작했지만 오후 8시가 넘어서야 다 마칠 수가 있었다"고 했으니 어디 이럴 수 있는가?

이렇게 해서 "농촌 사람들의 협동하는 생활을 절실히 엿볼 수 있었다"든지 "……검게 그을은 얼굴로 양파 작업을 하시던 우리 마을 어른들!" "서로서로 협동하는 농촌 사람들을 생각하며 빙그레 웃어 보곤 하였다"든지 하는 말들이 글쓴이의 진정에서 나온 말이 아니라 상 타기 위해 심사 위원들의 의향에 맞춰 쓴, 어른스런 공허한 말로 느껴진다. 주최 쪽에서 요구할 것 같은, 협동해서 잘 사는 농촌 모습을 글로 만드는 재주를 부린 것이라고밖에 생각되지 않는다.

다음에, 이보다 더 문제 되는 것은 6학년 아이가 자기 집 농사 이야기를 쓰는데 양파 한 마지기로 온 식구가 매달린 것같이 쓴 것이다. 어떻게 양파 한 마지기로 살아갈 수 있는가? '그거야 뭐 다른 농사나 다른 일도 했을 테지' 할지 모르지만, 그렇다면 당연히 그런 사정을 써야 할 것 아닌가.

그리고 6학년이 된 아이가 양파 팔아 인형 사 준 것—그것도 외국의 인형이다—을 그렇게도 대단한 것으로, 제목까지 '양파가 사 준 인형'으로 했으니 한심스럽다. 농촌에 살고 있는 아이가 자기 집과 자기 마을에 대한 문제의식이 이렇게도 없을까? 1학년 정도라면 몰라도, 또 이것은 "재작년"의 일이다. 양파 농사지어 양식도 사들였을 터이고 비룟값, 농약값도 다 주고 했을 터인데, 그런 것은 모르고 인형 얻은 것이 그리도 대단해서, 그것도 재작년의 일을 썼다는 것은 문제가 안 될 수 없다.

어린애 같은 의식 상태, 인형 이야기, 농촌 아이도 그런 것이라야 글이 되고 그런 작품이라야 상을 탈 수 있다는 생각을 불어넣어 주고 싶어 하는 사람이 있다면 나는 그에게 대관절 농촌 아이들을 어떤 길로 끌어가고자 하는가 물어야겠다.

시골집　여학생 충남 초 4학년

엄마가 밭에 나간 시골집에는
아가가 혼자서 집을 본다.
바둑이는 쿨쿨
아기는 콜콜

텅 - 빈 시골집엔
아가 제비가 지지배배
집을 지키고

강바람도 걱정되어
솔솔 마당을 맴돌고
해님도 기웃기웃
창문을 비추는데

담 너머 호박잎도 너울너울
사립문을 지킨다.
- ○○ 주최 전국 농촌 어린이 글짓기 대회 은상 수상작

　이 작품은 누가 읽어도 어느 동시인이 쓴 작품같이 느껴질 것이다. 그 이유는 아이들이란 삶에서 얻은 구체화된 감동을 그들의 살아 있는 말로 쓰는 것인데, 여기에는 삶도 없고 살아 있는 말도 없다. 개념과 격식의 말로만 쓰여 있다. 이 개념과 격식은 어른의 것이다. 뻔한 발상으로 쓴 어른의 동시다. 아이가 썼더라면 어른의 것을 흉내 낸 것이요, 어른이 써 주었거나 어른의 생각대로 고쳐 쓴 것이라고밖에 볼 수 없다.
　'도시는 시끄럽지만 시골은 한적하다'는 공식과 지극히 겉핥기식 농촌관에서 생각해 낸 이 작품에는 그러기에 시골의 살아 있는 풍경조차 잡히지 않았고, 아이의 모습도 게으른 상상으로 조작되었다. 벌써 수없이 우려먹은 낡아 빠진 이런 동시의 세계가 어린이의 이름으로 또다시 되풀이되어 작품으로 발표된다는 것, 더구나 현상 모집에서 당선작으로 공표된다는 일에 놀랄 뿐이다. 이런 작품과 이런 행사를 비판하지 않고는 글쓰기 교육을 해낼 수 없다.

무엇을
쓰게 할까

●
●

글감 찾기 지도의 뜻

글쓰기 지도는 한마디로 '무엇을, 어떻게, 쓰게 하나?' 하는 문제다. 여기서 '무엇'을 고르는 일, 곧 글이 될 감을 찾아 정하는 일이 글감 찾기다. 다시 말하면 '거리'(소재)에서 마음에 들어온 그 무엇을 글의 감으로 작정하도록 도와주는 일을 글감 찾기 지도라 한다.

'거리'와 '감'의 관계를 다음과 같이 나타낼 수 있다.

거리 (소재)	- 자연과 사회의 모든 사실, 아이들 삶의 모든 영역.
↓	
감 찾기 (취재)	- 거리 속에서 그 어느 것을 가려잡는 일. - 생활 경험에서 시간과 공간을 한정시켜 글의 　감을 정하는 일.
↓	

감 (제재)	- 거리 속에서 가려낸 글의 제목, 개성 있게 선정 된 글의 범위.

글감은 단순한 객관 사물로서 글의 재료가 아니다. 그것은 모든 사물과 경험 가운데 특별히 글 쓰는 이의 마음에 들어온 그 무엇이다. 쓰는 이의 마음에 특별히 들어왔다는 것은 쓰는 이의 삶 속에서 그 무엇(글감)이 깊이 관련되어 있음을 말한다.

글감 찾기 지도의 중요성

더러 글쓰기 지도를 하는 이들이, 글이란 '어떻게 쓰는가?' 하는 일이 문제가 되는 것이지, '무엇을 쓰는가?' 하는 것은 중요하지 않다고 말한다. 이것은 일부 문학작품을 쓰는 이들의 기교주의 글쓰기 이론을 아이들의 글쓰기 교육에까지 끌어들여 온 데서 생긴 잘못된 견해다.

문학작품이든 아이들의 글이든 '무엇을 쓰는가?' 하는 문제는 아주 중요하다. 그 까닭은, '어떻게'라는 글의 형식은 마침내 '무엇'이라는 내용에 따라 좌우되고 규정되는 것이기 때문이다. 문학작품이든 아이들의 글이든, 또 산문이든 시든 간에 모든 글은 그 내용에 따라 형식이 거기에 알맞게 이루어지는 것이지, 형식이 먼저 있고 내용이 그 형식 안에서 만들어지고 맞춰지는 것은 결코 아니다. 만약 그런 글이 있다면 제대로 쓴 글일 수 없다. 더구나 아이들의 글쓰기에서 '무엇'을 쓰게 하는가, 하는 첫 단계가 중요한 까닭은, 아이들의 글이란 머리로 만들어 내는 것이 아니고 어디까지나 생활 경험을 살아 있는 그 대로 쓰는 것이기 때문이다.

만일 아이들에게 '무엇'을 쓰는가 하는 것은 중요하지 않고 '어떻게' 쓰는가 하는 것만이 글쓰기의 문제가 된다고 하여, 자 기의 생활 속에서 쓰고 싶은 것을 자유롭게 골라 쓰게 하지 않는다면 어찌 될까? 가령 '봄'이니 '가을'이니 하는 추상의 과 제를 주어 글 고치고 다듬는 것이나 지도한다든지, 상급 학년 이 되었는데도 '소꿉놀이'니 '강아지'니 하는 제목의 글만 쓰게 한다든지, 어설픈 행정 구호 같은 것을 글감으로 강요하는 따 위다. 이렇게 되면 아무리 애써 지도한다고 하더라도 아이들 의 마음을 키워 가는 교육은 될 수 없을 것이다. 그렇게 해서 애쓰면 애쓸수록 아이들의 마음은 글과 함께 병들고 비뚤어져 갈 뿐이다. 실상 오늘날의 학교 교실에서는 이런 상황을 깊이 반성하지 않으면 안 된다고 생각한다.

글감을 어떻게 선정하는가에 따라서 글쓰기의 방향이 결정 된다. 글쓰기의 방향이 결정된다는 것은 아이들의 생각을 키 워 가고 글 쓰는 의욕을 일으키는 데 중대한 영향을 미친다. 글쓰기 지도에서 글감 찾기는 첫 단계인 동시에 글쓰기의 성 패를 결정하는 가장 중요한 지도가 되는 것이다.

글감 찾기 지도의 원칙

무엇이든지 다 글감이 되니 마음대로 골라 쓰라고 말해도 아이들은 여전히 쓸 것이 없어 쩔쩔매는 수가 있다. 그것은 대개 교과서나 신문 잡지에 발표되는 생활이 없는 글, 머리로 만들어 낸 글만을 보아 왔기에 자기의 생활을 정직하게 쓰는 것이 좋은 글이라는 사실을 모르기 때문이다. 또 자기의 경험을 쓰면 된다는 것을 조금은 알고 있어도 삶을 보는 눈이 얕아서 문제의식이 없기 때문이다.

글감 찾기 지도의 원칙을 다음에 들어 본다.

첫째는, 무엇보다 글감을 강요하지 말 것이다. 어디까지나 어린이 스스로 찾아내어야 한다.

둘째는, 삶을 현실감 있게 보도록 해야 한다.

셋째는, 아이들의 재능을 키워 주고, 생각을 깊게 해 주어야 한다.

넷째는, 쓰고 싶은 의욕이 왕성해지도록 해야 한다.

글감을 자유로 찾게 하느냐, 정해 주느냐 할 때, 어디까지나 자유로 골라서 쓰도록 하는 것이 원칙이다. 그것은 앞에서도 말한 것과 같이 글의 제목이란 '마음속에 살아 들어온 그 무엇'이기 때문이요, 그래서 아이들 한 명 한 명의 생활과 성격을 토대로 한 글감이기 때문이다.

그러나 실지로 지도해 보면 자유로 쓰게만 해서는 발전이 없고 사회성이 없는 결과를 가져온다. 그래서 글의 세계를 넓혀 가고 삶을 보는 생각을 깊게 하는 글감 찾기 지도의 한 과정으로서 과제 지도가 필요해진다. 이 과제 지도는 잘만 하면 자유로 쓰도록 맡기는 것보다 더 재미있고 자유로우며, 아이들의 생각을 키워 갈 수도 있다. 그러니 아이들의 삶에서 가장 절실한 문제가 되고 있는 것이 무엇인가를 찾아내는 것이 과제 지도의 열쇠가 된다.

글감 찾기의 범위와 조건

(1) 글감 찾기의 범위

저학년에서는 그들의 생활환경에서 흥미를 갖는 것이 주로 놀이, 동무, 식구, 동물 들이다. 이 밖에도 가정과 학교의 생활에서 누구든지 관심을 갖게 되는 글감들이 있다. 예를 들면 '내 신' '내 가방' '싸움' '시험' '청소' 같은 것들이다.

학년이 올라갈수록 글감을 찾는 범위를 넓혀야 한다. 그런데 현재의 실태를 보면 모든 학교에서 교훈 투의 제목을 똑같이 강요하고 있어서 글쓰기 교육이 벽에 부딪히고 있다.

더러 자유로운 쓰기를 지도하는 교실에서도 '문예 지도'라고 하여 글감을 대체로 놀이 생활에 국한시키고 있는데, 이것은 분명히 자라나는 아이들의 마음과 행동을 지난날의 유치한 상태에 붙잡아 매어 두는 결과를 가져온다. 아이들을 좁은 세계에 가두어 놓는 이런 문예 지도는 앞에서 말한 관념의 교훈을 강요하는 글쓰기와 함께 아이들의 정신 발달을 가로막고 해치고 있다.

5, 6학년이 되어도 글을 쓰라면 '내 동생' '생일' '소풍' 같은 것밖에 쓸 줄 모르는 것은 딱한 일이다. 기분 좋게 놀거나 배부르게 먹고 좋아한 이야기를 누가 재미있게 읽어 줄 것인가? 그런 것은 쓰는 사람도 지칠 것이다. 슬퍼하고 기뻐하고 괴로

워하고 걱정하는 모든 삶의 이야기가 글이 되도록 해야 한다. 아이들의 생각을 깊게 하고, 넓혀 가고, 그 삶을 앞으로 나아가게 하는 글감 찾기가 되도록 하지 않으면 안 된다.

아이들의 생활을 크게 나누어 놀이, 학습, 일의 세 가지로 본다면 앞으로는 학습과 일하는 생활에서 더욱 많은 글감을 찾도록 함이 좋겠다. 아이들의 학습 생활이 베껴 쓰기식의 기계 같은 것이 아니고 진정 아이들의 창조하는 태도로서만 이루어지는 것이라면, 그러한 창조성 있는 학습은 글쓰기로 더욱 효과 있게 몸에 붙일 수 있을 것이다. 그것은 모든 교과 학습에서 그러하다. 확실하고 바르게 익힌 학습일수록 구체화된 생활에 가까운 것이므로 그 내용과 결과는 쉽게 글쓰기의 형태로 나타날 수 있다. 모든 참된 학습지도는 글쓰기와 밀접함이 최상의 지도가 된다.

다음은 일하는 생활이다. 일하는 생활은 심부름, 청소에서부터 아기 보기, 빨래하기, 논밭의 김매기같이 자기가 몸소 한 것뿐만 아니라, 이웃 사람, 마을 사람들의 일하는 현장까지 관찰, 조사, 기록할 수 있도록 글감 지도를 하면 좋겠다.

(2) 글감 찾기의 조건

글을 쓸 때는 흔히 아이들에게 "꼭 쓰고 싶은 것, 쓸 가치가 있는 것을 써라"고 말한다. 서사문이라면 될 수 있는 대로 현재의 시간에 가까운 때에 있었던 일을 쓰도록 한다. 그렇게 해야만 기억을 생생하게 되살려 살아 있는 글을 쓰게 할 수 있기 때문이다.

여기서 글감 찾기의 조건을 들어 본다.

① 주관 조건

첫째, 삶에서 강한 인상을 받은 것을 붙잡을 것.

둘째, 글로 써 보이고 싶은 것이라야 한다.

셋째, 그것을 씀으로써 만족할 수 있는 것이라야 한다.

넷째, 특별한 경우가 아니고는 글 쓰는 이가 그것을 일반에게 발표하고 싶은 욕망을 가진 것이라야 한다.

② 객관 조건

첫째, 글감이 사회성을 가질 것. 곧, 두 사람 이상의 이야깃거리가 될 수 있어야 한다.

둘째, 나아가 읽는 이에게 적극 영향을 주는 것이라야 한다.

셋째, 다시 더 나아가 인격과 집단에 대한 올바른 삶의 관점을 보여 주는 것이라야 한다.

다섯째, 편지글은 그 대상이 뚜렷하게 정해져 있을 것.

이와 같은 조건을 아이들이 깨닫고 글감을 찾도록 해야 할 것이다. 이 조건들에 비추어 맞는 글감을 선정하게 했다면, 그 글쓰기 수업은 반 이상 성공하였다고 볼 수 있다.

학년별 글감 찾기 지도

⑴ 1, 2학년

1, 2학년 글의 특징은 자기의 경험을 나열하는 데 있다. 그래서 글감 찾기 지도의 목표를, 무엇이든지 보고 듣고 행한 것

은 다 글이 될 수 있다는 생각을 갖게 하고, 쓰고 싶은 의욕을 일으키는 데 둔다. 여러 가지 제목으로 같은 학년 정도의 아이들이 쓴 글을 많이 읽어 주고, 그 내용에 대한 이야기를 하여서, 저마다 자기 생활에서 재미있고, 쓰고 싶은 것을 찾아서 쓰게 한다. 자유롭게 글감을 선택하여 거기서 받은 인상을 쓰게 하고, 과제를 하더라도 어느 정도 범위를 정해서 그 안에서 자유롭게 쓰도록 할 것이다. 예를 들면 '내 연필' '내 가방' '내 필통'같이 학용품 가운데 어느 한 가지를 골라 쓰게 한다든지, '아주 재미있는 놀이' '걱정되는 일' 같은 것을 쓰게 하는 따위다. 이렇게 하여 조금씩 글감을 넓혀 가서 학교 공부, 청소, 시험, 가정의 일, 심부름, 아기 보기, 집일 돕기, 여러 가지 동물에 대한 이야기, 이웃집 아저씨…… 들로 쓰게 하면 될 것이다.

(2) 3, 4학년

3, 4학년이 되면 줄거리가 연결되어 있는 글을 쓸 수 있게 된다. 따라서 자기의 삶을 정직하게 보고 생각할 수 있게 하고, 중심 잡힌 글을 쓰기 위한 글감 지도가 되어야 한다. 무엇보다 글감을 넓고 깊게 하는 한편, 무엇이든지 서슴지 않고 솔직하게 쓰는 태도를 기르도록 한다.

1, 2학년은 가정이나 학교의 일을 아주 솔직하게 쓰는데, 3학년이 되면 점점 글감이 치우치게 되어 보기 좋은 것, 자랑스러운 것, 부끄럽지 않은 것을 찾아 쓰려는 경향이 생긴다. 이것은 학년이 올라갈수록 여러 가지 장벽에 부딪혀서(신문 잡지에

나오는 아이들의 글에서 받는 영향도 그 한 가지다) 본 것, 들은 것을 솔직하게 쓰기를 꺼리는 까닭이다. 글을 쓰기 어려워하는 아이들 가운데는 쓸거리가 있어도 솔직하게 쓰는 태도가 안 되어 있는 아이가 많다. 이런 아이들에게는 소박하고 정직하게 쓴 동무들의 글을 읽어(보여) 주는 것이 효과가 있다. 그래서 '이런 걸 쓰면 남들이 비웃지 않을까? 선생님이 꾸짖지 않을까? 아버지가 아시면 어떻게 될까?' 하는 마음 거리낌의 원인을 없애 주는 것이 중요하다. 어떤 이야기를 썼어도 솔직하게 쓴 글이면 칭찬해 줄 것이고, 부모들에게 이 점을 교육하여 이해시켜야 하겠다. 또한 학급 아이들의 생활 태도를 진실한 방향으로 이끌어서, 정직하게 쓴 글은 성실한 삶에서 나온 것임을 깨닫게 하고, 그런 글을 쓴 아이를 훌륭하게 보는 생활 분위기를 만들어야 할 것이다.

이렇게 하여 솔직히 쓰는 태도가 길러지면, 그다음에는 모든 일들을 좀 더 자세히 보고 깊이 생각하여 그 원인을 찾고 내부의 참뜻을 붙잡는 방향으로 이끌어 가도록 글감 찾기 지도를 할 수 있으리라.

(3) 5, 6학년
고학년의 글감 찾기 목표는 사회에 관계되는 가치가 있는 글감을 찾아 쓰도록 하는 것이 되어야 한다.

글감을 넓히는 지도에서는 쓰려고 하는 반 동무들의 글 제목을 발표하게 한다든지, 문집의 글 제목을 소개한다든지, 글감 일람표를 만든다든지, 글감 찾기 공책을 가지게 한다든지 하는 여러 방법이 있다. 아무리 보잘것없고 작은 것이라도 그것을 자기의 삶이나 평소에 가지고 있던 생각과 관련지어 보면 훌륭한 글감이 된다는 것을 작품으로 깨닫게 한다. 이 세상의 모든 사물, 한 마리 새, 한 포기 이름 없는 풀이라도 다 글감이 될 수 있음을 깨닫게 한다.

글감을 사회로 넓히는 동시에 자기 자신에 관해서도 생각할 수 있도록, 내 성격, 내 희망, 내가 잘못한 일…… 들로 쓰게 한다.

가치 있는 글을 쓰기 위해서는 자기와 남의 생활을 바로 보고, 모두가 즐겁게 살아가도록 하려면 어떻게 해야 할 것인가를 늘 생각하게 한다. 결국 가치 있는 글감이란 누구든지 관심을 가지는 현실과 희망에 관한 문제를 그 속에 안고 있는 것이기 때문이다.

절박한 현장의 문제

지금까지 글감 찾기 지도에 대해 말해 왔는데, 여기서 선생님들은 어떤 곤혹감이나 거리감 같은 것을 느낄 것 같다. 그것은 백 번도 더 옳은 이론이지만 실제 교실의 현장에서는 그대로 실천하기가 지극히 어렵다고 보는 것이다.

그렇다면 무엇이 교육의 실천을 어렵게 하고 방해하는 것일까? 글쓰기 교육에 대한 학교 경영자나 동료들의 이해 못 함과 차가운 눈들인가? 잡무로 인한 시간 부족인가? 그런 어려움도 있으리라. 그러나 더 가깝고 절박한 문제들이 몇 가지 있다. 그 문제들을 지금부터 말해 보려고 한다. 교사들이 바른 교육 관과 교육 이론을 가질 수 없게 하고, 교사들이 사랑으로 아이들을 대하는 것을 방해하는 이 문제들을 해결함이 없이는 제대로 된 교육 실천이 불가능하게 되어 있는 것, 이것이 우리가 처해 있는 상황이다.

(1) 행정 지시로 쓰게 되는 글

행정 지시, 이것은 당장 교사들의 발등에 떨어진 불이다. 무슨 글을 쓰게 해서 언제까지 몇 편을 제출하라, 무슨 글짓기 현상 모집에 응모하도록 하라, 교내에서 무슨 글짓기 대회를 개최하여 상을 주고 그 결과를 보고하라……. 이래서 저축, 자연보호, 질서, 통일, 의식 개혁, 새마을, 정화 운동, 반공, 고전, 해양 탐구, 세금, 편지 보내기, 효도, 언어 순화…… 따위 온갖 어른 사회의 문제를 강요당해서 교훈이 담긴 억지스런 글을 만들어 내어야 하는 것이 가엾은 이 나라의 아이들이다. 더구나 최근에 이런 지시가 더욱 많아져서 교사들은 도무지 정신을 차릴 수 없는 상태가 된 것 같다. 쓰고 싶은 글 한 편 못 쓰는 아이들과 그 아이들을 괴롭히기만 해야 하는 선생님들을 생각해 본다. 글쓰기가 즐거운 것이 아니라 지긋지긋한 것으로 되었다. 감성이 예민하고 생각이 풍부하여 참으로 좋은 글을 쓸 수 있는 재능을 갖고 있는 아이들이, 한갓 말재주와 흉내 내기와 거짓스런 꾸밈을 글쓰기로 알고 그 아까운 재능을 비뚤어지게 소모하고 있는 상태를 생각할 때마다 가슴이 아프다.

앞에서 말한 글감 찾기의 원칙이나 조건들에 비추어 보면, 지시 명령을 무조건 받아들이는 글쓰기 지도가 분명한 문제를 안고 있다는 것을 누구나 판단할 것이다. 행정 지시를 그대로 전달하는 지도로는 결코 아이들의 글이 정상으로 써지지 않는다. 그런데 우리 교사들은 그런 지시를 거부할 수 없다. 이 문제를 어찌할 것인가? 이것을 해결하지 않고는 아무리 버젓한 이론이 있어도 그림의 떡에 지나지 않는다.

해결의 길을 말해 본다. 가장 좋은 방법은, 평소에 아이들에게 쓰고 싶은 글을 마음껏 쓰게 해서 그 글들을 잘 읽어 두고, 원고지 그대로 개인 문집들을 만들어 놓는다. 그래서 어떤 지시가 있어 아이들의 글을 내어야 할 때면 평소에 쓴 그 글들에서 지시된 내용에 맞는 것을 찾아내면 될 것이다. 이렇게 하면 교훈을 강요하는 억지스러운 글을 쓰게 하지 않아도 되며, 정말 아이들의 생활에서 우러난 살아 있는 글을 보일 수도 있을 것이다.

평소에 아이들 글쓰기에서 글감을 넓혀 가면 나무나 풀이나 곤충이나 동물들의 이야기(자연보호에 관련된 것)는 말할 것도 없고, 군것질이나 물건 사 쓰는 생활에 관한 이야기(저축이나 절약에 관련된 것), 아버지 어머니의 이야기(효행에 관계되는 것)들, 온갖 글이 나온다. 아침 학교 가는 길에 과자 사 먹은 이야기, 집에서 밥 짓고 설거지하다가 그릇 깬 이야기, 논밭에서 일한 것,

불쌍한 고양이의 죽음, 팔려 간 개, 이웃집에 불이 났던 일, 집으로 가다가 목격한 교통사고, 이런 일들은 평소에 글쓰기나 일기에서 얼마든지 쓰고 있다. 그런데 저금이니 효도니 자연보호니 불조심이니 하여 관념의 글을 쓰게 하는 것은 글쓰기를 아이들의 삶과 단절시켜 어른의 말과 생각을 모방하게 하는 것이 된다. 우리는 아이들에게 생활을 정직하게 쓰게 함으로써, 그 마음들을 키워 가야 한다. 결코 이념이나 사상을 주입해서는 안 된다.

그러나 모든 교사들이 다 이렇게 평소에 글쓰기 지도를 알뜰히 하기를 바랄 수 없는 현실이고, 또 그렇게 한다고 하더라도 더러는 행정의 요구에 맞게 글이 쓰여 있지 않을 수도 있다. 그래서 이 문제를 해결하는 두 번째 방안을 제시해 본다.

가령 '정화 운동 실천'에 관한 글을 쓰게 해야 한다고 하자. 이럴 때 아이들 앞에서 "정화 운동이란 이러이러한 것이니 이것을 잘 실천한 글을 쓰시오" 하고 말한다면 가장 졸렬한 수업이 된다. 결코 '정화'니 '운동'이니 하는 말을 입 밖에 내어서는 안 된다. '실천'이라는 말도 형식상 쓰는 말, 관료들이 쓰는 말이다. 그러면 어떻게 하나?

예를 들자면 이런 과제를 낸다. "우리 학급에서 급하고 중요하다고 생각되는 문제가 무엇인지, 그것을 어떻게 해결하면 되는 것인지 잘 생각해서 자기 의견을 쓰시오." 이렇게 해서 쓴 글은 훌륭한 정화 운동에 관한 글이 될 수 있다. 또 자연보호 글짓기를 해야 할 경우에도 '자연보호'라는 구호를 말해서는 안 된다. 그런 뻔한 구호나 교훈이 담긴 관용어를 쓰면, 아이들의 머리에 고정된 관념이 들어가 자기 자신을 잃고 창조하는 태도를 가질 수 없게 된다. 아이들이 평소에 써 놓은 일기나 그 밖의 글에는 얼마든지 자연을 살펴보고 자연에 사랑을 갖게 하는 글이 있을 터이지만, 그런 쓰기 지도조차 못 했으면 이런 과제를 내도록 권하고 싶다. "앞으로 일주일 동안 (또는 한 달 동안) 자기가 좋아하는 동물이나 곤충이나 풀이나 나무 들을 한 가지씩 정해서 그것을 계속 관찰하고 생각해 두었다가 글로 쓰시오." 이렇게 하면 훌륭한 자연보호의 글이 나올 것이다.

결코 아이들 생활에서 우러나지 않는, '우러나올 수 없는' 글을 쓰게 해서는 안 된다. 어떠한 관념이나 교훈이 담긴 글의 제목이 강요되더라도 쓰는 내용은 아이들의 현실 생활과 연결된 점에서 파악할 것이고, 어디까지나 삶을 이야기하는 글이 되도록 해야 한다. 만약 아이들의 실제 생활과 연결 짓기가 아주 어려운 제목이라면 그런 글쓰기를 시켜서는 안 된다. 그런 지도를 강요하는 것은 교육을 모르는 이들이 하는 짓이니, 교사들은 교육자의 양심과 권위를 세워 단연코 거부해야 할 것이다. 어린이의 순수를 지키는 일은 교사의 가장 귀하고 값진 권리요, 의무가 되어야 한다.

(2) 백일장과 현상 모집 행사

백일장과 글짓기 현상 모집 행사 위주의 교육 풍조에 대해서는 기회 있을 때마다 비판하였다. 그것은 교육을 권장하는 것으로 위장한 장사꾼들을 따라 겉치레 선전과 이름 팔기에 광분하는 일부 교육자들의 부끄러운 모습이다. 여기서는 무엇을 써야 하는가, 하는 문제에 직결되기에 이 점에서 또 하나 교육의 장벽을 문제 삼으려 한다.

다음은 지금까지 있었던 백일장의 원칙 또는 조건이라 할 것인데, 이것이 그대로 글쓰기 교육의 문제점이 되고 있다. (현상 모집 행사의 경우는 그 조건이 백일장과 얼마쯤 다르지만 결과와 폐단은 비슷하다.)

첫째, 일정한 제목으로 쓰게 한다.

둘째, 정해진 시간에 정해진 종이에다 쓰게 한다.

셋째, 극소수의 당선작 말고는 모두 버려진다.

넷째, 출제자, 심사자는 글을 쓴 아이들을 지도한 사람이 아니다. (따라서 아이들의 개성과 생활과 글의 특성을 잘 모르는 사람이 글감을 지정하고, 작품을 평가한다.)

이 네 가지 조건은 그 모두가 참된 글쓰기 교육의 원칙에 어긋나는 것이다. 여기서 특별히 네 번째 문제를 다시 생각해 보자. 글감을 찾게 해 주고 글을 평가하는 사람은 어디까지나 그 글을 쓰는 아이들을 가르치는 사람이 할 일인데, 백일장이나 글짓기 현상 모집에서는 전혀 엉뚱한 사람, 교육과는 바로 상관이 없는 유명 문사들이 이에 관여하는 것이 예사로 되어 있다. 이것이 이런 행사의 상업성을 잘 말해 준다.

문인들은 문학작품을 보듯이 아이들의 글을 대한다. 아이들의 글과 문학작품을 쓰는 과정이 같은 것으로 알고 있으며, 아이들 글의 특징과 그들의 생활을 알고 있는 이가 지극히 드물다. 생활이 그대로 글이 되고 시가 되어야 하는 아이들의 작품은, 생활을 밑뿌리로 하고 있지만 그 생활에서 일단 거리를 두고 머리로 진실을 만들어 내어야 하는 어른들의 창작물과 구별되어야 한다. 더구나 글 쓰는 과정과 태도에서 다르다. 이것을 혼동해서 아이들의 생활글을 어른들이 소설 쓰는 식으로 쓰게 하고, 또 그런 것으로 평가한다면 이보다 큰 잘못이 어디 있겠는가?

그 결과는 아이들에게 거짓글을 만들어 내도록 장려하고, 자기의 삶보다 남의 삶을 흉내 내게 하고, 어른들 따라 말재주 부리는 짓이나 배우게 한다. 이와 같이 하여 백일장과 글짓기 현상 모집에 당선되기를 목표로 글짓기 선수를 양성해 온 것이 과거 30년 동안 우리 나라 글짓기 교육의 역사였다. 그래서 지금도 아이들의 글이라면 생활이 없이, 모방만 일삼고, 잔꾀를 부린 글만 판을 쳐서 상 받고 신문 잡지에 발표되고 있다.

여기에 앞서 인용한 작품을 한 번 더 들어 본다.

시골 아침 여학생 초 6학년

어머니는
아궁이에 새벽을
태우고 있다.

솥 안엔
아침이 끓는 소리.

그제야
잠꾸러기 앞산은
하얀 안개빛
커어튼을 말아 올리고,

울 아래엔
짹짹짹
아침을 쪼아 먹는 참새들.

나는 산새 울음을
신나게 쓸어 모으고 있다.

중앙에서 발간되는, 아이들이 보는 어느 일간지의 현상 모집에서 특선으로 뽑힌 작품이다. 시는 감동이 생명일 터인데, 여기에는 신기한 말재주가 있을 뿐이다. 이것은 결코 아이들의 순수한 가슴에서 나온 말이 아니다. 어른의 머리로 만든 말의 장난이다. 아이들이 이런 걸 썼다면 얼마나 비참한가? 이런 것을 특선으로 뽑아서 상을 주고 신문에 내고 하니 온 나라 아이들이 시를 말의 장난으로 알고 다투어 이런 것을 흉내 낸다.
　다음 작품은 어느 어린이 잡지에서 우연히 눈에 띈 것인데,

이런 글을 한두 아이가 쓰는 것이 아님을(또는 한두 아이의 이름으로 써내는 것이 아님을) 쉽게 짐작할 것이다. 거기에는 버젓하게 지도교사의 이름까지 나와 있었다.

아침 서울 초 5학년

우리 집 솥에선
초록빛 아침이
끓어오른다.

그제서야
잠꾸러기 푸른 산은
창문을 활짝 열고
기지개를 켠다.

울 밑엔
귀염둥이
병아리가
노란 때때옷을 입고 삐약삐약

나는 신나게
마당을
쓸고 있다.

표절이라고 판별할 것까지도 없다. 대관절 이런 것을 시라고 보는 교사나 문인들의 작품 보는 식견이 문제인 것이다. 이런 것이 잘된 글로 뽑혀서 상 받고 신문에 나오고 하니, 이런 글만 써내는 것이다.

보통 백일장과 글짓기 대회 같은 데서 아이들이 배우는 것은 말 만들기, 보기 좋은 이야기 꾸며 내는 잔재주다. 생활과 행동에서 떠난 말놀이는 아이들을 병들게 한다. 어른스럽고, 자신에게 도움이 되는지를 따지고, 머리로 계산해서 살아가는 인간을 만들어 낸다. 아이들을 그들 삶의 소박함과 솔직함과 인간스러움에서 멀어지게 한다.

여기 예로 든 것은 전국의 아이들 앞에서 훌륭한 작품이라고 상 받고 칭찬받은 수많은 말장난의 시에서 겨우 한두 가지를 보인 것이다. 생활이 없는 말뿐이라는 점에서는 시뿐 아니라 산문도 마찬가지다. 더구나 산문에서는 명랑하고 웃기는 이야기가 환영받고, 자랑스런 것이나 착한 일 한 것 같은 글이 칭찬받는 대상이 된다. 그리고 시든 산문이든 그 행사를 주관하는 쪽에서 바랄 것 같은 의도나 취향에 맞추어 글을 조작해 내는 기술을 글짓기 선수들에게 가르치는 것이 이른바 문예 지도교사들의 특기로 되어 있는 실정이다.

행정 지시로 어쩔 수 없이 쓰게 하는 경우와는 달리, 백일장과 글짓기 대회는 교육자들 스스로의 뜻으로 비뚤어진 글놀이 속에 아이들을 몰아넣어 병들게 하고 있는 것이다. 여기서 교육자들의 깊은 반성이 요청된다. 무엇 때문에 우리는 교육자로서 살고 있는가? 상 타고 이름 내기, 점수 올리기, 학부모에 대한 영합, 이 모든 교육 아닌 것들에 대한 유혹과 관심을 끊어야 한다. 인간으로서 참된 삶을 살아가지 않고는 교육하는 기쁨을 맛볼 수 없을 것이다.

그런데 글쓰기를 지도하는 교사들은 백일장과 글짓기 대회에 대비하는 상 타기 목표의 교육까지도 학교 경영자에게 강요받는 경우가 흔하다. 학교의 이름을 냄으로써 행정 당국과 학부모들에게 교육의 실적을 과시하려는 경영자의 압력이다. 이래서 교사들이 비록 어느 정도 올바른 교육관을 가졌다고 하더라도 경영자의 요구를 따라 어쩔 수 없이 재주 부리는 글짓기 선수를 훈련하는 경향이 있다. 그러나 이럴 때 우리는 경영자를 잘 설득하는 지혜를 발휘해야 할 것이다. 어떤 경우에는 의연한 태도를 보여 주어서 무지한 권위주의에서 아이들을 지키는 거룩한 일도 해야 하리라. 의롭지 못한 것과 싸울 때는 끊임없는 인내와 설득과 지혜로운 노력이 필요한 것이다.

교육과정의 글쓰기 지도

(1) 학년별 지도 내용

새 교육과정*의 글쓰기 지도를 실천함에는 여러 가지 문제점이 있다. 더구나 글감 찾기, 곧 '무엇을 쓰게 하나?' 하는 지도 단계에 관련된 문제가 가장 큰 것 같아, 여기서 이 문제를

---

* 4차 교육과정(1981. 12.~ 1987. 6.)으로 짐작된다.

중심으로 하여 새 교육과정의 내용을 살펴보기로 한다.

새 교육과정에서 국어과 글쓰기에 해당되는 부분을 찾아보면 다음과 같이 네 가지로 나누어 기술하고 있다.

- 전체 목표
- 학년 목표
- 학년별 지도 내용
- 지도 및 평가상의 유의점

지면 관계로 이것을 다시 여기 옮겨 보이지는 않는다.

이 네 가지 가운데 '학년별 지도 내용'이 가장 많은 부분을 차지하고 있는데, 이 지도 내용을 조금만 주의해서 보면 그 진술 문장이 불완전하고 불충분함을 곧 깨달을 수 있다. 여기서 가장 크게 눈에 띄는 두 가지만 잠깐 지적해 놓고 넘어가는 것이 좋을 것 같다.

첫째는, 각 학년의 지도 내용을 진술한, 다섯 개에서 열 개에 이르는 항목들을 글쓰기 지도 단계인 '짓기 이전→글감 찾기→생각 짜기→쓰기→고치기→발표'의 여섯 단계로 나눠 보면, '고치기'와 '발표' 단계의 지도 내용 제시가 전혀 없다. 어느 학년에도 없다. 여기서 우리는 글쓰기 지도를 할 때 교육과정에 나타난 것만 그대로 실천하면 다 되는 것이 아니라는 것, 그것을 보충 보완해서 지도해야 한다는 것을 알 수 있다.

또 한 가지 쉽게 깨달을 수 있는 것은 글쓰기의 형식 면(구두점, 부호들)의 지도에 관한 것이다. 1학년에서 "마침표와 물음표가 있음을 안다"고 해 놓고, 2학년에서는 쉼표가 더해져서 "마침표, 물음표, 쉼표가 있음을 안다"고 되었다. 그러다가 3학년부터 5학년까지는 똑같이 "여러 가지 문장부호를 바르게 쓴다"고 하고는 6학년에서 "어법과 맞춤법에 맞게 글을 쓴다"로 진술해 놓았다. 이것은 우리 나라 어린이들의 글쓰기 실태와 현실의 고려가 모자랄 뿐 아니라, 지도의 원칙에도 맞지 않은 진술이라고 생각한다.

1, 2학년에서 마침표가 "있음을 안다"로 해서는 안 된다. 더구나 여기서는 글쓰기 과정이 아닌가. 쓸 수 있도록 해야 하고 쓰는 버릇을 들여야 한다. 1학년 때부터 쓰게 하는 것이 아주 긴요하다. 3, 4학년에 가서는 버릇 들이기가 힘들다. 1학년부터는 마침표(.)를, 2학년에서는 물음표(?)를 쓰는 버릇을 들이고, 그 밖의 구두점이나 부호는 3, 4학년 이후에 쓸 수 있게 하는 것이 제대로 된 지도의 순서라고 본다.

(2) 글쓰기의 목표

그러면 글쓰기의 목표부터 살펴보기로 하자.

전체 목표에서 "논리적인 사고력을 기르게 한다"는 말이 주목된다. "글을 통하여 생각과 느낌을 바르게 표현하고"('말과'란 낱말과 '이해하며'란 낱말은 없어도 좋았을 것이다)라는 진술은 누구나 글쓰기의 목표에서 생각할 수 있는 말인데, 그다음에 이어지는 "논리적인 사고력" 운운하는 것은 문맥상 최종 도달 목표로 되어 있기에 좀 생각을 하게 한다.

논리적인 사고력을 기르려면 논설문을 많이 쓰게 하는 것이 가장 효과가 있겠는데, 지도 내용이나 교과서에는 논설문에 각별한 관심을 보이지 않았다. 이것은 아무래도 "짧은 글을 문형에 맞게 짓는다"(1, 2학년 지도 내용)든지, "어법과 맞춤법에 맞게 쓴다"(3, 4, 5, 6학년 지도 내용)든지 하는 정도로 잡고 있는 목표인 듯하다. 그렇다면 "논리적인 사고력을 기르게 한다"는 진술도 별다른 목표를 제시하려는 의도가 있는 것이 아님을 알 수 있다. ('기르게 한다'가 아니라 '기른다'이겠지.)

글쓰기 교육이 단순한 말 만들기, 글 꾸며 내기의 재주를 익히는 것이 아니고, 인간 교육의 중요한 수단이라면 적어도 다음 몇 가지의 목표는 생각해 두어야 하지 않을까? 첫째, 사물을 인식하는 힘을 기르고, 둘째, 올바른 삶의 자세를 몸에 붙이며, 셋째, 우리 말을 바르게 써야 한다는 깨달음을 갖게 하는 일, 이 세 가지다. 교육과정을 잘 살려 지역에 맞게 실천하려면 인간 교육의 차원에서 더 절실하고 폭넓은 이러한 목표를 아울러 세워 두는 것이 무엇보다 앞서야 하리라 믿는다.

다음에는 학년 목표를 진술한 것인데, 어느 학년이고 지도 내용의 한 항목을 적어 놓은 것 같다. 그러니까 이런 내용에 너무 매일 것 없다는 생각이 든다. 교사들은 적절하게, 그리고 학교와 학급 실태에 맞게 지도 목표를 세우는 것이 좋을 것이다.

(3) 지도 내용 검토

가장 중요한 부분은 지도 내용이기에, 이것을 좀 자세히 검토하기로 한다. 학년별 지도 내용에서 '글감 찾기' 단계의 항목을 뽑아내면 다음과 같다.

- 1, 2학년 : 짓기에 알맞은 소재를 찾아 글을 짓는다.
- 3학년 : 경험을 소재로 하여 글을 짓는다.
  알맞은 소재를 찾아 글을 짓는다.
- 4학년 : 경험과 상상을 소재로 글을 짓는다.
  짓기에 알맞은 소재를 찾아 글을 짓는다.
- 5, 6학년 : 사실과 감상, 경험과 상상을 소재로 글을 짓는다.
  주제에 맞는 소재를 찾아 글을 짓는다.

이것을 보면 글감(소재)을 학년에 따라 어떤 범위로 넓혀 가야 하는가, 하는 문제에 대해서는 전혀 언급하지 않았다. 가장 중요한 내용이 명시되지 않은 셈이다.

"경험을 소재로" "경험과 상상을 소재로" 한다는 것은 경험이나 생각을 글로 쓴다는 말이겠지만, 3학년의 "알맞은 소재", 4학년의 "짓기에 알맞은 소재"란 무엇인가? 이것은 5, 6학년에서 발전된 듯한 "주제에 맞는 소재"라는 말로 비로소 맥락이 잡힌다. "주제에 맞는 소재"라는 말은 먼저 주제를 설정해 놓고 거기에 맞는 소재를 찾아서 쓰는 것이니, 이것은 문학작품을 쓰는 작가들의 창작 방법이다.

글쓰기를 시작하는(준비하는) 1, 2학년에서 생활을 그대로 정직하게 쓰게 하지 않고(말을 그대로 쓰면 글이 된다고 지도하지 않고), 생활을 떠난 일부에 국한된 말이나 글을 만들어 맞추는 것에서부터 시작하여("짧은 글을 문형에 맞게 짓는다"—1, 2학년 지도 내용), 3, 4학년에서 "알맞은 소재" "짓기에 알맞은 소재"라는 막연한 말을 쓰다가 5, 6학년에서 "주제에 맞는 소재를 찾아"라고 하여 문학작품 창작법을 그대로 적용하고 있다. 이것은 초등학교의 글쓰기 지도를 잘못된 방향으로 이끌어 갈 우려가 짙다. 해방 후 오늘날까지 일부 문인들이 글쓰기를 말의 장난과 글 꾸며 내는 재주놀이로 타락시킨, 백일장 글짓기 대회 당선 목표의 교육을 교육과정에서 그대로 받아들인 것이 아닌가, 하는 생각을 하게 한다.

이러한 우려는 '지도 및 평가상의 유의점'에서 설명해 놓은 "부분적 접근"이라는 지도 방법을 생각할 때 더욱 짙어진다. 부분적 접근이란 "글의 부분을 이루는 문장과 문장의 구성, 표현 방법의 선택 들을 개별적, 집중적으로 다루는 방법"이라고 했으니, 그것은 글을 어린이의 삶에서 우러나는 것으로 보지 않고, 글을 머리로 꾸미고 짜서 만드는 방법을 훈련하는 것이다.

이러한 방법은 이미 새 교과서에 잘 나타나 있다.

이 지도 방법에만 의존할 때 살아 있는 글이 써질 수 없고, 따라서 글쓰기로 하는 인간 교육은 기대할 수 없다. 이것은 글쓰기 교육이라기보다 그 대부분이 국어 교과서의 학습, 아니면 글쓰기의 준비 단계에 속한 지도라고 보는 것이 타당할지 모른다.

외국의 어떤 나라, 가령 프랑스 같은 나라에서는 그 나라의 문법이 너무 까다로워서 그것을 온전히 익히기 전에는 글을 단 한 줄도 자유스럽게 쓰지 못한다고 한다. 그런 나라에서는 문장의 구성, 어법, 문법의 학습을 국어교육에서 크게 중시한다. 그 대신 중학교에서는 아주 높은 수준의 작문 교육을 하고 있다. 그런데 우리의 어린이들이 한글로 글을 쓰게 되는 시기는 아무리 농촌 벽지라 하더라도 2학년 2학기면 충분히 시작할 수 있다. 도시에서는 1학년 2학기면 될 것이다. 그런데도 문장 구성, 표현법 같은 것만을 초등학교 전 과정에서 지도하게 된다면 어찌 될 것인가? 어린이들의 풍성한 삶의 세계와 창조성 넘치는 재질이 아깝게도 시들어 버리거나 비뚤어진 모습으로 나타날 것이 크게 우려된다.

어린이들은 이미 말을 가지고 있다. 그 말은 삶에서 우러난 말이다. 살아 있는 말을 그대로 쓰는 데서 글을 쓰는 기쁨, 삶을 표현하는 기쁨을 갖는다. 자기를 확인하고, 사물을 인식하고, 생각을 넓혀 가는―삶을 키워 가는 교육은 이래서 되는 것이다.

다음 글은 2학년 어린이가 1학기에 쓴 것이다.

참외 이인숙 경북 성주 대서초 2학년
나는 오다가 참외 따는 것을 보았습니다. 참외는 많았습니다. 많이 따지 싶습니다.

우리는 어제 참외를 땄습니다. 우리는 어제 22박스를 땄습니다. 나는 박스에다 아버지 이름을 썼습니다. 나는 참 재미있었습니다. 나는 옥화동도 썼습니다.

이러한 살아 있는 글은, 다음과 같은 것만 글쓰기 공부로 하고 있는 어린이들은 결코 쓸 수 없을 것이다.

(빈 곳에 말 넣기—2학년 1학기)
인사를 반갑게 (   )
노래를 (   ) 부르겠습니다.

(짧은 글 짓기—2학년 1학기)
종류: 양복은 옷의 한 종류입니다.

나는 새 교육과정의 내용을 모두 부정하는 것이 아니다. 교과서에서 연습 문제로 나온 것은 국어 교재의 학습으로 보고, 이 밖에 일기 쓰기라든가, 자유스런 생활글 쓰기를 통해 삶을 가꾸는 참된 글쓰기 교육이 되도록 보충 심화하여 실천해야 한다고 주장하고 싶은 것이다.

만일 교과서의 글쓰기에 얽매여 이러한 삶의 글쓰기를 하지 않을 경우, 우리는 어린이들의 무한히 뻗어 날 수 있는 재질과 창조의 세계를 억제하고 위축시킬 뿐 아니라, 잘못하면 어린이들을 획일화된 감정과 사고의 틀 속에 집어넣어 똑같은 모습으로 찍어 내는 죄를 범할 우려가 있는 것이다.

　(4) 교과서의 글쓰기 연습 문제

　다음의 예를 참고해 보자. 이것은 실험용 국어 교과서 5학년 1학기에 나오는 '1. 봄노래(시 단원)'의 글짓기 연습 문제다.

　1. 다음 시를 읽고 짜임을 생각해 보자.

　1) 본　　　것: 동네에서 제일 작은 집

　　　　　　　　분이네 오막살이

　2) 본　　　것: 동네에서 제일 큰 나무

　　　　　　　　분이네 살구나무

　3) 생각한 것: 밤사이

　　　　　　　활짝 펴올라

　　　　　　　대궐보다 덩그렇다.

　2. 다음 글감 중에서 쓰고 싶은 것을 골라 보자.

　장난감. 이슬비. 나비. 참새. 아지랑이.

　꽃밭. 새싹. 동생. 새 동무.

　3. 고른 글감을 다음 내용에 따라 써 보자.

　1) 본 것

　2) 들은 것

　3) 생각한 것

　4. 위의 시를 참고하면서 글자의 수, 행과 연을 정하여 시를 써 보자.

실제 글을 쓰는 시간에 참고로 제시해 보이는 작품은 될 수 있는 대로 같은 반 어린이의 것을 보이는 것이 효과가 있다. 그렇지 않고 상급생의 글, 더구나 어른의 작품을 보이면 도리어 쓰기를 어려워하며, 기껏해야 모방하는 데 그친다. 여기 예로 든 작품을 보면 1, 2연의 진술이 어른의 머리에서 나온 하나의 개념 대조라는 느낌이 든다. 3연에서 "대궐보다 덩그렇다"고 한 것도 어린이의 생활에서 느껴진 말일 수 없고, 어디까지나 어른의 머리에서 만들어진 말이다. 이것은 틀림없이 어른이 쓴 시조일 것이다. 어린이들은 이런 말을 쓰지 않는다. 쓴다면 어른들의 흉내를 낸 것이다.

2에서는 글감을 아홉 가지 들어 놓았는데, 모두 어린애 같고 유희와 관계되는 제목이거나 과거의 동시인들이 즐겨 쓰던 글감이다. "새 동무"는 신기한 것, 사물의 표면에만 주의를 끌게 하는 제재로 볼 수도 있다. 언제나 같이 살고 있는 동무, 평범한 대상은 글감으로 적당하지 않다는 생각을 주기 쉽다.

3에서는 2의 글감들에서 골라 쓰라고 하여 어떤 틀을 만들어 놓았고, 4에서는 "글자의 수, 행과 연을 정하여" 쓰라고 했다. 곧 시조를 쓰도록 지시했다.

이와 같이 글쓰기 연습 문제가 어떤 틀을 만들어 놓고 그 틀에 집어넣을 내용마저 한정시켜서 쓰도록 하는 것은, 어린이의 감정과 생각을 규격화하는 결과를 가져온다.

여기서 우리는 이 연습 문제가 하나의 학습 참고 자료라 생각하고, 더 자유롭고 창의성을 발휘하는 태도로 지도해야 하리라 믿는다. 어린이의 생활과 심리에 맞는 작품을 제시하고, 글감을 자유롭게 찾아 쓰게 하고, 쓰는 형식도 규제하지 말아야 할 것이다.

이 연습 문제의 2에서 글감을 아홉 가지 예로 들어 놓은 다음 말줄임표(……) 표시를 한 것도 지도교사가 그의 교육관과 현장 실정에 따라 자유롭게 실천할 수 있도록 하려 함인 줄 안다.

어떻게
구상하게 할까

●
●

구상의 뜻

글감이 마련되었으면 쓰기 전에 그 글감에 대해 잘 살피고
생각해서 쓰는 차례를 정해야 한다. 이렇게 하는 동안에 쓰는
내용이 더 확실해지고 더 구체화된 모습으로 잡히게 된다. 이
것이 구상이다.

구상은 쓰고 싶은 것을 요령 있게 차근차근 써서 남들이 잘
알 수 있도록 하기 위한 계획이다. 본 대로 들은 대로 한 대로
쓰더라도 그것을 쓰는 차례를 미리 생각해 보는 일은 아주 중
요하다. 구상이 충분하면 글이 쉽게 써진다고 할 수 있다.

구상과 거짓 이야기 만들기

구상 지도가 거짓말 이야기를 만들어 내는 것이 되어서는
안 된다. 교사가 어떤 부당한 목적을 위해 아이들에게 글을 쓰
도록 강요할 경우—가령 장사꾼들이 떠벌이는 상 타기 작품

모집에 아이들의 글을 보내기 위해서, 또는 잘못된 지시로 아이들의 삶을 무시한 관념의 글을 과제로 강요하는 경우는 흔히 이 구상 지도가 거짓말 만들기의 지도 단계로 되어 버린다. 그 까닭은, 이 경우에 이미 '글감 찾기'라는 첫 단계가 빠져 버리고, 외부에서 강요된 글감으로 써야 하므로 아이들은 '쓰고 싶은 것'이 아닌 전혀 뜻밖의 제목을 앞에 두고 이제부터 쓸 내용을 부득이 만들어 내어야 하기 때문이다.

그런데 이러한 잘못된 '거짓말 만들기'의 구상 지도가 실상은 상당히 많은 글쓰기 교실에서 예사로 행해지고 있는 듯하다. 그것은 지금까지 신문 잡지에 발표되어 온 아이들의 거짓스런 글, 어른들의 흉내를 낸 글들을 보면 알 수 있다. 또 이런 잘못된 구상 지도가 앞으로는 어쩌면 더욱 성행할지도 모른다는 우려도 하게 된다. 그 까닭은 앞 장에서 말한 것과 같이 아이들에게 어른들이 소설 쓰는 방법을 그대로 가르치는 글쓰기 지도를 함으로써 정직한 삶을 표현하는 참된 글쓰기 교육이 봉쇄당할 상황이 올 것이 예상되기 때문이다. 어른들이 소설을 쓸 때는 주제가 먼저 설정되고, 그다음에 소재가 마련되고, 여기에서 이야기를 만들어 내는 구상이 있게 된다는 것은 이미 말하였다. 아이들의 글 쓰는 태도가 소설가와 같을 때 아이들을 지키는 글쓰기 교육은 불가능해진다. 어른들에게는 진실이 만들어질 수 있는 것이지만, 아이들에게는 진실이 결코 만들어질 수 없는 것이고, 다만 아이들은 진실을 몸으로 보여 주는 것이기 때문이다.

구상 지도의 현재

나는 지금까지 글쓰기 지도에서 이 구상의 단계를 제법 가볍게 생각해 왔고, 교사들이 구상 지도에 너무 관심을 기울이지 않도록 말해 왔다. 그 의도는 글쓰기 지도가 바로 앞에서 말한 '거짓말 만들기'로 타락하는 것을 막아야 한다는 생각이었기 때문이다.

그런데 삶을 정직하게 쓰는 글쓰기에서도 구상은 필요하며 구상 지도는 아주 중요한 단계임이 틀림없다. 느끼고 생각한 것을 그대로, 보고 들은 것을 그대로 쓰게 하자고 주장하는 이들이 지도한 아이들의 글을 보면 너무 구상 지도가 등한시되어 있다는 느낌이 든다. 현재, 진실한 삶의 글을 쓰려고 하는 태도가 대체로 바로 서 있는 아이들이 쓰는 글의 수준 전반이 그저 생각나는 대로 아무것이나 소박하게 늘어놓은 정도에 머물고 있다는 생각을 금할 수 없다. 물론 거짓 이야기를 아무리 잘 다듬어 써 놓았다고 하더라도 그런 것보다는 좀 조리가 없고 뒤숭숭하더라도 소박하고 순진하게 쓴 글이 더 바람직하다는 것은 말할 것도 없다. 글쓰기 교육은 그런 데서 출발하는 것이기 때문이다. 그러나 우리는 여기서 머물러 있을 수는 없다. 아무리 교육하는 조건이 나쁘게 되어 있다고 하더라도 앞으로 더 나아가도록 해야 할 것이다.

문단 의식과 구상

구상 지도가 안 된 것은 작품을 보면 곧 알 수 있다. 이야기

글 한 편에서(물론 초등학교 중학년 이상) 처음부터 끝까지 줄을 한 번도 바꾸지 않고 계속 이어서 써 놓은 글을 흔히 보는데, 이 것은 문단 의식이 전혀 없기 때문이다. 문단 의식이 없다는 것은 글의 구상이 없었다는 것을 말해 준다. 또 이와는 반대로 한 글월이 끝날 때마다 줄을 바꿔 쓴 것도 이따금 보는데, 이 것 또한 줄을 전혀 바꾸지 않은 글과 다를 것 없이 문단을 의식하지 않은 글, 구상이 없었던 글이다.

여기 예를 들어 보자.

학교 아저씨 성언주 경북 성주 대서초 5학년

우리 학교 아저씨는 참 좋으신 분이시다. 그러나 우리가 물을 먹고 나서 틀어 놓고 그대로 갈 때는 학교 아저씨께서 화를 내신다. 그렇지만 항상 좋으신 분이다. 우리는 아저씨에게 인사를 잘하지 않는다. 아저씨는 우리가 인사를 할 때면 좋아하신다.

아이들은 대략 선생님들에게는 인사를 하면서도 아저씨에게는 본 척도 하지 않는다. 그렇지만 내가 볼 때는 아저씨는 바쁘신 것 같았다. 학교 아저씨는 화가 나시면 무척 무서운 분 같았다. 하지만 아저씨가 우리 교실 걸상도 고쳐 주시고 벽을 보기 좋게 하시려고 뺑끼칠도 하신다. 아저씨는 빠짐없이 학교에 나오셔서 일을 하신다.

이 글은 길지 않지만, 학교에서 일을 하는 도급 아저씨를 고맙게 여기는 마음과 함께 노동에 대한 건전한 생각을 보여 주는 좋은 글이다. 그런데 이 글에서 줄을 끊어 새로 시작한 것이 중간쯤에 한 번 있는데, 이것은 글의 뜻이 그대로 이어지고 있는 데서 엉뚱하게 잘못 줄 바꾸기를 해 놓은 것이다. 그러면서 당연히 줄을 바꿔야 할 데는 바꾸지 않았다. 다음은 줄 바꾸기만 고쳐 놓은 것이다.

우리 학교 아저씨는 참 좋으신 분이시다. 그러나 우리가 물을 먹고 나서 틀어 놓고 그대로 갈 때는 학교 아저씨께서 화를 내신다. 그렇지만 항상 좋으신 분이다.
우리는 아저씨에게 인사를 잘하지 않는다. 아저씨는 우리가 인사를 할 때면 좋아하신다. 아이들은 대략 선생님들에게는 인사를 하면서도 아저씨에게는 본 척도 하지 않는다.
그렇지만 내가 볼 때는 아저씨는 바쁘신 것 같았다. 학교 아저씨는 화가 나시면 무척 무서운 분 같았다. 하지만 아저씨가 우리 교실 걸상도 고쳐 주시고 벽을 보기 좋게 하시려고 뼹끼칠도 하신다. 아저씨는 빠짐없이 학교에 나오셔서 일을 하신다.

이 글을 이렇게 세 문단으로 나눈 것은 글의 내용이 대체로 다음 세 가지 이야기를 하려고 한 것이라 보았기 때문이다.

- 1문단 : 아저씨는 좋은 분이다.
- 2문단 : 아이들은 아저씨에게 인사를 잘 안 한다.
- 3문단 : 아저씨는 일을 많이 하신다.

이와 같이 문단을 나눠 놓고 보면 2문단과 3문단에서 하고 싶었던 이야기가 대강 쓰여 있는데, 1문단의 '좋은 분이다'라는 생각은 제대로 나타나지 않았다. 또 3문단에 나오는 "학교 아저씨는 화가 나시면 무척 무서운 분 같았다"고 한 말은 1문단에 쓸 것이었다. 3문단 첫머리에 나오는 "그렇지만"이라는 접속사도 전혀 필요가 없는 말이다. 이야기의 내용이 좀 더 분명하게 전달되도록 해야 할 것도 있다. 표현이 분명하지 않고, 헛말이 나오고 말이 차례를 잃어 뒤섞이고 한 것 모두가 생각나는 대로 쓰다 보니 그렇다. 처음부터 쓸 내용이 무엇 무엇인가를 생각해서 그 차례를 정해서 썼더라면 더 분명하고 간결한 글이 되었을 것이다.

　쓰기 전에 대강 쓰는 차례를 정하고 문단을 생각하는 것은 글쓰기 시간뿐 아니라 국어 교과서를 배우는 시간에도 간접으로 익히게 되어 있다. 교과서의 교재를 배울 때 맨 처음에 대강의 뜻을 알아보고, 다음에 그 글이 어떻게 짜여 있는가, 곧 어떻게 구상이 되어 있는가를 공부하게 된다. 그래서 아이들이 글을 쓸 때도 그와 같이 차례를 정하고 문단을 나눠야 한다는 것을 저절로 깨닫게 되는 것이다. 그런데 아이들이 쓴 글을 보면 국어 학습이 제대로 이루어지고 있는 것 같지 않다는 느낌이 들 때가 많다.

　어린이 구상의 특성과 방법

　구상이 중요하다고 해서 쓰기 전에 "자, 지금부터 눈을 감고 쓰려고 하는 것을 잘 생각해 봐요" 하는 식으로는 거의 효과가 없다. 아이들의 구상은 가만히 앉아서 생각하는 데서 이루어지는 것이 아니기 때문이다.

아이들의 구상은 생활 속에서 자연스럽게 이루어질 수 있도록 다음과 같은 여러 가지 방법을 써야 한다. 만일 쓰기 전에 문답을 할 경우에는 쓰고 싶은 마음을 불러일으키는 강렬한 것으로 간결하게 함이 좋다.

구상이란 결국 밖에서 들어오는 영향 때문에 일어나는 목적을 가진 활동이다. 그러니 구상을 시킨다는 것은 밖에서 어떤 영향을 주는 것이다. 이 영향을 몇 가지 들어 본다.

(1) 예고

글감을 정해서 곧 쓰게 하지 않고 시간 여유를 주어 그사이 생활하는 동안에 활동하면서 진실한 구상이 저절로 이루어지도록 하는 것이다. 이것은 아주 효과 있는 방법이다. 제목을 정해서 당장 그 자리에서 쓰는 것과 며칠 뒤 또는 상당한 시일이 지난 뒤에 쓰는 것은 작품의 결과가 크게 다르다.

주마다 한 시간씩 글쓰기 시간을 정해 두는 것은 이런 '예고'의 효과가 있다. 그 정해진 시간을 위해 미리 원고지 준비는 물론이고, 글의 제목과 함께 쓸 내용에 대한 구상을 해 올 것이기 때문이다. 만약 그 전날까지 준비하는 것을 잊었더라도 그날 아침에 시간표를 보면서 생각할 것이고, 그래서 밥을 먹거나 길을 가면서도 구상할 수 있을 것이다. 그런데 이 글쓰기 시간에는 끝날 무렵 반드시 다음 글쓰기 시간에 쓸거리를 미리 의논해 두도록 꼭 권하고 싶다.

(2) 조사와 관찰

구상을 하려면 사물을 잘 살펴볼 필요가 있다. 이 조사 관찰은 다른 교과 학습에서 하는 것처럼 본 것을 자꾸 적기만 해서는 안 된다. 어디까지나 글을 쓰기 위한 조사요, 관찰이 되어야 한다.

(3) 작업

어떤 일을 하게 하는 것이다. 조사나 관찰과 같은 방관자의 태도가 아니라 몸소 힘써 일하게 되는 것이니, 이런 괴로운 체험에서 더욱 살아 있는 글이 구상될 것은 말할 것도 없다.

(4) 자기 성찰

자기 자신을 깊이 살펴보게 하는 것은 구상의 가장 높은 단계라고 할 수 있다. 이 성찰 또한 생활 속에서 자연스럽게 할 수 있도록 함이 바람직하다.

(5) 이야기를 시킴

이것은 주로 저학년의 지도 방법이다. 쓰려고 하는 내용에 대해서 서로 이야기하게 하거나 몇 사람이 간단히 발표하는 동안에 새로운 쓸거리를 찾고 쓸 내용을 생각하게 한다.

(6) 구상 기록

글의 내용을 설계해서 그 요점을 적어 놓는 방법이다. 3학년 쯤이면 글을 첫머리와 중심과 끝의 세 부분으로 나누어 쓰도록 지도할 수 있을 것이다.

그런데 실제로 글을 쓸 때는 너무 설계한 것에 매이지 말고 자유스러운 마음으로 쓰는 것이 좋다.

그 밖에 고려할 점

(1) 학년 단계와 구상

저학년 아이들은 자기가 한 일을 한 가지씩 나열해서 쓴다. 쓰면서 다음 쓸 것을 생각한다. 그러니 구상 지도를 달리 할 필요가 없다. 중학년부터 쓸 내용을 대강 몇 가지로 생각해서 그 차례를 정해 쓰도록 하고, 학년이 오르는 데 따라서 구상의 정도를 높이면 될 것이다.

(2) 생활환경과 구상

농촌과 도시를 견주어 볼 때, 농촌 아이들은 자연 속에서 살면서 일을 많이 한다. 그러니 자기의 체험을 쓰게 하는 글쓰기 교육의 환경으로는 참 잘되어 있다고 하겠다. 그런데 도시 아이들은 자연을 만날 기회가 없고 인공 환경 속에서 기계같이 모방하는 학습을 반복하도록 강요당하고 있으니, 이 점을 고려해 될 수 있는 대로 많이 일하도록 하고, 자연을 가까이하도록 해야만 창조의 삶을 회복하는 글을 구상할 수 있을 것이다.

⑶ 개성과 구상

너무 적극성이 강하고 실행력이 좋은 아이는 때로 자기 자신을 살피는 기회를 주도록 하고, 반대로 실행력이 모자라는 아이는 적당히 힘써 일하는 것을 과제로 주는 것이 좋다. 이렇게 개성에 따라 알맞게 지도하지 못하고 한꺼번에 지도를 해야 할 사정이라면 마음속으로 생각하는 과제와 실천에 옮기는 과제를 고루 주는 것이 좋을 것이다.

어떻게
쓰게 할까

무엇을 어떻게 쓸 것인가 하는 구상이 다 되었으면 글을 쓰는 차례가 된다. 아무리 좋은 생각과 감동 깊은 사실이 있어도 그것을 문장으로 잘 기술하지 않으면 읽는 이들의 마음을 움직일 수 없는 것이니, 쓰기 단계는 글쓰기 지도에서 중심이 된다고 할 수 있다.

이 쓰기 단계에서는 태도와 형식의 두 가지 면을 지도하게 된다.

태도의 지도

첫째, 감흥이 나는 대로 한꺼번에 써 내려가도록 한다. 구상을 해서 적어 둔 것을 보고 생각하면서 쓰기도 하겠지만, 아무것에도 매이지 말고 아주 자유로운 심정으로 쓰도록 하는 것이 더욱 중요하다.

둘째, 본 대로, 들은 대로, 있는 그대로 솔직하게 쓰도록 한다.

셋째, 자기의 생각이 남들에게 잘 전해지도록 자세하게, 정확하게 쓰도록 한다.

넷째, 자기 자신의 말로 쓰도록 한다.

다섯째, 긴 글은 끈기 있게 쓰도록 한다. 감흥이 우러나오는 대로 한꺼번에 쓸 수 있는 것은 제법 짧은 글의 경우다. 긴 글을 쓰게 할 때는 쓰다가 쉬게 할 수도 있고, 때로는 며칠을 두고 계속 쓰게 할 수도 있다.

여섯째, 의식을 집중하도록 하는 것이 아주 중요하다. 따라서 교실에서 일제히 글을 쓰게 할 때는 절대로 소란을 피우지 않도록, 장난이나 잡담을 엄하게 금지한다. 옆의 아이한테 지우개를 빌려야 할 사정이 있으면 손짓으로 알리도록 하고, 글을 쓰는 시간이라도 모두 벙어리가 되어 글만 쓰도록 하는 버릇을 들이면 좋겠다. 이런 분위기를 만들어 주는 것이 글 쓰는 시간에 해야 할 교사의 가장 큰 일이다.

일곱째, 다만 저학년에서는 소리 내어 가면서 쓰는 것을 허용한다. 그리고 쓰다가 글자를 모르면 손을 들어 교사에게 묻게 할 수도 있다.

여덟째, 작품 끝에는 반드시 쓴 날짜를 적어 두는 버릇을 들인다. 이것은 정직하고 진실한 글을 쓰게 하는 태도를 기르기 위해 필요한 것이다.

형식의 지도

(1) 어떤 말로 쓰게 할 것인가?

형식 면에서 첫째로 문제 되어야 할 것이 어떤 말로 글을 쓰게 하는가, 하는 용어 문제다. 이것은 글을 쓰는 태도, 글의 내용과 깊이 관련되는 중요한 문제다.

아이들의 글은 아이들 삶의 표현이다. 그렇다면 아이들의 글은 아이들의 생활어로 쓸 수밖에 없다. 이것은 아이들 글쓰기의 근본이요, 철칙이라 할 만하다.

이 원칙에 따라 아이들의 글쓰기 말의 성격을 다음 세 가지로 밝혀 본다.

첫째, 쉽고 친근한 말이어야 한다. 아이들의 몸에 배인 구수한 삶의 말일수록 좋다. 결코 유식한 말, 근사한 말을 꾸며 쓰지 않도록 한다.

둘째, 아이들 자신의 말이어야 한다. 어른들이 쓰는 관념어, 더구나 선생님들이 많이 쓰는 교훈 투의 관용어를 흉내 내어 쓰기 쉬운데, 이 점을 깊이 경계해야 한다. 구체로 된 사물을 보여 주는 말이 중심이 되고 추상어를 쓰더라도 직감으로 느낄 수 있는 말을 써야 한다. 이것이 아이들의 말이요, 살아 있는 우리들의 말이다.

때로는 아이들 자신의 말이 어떤 것인가를 일깨워 줄 필요도 있다. 잘못된 어른들의 말을 따라, 또는 강요된 교육으로 말미암아 아이들답지 못한 부자연스런 말을 쓰는 경우가 있다. 예를 들면 어른들이 잘못 써 보이는 젖먹이 애들의 말을 상급생이 되어도 그대로 쓰는 따위가 그렇고, 저학년 아이들이 일상에서 쓰지 않는 어색한 높임말을 글을 쓸 때만 지나치게 쓰고 있는 따위가 그렇다.

셋째, 사투리가 나오는 것이 당연하다. 아이들이 자기의 삶을 자기의 말로 쓰는 이상, 더구나 저학년에서는 사투리를 쓰지 않을 수 없다. 만약 글쓰기에 표준말만 써야 한다면 저학년에서 살아 있는 글쓰기는 거의 불가능하며, 고학년에서도 대개 모방하는 글만 쓸 것이 분명하다.

모든 사람은 사투리로 자라난다. 사투리는 민족의 감정을 형성하는 근원이다. 언어의 통일을 강조하는 나머지 글쓰기 교육의 크나큰 사명을 잊어버리고 글쓰기 지도를 표준어 지도처럼 오해하는 사람이 있어서는 안 되겠다.

엄밀하게 말하자면 사투리로 표현하는 사실과 표준말로 표현하는 사실은 다르다. '할매'를 '할머니'로 고쳤을 때는 단순히 말을 고친 것이 아니라 사실을 고친 것이 된다.

그러니 글쓰기 교육을 할 때 사투리는 사투리로 존중하고 표준말은 표준말로 존중하여, 글을 쓸 때는 사투리로 쓰지 않으면 안 되는 것은 사투리로 쓰고, 그 밖에는 표준말로 쓰도록 할 것이다. 사투리를 잘 쓰는 것은 표준말을 잘 쓰는 길이기도 하니, 덮어놓고 사투리를 배척하는 태도는 아이들의 자연스런 언어생활을 파괴하는 결과를 가져오며, 표준말의 학습조차 저해하게 되는 것이다. 글쓰기 교육에서 표준말을 가르치려고 애쓰는 것은 전혀 초점을 벗어난 지도가 되는 것이요, 학년이 오름에 따라 교과별 학습과 그 밖의 모든 생활 속의 자유로운 표현 훈련, 언어 학습으로 말미암아 천천히 이루어지는 것이 표준말 학습인 것이다.

(2) 원고지 쓰기 지도

글은 거기 담긴 내용이 소중한 것이지 어떻게 썼나 하는 것은 중요한 문제가 될 수 없다. 그런데도 지금까지 우리 나라의 학교에서는 국어 학습이 시험 준비 위주로 되었고, '글짓기'의 학력 평가도 채점하기 쉬운 원고지 쓰기 문제만 내 왔다. 따라서 원고지 쓰기가 지나치게 강조되고 내용이야 어찌 되었든지 원고지만 잘 썼으면 글쓰기 학습이 잘된 것으로 알고 있다. 그래서 원고지 쓰는 법 같은 것은 글쓰기 지도에서 핵심 문제가 될 수 없다는 것을 먼저 말해 두고 싶다. 글은 원고지에 쓰든지, 공책이나 그 밖의 흰 종이에 쓰든지, 잘 쓰기만 하면 되는 것이다.

그러나 원고지 쓰기는 누구나 한 차례 익혀 두는 것이 좋겠고, 될 수 있으면 원고지에 쓰는 것이 좋다고 할 수 있다. 그 까닭은, 원고지에 쓰면 글자 모양이 고르게 되고, 띄어쓰기나 구두점, 부호 같은 것도 더 정확하게 하도록 주의하게 된다. 물론 아이들의 글도 신문 잡지나 문집에 발표되기 예사이니, 글의 길이를 정확히 알려면 원고지에 써야 할 필요도 있는 것이다.

다음에 원고 쓰는 요령을 예로 들어 본다.

나의 소원　여학생 초6학년

①"선생님께서　오래만에　도덕　숙제를　내
셨다. 제목은 ②"자기가　커서　무엇이　될
것인가?" 그리고　그　꿈을　이루기　위해 ③✓
지금부터　어떻게　해야　할　것인가?"에 ✓
대한　것이다.
①나는　청소　시간에　곰곰이　생각해　보
았다.
①"선생님이　될까?"
④열심히　생각해　보았다. 그래도　나는
장차　무엇이　될까　하는　답을　얻지　못

했다. 나는　울상이　되였다.
①옆에서　마루　바닥을　닦고　있던　진영
이가
②"순자야, ⑤너　무슨　걱정　있니?　너
얼굴　좀　펴라. ⑥꼭　성난　돼지　같구나."⑦
⑧하며　웃었다. 그리고는　칠판에다　내　별
글을　그리는　것　같았다.

　① 글의 첫머리나 문단이 형식상이라도 바뀔 때는 맨 첫 한 칸을 비워 놓고 쓴다. ④도 이런 경우가 된다.
　② 따옴표는 대화문뿐 아니라 인용문, 특별 어구를 표시할

때 쓴다.

작은따옴표는 대화문이거나 어떤 말을 따다가 썼을 경우, 그 안에 또 다른 따온 말이 있을 때에 그 따온 말의 앞뒤에 갈라서 쓴다. 예를 들면 다음과 같다.

"선생이야말로 '위대한 스승'이었소."

그리고 대화문은 한 칸을 낮춰서(첫 칸을 모두 비워서) 쓴다.

③ 띄어쓰기를 정확히(1학년부터 버릇이 되도록) 해야 한다. 원고지에 띄어쓰기를 할 때 가장 주의해야 할 것은, 그 줄의 맨 끝 칸에 글자가 들어가고, 그다음 글자를 띄어야 할 경우에는 다음 줄 첫 칸을 띄어 놓지 않는다. 이때는 맨 끝 칸 글자 다음에 띄었다는 표시로 ∨표를 하는 것이 좋다.

④ 문장이 대화문이나 인용문에 연결이 안 될 때는 새로 문단을 시작하는 것처럼 한 칸을 비워 두고 쓴다.

⑤ 대화문과 연결이 되는 문장은 첫머리부터 채워서 써 나간다.

⑥ 쉼표와 마침표, 그 밖의 부호들은 한 칸을 차지하게 한다.

⑦ 그 줄 마지막 글자 다음에 구두점이나 따옴표가 올 경우에는 그 구두점이나 따옴표를 다음 줄로 넘기지 않고 마지막 글자 바로 옆에 치도록 한다. 다만 물음표나 느낌표나 말없음표 따위는 다음 줄로 넘긴다.

여러 가지 글의 쓰기 지도

글의 종류는 그것을 구분하는 원리에 따라 여러 가지로 나눌 수 있는데, 초등학교의 글쓰기에서는 서사문, 감상문, 설명문, 논문, 편지글, 일기, 시의 일곱 가지만은 꼭 지도해야 한다고 생각한다. 글의 종류를 이렇게 나눌 때 독자들, 더구나 초등학교에서 문예부를 지도하는 분들은 좀 의아스럽게 생각할 것 같다. '아이들의 글이라면 왜 기사문이 없는가? 서정문도 쓰게 해야 하지 않은가?' 하고 말이다.

기사문은 그리 중요하지 않다. 사실 많은 학교에서 나오는 학교신문이나 학급신문을 보면 천편일률로 학교 자랑 떠벌린 기사뿐이다. 이런 상황에서는 기사문 쓰는 방법을 제대로 익히더라도 그런 글이 신문에 실릴 것 같지 않다. 또 이 기사문은 서사문을 잘 쓰기만 하면 그 요령을 쉽게 터득할 수 있는 것이다.

또 서정문이라는 것은 글의 이야기를 할 때 편의상 쓰는 말이다. 글쓰기 지도에서 서정문이라는 것을 따로 설정하여 지도할 필요는 없다. 서정문이란 원체가 모호한 글의 명칭이기도 하지만, 아이들을 삶에서 벗어난 문학가나 문장 기술자로 만드는 교육이 아닌 만큼 현실의 삶을 떠난 서정문이란 것을 아이들에게 쓰게 하는 것은 아무 뜻이 없다. 생활에서 우러난 서정이라야 참된 서정이 되는 것이니, 서정도 생활을 이야기하는 서사문 속에 들어가야 마땅하다고 보아 따로 지도하지 않는 것이 좋겠다.

수필은 어떤가? 이것은 어른들이 쓰는 문학작품의 한 갈래로 소설, 동화, 시, 희곡, 수필, 이렇게 나눌 때 붙이는 명칭이다. 그러니 아이들 글에는 맞지 않는다. 굳이 말한다면 아이들이 쓰는 거의 모든 글은 이 수필과 가장 가깝다고 말할 수도 있다.

그 밖에 동시, 이것은 어른들이 아이들에게 주기 위해 쓴 시다. 아이들 자신이 쓰는 것은 그대로 시라고 하든지, 아니면 어린이시라고 하여 어른들의 문학작품과 구별해야 한다. 이 문제는 뒤에 가서 시를 말할 때 자세히 이야기할 것이다.

동화도 아이들이 쓰는 것이 아니다. 마치 동시를 아이들이 쓰지 않는 것같이. 특수한 경우가 있겠지만, 그것은 어디까지나 예외의 일이다. 그러니 아이들의 글쓰기 교육을 논하는 자리에서 동화 쓰기 지도를 이야기한다는 것은 잘못된 일이요, 남들의 주목을 끌기 위한 공연한 수작밖에 안 되는 것이다.

서사문
쓰기

●
●

서사문이란 어떤 글인가?

글쓰기 시간에 우리는 흔히 아이들에게 이렇게 말한다.

"자기가 보고 듣고 생각한 것, 경험한 것을 솔직하고 자세하게, 남들이 잘 알 수 있도록 쓰면 좋은 글이 됩니다."

이와 같이 지도해서 쓴 글은 거의 전부가 서사문이다. 그러니 서사문은 아이들이 쓰는 글의 대부분을 차지한다. 일기문도 거의 다 서사문이고, 기행문도 서사문이고, 그 밖에 감상문이나 기사문도 서사문이 뿌리가 되어 있다고 할 수 있다.

또 어른들이 쓰는 소설이나 동화나 수필도 이 서사문이 발전해서 된 문학의 갈래라 할 수 있고, 희곡조차 그렇게 생각된다.

이렇게 볼 때 서사문 쓰기가 얼마나 중요한가 알 수 있다. 서사문은 생활문이라고도 하는데, 글쓰기 지도에서 생활문 쓰기에 가장 많은 힘을 기울이는 것이 당연하다 하겠다.

서사문 쓰는 요령

서사문은 '본 대로 들은 대로 한 대로 정직하게' 써야 한다. 이런 기본 태도가 확립이 되면 그다음에는 쓰는 요령을 알아야 한다. 이 요령에서 가장 중요한 것은 흔히 말하는 대로 '누가, 언제, 어디서, 무엇을, 어떻게 하여, 어찌 되었다'고 하는 이른바 여섯 가지의 그 '무엇'을 뚜렷하게 밝히는 일이다. 이 여섯 가지를 잘 밝히지 못할 때 서사문은 그 전달이 아주 불완전한 상태에서 모호한 글이 될 수밖에 없다.

여섯 가지의 그 무엇 가운데 아이들이 가장 가벼이 여기고 밝히지 않는 것이 '언제, 어디서'의 두 가지, 곧 때와 곳이다. 가장 기본 되는 사항을 잊고 있는 일인데, 이것은 글이라는 것을 쓰는 사람 자신만 알면 되는 것이라고 잘못 알고 있기 때문이다. 글쓰기는 그 첫걸음부터 아이들의 사회성을 기르는 학습이 되어야 한다.

다음에 보기글을 들어 본다.

붙잡기   여학생 초 2학년

나는 오늘 친구들과 붙잡기를 하였습니다. 순난이와 경이와 지은이와 난이와 나하고 5명이 붙잡기를 하였습니다.

그런데 난이가 걸어가다가 까꾸가 쳤습니다. 이번에 난이가 까꾸였습니다. 이번에 난이가 순난이를 쳤습니다. 순난이가 또 난이를 쳤습니다. 이번에도 난이가 까꾸였습니다. 우리는 학교 운동장을 천천히 돌아도 난이는 우리를 치지 않고 순난이만 치려고

애를 썼습니다. 그런데 그만 종이 쳤습니다. 우리는 나중에 하자
고 했습니다.

이 글에서는 때와 곳이 나타나 있다. 그러나 그것은 놀이를
한 이야기를 하다 보니 우연히(자연스럽게) 나타난 것이다. 처음
부터 때와 곳이 분명하도록 쓰는 것이 좋다. 2학년이라 이 정
도면 괜찮겠지만, 상급생이라면 이렇게 써서는 안 될 것이다.

고추 심기 여학생 초 5학년
일요일이다.
어머니가 고추를 심으러 가자고 했다. 나는 신경질을 내며 알았
어, 하고 말했다. 나는 밭으로 가는 길에 엄마, 나 물 좀 먹고 올게,
하고 말했다. 엄마는……. (줄임)

이 글의 첫머리에 일요일이라고만 썼을 뿐, 어머니와 대화
를 한 때가 그 일요일의 어느 때였는지, 대체로 아침이라는 것
은 짐작이 가지만 아침밥을 먹기 전이었는지 다음이었는지,
또 어떤 위치에서 말을 주고받았는지 전혀 나타나지 않았다.

나무 심기 여학생 초 5학년
나는 오늘 동생과 언니와 함께 산에 나무를 심으러 갔다. 나무를
심으러 가는데 진달래가 예뻐서 꺾으려고 하니까……. (줄임)

여기서는 때가 "오늘"로, 곳은 "산"으로만 막연하게 나타나 있다. 진달래가 피어 있는 자리도 나타나지 않았고, 한 송이가 피어 있었는지, 무더기로 많이 피어 있었는지도 알 수 없다. 다시 말해 이 글에서는 '언제, 어디서, 무엇이, 어떻게' 하는 네 가지가 다 모호하게 되어 있다.

이 글의 중심점은 뒤에 나오는 다른 부분에 있기에 첫머리를 간략하게 쓴 것이라고 볼 수도 있지만, 그렇더라도 이것은 서사문의 기본을 갖추지 못한 글임이 분명하다.

서사문과 때매김(시제)

서사문은 체험한 것을 쓰는 글이니까 그 문장 진술의 기본 형태는 과거형이 되어 예사말씨일 경우 '-았다'(-었다)이고, 높임말씨일 경우 '-았습니다'(-었습니다)가 된다.

신주머니 최규석 대구 인지초 2학년

나는 오늘 학교에서 돌아오는데, 신주머니가 구멍이 <u>났다</u>. 나는 얼른 집으로 <u>갔다</u>.

한참 가는데 신주머니에서 왁스가 떨어졌다. 나는 왁스를 주워서 신주머니 속에 <u>넣었다</u>. 그리고 또 집을 향해 <u>달렸다</u>. 그런데 이번에는 실내화가 <u>떨어졌다</u>.

나는 화가 머리끝까지 <u>났다</u>. 나는 실내화를 주워서 신주머니에 <u>넣었다</u>. 그리고 빵구 구멍이 난 쪽을 움켜잡고 집으로 <u>갔다</u>. 집에 와서 나는 신주머니를 할 만한 게 없나 하고 <u>살펴보았다</u>. 마침 거

기에는 구두를 넣는 가방이 <u>있었다</u>. 나는 좋아서 어쩔 줄을 몰랐
<u>다</u>.
그리고 나는 다음 날부터 가지고 다니기로 <u>했다</u>.

여기에는 13개 문장이 있고, 그 모든 문장의 종결어미가 예
사말씨의 과거형으로 통일되어 있다. 이것이 서사문의 기본
형태라 하겠고, 아이들이 가장 많이 쓰는 글의 형식이다.

3학년 때 선생님 남학생 초 5학년

내가 3학년 때의 선생님은 최승호 선생님이었다. 우리 반 아이들
은 선생님께서 수염이 길다고 하면서 수염 좀 깎으라고 놀리곤
했다.
그때 겨울에 선생님이랑 우리는 글집을 만들었다. 글집을 만들
때는 사모님도 오셔서 같이 만들어 주셔서 나는 그 선생님이 얼
마나 좋은지 몰랐다.
우리 반 교실은 언제나 웃음이 꽃피는 교실이었다. 어느 날 우리
반 아이들은 연극을 할려고 그날 오후에 커텐도 치고 하였다. (중
간 줄임)
연극이 다 끝나자 선생님들은 정말 잘했다고 하면서 우렁찬 박수
를 보내 주셨다. 나는 아직도 그때의 일들을 잊지 않고 있다.

이 작품에서는 모든 글의 어미가 과거형으로 완결되어 있는
데, 맨 마지막에 가서 하나만 현재진행형으로 되어 있다. 과거

에 있었던 일들을 모두 과거형으로 써 놓고는 마지막에 와서 그 과거를 회상하는 현재의 생각을 쓰고 있는 것이다.

그런데 과거의 일을 쓰면서도 그것을 현재진행형으로 써 보이는 경우가 있다. 이것은 그 사건의 진행을 눈앞에 더욱 생생하게 그려 보이기 위한 것이다.

> 아이는 심심했습니다. 할머니가 준 옥수수 알갱이를 모두 뜯어먹었거든요. 어슬렁어슬렁 마차 거리 쪽으로 걸어가 봅니다. 뜨거운 햇살이 부딪혀 눈이 부십니다.
> – 이현주 동화 〈아이와 자전거〉 첫머리

여기 나온 네 문장 가운데 앞의 두 문장의 종결어미는 과거형인데, 그다음 두 문장은 현재형이다.

아이들이 쓰는 글도 능숙해지면 이렇게 과거형 속에 현재형이 자연스럽게 들어가도록 쓸 수 있다. 또 이런 문장 기술은 반드시 의식하여 훈련을 하지 않더라도 아주 저학년 때부터 자연스럽게 쓸 수 있다고 본다. (글쓰기 지도는 이런 점에서 보아도 문장을 꾸미고 다듬고 하는 기술을 가르치는 일보다 쓰는 태도, 쓰는 자세, 마음가짐, 살아가는 정신을 바로 가지도록 하는 일이 중요함을 알게 된다.) 다음 글을 참고해 보자.

서숙 김종은 경북 안동 길산초 4학년
나는 어제 새집에 서숙 따로 갔다. 서숙 한 단에 돈 10원이었다.

나는 그래서 서숙을 빨리 땄다. 자주 따도 빨리 따에지지 <u>않는다</u>. 나는 빨리 칼로 땄다. (줄임) (1977. 11. 21.)

과거형으로 끝난 문장들 가운데서 중간에 하나만 현재형으로 되어 있다. 이 아이는 특별히 그 부분을 강조하고 싶었던 것이라 보인다.

싸움 김진순 경북 상주 공검초 2학년

나는 오늘 아침에 내 동생이 학교에서 걸레 가지고 오라 한다 그<u>면서</u> 자꾸 웁니다. 또 오제미 지어 가지고 오라 한다고 또 웁니다. 또 병 가지고 오라 한다고 또 웁니다. 그래 나는 악이 나서 내 동생하고 막 <u>싸웠습니다</u>. "이눔 새끼야" 하면서 싸우다니까 우리 아버지가 지개 작대기를 가지고 들어와서 머리를 내 동생 두 차리 때리고 나는 시 차리 때립니다. (줄임) (1958. 10. 30.)

* 그면서: 하면서. * 오제미: 콩 주머니. * 시 차리: 세 번.

이 글에서는 처음부터 현재형으로 되어 있고, 과거형은 중간에 한 곳에만 보인다. 지나가 버린 일을 다시 잘 되살려 쓰다 보니 지금 진행하는 것처럼 쓰게 되고, 그렇게 쓴 것이 더 싱싱한 느낌을 주는 글이 되어 있다.

쓰레기 치우는 아저씨 여학생 초 6학년

딩동 딩동 − .

아침 7시 20분이면 초인종 소리가 난다. 뛰어나가서 대문을 열면 청소부 아저씨가 쓰레기를 치우기 위해 리어카를 끌고 와 계신다. 나는 아저씨께서 다른 집 쓰레기를 치우실 동안 우리 집 쓰레기 통을 대문 밖까지 들어다 놓는다. 아저씨께서 다른 집 쓰레기를 치우고 우리 집에 오시면, "아저씨, 안녕하셔요?" 하고 인사를 한다. 아저씨께서는, "오냐" 하시며 인사를 반가이 맞아 주신다.

그런데 오늘은 그렇지 <u>않았다.</u> 쓰레기 치우시는 아저씨가 처음 보는 <u>분이셨다.</u> 이 아저씨의 말로는 저 윗동네와 이 동네의 쓰레기 치우시는 아저씨를 모두 바꾸었다고 하신다.

'왜 바꾸었을까? 나는 먼젓번의 아저씨가 더 좋은데.'

하지만 이 아저씨도 인자하신 분 같다.

이 아저씨에게도 먼저와 같이 아침에 인사도 잘하고 쓰레기통도 밖에다 내다 놓으면서 따뜻하게 대해 드리겠다.

이 글도 전체가 현재진행형인데 중간에만 과거형이 끼어 있다. 그런데도 이런 형태가 아주 자연스럽게 읽힌다.

이 글을 살펴보면 전반부의 문장들은 언제나 있는 일을 쓰는 형태인 '……면 ……한다' 형으로 되어 있다. 그래서 현재진행형이 된 것이다. 그런데 후반부에는 오늘 아침의 일을 눈 앞에 잘 그려 보이기 위해 현재진행형을 취했다. 그리고 전반부와 후반부를 갈라놓은 자리에 과거형 두 개가 움직일 수 없는 형태로 들어앉아 있는 것이다.

다음에, 서사문을 과거형으로 쓸 때 더러 그 상황을 설명할

경우가 있어 '……이다' 형을 쓰기도 하는데, 이것 또한 현재형
의 한 종류다.

죽어 가는 개구리들   남학생 초 6학년

지난 22일 토요일 오후, 나는 논에 가다가 동네 아이들이 개구리
를 가지고 노는 것을 보았다. 그래서 나도 동네 아이들 틈에 끼어
개구리를 가지고 놀았다.

그런데 아이들은 개구리를 가지고 놀다가 싫증이 나니까 차가 다
니고 있는 도로에 던져 개구리가 차바퀴에 깔려 죽게 하였다. 또
어떤 아이들은 개구리를 벽에 세게 던져 죽게 하기도 했다.

나도 개구리를 죽이려 하다가 개구리가 불쌍하고 아이들이 너무
잔인해서 개구리를 다시 논에 돌려보내 주었다.

전에 학교에서도 개구리를 잔인하게 죽이는 것을 봤지만 그래도
아이들은 뉘우치고 반성하지 않고 계속 개구리를 죽였다.

개구리가 죽은 모습은 아주 다 표현할 수 없는 <u>정도이다</u>. 간이 나
오고, 피가 나오고 살이 찢어지는 등, 차마 눈뜨고 볼 수 없을 <u>정
도이다</u>. 나는 '아이들이 개구리를 잡지 않고 또 개구리를 죽이지
않았으면 좋겠다'고 생각했다.

서사문 쓰는 차례

서사문 지도에서 또 한 가지 말해 둘 것이 있다. 서사문은
본 것, 들은 것, 한 일들을 시간의 흐름에 따라 차례로 쓰는 것
이 무난하고 가장 널리 쓰는 방법이다. 그러나 독자들의 흥미

를 끌기 위해서 어떤 사건이 한창 벌어지고 있는 장면을 맨 앞에 내보이는 수가 있으니, 이렇게 해서 다음에는 다시 돌아와 그 사건의 시초부터 설명하는 것이다. 가령 사건의 진전을 시간 흐름에 따라 쓰는 차례를 ① ② ③ ④ ⑤ ⑥으로 했을 때, 이 차례를 바꿔서 ③을 첫머리에 내어 놓고, ① ②를 쓰고, 다시 ④ ⑤ ⑥으로 넘어가는 꼴이다. 이럴 때는 글의 차례가 시간을 따라 쓴 것이 아니란 것을 보이기 위해 독자들이 그것을 잘 알 수 있도록 구분을 명확히 지어야 한다.

　이런 수법은 흔히 소설에서 쓰는 방법인데, 문장 수련을 많이 쌓은 상급생이 아니고는 함부로 이와 같은 기교를 부리지 않는 것이 좋을 것이다.

감상문
쓰기

서사문과 감상문의 관계

감상문이란 생활 체험에서 특별히 느끼고 생각한 것만을, 또는 느끼고 생각한 것을 위주로 쓴 글이다. 겪은 일을 쓰는 글, 곧 서사문에는 보고 듣고 한 것뿐 아니라 느끼고 생각한 것도 그 속에 섞어서 쓰는 것이 예사다. 그러나 서사문 안에 감상을 썼다고 해서 그런 글을 감상문이라고 하지는 않는다. 또 서사문과 감상문을 엄밀하게 구별해서 서사문에는 감상을 쓰지 않아야 하고, 감상문에는 서사성 있는 이야기가 들어가지 않아야 하는 것이 아니다. 감상문과 서사문의 구별은, 그 어느 쪽이 위주로 되어 있는가에 따라 결정된다.

감상문 쓰기 지도의 필요성

우리의 느낌이나 생각이라는 것은 생활 속에서 우러나는 것이다. 다시 말해 감상은 생활 체험과 따로 뗄 수 없는 것이다.

그런데도 서사문을 쓰게 하는 것뿐만 아니라 감상문 쓰기 지도를 하는 까닭은 어디에 있는가? 감상문이란 글의 종류를 설정하고 그것을 쓰게 하는 이유는, 체험이라는 것이 누구에게나 비슷한 것이어서 새삼 그것을 쓸 필요가 없는 경우가 많기 때문이다. 그래서 다만 감상만을 쓰게 하거나 감상을 위주로 쓰게 하는 것이다. 가령 어떤 사람의 강연을 함께 들었다든지, 텔레비전이나 연극 영화를 봤다든지, 책을 읽었다든지, 라디오에서 뉴스를 들었다든지, 합숙 훈련을 했다든지, 어린이회 임원 선거가 있었다든지 했을 경우가 그렇다. 이럴 때 겪은 일 그 자체를 쓰는 것은 중요하지 않기에 그 일에 대해 느낀 것, 생각한 것을 쓰게 하는 것이다.

이 밖에 청소나 풀 뽑기와 같은 공동 작업을 했을 때도 감상문을 쓰게 할 수 있겠고, 평소에 늘 마음속에 새겨 둔 생각을 쓰게 할 수도 있겠다.

감상문 쓰기 지도의 목표

감상문 쓰기 지도에서 노리는 점은 아이들의 생각을 키우는 것이다. 첫째, 사물을 깊이 보도록, 표면만을 보지 않고 내면에 파고들어 보고 생각하도록 하고, 둘째, 막연히 느낀 것을 정리해서 조리 있게 씀으로써 자기를 확인하고 논리 있게 생각하는 힘을 기르며, 셋째, 자기의 주관을 세워 나가고, 넷째, 생활을 반성하고, 다섯째, 사물을 올바르게 인식하여 비판 정신을 기르는 데 목표가 있다. 그러니 감상문 쓰기는 공통의 생활 경험을 글감으로 정하여 쓰게 하는 것이 편리하다. 쓰고 난 다음 서로 발표해서 자기와 남의 느낌이나 생각의 다른 점을 견주어 많은 것을 깨닫게 할 수 있기 때문이다.

여러 가지 감상문 쓰기 지도

(1) 독서감상문

요즘은 당국의 장학 시책에 따라 아이들에게 독서감상문을 지나치게 많이 권장하거나 강요하는 경향이 있다. 원래 독서감상문이란 누구나 쓰는 것이고, 그래서 쓰게 할 필요가 있지만, 현재 학교에서 하고 있는 독서감상문 쓰기는 대체로 행정 지시로 마지못해 하는 것이 아니면, 현상 모집 행사에서 당선을 노리는 상업성을 띤 것으로 되어 있다. 그래서 독서감상문이라면 교사고 아이들이고 먼저 얼굴부터 찡그리고 만다.

바람직한 독서감상문 쓰기 지도의 원칙을 생각해 본다.

첫째는, 어떤 책을 읽히느냐 하는 것이 문제 되어야 한다. 좋은 책을 골라서 읽게 하는 것이 감상문 쓰기에 앞선 지도가 되어야 할 것은 말할 나위도 없다. 어떤 책이 좋은 책인가 하는 것은 독서 교육을 논하는 자리가 아니기에 자세히 말할 수 없고, 어쨌든 아이들이 감동을 받을 수 있는 책, 올바른 삶의 방향을 찾는 데 도움이 되는 책을 읽히는 것이 먼저다. 그래야만 감상문이 제대로 써질 것이다. 행정 지시로 어쩔 수 없이 재미도 없는 책, 조잡한 문장으로 써진 책을, 다만 독서감상문을 쓰게 할 목적으로 읽힌다면 어찌 되겠는가? 결코 좋은 감상문은 써질 수 없을 것이다. 또 상업 행사인 현상 모집에 참가해서 상 타기 위해 지정된 어떤 책을 읽히기에만 관심을 둔다면 이것 또한 교육이 될 수 없다. 독서감상문의 억지 조작은 이런 사정에서 성행한다.

초등학생, 중학생의 독서는 아무래도 문학 책 위주로 될 수밖에 없는데, 어린이문학의 경우 국내 창작물에서 좋은 작품을 주의 깊게 선별할 필요가 있다. 그렇지 않으면 아이들이 문학을 외면해 버릴 우려가 있다. 그만큼 저질의 작품이 넘쳐 나고 있는 실정이다. 아무튼 우리의 고전과 동서고금의 훌륭한 문학작품을 읽히는 독서 교육을 하는 가운데 감상문도 쓰게 해야 한다.

다음은 감상문 쓰기를 강요하지 말아야 한다는 것이다. 감상문을 억지로 쓰게 하지 말고, 많이(길게) 쓰도록 요구하지 말고, 경쟁으로 쓰게 하지 말아야겠다. 그런 짓은 모두 장사꾼들이나 할 노릇이다. 결코 감상문을 쓰는 것, 감상문이라는 작품을 얻어 내는 것이 목적이 될 수 없다. 책을 읽는 것이 목적이고, 읽어서 얻은 감동을 쓰고 싶은 대로 자유롭게 쓰게 하면 그만이다. 독서감상문이라고 해서 무슨 별다른 방법이 있는 것은 아니다. 일반 생활감상문이나 독서감상문이나 쓰는 요령은 다를 수 없다. 남의 느낌이나 생각을 따르지 말고, 자기가 받은 감동을 솔직하게 쓰면 되는 것이다. 주인공과 함께 울고 웃고 한 이야기를 쓸 수도 있고, 주인공과 자기의 처지를 견주어 본 생각을 쓸 수도 있다. 결코 무슨 격식에 매여서는 안 된다. 그런데도 이렇게 쓰면 재미있다, 저렇게 쓰면 잘된 감상문이 된다고 하여 무슨 신통한 방법이라도 있는 것처럼 말하는 이가 있는가 하면, 독서감상문 쓰는 법 같은 책까지 만들어 내는 사람이 있는 것을 본다. 모두 장삿속으로 하는 짓이다. 정직하고 소박하게 쓰지 않고 별난 말재주를 부리고 별난 생각을 한 것처럼 꾸미는 것은 다 불순한 수작이다. 그 목적이 아이들을 순박하게 키우는 데 있지 않고 딴 곳에 있는 것이다.

또 책에 담긴 생각이나 책 자체를 비판의 눈으로 보는 감상문인들 왜 못 쓰겠는가? 나는 아직 초등학생의 글에서 책을 비판하는 감상문을 대한 일이 없는데, 이것은 아이들이 읽는 책들이 모두 좋은 책이어서 그런 것도 아니고, 아이들이 비판할 능력이 없어서 그런 것도 아니다. 아마 비판하는 감상문은 책을 팔고 싶어 하는 이들에게 결코 환영받지 못할 것이다. 따라서 그런 글은 아무리 잘 썼다고 하더라도 상을 받는 일은 말할 것도 없고, 신문 잡지에 발표될 가능성도 없기에 아예 감상문 쓰는 법 같은 책에서도 보기글로 나올 수 없게 되어 있다.

(2) 일기와 감상문

일기는 그날 있었던 일 가운데서 가장 인상에 남았던 일, 쓰고 싶은 것을 쓴다. 따라서 일기글에는 감상이 적힐 수가 있고, 아주 감상문이 될 수도 있다. 그러나 얼마든지 전혀 느낌이나 생각을 쓰지 않을 수도 있다. 여기서 하고 싶은 말은, 나날이 쓰는 일기글 끝에 흔히 그날의 반성을 적는 일에 대해서다.

이따금 그렇게 쓸 수가 있지만, 그런 것을 교사가 요구를 해서 일기글 끝에는 반드시 반성의 말을 적도록 하는 것이 문제다. 아이들이 착해졌다는, 교육을 잘했다는 성과를 자랑하기 위해 그 증거물이 될 일기장에 날마다 꼭 반성의 말이 들어가거나 일기문 자체가 생활반성문이 되도록 한다는 것은 아이들에게 고통을 주고 거짓글을 장려하는 노릇밖에 아무것도 될 것이 없다. 요즘의 아이들이 쓰는 글의 끝부분이 흔히 '나는 앞으로 돈을 아껴 쓰겠습니다' '공부를 열심히 하겠습니다' '과자를 안 사 먹겠습니다' '참 재미있었습니다' 따위의 말로 되는 것은 잘못된 감상문 쓰기의 강요에서 오는 것이다.

(3) 영화, 라디오, 텔레비전과 감상문

일기나 독서에 감상문 쓰기를 강요하는 것은 아이들을 거짓스럽게 만들어 그 해독이 크지만, 아이들이 스스로 쓰는 감상문은 말할 것도 없이 칭찬해 주어야 한다. 나날의 생활에서, 책을 읽었을 때, 그때그때 느낀 것을 아무 부담감 없이 짧은 글로 적어 두는 버릇을 들이면 좋겠다. 그리고 라디오, 신문, 잡지, 텔레비전, 영화, 연극, 만화책 같은 것을 보고 난 다음 한 학급 아이들이 서로 생각을 이야기할 수 있도록 자리를 만들어 주거나, 그것을 글로 써서 발표할 수 있게 하면 얼마나 좋겠는가? 이렇게 해서 아이들이 언제나 거기에 몰두하여 여러 가지 걱정거리를 낳고 있는 텔레비전이나 만화책, 야구 놀이 같은 것도 그것을 적극 논의하고 비판하는 데서 극복할 수 있는 자세를 조금씩 가다듬어 나갈 수 있을 것이다.

여기 감상문 한 편을 들어 본다.

텔레비전 최명진 경남 거창 샛별초 5학년

선생님은 텔레비전이 나쁘다, 바보상자다라고 말씀하신다. 나도 텔레비전이 우리의 생각하는 힘을 죽이는 무서운 것인 줄 안다. 하지만 그걸 1, 2년 본 것도 아니고, 7년 8년 그렇게 보았다. 보지 않으려 해도 자꾸 보고 싶어진다.

동생은 텔레비전을 켜 놓고 보러 오라고 한다. '안 된다, 안 된다' 이렇게 생각하고 안 봐야지 해도 자꾸 다리가 텔레비전으로 간다. 정말 나는 텔레비전 중독에 걸린 모양이다.

나는 마음을 먹고 우리의 생각하는 힘과 지식을 늘려 주는 책을 읽고 있는데 〈개구장이 스머프〉를 하였다. 책이 머리에 안 들어오고 텔레비전 소리만 크게 들린다.

텔레비전도 마음이 약한 사람은 못 끊을 것 같다. 정말 중독이란 것은 무서운 것인가 보다.

－ 학급 문집 〈들꽃〉 1984년 8호

이것은 텔레비전에 대한 생각을 쓴 것이다. 이렇게 쓰지 않고 상세하게 어떤 프로그램을 본 것에 대한 느낌을 여러 아이들이 써서 발표할 수도 있을 것이다. 다음은 영화를 본 감상문이다.

용기와 끈기(영화〈뿌리〉를 보고) 이현희 경남 거창 샛별초 5학년

나는 이 영화를 보고 많은 것을 배웠다.

쿤타 킨테의 용기와 끈기는 나를 부끄럽게 하였다. 백인들의 압박 속에서도 용기와 희망을 잃지 않고 끝까지 견디어 내는 힘, 나도 그런 힘이 있었으면 좋겠다.

내가 만약 쿤타 킨테가 된다면 어떠했을까? 겁이 나서 집 안에만 있을 것 같다. 붙들려 갔다 해도 죽지 않으려고 말을 잘 들었을 것이다. 누구나 죽음을 두려워한다. 하지만 쿤타 킨테는 그렇지 않다. 도망을 치다 실패하면 또다시 해 보고, 또 실패하면 또다시 해 본다. 이런 용기와 끈기는 어디서 나왔을까? 끝내 항복하지 않는 힘, 누가 쿤타 킨테를 못살게 굴겠는가? 죽음 앞에 나설 사람은 좀처럼 없다. 하지만 쿤타 킨테는 도전하였다.

나로서는 도저히 할 수 없는 일이다. 이 모든 것을 지금의 우리는 본받아야 할 것이다. 그리고 약한 자를 위해 힘써야 할 것이다.

– 학급 문집〈들꽃〉1983년 3호

영화〈뿌리〉를 본 느낌을 적은 것이다. 등장인물과 자기를 견주어 생각을 써 놓았다. 독서감상문이나 영화감상문은 이렇게 자기의 삶과 결부시켜 생각한 바를 쓰는 것이 좋다.

(4) '내 희망' 기타

아이들에게 장차 어른이 되면 어떤 사람이 되고 싶은가, 어떤 직업을 갖고 싶은가, 하는 물음을 주어 글을 쓰게 하는 수

가 더러 있는데, 이것도 감상문이다. 이런 글을 쓰게 하는 것은 아이들이 한번쯤 자기의 앞날에 대해 생각하도록 하고, 먼 훗날에 살아갈 자기의 모습을 그려 봄으로써 현재의 자기를 새로운 눈으로 비춰 보는 기회가 되도록 하는 데 뜻이 있을 것이다. 그리고 이런 글에서 어른들은 아이들이 어떤 생각과 태도로 세상을 보고 공부하고 있는가를 알게 되어 교육을 반성하는 자료로 삼을 수 있을 것이다.

다만 주의할 것은, 이런 글에서 아이들이 10년, 20년 후에 가지고 싶어 하는 그 직업이라는 것에 대해 너무 관심을 갖지 않도록 함이 좋다는 것이다. 아이들의 소질이나 재능은 어떤 방면에도 뻗어 나갈 가능성을 가지고 있다. 그러니 장차 어떤 직업을 가져도 잘 감당할 수 있게 모든 공부를 골고루 하도록 하는 것이 좋다. 초등학교에서는 말할 것도 없고, 중고등학교에서도 그렇게 해야 한다고 본다. 따라서 앞날에 대한 희망을 쓰는 이런 감상문에서는 그것을 쓰게 하는 일로 그치고 말아서는 안 된다. 저마다 그리고 있는 그 인간상, 가지고 싶어 하는 그 직업이 바람직한 사회에서 진정 얼마나 가치가 있는가, 나 혼자만 잘 먹고 잘 놀고 잘살기 위해서 어떤 직업을 갖고 싶어 하고 어떤 인물이 되려는 것이 아닌가, 하는 점을 개별 상담을 하든지 공동 토의를 하든지 하여 저마다 반성하도록 하는 지도가 반드시 이루어져야 하리라고 생각한다.

감상문의 글감

더러 교회학교 같은 데서는 '하느님께 드립니다'라는 글을 쓰게 하는 것을 본다. 이것은 편지의 형식이지만, 실제로 하느님이 받아 볼 수 있는 편지로 쓴 것은 아니고, 그 내용이 대체로 감상문의 성격을 띤 것이라 본다. 서사문도 있겠고, 설명문도 있겠지만, 감상문이 많을 것이다. 이런 글에서 아이들은 평소에 부모나 교사나 그 누구에게도 말할 수 없었던 어떤 호소를 하는 것을 볼 수 있다.

감상문의 글감은 참으로 많다. 우리는 아이들의 마음과 삶을 키워 가기 위해 학년이 올라갈수록 글감을 넓혀 주어야 한다. 다음에 감상문의 글감을 생각나는 대로 들어 본다.

신발에 대하여, 옷에 대하여, 초등학생들이 시계를 차고 다니는 것에 대하여, 여름에 양말을 신는 것에 대하여, 텔레비전, 만화책, 야구 놀이, 권투, 시험, 공부, 숙제, 청소, 상과 벌, 반장과 회장, 싸움, 전쟁, 이산가족, 죽음에 대하여, 죽은 물고기, 죽은 고양이, 팔려 간 개, 과자와 빵, 농약, 제초제……

설명문
쓰기

●

●

설명문이란 어떤 글인가?

아이들은 흔히 글을 쓸 때 자기의 체험이나 생각을 설명해서 알리려고 한다. 이럴 때 또 흔히 선생님들은 "실제로 본 것이나 한 것을 그대로 눈앞에 보이는 것같이 그려 내어야지, 이렇게 설명해서는 안 된다"라든지, "무슨 군소리를 이렇게 늘어놓았나?" 하고 나무란다. 그런데도 아이들은 곧잘 그렇게 쓴다. 이것은 서사문과 설명문을 분명히 구별하지 못한 때문이다. 지금까지 우리 나라의 글쓰기 지도에서는 설명문이라는 것을 거의 지도하지 않았다. 설명문은 제대로 된 글이 아니라고 보았는데, 이것은 우리의 글쓰기 지도가 잘못된 문예 교육, 문학작품 흉내 내기 교육으로 되어 왔기 때문이다. 사실은 서사문 다음으로 많이 써야 할 것이 이 설명문이다.

설명문은 무엇 때문에 쓰게 하는가? 설명문은 평소에 가지고 있는 생각이나 잘 알고 있는 사실을 쓰게 하는 가운데서 그런 생각이나 체험을 정리하고 요약하는 힘을 기르게 한다. 어떤 사실이나 생각들을 서로 견주고 분석하고 종합하는 힘을 기르게 되기도 한다.

설명문은 평소에 자기가 잘 알고 있는 어떤 일에 대한 설명뿐 아니라 학교에서 학습한 것, 혼자 연구한 것, 책을 읽고 얻은 것, 체험에서 인식한 것들을 쓰게 하는 것으로, 그 범위가 넓고 쓰는 기회도 많다. 무엇보다 설명문의 특색을 분명히 파악해서 그 형태에 대한 뚜렷한 인식을 가지고 쓰도록 해야 할 것이다.

설명문의 종류

설명문에는 두 가지가 있다. 하나는 오랫동안 쌓은 경험을 설명하는 글이고, 다른 하나는 새로운 지식과 경험을 설명하는 글이다. 앞의 것은 평소에 늘 생각하고 있는 것, 잘 알고 있는 사실, 그것이 어느 정도 신념으로 굳어져 있거나 마음속에 간절히 바라고 있는 것들이다. 그것은 현재의 행동에 동기를 주고 있으며 지식과 기능과 생각에 영향을 미치고 있는 사실들이기에 언제 어디서든지 쓸 수 있는 것이 특징이다. 뒤의 것은 학교나 사회나 책에서 얻은 사실을 쓰는 것인데, 학습의 과정에서 배우고 깨달은 것을 쓰는 경우가 가장 많다.

신주머니 김지연 대구 인지초 2학년
나는 나의 신주머니가 싫다. 신주머니에 신발을 넣으면 신발이다 보이고, 걸레, 왁스도 보인다. 더구나 더러운 걸레가 싫다.

어머니한테 사 달라고 하면 안 사 주신다. 아버지께서는 어머니 보고 구두쇠라고 하신다. 동네 어른들도 구두쇠라고 하신다.

내 신주머니는 고물 신주머니. 매일 신발만 넣으면 사람 코와 같이 볼록. 내 운동화도 밑에 빵구가 나서 물도 모래도 들어갔다 나왔다 한다. 또 밑이라서 잘 들어갔다 나왔다 한다.

동네 친구는 내 신주머니를 '볼록 신주머니'라고 놀린다. 나는 우리 반의 아이들이 납짝한 신주머니라고 했으면 좋겠다.

내 신주머니는 늘 볼록 튀어나온다. 신발도 신주머니도 둘 다 고물.

내 동무 류정길 대구 상동교회학교 4학년

나에게는 불쌍한 동무가 있어요. 그 동무는 언제나 선생님께 꾸중을 들어요. 왜냐구요? 그 동무는 공부를 못할 뿐만 아니라 글자도 모르기 때문이어요. 그 동무는 집도 가난해서 다른 친구들은 그 동무를 싫어하고 놀아 주지도 않아요. 그래서 그 동무는 항상 외토리였어요. 참, 제가 그 동무 이름을 밝히지 않았군요. 그 동무 이름은 '김주학'이에요. 성질이 순하고 마음이 착해서 나와 아주 친한 사이에요.

그러나 선생님은 내 동무를 싫어하고 꾸중을 많이 하세요. 그것은 글자를 모르기 때문이어요. 내 동무가 가장 곤란한 시간은 국어 시간이에요. 그래서 옆에 앉은 친구들이 작은 목소리로 읽어 주곤 하죠.

그러나 나는 주학이와 같이 집에 간 적은 한 번도 없어요. 왜냐구요? 그것은 우리 선생님이 공부 못하는 사람은 언제나 '나머지 공부'라 해서 남아서 50분 정도 공부를 더 시키기 때문이지요.

며칠 전 우리 학교에서 소풍을 갔거든요. 나는 내 동무가 오는 줄 알았는데 오지 않아 참 섭섭했습니다. 내 동무, 불쌍한 동무 위에 하느님의 사랑이 내리시기를 기도드리겠습니다.

그만 써야 되겠어요. 시간이 다 된 것 같아서 이만 줄입니다.

보기글 가운데 하나는 자기가 언제나 가지고 다니는 물건에 대해서 설명한 것이고, 다른 하나는 자기의 동무 이야기를 쓴 것이다. 자기의 동무뿐 아니라 자기 자신, 자기 집 식구, 마을, 학교, 학급을 소개하는 글도 설명문이 된다. 앞에 든 글 두 편에는 글쓴이의 감정이 진하게 나타나 있지만 문장의 형식은 설명문이다.

우리 집 농사　김귀옥 경북 안동 대성초 3학년

올해는 비가 많이 와서 아버지께서 흉년이 졌다고 하셨다. 벼도 못 먹게 되었다. 그래서 우리는 못 먹는 벼를 비 가지고 소를 주었다. 그래서 우리 집에는 흉년이 졌다고 쌀하고 밀가루를 많이 받아 두었다. 그래도 고추는 한 천 근쯤 하였다.

밭은 많이 있어도 학교 뒤에가 제일 잘되었다. 그리고 고구마도 잘되지 않았고, 깨도 잘되지 않았다. 농사는 잘되지 않았고 돈은 자꾸 쓸 데가 많아 우리 집에는 옥수도 없다. 심어 놓았는데 올라오지 않았기 때문이다. 배추는 제일 처음에는 좋았는데 좀 늦게 되니까 병이 들어서 약을 사 가지고 쳤다. 올해는 비가 많이 와서 농사가 잘되지 않았다.

까불이 우리 집의 송아지　박수정 경북 성주 대서초 6학년

우리 집에는 소와 송아지가 있다. 우리 송아지는 낳은 지 몇 달 안됐다. 그래서인지 사료를 잘 안 먹는다. 우리는 송아지를 처음 얻어 봤다. 이때까지 소를 사 봤지만 송아지를 한 번도 얻어 보지 못했다. 그래서 아버지께서는 장에 가서서 송아지 배은 소를 사 가지고 왔다. 그때 사 가지고 온 소가 지금 송아지를 낳은 소이다.

송아지는 남자다. 남자는 황소, 여자는 암소이다. 그러니까 우리 송아지는 황소이다. 우리 송아지는 황소이기 때문에 황소 흉내를 낸다고 팔짝팔짝 뛰고, 양동이를 머리로 밀면서 넘어뜨리고 한다. 그래도 엄마 아버지께서는 사료를 안 먹는다고 걱정하신다. 엄마는 처음 송아지를 얻어 봤기 때문에 송아지를 귀여워한다. 송아지의 눈은 동그랗고 입은 조그만하다. 나는 소와 송아지 이름을 지어 주었다. 소의 이름은 꼬야, 송아지 이름은 꼬끼라고 지었다. 나는 소죽을 끓이면서 "꼬끼야, 여기 온나" 하면서 손을 짝 벌려 펴 주면 새로 빨아 먹는다. 이때는 손이 간질간질하여 못 견딘다.

어떨 때에는 꼬끼가 미울 때도 있다. 사료는 안 먹고 소죽 끓이려고 나무 가지고 오면 나무를 자꾸 먹을려고 한다. 이때는 꼬끼가 밉다. 꼬끼는 사료를 안 먹으니까 몸이 바싹 말랐다. (1983. 5. 23.)

* 새로: 혀로.   * 배은: 밴.

'우리 집 농사'는 자기 집의 농사 사정을 설명한 글이고, '까불이 우리 집의 송아지'는 처음 얻어 본 송아지를 이야기한 글이다. 앞의 글에는 자기 집 농사를 걱정하는 마음이 나타나 있고, 뒤의 글에는 송아지를 귀여워하는 마음이 잘 나타나 있지만, 글의 형식은 모두 설명문으로 되어 있다.

농사일뿐 아니라 여러 가지 공장에서 하는 일, 시장의 일, 거리에서 노동하는 사람들의 일들을 조사해서 알리는 조사보고서들이 모두 설명문이라 할 수 있고, 동물의 모습이나 곤충의 습성을 관찰하여 기록한 글, 풀과 나무, 곡식 들의 자라나고 변한 모습을 관찰한 글들이 모두 설명문이라고 할 수 있다.

딱지치기   백동진 초 4학년

딱지치기는 여러 가지 방법이 있다. 땅에 놓고 치기, 손으로 바람을 일으켜 치기, 손으로 쥐고 치기 등이다.

그런데 아이들은 딱지를 돈을 주고 많이 산다.

딱지는 집에서 만들어 하는 사각형 모양으로 된 것이 있다. 그리고 고무로 된 동그란 딱지도 있다.

그리고 딱지에는 글과 그림이 그려져 있다. 딱지에 그려져 있는 사람이나 동물은 만화의 주인공이 많다. 그래서 아이들이 돈을 주고 사는 것 같다.

딱지치기를 해 가지고 딸 수도 있고 꼬릴 수도 있다. 아이들은 학

교에까지 가지고 와서 딱지치기를 한다. 나는 그전에 경진이 저

거 집에 놀러 갔다. 책상 안에 딱지가 많이 있었다.

 * 꼬릴: 잃을.

이것은 딱지와 딱지치기 놀이에 대한 설명문이다. 아이들이

좋아하는 여러 가지 놀이를 글감으로 쓰게 할 때 흔히 서사문

으로 쓰겠지만, 이와 같이 설명문으로 쓰게 하는 것도 유익하

다. 이럴 때는 같은 제목으로 쓴 서사문과 설명문을 견주어 보

여 주어서, 서사문과 설명문이 다른 점을 확실히 알도록 해야

하겠다.

부러진 먹   권용대 서울 창덕초 6학년

여러분께서는 부러진 먹을 붙여서 사용해 보신 적이 있습니까?

저는 얼마 전에 이 문제를 가지고 걱정한 끝에 해결한 적이 있습

니다.

붓과 먹은 저의 할아버지께서 좋아하시고, 또 서예 학원을 운영

하고 계시기 때문에 저와 동생은 어렸을 적부터 서예 용구와는

가깝게 지내고 있습니다. 그리고 지난 설날엔 할아버지께서 세뱃

돈 대신 먹을 한 개석 저희들에게 주셨습니다.

그중 제 것은 셋째 작은아버지께서 자유중국에 갔다 오시면서 할

아버지께 사 드린 것으로 아주 소중히 여기시던 것을 제게 주셨

던 것입니다.

그런데 어느 날, 동생이 제 먹을 밟아서 세 조각으로 부러뜨렸습

니다. 그 먹은 우리 나라에서는 구하기 힘든, 아주 귀하고 값이 비싼 것이어서, 살 수도 없고, 또 버리기도 아까왔습니다.

할아버지께서 가보처럼 소중히 여기시던 먹이기에 이를 부러뜨린 동생은 안절부절못했고, 저도 큰 걱정이었습니다.

'할아버지께서 아시기 전에 붙여 놓아야 할 텐데……. 어떻게 하면 부러진 먹을 다시 붙일 수 있을까? 옳다, 풀로 붙이면 될 것이다' 하고 생각해 보았습니다.

제 동생과 함께 풀로 붙여 보았습니다. 그러나 먹을 가니까 또다시 부러졌습니다. 그래서 풀로는 도저히 먹을 붙일 수 없다는 사실을 알았습니다.

곰곰이 생각하다가 백과사전을 찾아보았습니다. '접착제'라고 쓰인 칸에 강력 본드라는 말이 씌어 있었습니다. 문방구에 달려가서 강력 본드를 사다가 먹을 잘 맞춘 다음 붙여 보았습니다. 그랬더니 잘 붙었습니다. 저는 정말 기분이 좋았습니다.

그런데 먹을 갈다가 본드로 붙인 틈으로 먹물이 들어가니 다시 부러져 실패를 하고 말았습니다.

저는 그 후로 며칠 동안 곰곰이 생각해 보았으나 도저히 해결할 수가 없었습니다.

다음 날 아침 붓글씨를 쓰기 위해 벼루 상자를 열어 보니, 진한 먹이 묻은 신문지 두 장이 붙어 있었습니다. 그때 문득 생각나는 것이 있었습니다.

'아! 바로 이거로구나.'

부러진 먹을 진하게 갈은 먹물로 붙이면 되지 않을까 하는 생각이 들었습니다. 그래서 당장 실험해 보기로 했습니다. 제 동생과 번갈아 가며 오랫동안 정성껏 먹을 갈아서 진하게 한 다음 붓으로 부러진 먹 끝에 먹물을 발라 잘 맞추어서 붙여 보았습니다.

한 시간 동안 말리니까 딱 붙었습니다. 물에 집어넣어 보아도 떨어지지 않았습니다. 저는 뛸 듯이 기뻤습니다. 제 동생도 펄펄 뛰며 좋아했습니다.

제 스스로 노력해서 해결한 것이라서 그런지 더욱더 기뻤습니다. 부러진 먹을 먹물로 붙일 수 있다는 것은 아주 조그마한 발견에 지나지 않지만, 어떤 사물이든 열심히 관찰하고 탐구한다면 반드시 해결할 수 있으며, 더 좋은 방법을 찾아낼 수도 있고, 더 나아가 발명도 할 수 있다고 생각됩니다.

앞에서 보인 글들은 모두 평소에 잘 알고 있는 사실을 이야기한 설명문이었지만, 이 '부러진 먹'은 새로운 것을 발견한 연구의 경과를 알리는 설명문이다.

이 글의 중간 부분은 사건의 진행을 이야기했고, 마지막 부분에는 감상을 적었다. 그러나 글의 전체를 볼 때는 설명문이라 할밖에 없다. 중간의 서사문 형식도 어떻게 부러진 먹을 붙이기 위해 고심했는가, 하는 사실의 설명에 초점을 맞추어 쓰다 보니 사건이 진행된 장소나 시간은 별로 중요하지 않게 나타나 있다고 볼 수 있다.

설명문의 형태

설명문의 기본 형태는 지정사의 기본형 '이다' '아니다'와 형용사의 기본형, 동사의 현재형이다. 예를 들면 다음과 같다.

- 내가 가장 좋아하는 것은 야구 <u>시합이다</u>.
- 산은 언제 보아도 <u>아름답다</u>.
- 우리 집 검둥이는 쥐를 잘 <u>잡는다</u>.

그러나 동사 지정사의 현재형이나 과거형도 나오게 된다. 이럴 때는 '……면 (언제나) ……있다' '……면 (언제나) ……한다'라든지, '……하니 (어느 날) ……고 있었다' '……으니 (어느 날) ……하였다'의 형태를 취하게 된다. 앞에서 든 '부러진 먹'이라는 글에서 중간 부분의 문장들이 그 서술어미가 모두 과거형으로 된 것도 '……을 하니 ……게 되었습니다'라는 형태를 보여 주는 것으로 이해할 수 있다.

내 동무 채혜영 대구 인지초 3학년

나에게는 둘도 없는 동무 유림이라는 아이가 있다. 유림이는 마음씨도 좋고 착했다.

우리는 언제나 팔을 끼고 둘이 같이 다녔다. 무엇을 먹을 때도 둘이 똑같이 나누어 먹었다.

학교에서도 서로 같은 반은 아니지만, 쉬는 시간에 만나서 재미있는 이야기도 하고 재미있게 놀았다.

유림이 어머니도 나를 잘 대해 주었다. 유림이 오빠가 나를 좀 웃

기기는 하지만, 나는 늘 유림이 오빠가 하는 이야기가 재미있게
만 들린다. 유림이도 나에게 재미있는 이야기를 해 주고, 나도 유
림이에게 재미있는 이야기를 해 준다.

어느 날 내가 감기가 들어 학교를 조퇴하고 방에 누워 있었다. 그
랬더니 유림이가 병문안을 와 주었다. 유림이는 이틀 동안 내가
방에 가만히 있으니 재미가 없을 것이라고 생각하고 매일 와서
동화책을 읽어 주거나 옛날이야기를 해 주었다. 그때 나는 유림
이가 무척 고마웠다.

감기가 다 나은 뒤에 나는 인사를 하고 유림이 집에서 조금 놀다
가 집으로 돌아왔다. 그날 밤, 나는 유림이가 나의 진실한 친구라
는 것을 깨닫고 이제부터 더 사이좋게 지내야겠다고 결심했다.

이 글의 형태는 '……있다' '……한다'가 기본이다. 글의 후
반부에 나오는 과거형은 '어느 날……'이라고 시작해서 특정
한 때에 있었던 일을 설명하려고 하다 보니 나오게 된 것이다.

우리 집 위치   엄재섭 부산 감전초 6학년

교실에서 문을 열고, 왼쪽 복도로 20발쯤 가서 계단을 한 칸, 두
칸, 세 칸, 네 칸, 다섯 칸, 여섯 칸, 일곱 칸, 하고 계속 걸어 나가
서, 실내화를 갈아 신는 데를 지나서, 운동장을 지나서, 교문에서
오른쪽으로 35m를 가서, 동양목재소에서 계속 가면, 떡볶이 하는
니야카가 나오고, 그 위로 올라가면, 또 떡볶이와 핫도그 파는 데
가 있다. 그 옆에는 과자와 빵 파는 곳이 있다. 그 옆에는 무궁화

문방구가 있다. 그 옆에는 사상농업협동조합이 있다. 거기를 지나면 아스팔트가 나온다. 거기에는 건널목이 있고, 그 앞의 간판은 '멈춤'이라고 써 있다. 간판 앞으로 지나면 석유 파는 집이 있다. 석유 파는 집을 지나면 에덴 문방구가 있다. 문방구를 지나면 철물점, 철물점을 지나면 학생 문방구다. 그 옆에는 공중전화가 있다. 공중전화 옆에는 골목이 있고, 그 옆에는 식당이 있다. 그 옆에는 가정집이고, 그리고 그 옆에는 금발 미용실이 있다. 미용실 다음이 과자점, 과자점을 지나면 또 골목이다. 골목을 지나면 맥줏집이 있고, 맥줏집을 지나면 형제 세탁소가 있고, 거기에는 잠바, 작업복, 양복 등, 여러 가지가 있다. 세탁소 앞에는 왕자 문방구가 있다. 왕자 문방구를 지나면 양품점이 있다. 양품점을 지나면 61번 종점과 시장이다. 시장에는 사과, 귤, 과자 등을 판다. 시장을 지나면 약국이 있다. 약국 앞에는 빵집이 있다. 빵집에는 찐빵, 찹쌀떡 등 여러 가지가 있다. 빵집 앞에는 18번 칼국수 집이 있다. 거기는 5학년 때 우리 반 아이 집이다. 그 앞에는 내복 장사집이 있다. 그 앞에는 도나스, 명태, 귤, 이런 것이 대바이 많다. 시장을 지나면 아스팔트가 있다. 아스팔트를 지나면 안경집이 있다. 안경집을 지나면 여관집, 여관집에서 쭉 올라가면 대학당 약국이 있다. 약국 골목을 따라가면 아스팔트가 나온다. 아스팔트에서 20발 내려가면 정수탕이 있다. 정수탕 앞에가 우리 집이다. 이 약도로 모르면 94-0245로 걸면 내가 나가겠다.

– 학급 문집 〈해 뜨는 교실〉 1983년 11월 호

이것은 자기 집의 위치를 알리는 글인데, 좀 지루하기는 하다. 이렇게 친절한 안내로도 과연 찾아갈 수 있을까, 하는 생각이 든다. 집을 안내하는 글을 연습으로 자세하게 써 본 것이겠지. 아무튼 설명문의 한 본보기가 되겠는데, '⋯⋯면 ⋯⋯이 있고, ⋯⋯면 ⋯⋯이 나온다'의 형식으로 끝까지 써져 있다.

우리 어머니 이정순 대구 인지초 6학년

이 세상천지를 뒤져 봐도 우리 어머니를 따라올 어머니는 없을 것이다.

아버지께서 살아 계실 때 120만 원이나 지어 놓은 빚을 갚았고, 오빠를 경북기계공고라는 올해 새로 생긴 학교에 입학을 시켰다. 자식 고등 보내기란 쉬운 일이 아니다. 또한 어머니는 여름이면 5, 6원 더 받으려고 새벽 3, 4시경이나 어떤 때는 밤 10시에 나가서 이튿날 저녁에 들어오신다.

미나리 논은 보통 베기는 남자가 베고, 씻기는 여자가 씻는다. 그러나 우리 어머니는 남자가 하는 일을 더 많이 하신다. 남자가 하는 일은 돈을 더 받기 때문이다.

그리고 봄에는 이 산 저 산으로 돌아다니며 산나물을 캐다 파신다. 이렇게 힘든 일, 어려운 일 가리지 않고 꿋꿋하게 해 나가신다.

어머니께서는 이렇게 고생하시는데, 나도 어머니를 위해 무엇인가 해야겠다고 생각하여 나는 지금 나대로 고생하고 있다.

집에서 어머니께서 일터에 가시면 나는 새벽밥을 지어 오빠와 동생을 학교에 보내고, 나는 방 청소, 설거지, 연탄 갈기 등 아침 주부가 해야 하는 일을 깨끗하게 치우고 학교에 나간다.

일요일이면 빨래를 하기에 바쁘다. 일주일 동안 벗은 빨래이기 때문이다.

집안의 설거지, 밥, 빨래, 방 청소 등 여러 가지 내가 할 수 있는 잔일은 무엇이든지 다 맡아 하고 있다.

그래서 어머니께서는 나 없으면 못 산다고 하시며 동생보다 돈을 더 많이 주신다. 또한 동네 사람들도 마찬가지로 나만 보면 고생한다고 하시며, 사람마다 한마디씩 아끼지 않고 칭찬을 주신다.

우리들 위해 물불 가리지 않고 고생하시는 우리 어머니를 도울 수 있는 일이라면, 나의 작은 힘이나마 정성을 다해 어머니를 도와드리고 더욱 잘 모시겠다.

이 보기글에는 문장이 17개 들어 있는데, 이것을 분석하면 다음과 같다.

- 이 세상천지를…… 것이다. (기본형)
- 아버지께서 살아 계실 때……왔고, …… 시켰다. (과거형)
- 자식 고등 보내기란…… 아니다. (기본형)
- 또한 어머니는 여름이면…… 들어오신다. (현재형)
- 미나리 논은…… 씻는다. (현재형)
- 그러나 우리 어머니는…… 하신다. (현재형)
- 남자가…… 때문이다. (기본형)
- 그리고 봄에는…… 파신다. (현재형)

- 이렇게…… 해 <u>나가신다</u>. (현재형)

- 어머니께서는…… <u>고생하고 있다</u>. (현재형)

- 집에서 어머니께서…… 학교에 <u>나간다</u>. (현재형)

- 일요일이면…… <u>바쁘다</u>. (기본형)

- 일주일 동안…… <u>때문이다</u>. (기본형)

- 집안의 설거지…… <u>하고 있다</u>. (현재형)

- 그래서 어머니께서는…… <u>더 많이 주신다</u>. (현재형)

- 또한 동네 사람들도…… <u>칭찬을 주신다</u>. (현재형)

- 우리를 위해…… <u>모시겠다</u>. (미래형)

　위에 열거한 17가지 문장 가운데 현재형으로 끝난 것이 열 개나 되어 단연 많다. 그다음에는 설명문의 기본형이라 할 수 있는 '이다' '아니다'(지정사)와 '바쁘다'(형용사)가 다섯 개고, 과거형이 한 개, 미래형이 한 개다. 여기 미래형이 한 개 있는 것은 순수한 설명문의 형태가 아니고 마지막에 결심을 말한 감상이 덧붙은 것이다. 과거형 하나가 있는 것은 '아버지께서 살아 계실 때……'로 시작하여 과거의 어떤 때에 있었던 일을 설명한 것이다. 설명문에서 과거형으로 끝나는 문장은 언제나 이와 같이 과거의 어떤 때를 표시한다. 또 현재형도 반드시 어떤 때에 일어나고 있는 것임을 보여 준다. 그래서 '……이면…… 하신다'든지 '…… 가시면…… 된다'고 하는 꼴이 된다. '……이면' '……하면' '보통 때는……' '늘……' 이런 따위 말이 앞에 안 오더라도 그런 말이 줄거나 빠져 있다고 보는 것이 옳다.

설명문의 특징

　설명문은 가장 산문다운 산문이라고 할 수 있다. 그것은 시와 견주어 보면 곧 알 수 있다. 보통 시를 쓸 때 가장 꺼리거나 피하고 있는 것이 설명문의 형식이다. '흙은 나의 어머니이다'고 하면 이것은 산문식 표현이지만 '흙—나의 어머니'라고 하면 시다운 표현이 된다고 할 수 있다. 여기서는 '이다'라는 설명문의 어미가 붙는 것과 안 붙는 것의 차이다. (조사—토씨도 시에서는 가능하면 줄인다.)

　다음 시를 보기로 하자.

우리 어머니가 학교 오시면
가슴이 팔딱팔딱 뛴다.
무슨 실수를 하실까 봐 그렇다.
우리 어머니가 학교에 오시면
빨리 가라고 하고 싶다. (초 4학년)

　이 시는 그 표현에서 설명문의 형태를 취하고 있는 것이 문제 되어야 할 것 같다. '…… 오시면 가슴이…… 뛴다. …… 오시면…… 하고 싶다' 이렇게 쓰고 있는데, 바로 이것이 설명문의 형태이기 때문이다. '언제, 어떻게 하면, 어떻게 된다' 이런 문장구조는 시가 되기 어렵고, 서사문도 될 수 없고, 오직 설명문에만 있을 수 있는 형태다. 서사문은 어느 특정한 때에 일어난 일을 쓰는 글이지, 언제나 일어나는 일이나, 이런저런 때와 사건을 선택해서 그 사건들을 설명하는 글은 아니기 때문이다. 그렇기에 서사문 형식의 시는 있어도 설명문 형태의 시는 있기 어려운 것이다.

주장하는 글 쓰기

●
●

생각과 주장이 없는 아이들

우리 나라의 아이들, 학생들의 글에는 사색하는 글, 논리 있는 글이 아주 드물다. 백일장이나 글짓기 대회 같은 행사에서도 논문을 쓰게 하는 것을 아직 한 번도 보지 못했다. 초등학교 1, 2학년들이야 무리일 터이지만 3, 4학년부터는 자기의 의견을 내세우는 글을 쓸 수 있을 것이고, 5, 6학년이 되면 어느 정도 긴 논설풍의 글을 여러 번 쓰게 하는 것이 좋다고 본다.

아이들이 생각하는 글, 주장하는 글을 못 쓰는 까닭은 그런 글을 쓸 기회가 없기 때문이다. 아이들은 글뿐 아니라 말로도 자기 생각을 주장하는 기회를 갖지 못하고 있다. 우리의 아이들은 집에서나 학교에서나 거리에서나 늘 어른들의 시킴을 받고 지시에 따라 움직이는 존재로 되어 있다. 학교교육에서만은 그렇지 않아야 하겠는데, 오히려 더 철저하게 아이들을 기계화하고 있는 것이 학교의 교육이다.

글을 못 쓰는 것은 말을 못하는 것이다. 논리 있는 글을 못 쓰는 것은 논리 있는 말을 못한다는 것이고, 논리 있는 말을 못하는 것은 자기의 생각과 견해가 없기 때문이다. 생각과 주장이 없는 것은 어른들, 더구나 교육자들이 아이들을 그런 허수아비로 만들어 놓았기 때문이다.

교실의 수업은 시험 점수 올리기가 지상의 목표로 되어서 생경한 지식을 주입하고 교과서를 암기하게 하는 것 위주로 되어 있다. 아이들에게 자연과 인간의 일들을 여유 있게 살펴서 생각하게 하고, 그리하여 자기의 의견을 표명하고 서로 생각을 나눠 가지도록 하는 산 교육은 철저하게 버림받고 있다. 교육과정에 특별활동이 있고 학급마다 자치활동을 하도록 되어 있지만, 이것이 제대로 되고 있는 학교가 얼마나 될까? 어린이회가 있어도 이름뿐이다. 아이들은 생각이 없고 주장을 할 줄 모르니 의논이고 토론이고 회의고 되지 않는 것이 일반 실정이다.

아이들의 생각을 키워 주지 못하는 선생님들은 '선도 목표'며 '실천 사항'을 일방으로 설정하여 지시하기만 한다. 어린이회고 자치회에서 학생들이 어떤 의견이나 주장 같은 것을 말하는 것이 있다면 다만 선생님들이 설교하고 지시하는 뻔한 말을 기계같이 그대로 되풀이하는 것밖에 없다. 우리는 이런 학교의 상황을 너무나 잘 알고 있다.

아이들은 자기들의 일상 체험을 그대로 써 놓은 글에서도 짧은 감상을 (흔히 글의 마지막에) 붙일 때는 자기의 마음과는 거리가 먼, 더러는 전혀 반대가 되는 말을 마치 진정인 것처럼 써 놓는다. 다음 글은 마지막에 쓴 감상이 자신의 생각과 전혀 어긋나는 것은 아니지만 아이들의 의식이 어떤 상태가 되어 있는가를 살필 수 있는 보기가 될 것 같다.

기삼연 남학생 초 6학년

기삼연은 의병을 일으켜 일본군과 대항하며 싸운 의병 대장이시다. 별명은 백마장군이다. 싸울 적에는 꼭 백마를 타고 싸워서 붙은 별명이다.

기삼연 장군은 꿈을 꾸었는데 해가 일본 나라에서 떴는데 이 해가 기삼연의 입속으로 들어갔다. 그래서 생각하기를 일본 쪽에서 떴으니까 이 해는 일본군이라 치고 해를 삼킨 것은 자기가 이길 것이라는 해몽을 얻었다. 그리하여 기삼연은 의병을 일으킬 것을 결심하고 친구인 김낙선과 합세하였는데, 나중에는 의병의 수가 1만여 명까지 이르렀다. 그리고 그 기세는 하늘을 찌를 듯하여 싸울 적마다 일본군은 번번이 패하여 도망갔다.

기삼연은 싸울 적마다 비호같이 달려 눈 깜짝할 사이에 대장을 죽이고 나온다. 일본군은 대장을 잃으니 사기가 떨어졌다. 그때를 틈타 싸워 이긴 것이다.

기삼연은 다리에 총을 맞고 김낙선 집에 찾아갔는데 일본 헌병이 기삼연을 잡았다. 결국 기삼연은 끝까지 나라를 위하다가 돌아가신 것이다.

나도 이 정도는 못 하더라도 남자로 태어난 이상 부모님께 효도

하고 나라에 충성하겠다.

이 독서감상문은 이야기의 줄거리에서 감명이 깊었던 대문을 적어 놓고는 마지막 한 줄로 생각을 썼는데, 이 한 줄이 문제다. 자신이 받은 감동을 좀 더 정확하게 잡지 못하고 '나라에 충성, 부모님께 효도'라는 구호로 표현해 버렸다. 이것은 아이들 생각의 획일성을 말해 준다. 이 획일성은 날마다 듣게 되는 교훈과 쳐다보게 되는 구호로 된 것이다.

아이들이 자기가 한 이야기를 써 놓고 마지막에 가서 '나는 열심히 공부하겠다'든지 '이제부터 돈을 아껴 저금을 하는 착한 아이가 되겠다'든지 하여 그 앞에 쓴 이야기와는 어울리지 않는 생각을 적는 경우가 너무나 흔히 있는데(앞의 이야기와 어울릴 경우에는 그 이야기마저 거짓으로 꾸며 만든 것이기 일쑤다), 이런 글을 읽으면 우리 아이들이 어떤 심한 압박의 상황 속에서 살아가고 있다는 것을 생각하게 된다.

담담하게 써야 할 감상문 한 줄 제대로 쓰지 못하는 아이들이 어떤 주장을 내세우는 글을 쓰겠는가? 아이들이 어떤 주장을 열심히 하고 있는 것 같은 이른바 '웅변'이라는 것을 들으면 얼마나 잘못된 어른들의 꼭두각시놀음을 하고 있는가를 너무나 잘 알게 된다.

먼저 생각을 정직하게 내세워야

아이들이 맨 처음에 써야 할 글은 서사문이다. 본 그대로 한 그대로를 쓰는 서사문에는 자기의 느낌을 써넣을 수도 있다. 감상문이라 해서 따로 쓸 수도 있지만 서사문 안에 자연스럽게 감상이 들어가는 것이 예사다. 어쨌든 느낌이나 생각을 추상이나 관념으로 쓰지 말고 현실의 체험을 바탕으로 구체화하여 정직하게 자기의 말로 쓰게 해야 한다.

이와 같은 서사문, 감상문 쓰기가 웬만큼 되면 그다음에는 생각을 좀 깊게 파고드는 사색하는 글과 생각을 주장하는 글을 쓰게 한다. 이런 논리가 있는 글쓰기를 시작하는 3, 4학년에서는 평소에 자기 생각을 가지도록 하고, 자기 의견을 말로 주장하는 학습과 생활 훈련을 모든 교과 시간과 행사며 놀이, 기타 시간에 함께 지도하는 것이 효과가 있을 것이다.

그러면 아이들이 써야 할 논리 있는 글은 어떤 내용을 어느 정도로 쓰게 하면 될까?

아이들이 쓰는 논설풍의 글은 자기 둘레의 삶에서 실천의 문제를 두고 그것을 이야깃거리로 삼아 제 견해를 밝히는 정도면 될 것이다. 가정과 학교(교실)와 사회에서 아이들이 보고 듣고 부딪히게 되는 모든 일들이 생각을 형성하고 의견을 내세우게 하는 문젯거리가 되고 계기가 된다.

그러나 논설문이라고 할 수 있는 아이들의 글은 너무나 찾기 힘들다. 겨우 다음과 같은 글조차 썩 드물다.

독서를 합시다 남학생 초 6학년
가을 가을 가을 가을……

여러분, 가을이면 생각나시는 것이 안 계시는지요?

바로 독서의 계절입니다. 책은 바로 마음의 양식입니다.

학우 여러분, 독서를 하십시오.

이번 가을에 책 읽는 기록을 세우십시오.

천하의 영웅 알렉산더대왕은 호머 시집을 전쟁 중에도 읽었다 하고, 나폴레옹은 플루타아크 영웅전을 무려 수십 번을 읽었다 하였습니다.

여러분, 책을 읽어 마음에 지식을 쌓으십시오.

때는 가을이올시다.

극히 단순한 주장이다. 그런데 단순한 것은 좋다. 가을이면 독서의 계절이라는 것이 생각났다고 했는데, 이런 생각은 이 아이 자신의 것일까? 어른들이 흔히 말하니까 따라서 하는 말일까? 아무래도 어른들을 따라 하는 말인 듯하다. 진정으로 느낀 것이 아니라 하나의 관념으로 된 어른들의 말을 흉내 낸 것이 문제다.

다음 또 하나 문제가 있다. 이 글에서 "학우 여러분, 독서를 하십시오" 했다. 마치 선생님이 아이들에게 글을 가르치거나 명령하는 듯한 태도다. 선생님을 대신해서 교훈을 외치는 글이 되고 말았다. 다음 글은 어떤가?

주위 환경을 깨끗이 여학생 초 6학년

우리 반의 환경을 깨끗이 하려면 여러분께서 힘을 써 주시고 도와주시기 바랍니다.

우리가 쓰는 교실은 후배에게 물려주는 것이기 때문에 낙서나 칼로 새기는 것은 옳지 않다고 생각합니다. 저도 때로는 낙서를 한 적도 있습니다. 모범이 되어야 할 임원이 죄송합니다.

그리고 책상 속도 깨끗이 정리해 주시기를 빕니다. 환경을 깨끗이 하는 것은 자기의 마음을 깨끗하고 밝게 해 주는 것이므로 여러 면에서 정리 정돈을 해 주십시오.

우리 반은 다른 반보다 특색 있고 깨끗하게 꾸미도록 임원들과 협조를 해 주시고 여러분과 주위 환경을 깨끗이 하도록 같이 힘을 써 봅시다.

끝으로 청소는 너무 당번에게만 미는 것 같은데 스스로 할 일은 스스로 해 주시기 바랍니다.

교실을 깨끗이 하자, 정리 정돈을 잘하자, 잘 꾸미자…… 이런 말 또한 선생님들이 늘 쓰는 말이다. 이 글은 학급의 임원으로서 선생님을 대신하여 말하듯 쓴 것이다. 아무리 학급의 임원이라도 어떤 주장을 할 때는 진정한 어린이들의 생각을 말해야 할 것 아닌가.

물컵 남학생 초 5학년

나는 목이 마를 때 교실에 들어와서 물을 마시면 냄새가 난다. 어떨 때에는 아이들이 물을 먹고 나서 덮어 두지 않고 멋대로 둔다. 그래서 컵 속에 먼지가 들어가 우리가 물을 먹으면 먼지가 입속

으로 들어가 병이 생기는 일이 있다. 그리고 우리 반의 컵은 깨끗
하지가 않다. 먹고 나서 컵을 바로 두었으면 좋겠다. 그리고 당번
이 일찍 와서 물을 떠 놓고 컵을 깨끗이 씻어야 되는데, 컵은 1일
2일씩 걸려도 씻겨져 있지 않다. 그리고 나면 씻지 않은 컵을 가
지고 물을 먹는다. 나는 지금 우리 반에 있는 컵은 진력이 난다.
나는 그래서 우리 반에 있는 컵은 그냥 두고 깨끗한 새 컵을 사서
물을 먹어 봤으면 좋겠다.

이 글은 아직 뚜렷한 어떤 주장을 하는 글에까지 발전하지
못한 형태지만, 논설문은 마땅히 이런 일상의 삶에서 우러난
절실한 생각에서 출발하여야 할 것이다. 이 글에 나타난 생각
의 표현이나 문제 제기는 비록 조그만 일이기는 하다. 그러나
모든 사람의 삶과 이어지는 더 중요한 문제에 관심을 갖는 건
강한 인간다운 자세가 이런 데서 서고, 커 나갈 수 있는 것이
아닐까 싶다. 앞에서 든 글 두 편과 견주어 보면 그 생각의 뿌
리가 삶 속에 내리고 있음을 깨닫게 된다.

주장하는 글 쓰는 차례

여기서 주장하는 글을 쓰는 차례를 말해 보겠다.

먼저 어떤 문제를 두고 말하려고 하는가? 곧 논제를 정한다.
다음에 쓸 차례를 생각하여 구상을 한다. 아이들의 논문은 보
통 서론, 본론, 결론의 세 단계로 나눠서 구상하는데, 반드시
기록을 하게 한다. 글의 구상 지도는 이 논설문에서 가장 잘할

수 있을 것이다.

　서론에서는 글을 쓰게 된 동기라든가 목적을 쓰는 것이 보통이지만, 문제의 내용을 분석해 보일 수도 있다.

　본론에서는 하고 싶은 말을 쓴다. 문제에 대한 글 쓰는 이의 처지를 밝히고 견해를 분명히 적는다. 이때 참고할 글이나 증거가 있으면 들어 보인다. 이 본론은 자기의 주장이 정당함을 남들이 수긍할 수 있도록 쓰는 것이니까 논리가 정연하고 문장이 정확해야 한다.

　결론은 본론 전체를 요약할 수도 있고, 문제의 해결책을 새로운 방향으로 제시할 수도 있고, 전망을 쓸 수도 있다.

　아무튼 논설문이라면 거기 쓴 말이 사실에 부합하고, 논리가 잘 서 있어서, 처음부터 끝까지 통일이 돼 있어야 한다. 어른들의 논문에서는 흔히 외국 유명 인사들의 말이나 글을 인용하는데, 그것이 지나쳐 역효과를 나타내기 일쑤다. 자신의 생각이 빈약함을 남의 권위로 은폐 위장해 보이는 듯한 느낌을 주기 때문이다. 아이들이야 그렇지 않겠지만, 다른 어른들의 교훈을 담은 말을 흉내 내는 것을 조심할 일이다. 아이들의 글에도 개성 있는 생각이 가장 귀한 것이다.

　또 한 가지는 이미 앞에서도 잠깐 이야기했지만, 논설문은 그것을 읽어 줄 사람이 누구인가를 분명하게 의식하고 써야 한다. 막연하게 모든 사람들 앞에서 연설을 하는 기분으로 써서는 안 되며, 그런 태도는 자신의 살아 있는 생각이 없음을 증명하는 것이 된다.

아이들의 주장을 읽어 주는 사람은 다음과 같이 생각할 수 있다.

- 어떤 특정한 사람: 친구, 선생님, 아버지, 어머니, 기타.
- 많은 사람들: 같은 학급의 학생들, 같은 학교의 학생들, 한 마을 사람들, 모든 아이들, 모든 어른들.

이 가운데서 어떤 사람에게 읽히려고 하는가를 미리 정해 놓고 써야 할 것이다.

글을
어떻게 고칠까

글 고치기의 뜻

한 번 쓴 글을 다시 읽어서 잘못된 곳, 불충분한 곳을 고치거나 보태거나 줄이는 것을 글 고치기라 말한다. 이전에는 '추고'라는 말을 썼는데, 이 한자말이 잘못됐다면서 '퇴고'로 하는 것이 옳다느니 하기도 하나, 구태여 그런 한자말을 쓸 것이 아니라 순수한 우리 말로 '글 고치기'(또는 '글다듬기')라 하는 것이 좋겠다고 생각한다.

글 고치기는 글쓰기에서 아주 중요한 단계지만, 잘못된 글 고치기 지도는 안 하는 것보다 열 배도 더 해롭다. 이 글 고치기 지도를 제대로 하려면 목표와 원칙을 세운 다음 그 방법을 신중히 검토하지 않으면 안 된다.

글 고치기 지도의 목표

쓴 사람의 생활이나 생각이 정직하고 정확하게 나타나도록 하는 데 글을 다듬거나 고치는 목표가 있다. 글 고치기를 함으로써 사물을 정확하게 보고 붙잡는 힘을 기르고 생각을 키워 나가도록 한다. 결코 보기 좋은 글을 꾸며 만들거나 완성된 작품을 만들기 위함이 아니다. 아이들은 그 자신이 쓴 글을 고치고 다듬는 가운데 마음의 거짓스러움을 고치고 생각의 어설픔을 다듬고 가꾸는 것이다.

글 고치기의 원칙

글을 쓴 사람 자신이 스스로 해야 한다. 토의해서 고치더라도 쓴 사람의 생각을 물어서 본인이 수긍한 뒤에 고치도록 하는 것이 옳다.

이러한 원칙에 비추어 볼 때, 아이들이 쓴 글을 교사가 멋대로 고치는 일은 크게 잘못되어 있다. 그것은 십중팔구 아이들의 순수함과 정직함, 진실함을 해친다. 그런데도 여전히 아이들의 글을 예사로 난도질하는 교사가 있다는 사실은, 신문과 잡지에 아이들의 이름으로 수없이 발표되어 나오는 아무 맛도 없는 죽은 글들을 보면 너무나 잘 알 수 있다.

아이들을 참되게 키우는 일보다 가르치는 사람의 이름을 내는 일이 앞서 있는 사람은 글과 아이들을 제멋대로 요리하는 횡포를 예사로 감행하는 것이다.

유의할 점

글 고치기 지도에서 유의할 점을 내용 면과 형식 면으로 나누어 들어 보면 다음과 같다.

(1) 내용 면

첫째, 쓰려고 했던 것이 충분히 나타났는가?

둘째, 무엇을 썼는지 알 수 없는 곳, 확실하지 않은 표현은 없는가?

셋째, 남들에게 잘 보이려고 쓴 것은 아닌가?

넷째, 사실에 꼭 맞는 말이요, 글인가?

다섯째, 좀 더 자세히 써야 할 점은 없는가?

여섯째, 필요 없는 말, 줄여도 될 부분은 없는가?

일곱째, 자기 자신의 말로 썼는가?

(2) 형식 면

첫째, 틀린 글자, 빠뜨린 글자는 없는가?

둘째, 문법과 어법에 맞게 썼는가?

셋째, 띄어쓰기는 잘되었는가?

넷째, 구두점과 부호는 틀림이 없는가?

다섯째, 문단은 잘 나누어졌는가?

여섯째, 그 밖에 원고지 쓰는 법을 지켰는가?

학년별 지도 기준

다음은 학년별 지도 기준을 형식 면과 내용 면으로 나누어 대강 정해 본 것이다.

대상 어린이		1, 2학년	3, 4학년	5, 6학년
형식면	구두점	마침표 쓰기 버릇 들이기.	마침표 쓰기 버릇 들이기.	쉼표 쓰기.
	부호		? ! " "	? ! " " 기타.
	띄어쓰기	버릇이 되도록 고쳐 준다.	버릇이 되도록 고쳐 준다.	버릇이 되도록 고쳐 준다.
	틀린글자		쉽게 쓸 수 있는데 틀린 것만 스스로 고치도록 지도한다.	스스로 고치도록 지도한다.
	문법어법	전혀 알 수 없도록 쓴 것만 지도한다.	심하게 틀린 것만 지도한다.	스스로 발견하여 바로잡도록 지도한다.
	사투리	그대로 둔다.	그대로 쓰도록 한다.	생활화되지 않은 표준말을 강요하지 않는다.
	자세히쓰기	내용을 알아볼 수 없을 정도로 간략하게 썼을 때. 이야기의 핵심이 되는 부분을 빠트렸을 때. 언제, 어디서, 누가, 무엇을, 어떻게……가 드러나지 않을 때.	이야기의 줄거리를 알아보기 힘들 때. 중요한 내용이 빠져 있을 때. 언제, 어디서, 누가, 무엇을, 어떻게……가 분명하지 않을 때.	싱싱한 느낌과 생각, 대화, 행동을 그 어린이의 생활어로 쓸 수 있도록 한다.

대상 어린이		1, 2학년	3, 4학년	5, 6학년
내용 면	줄이기	지도 안 하는 것을 원칙으로 한다.	접속사, 1인칭 대명사가 자주 나온다고 해서 함부로 줄이지 않도록 한다. 토씨(조사)를 함부로 줄이지 않도록 한다 (시의 경우).	같은 말을 필요 없이 되풀이한 것이 확실할 때만 한다.
	생활 내용	솔직하게 쓴 것을 칭찬해 준다.	개성, 능력, 환경에 따라 알맞게 지도한다.	참되게 살아가는 태도 연구.
	말	높임말 쓰기를 강요하지 않는다.	높임말 쓰기를 강요하지 않는다.	거짓과 참의 판단 구별 연구.
	쓰는 태도		마지막 부분에서 '착한 아이가 되겠습니다'는 식의 모방하는 문장을 쓰지 않도록 한다.	자기 자신의 느낌과 생각, 생활을 귀하게 여기는 태도를 갖도록 한다.

글 고치기 지도의 방법

글 고치기 지도의 방법에는 의논해서 고치기, 개별로 지도하기, 서로 고치기, 자기 글 고치기의 네 가지가 있다.

(1) 의논해서 고치기

어떤 특정한 작품을 칠판에 쓰거나 인쇄해 주어서 여럿이 의논해서 고치는 것이다. 칠판에 쓸 경우에는 짧은 글이 편리하다. 인쇄물로 나눠 주게 되면 긴 글이라도 할 수 있고, 또한 작품의 발표와 감상 지도도 겸할 수 있어서 좋으나, 그만큼 힘이 들어 자주 하기 어렵다.

이와 같이 칠판에 쓰거나 인쇄하여 한꺼번에 지도를 할 경우에는 주로 형식 면의 지도에 치중할 것이고, 내용을 문제 삼더라도 일반화되고 공통된 결점을 찾아내 바로잡도록 하는 것이 좋다. 그렇게 해야만 글 고치기의 원칙에 어긋나지 않는다.

(2) 개별 지도

개별 지도는 마주 앉아 하는 것과, 글쓰기 원고장으로 하는 간접 지도의 두 가지가 있다. 글쓰기와 같이 개성을 존중하는 교육에서는 바로 아이와 마주 앉아 지도하는 것이 가장 좋은 방법이기는 하나, 아무리 이렇게 하고 싶어도 시간과 힘에 한도가 있으니 간접 지도를 할 수밖에 없다.

원고로 간접 지도를 할 때는 미리 약속한 여러 가지 기호를 표해 주거나 감상이나 비평, 조언의 말을 적어 주어서 아이들

이 스스로 고치게 하는 것인데, 때로는 이것을 여러 번 되풀이
할 수도 있다.

여기서도 특별히 주의할 것은, 교사가 마음대로 붉은 글씨
로 고쳐 주는 일이 없도록 해야 한다. 교사가 바로잡아 줄 수
있는 경우가 있다면 틀린 글자나 빠뜨린 글자를 고치고 써넣
어 주는 것뿐이겠는데, 이런 것도 저학년이나 능력이 없는 아
이가 아니면 될 수 있는 대로 스스로 고치도록 기호만 표해 주
는 것이 좋겠다.

다음에 아이들과 약속하는 기호의 보기를 들어 본다.

XX 틀린 글자.
✓ 띄어서 써라.
⌢ 붙여서 써라.
( ) 없어도 좋지 않을까?
〰 잘 생각해 보아라.
△△ 사실이 틀리지 않은지?
∽ 앞뒤의 글자를 바꿔야 한다.
〰? 무엇을 썼는지 모르겠다.
＝ 좀 더 자세히 썼으면 좋겠다.
…… 잘 썼다.
⌐ 줄을 바꿔서 쓸 것.
˘ 글자를 빠뜨렸다.

(3) 서로 고치기

이것은 두 아이가 짝이 되어 서로 작품을 교환해서 고치는 방법이다. 4학년 이상이라야 될 듯하고, 또한 여럿이 함께 의논하여 고치는 공부가 어느 정도 된 다음에 하는 것이 좋겠다.

될 수 있는 대로 능력이 비슷한 아이끼리, 생활 체험이 비슷한 아이끼리 짝이 되도록 하는 것이 바람직하다. 작품을 교환할 때 그냥 고치라고 하지 말고, 반드시 교사가 어떤 관점을 주도록 한다. 가령 "띄어쓰기가 되어 있는지 보기로 하자"든지, "틀린 글자가 있으면 그 글자 바로 밑에 X표를 해 두자"든지, "틀린 말이 있으면 그 밑에 ﹏﹏표를 해 두자" 하는 따위로 꼭 한 가지나 두 가지 이내로 관점을 주도록 한다. 그리하여 잘못된 곳이 있으면 미리 약속한 기호로 표시하도록 하는 것이다. 마치면 작품을 돌려주고 돌려받아서 자기가 쓴 글의 잘못을 깨닫게 하고 고쳐 쓰도록 한다. 이것이 끝나면 교사에게 내도록 하고, 교사는 아이들의 글 고치기 능력을 살핀다.

말할 것도 없이 이 방법은 칠판에 써서 한꺼번에 지도를 하는 경우와 같이 주로 글의 형식 면을 서로 보아 주고 지적해 주는 데 쓰는 것이다. 만일 제 짝의 글에 나타난 생활 태도의 문제를 이야기하고 싶으면 글의 마지막 여백에다 간단한 의견이나 소감을 적도록 하면 될 일이다.

(4) 자기 글 고치기

자기의 글을 스스로 고치는 것은 글 고치기 가운데서도 가장 이상에 가까운 방법이라 할 수 있다. 그러나 자기의 글을 다듬고 고치는 버릇은 처음부터 그 단계를 밟아 나가야 한다.

① 낭독하면서 고치기

저학년에서는 자기의 글을 낭독하는 것을 발표의 한 방법으로 삼는 동시에 자기 글 고치기의 방편으로도 삼을 수 있다. 글을 소리 내어 읽어 가는 동안에 틀린 글자, 빠뜨린 글자를 찾아내게 되고, 글의 줄거리나 말이 잘못된 곳, 표현이 불충분한 부분을 깨달을 수도 있게 된다. 이렇게 자기의 글을 충실히 읽는 버릇을 들이는 것이 자기 글 고치기의 첫걸음이다. 낭독할 때 주의할 것은 그것을 들어 주는 사람(교사나 부모나 반 동무나 그 밖에 누구든지)이 있는 경우, 이들 들어 주는 사람은 무엇보다 솔직하게 낭독하는 글을 받아들이고 공감해 주는 태도를 갖는 것이 중요하다.

② 묵독하면서 고치기

고학년에서도 낭독하면서 글을 고치는 것은 필요하나, 대체로 묵독을 많이 하게 한다. 더구나 복잡한 구조를 가진 문장이나 사색이 필요한 글은 묵독을 하는 것이 좋다.

이상, 글 고치기 지도의 방법 몇 가지를 들었는데, 대체로 저학년은 고치는 능력이 부족하고 흥미를 느끼지도 않으니 너무 지나치게 강요하지 말고, 띄어쓰기나 틀린 글자를 고치고, 마침표를 찍게 하고, 잘못된 내용을 깨닫게 하는 것 이상을 요구하지 말아야 한다. 중학년부터 자세하게 쓸 곳과 빠뜨린 말, 산만하게 쓴 부분, 글의 주제와 표현의 관계 들을 그 학년 단계에 따라 정도를 높여서 지도하면 될 것이다. 그리고 어느 학년을 막론하고 개별로 그 능력에 따라 지도해야 함은 말할 것도 없다.

글 고치기 지도의 실제

다음에 보이는 첫 번째는 처음 썼던 원문이고, 두 번째는 이 아이와 마주 앉아 묻고 답하면서 글을 이해하여 표기를 바로잡아 보여 준 것이다. 이 아이의 일반 교과 성적은 최하위다.

산 남학생 초 3학년
나는 어제 산에서 들아다
나기원 삼열이 이수
영칠이 양호영미
산에서 구질파기을하을습니다.
기원이가 질파다.

산 남학생 초 3학년
나는 어제 산에서 놀았다.
나, 기원, 상열이, 이수, 영칠이, 양호, 영미.
산에서 굴뚝 파기를 하였습니다.
기원이가 잘 팠다.

이 글은 언제, 어디서, 누구하고, 무엇을 하였다는 서사문의 기본 요건을 갖춘 글이다. 높임말씨와 예사말씨를 섞어 쓰고 있는 예는 초등학교 2, 3학년생으로서 흔히 있는 일이다. 글자를 많이 모르는 이 아이에게는 글자를 익히도록 하고, 구두점 가운데 마침표를 정확하게 칠 수 있게 하면 될 것이다.

다음에 보이는 첫 번째는 처음 썼던 원문이다. 이 아이와 마주 앉아, 밑줄 친 부분에 대해 지도자가 질문을 한 다음 다시 써내게 한 것이 두 번째 글이다.

꿩 배경오 경북 성주 대서초 6학년

① <u>어제는</u> 내 동생이 ② <u>꿩 한 마리를</u> ③ <u>상준이에게 얻어 와서</u> ④ <u>박스에다 짚을 깔고</u> 안에 넣어 주려고 마루 위에 올려놓았다. 그리고 ⑤ <u>막 만들고</u> 꿩을 넣어 주려고 했는데 어디로 달아났는지 없었다. 내 동생은 빨리 찾으라고 울었다. 나는 그냥 가만히 있었더니 더 울면서 졸랐다. 하는 수 없이 나는 찾아보았지만 어디 있는지 없었다. 밤이 되자 집 뒤에서 ⑥ <u>꿩 울음소리가</u> 들렸다. 나는 얼른 후라쉬를 비추어 소리 나는 데로 가 보았다. ⑦ <u>부스럭거리는</u> 데를 보았더니 꿩이 있어서 박스 안에 넣고 먹이를 주었더니 잘 먹었다.

① 때가 더 분명히 나타났으면 좋겠다. 아침인가, 낮인가?

② 새끼 꿩인가, 큰 꿩인가?

③ ……에게 얻어 왔다는 말은 잘못된 것 같은데?

④ 누가 그렇게 했는가? 동생인가, 글쓴이인가?

⑤ 누가 만들었는가?

⑥ 울음소리를 들은 대로 나타내면 더 좋지 않을까?

⑦ 무엇이 부스럭거렸는지, 본 대로 쓸 수 없을까?

꿩 배경오 경북 성주 대서초 6학년

어제는 낮에 내 동생이 새끼 꿩 한 마리를 상준이한테서 얻어 왔다. 나는 박스에서 꿩 집을 만들어 주려고 꿩을 마루 위에 올려놓았다. 그리고 박스에다 짚을 깔고 꿩 집을 빨리 만들고 꿩을 꿩 집에다 넣어 주려고 했는데 어디로 달아났는지 없었다. 내 동생은 꿩을 빨리 찾으라고 울었다. 나는 그냥 가만히 있었더니 더 울면서 졸랐다. 나는 하는 수 없이 꿩을 찾아보았지만 어디 있는지 없었다. 밤이 되자 집 뒤에서 "구욱, 구욱" 하는 소리가 들려서 후라쉬를 비추어서 가 보았더니 풀이 많이 나 있는 속에서 소리가 들려왔다. 나는 풀을 뒤적거려 보았더니 새끼 꿩이 있었다. 그래서 얼른 붙잡아서 박스 안에 넣고 먹이를 주었더니 참 잘 먹었다. (1983. 5. 23.)

지도 사례 두 가지

다음은 글 고치기 지도의 사례다. 잘못 고친(고치게 한) 점이나, 지도해야 할 데를 그대로 둔 곳은 없는지 살펴보자.

찰흙 캐기 남학생 초 2학년

나는 ① 동원하고 ① 창안하고 찰흙을 캐려고 ②＿＿＿호미로 캐

기 시작하였다③__그런데④__한참 캐다 보니 머리카락이 나왔
다③__나는 머리카락이 아니라고 ⑤ 했다③__나는 이상했다
③__그때 상범이네 형이 와서 ⑥__거기 ⑦ 에장꾸다⑥__고 ⑤
했다③__⑧ 나는 ⑨ 네가 ⑩ 캐든 데를 ⑪____보았다③__산소였
다③__⑨ 네가 ⑩ 캐든 자리는 가무데였다③__나는 ⑫도 캤다
③__⑬ 뼈가루가 둥근 모양으로 두 갈래로 ⑭ 있어다③__나는 그
⑬ 뼈가루를 ⑮ 네벌리다③__무서운 생각이 났다③__

이 아이는 농촌 어린이, 일반 교과 성적이 중위에 속한다.

글 원문을 칠판에 적어 놓고 반 어린이들이 의논해서 한 줄
씩 고쳐 나갔다. 처음에는 형식을, 그다음에 내용을 고쳤다.

여기 고쳐 쓴 글을 들어 보이지는 않는다.

①의 "동원하고 창안하고"를 "동원이하고 창안이하고"로 고
쳤다. 이름 끝 자에 받침이 있는 경우 '이'를 덧붙여 부르는데,
글도 이와 같이 말하는 그대로 써야 한다는 생각으로 고친 것
일 터이니 잘한 일이라 본다.

②에는 "앞산으로 갔다"라는 말을 끼워 넣었다. 이래서 "나
는 동원이하고…… 시작하였다"라는 문장을 둘로 나눠 놓았
다. 이것은 찰흙을 캐러 그 어디로 갔다는, '어디'를 보충한 것
이다. 지도자가 암시를 주었는지, 어린이들 스스로 발견했는지
모르지만 이러한 말의 보충은 잘되었다. 다만 쓴 어린이 자신
의 말에 따르지 않고 다른 어린이가 임의로 고쳤다면 잘못이
다. 앞산에 갔는지 뒷산에 갔는지, 또 어느 다른 산골짜기로 갔

는지 모르기 때문이다. 그리고 이 대문의 고치기 지도에서 한 가지 중요한 지도를 놓친 것 같다. 그것은 서사문의 기본 요건의 하나인 '언제'라는 때가 나타나지 않은 것이다. 아무리 저학년이라도 자기가 한 일을 쓸 때는 '어제 아침에' '어제저녁 때에' '오늘 학교 오다가', 이렇게 때를 나타내어야 한다. 경우에 따라서는 그냥 '어제'로만 쓸 때도 있겠지. 쓴 어린이에게 "언제 흙을 캐러 갔더냐?" 하고 물어서 "어제 점심 먹고 갔어요" 하고 대답하면 "그럼 점심 먹고 갔다는 것을 알 수 있게 써라"고 하면 될 것이다. 그러면 아마 "나는 어제 점심을 먹고 동원이하고 창안이하고 찰흙을 캐러 앞산으로(○○골짜기로) 갔다"고 쓰게 될 것이다. 이래서 이 글은 첫머리부터 언제, 어디서, 누가, 무엇을 하게 된다는 내용이 뚜렷하게 밝혀지게 된다.

③은 한 문장이 끝났을 때마다 찍는 마침표를 이 어린이는 모두 빠뜨리고 있다. 마침표는 1학년 때부터 꼭 찍는 버릇을 들여야 하겠다.

④는 반점(쉼표)을 찍도록 지적한 것이다. "그런데" 다음에 쉼표가 있어야 한다고 다른 아이들이 지적했다면 지적한 대로 찍도록 해도 좋지만, 지도교사가 지적해서 찍도록 할 것까지는 없다. 대체로 2학년에서는 쉼표까지 이해해서 쓴다는 것이 무리이며, 이런 형식 면을 강조하는 것이 삶을 키워 가는 글짓기를 방해하는 결과가 된다.

⑤는 "햇다"를 "했다"로 바로잡은 것이다. 어린이들은 이런 정도의 맞춤법은 알면서도 글을 쓸 때는 흔히 틀리게 쓰는 경

향이 있다. 머리로만 알았지 손으로 저절로 써지도록 익힌 것이 못 되기 때문이다. 스스로 발견해서 고치도록 하는 것이 좋겠다.

⑥은 줄은 바꿔서 소리 내어 말한 부분을 따옴표로 표시하도록 고쳐 놓았다. "'거기 애장꾸디다'" 이렇게까지 고칠 필요가 있을까? 말을 주고받은 대화 부분이 길어서 그것을 이렇게 안 쓰면 문장을 알아보기 힘들다면 모르지만 여기서는 그렇지 않다. 글 가운데 나오는 사람의 말이 잠깐 인용될 때는 본문의 일부로 처리할 수 있다. 더구나 저학년 어린이들의 글은 그렇다. 처음 글을 쓰는 어린이들이 이것저것 쓰는 형식이 까다로워 글쓰기를 어려워하지 않도록 해야 한다는 것은 글쓰기 지도에서 아주 중요하다. 요즘은 소설가들의 글에서도 긴 대화를 그대로 본문과 구별 없이 쓰는 경향이 있지 않은가. 아무튼 어린이들의 글을 너무 어떤 틀 속에 잡아넣으려고 하지 말아야 할 일이다.

⑦은 "에장꾸디"를 "애장구디"로 바로잡은 것인데, 아마 지도교사가 지적했으리라. '에장꾸디'는 '애장구덩이' 곧, 죽은 아기를 묻은 구덩이를 뜻한다.

⑧에서는 "나는"이라는 주어(임자말)를 삭제해 버렸다. 이것은 왜 삭제했을까? 이해가 안 간다. 아주 잘못되었다. 여기서는 주어가 빠질 수 없다. 가령 주어가 없이 뜻이 통한다고 하더라도 어린이들의 글(더구나 저학년의 글)에서는 그런 주어를 함부로 없앨 것이 아닌데, 이렇게 없어서는 안 될 주어를 삭제한

다는 것은 크게 잘못되었다.

⑨는 "네"를 "내"로 고쳤다. '에'와 '애'의 발음을 잘 구별하지 못하는 이 지방 말의 특성이 어린이들의 글에서도 나타나고 있다. 사투리나 말의 특성을 살리는 것은 좋지만, "네"와 "내"는 전혀 그 뜻이 다르고 문장을 오해할 수도 있으니 저학년에서부터 바로잡아야 한다.

⑩은 "캐든"을 "캐던"으로 고쳤다. 바르게 고친 것이기는 하나 이 지방에서는 "캐든"으로 소리 내는 경향이 있어 일종의 사투리라고 볼 수 있다. 또 "캐든"으로 써도 충분히 알아볼 수 있다고 생각할 때, 저학년에서 이런 것까지 알뜰히 맞춤법을 바로잡을 필요는 없지 않을까 싶다. 아마도 교사가 지적하여 고친 듯하다.

⑪은 "다시"를 새로 써넣어서 "다시 보았다"로 한 것이다. 왜 "다시"를 넣었을까? 이해가 안 된다. 아이들이 쓴 글을 함부로 첨삭을 해서는 안 되겠다. 될 수 있는 대로 원문을 그대로 두고, 부득이한 경우에만 고칠 것이다. 물론 그것도 본인이 고치도록 해서 말이다. 아이들도 남의 글에 함부로 손을 대지 않도록 지도할 필요가 있다. 여기서는 아무리 앞뒤를 읽어 봐도 "다시"라는 말이 잘못 들어간 것으로 판단된다.

⑫는 "또"로 써야 할 것을 "도"로 쓴 것을 바로잡은 것이다.

⑬은 "뼈가루"라는 말에서 "가루"를 삭제해서 "뼈가 둥근 모양으로⋯⋯"로 해 놓았다. 뼛가루가 그렇게 둥근 모양으로 있을 리가 없다고 본 모양인데, 뼈가 둥근 모양으로 있었다고 해

도 좀 이상하지 않은가? 이런 것도 이 글에서 그리 중요한 것이 아니니 그대로 두는 편이 좋겠다. 만일 꼭 고쳐야 한다면 본인에게 물어서 더 정확하게 쓰도록 하는 것이 옳다.

⑭는 "있어다"를 "있었다"로 고친 것이다. 이런 정도는 바르게 쓸 만한 어린이다. 본인이 고치도록 하면 좋겠다.

⑮는 "내버렸다"로 고쳤는데, 사투리를 살려서 쓴다면, "내버렸다"가 될 것이다. "내버렸다" "내버렸다" 어느 것이든 본인이 쓴 대로 두고 싶다. 물론 "내벌리다"는 잘못 쓴 것이다.

이상으로 짧은 글 한 편을 고친 수업의 내용을 대강 살펴보았는데, 이 지도에서는 애당초 글의 내용 면을 남들이 고치도록 한 것이 잘못된 것 같다. 칠판에 쓰거나 인쇄물로 여럿이 의논해서 고칠 때는 형식 면에 한정하도록 하는 것이 무난하다. 내용을 문제 삼을 경우에는 누가 보더라도 잘못된 것이 뚜렷하게 인정되는 것만 지적해서 고치도록 할 것이다.

우박　남학생 초 3학년

나, 오훈, 기열이하고 ① 집으로 돌아오는 길이었다. ② 갑자기 천둥 치고 번개도 치고 하더니 ② 갑자기 비가 왔다.

③ 바람도 불었다. 우리들은 고란에 있는 기열이 이모네 집에 가서 ④ 우산을 쓰고 돌아오는 길에 바람이 불었다.

그러더니 밤알만 한 우박이 ⑤ 쏟아졌다. 우리는 우산으로 우박을 막았다. 우산은 우박에 맞아 구멍이 났다. 우리는 얼른 바위 옆에 엎드렸다. ⑥다행히도 우박이 북쪽에서 남쪽으로 와서 바위에 맞아 깨어졌다.

우박이 멈추자 우리들은 얼른 집으로 왔다.

집으로 돌아오니 동네가 시끄러웠다. 나는 얼른 어머니께 여쭈어 보았다. 우박이 와서 농사가 다 ⑦ 망쳤서 시끄럽다고 했다. 나는 얼른 우리 농사는 ⑧ 어떤야고 여쭈어 보았다. ⑨ 우리 농사도 어처구니없게 다 망쳤다. 나는 울음이 나올 정도로 슬펐다. 어머니는 밭을 보고 앞날을 걱정하였다.

이 글은 지도교사가, 쓴 아이와 마주 앉아 이야기해서 다시 쓰게 하였다고 하는데, 다시 쓴 글의 전문을 여기 보이지 않겠다.

①에서는 "어디서 집으로 돌아가는 길이었는가?" 하는 질문을 하였다. 그래서 이 어린이는 "…… 셋이서 학교에서 집으로 돌아오는 길이었다. 고란 꽃동산에 오니까 갑자기……" 하고 고쳐 썼다. 여기서 교사의 질문은 좀 빗나갔다. 집으로 돌아가는 길이라면 학교에서 집으로 간다는 것쯤 누구나 다 아는 사실이기 때문이다. 어디서 돌아가는 길이냐고 물을 것이 아니라, 돌아가는 길의 어디쯤에서 그런 일이 일어났느냐고 묻는 것이 옳다. 이 어린이는 그래도 묻는 속뜻을 짐작하고 잘 썼다. 그리고 기왕이면 어제의 일인가 그저께의 일인가도 밝히고, 글 맨 끝에 쓴 날짜까지 적도록 했더라면 좋았을 것이다.

②는 "'갑자기'란 말이 꼭 두 번 들어가야 할까?" 하고 물어서 뒤의 것을 없애게 했다.

③은 "내용으로 봐서 앞줄에 달아서 쓰는 것이 어떨까?" 하고 물었다. 그리고 그렇게 고쳐 써 놓았다. 적절한 지도라고 본다.

④에서는 "문장의 앞뒤가 어색하다. '돌아오는'은 갔던 길로 다시 되돌아왔다는 뜻인가?" 하고 물었다. 그래서 이 아이는 "우리들은 고란에 있는 기열이 이모네 집에 가서 우산을 빌려 쓰고 <u>갔다</u>"고 고쳐 놓았다. 이 질문은 필요가 없었다. 돌아오는 길이라면 집으로 가는 그 길이 아니겠는가? 그래서 고쳐 쓴 글도 더욱 모호하게 "갔다"로 되고 말았다.

⑤는 맞춤법을 바로잡도록 지적한 것.

⑥은 다행이라고 생각한 까닭을 쓰라는 것인데, 전혀 필요가 없는 요구를 한 것이다. 그 까닭이 잘 나타나 있기 때문이다. 여기서 고쳐 쓴 것을 보면 "바람이 북쪽에서 남쪽으로 불어 우박도 바람에 날려 바위에 맞아 병이 깨어지는 것처럼 깨어졌다"고 되어 있다. 다만 상황을 좀 더 부연했을 뿐이다. 차라리 "좀 더 자세히 그때 보고 들은 것을 써 보라"고 말해 주는 것이 정확한 지시가 되었을 것이다. 그러나 아무래도 이 대문은 처음 쓴 문장으로 충분하다. 글의 중심에서 멀어져 부질없이 자세하게 묘사하고 부연하고 싶어 하는 버릇은 어른의 글이고 아이들의 글이고 공연히 독자들을 미혹하는 결과밖에 얻을 것이 없으니 말이다.

⑦과 ⑧은 맞춤법 잘못된 것을 지적한 것으로 "망쳐서" "어떠냐"로 바로잡아 놓았다.

⑨는 "어떤 농사인지 자세하게 쓰면 더욱 좋겠다"는 의견을 말해 주고 있다. 그래서 고쳐 쓴 것을 보면 "나는 얼른 우리 농사는 어떠냐고 여쭈어 보았더니 <u>담배와 고추</u>가 다 부러졌다고 말씀하셨다"로 되어 있다. 이미 '우박'이라는 제목으로 쓰고 싶은 것을 다 썼으니 마지막에 다시 농사 이야기를 '자세하게' 쓰고 싶지는 않았으리라. 그 지방의 농사라면 담배와 고추가 거의 전부니까 간단하게 이렇게 쓰는 수밖에 없었겠지. 이 대문의 의견도 "어떤 농사인지 간단하게라도 알 수 있게 쓰면 좋지 않을까?" 이 정도로 말해 주는 것이 타당하리라 생각된다.

삶을 가꾸기 위해서

글 고치기 지도는 글을 고치면서 어린이의 느낌과 생각을 정직하고 순수하게 갖도록 하고, 살아가는 태도를 진실하게 다져 가려는 데 그 뜻이 있다. 곧 삶을 가꾸기 위해서 글을 고치고 다듬는 것이다. 결코 작품을 만들고 완성하는 것이 목표가 될 수 없다. 이러한 지도의 목표를 거듭 확인할 필요가 있다. 그래서 약빠르고 꾀부리고 영리한 어린이를 만드는 것이 아니라, 순박하고 진실한 마음을 가진 어린이가 되게 하려는 것이다. 예의 바르고 얌전하기만 한 어린이보다는 싱싱하게 살아 있는 어린이, 개성 있고 본능 그대로의 어린이로 자라날 수 있도록, 그 느낌과 생각과 생활을 가꾸어 가는 글쓰기 교육의 일반 목표에 바로 이어지는 것이 글 고치기 지도다. 따라서 고치기 지도를 할 때는 이러한 지도의 목표를 확실하게 세워서, 조금이라도 지도자의 편협한 문장관, 글 쓰는 버릇 같은 것을 강요하지 말아야 하고, 거짓된 생각을 요구하지 말아야 하겠다. 될 수 있는 대로 어린이들이 쓴 글을 다치지 않도록 해야 한다. 우리가 어린이의 생활과 심리, 문장의 특징을 조금이라도 이해한다면 그들이 적어 놓은 말 한마디, 글자 한 자를 고치는 것이 얼마나 어렵고 힘들고 조심해야 할 일인가를 깨달을 것이다.

발표를
어떻게 할까

발표 지도의 뜻

발표 지도는 글쓰기 지도의 마지막 단계다. 완성된 글을 널리 발표하고 감상비평을 거쳐 생활과 표현 지도를 마지막으로 하게 되는 것을 말한다. 아이들은 교사나 동무들에게, 더 널리 사회에 자기의 글을 발표함으로써 만족과 기쁨을 느끼게 되고, 또 자기의 글이 사람들에게 미치는 영향을 깨닫게 된다. 한편 남의 글을 읽음으로써 남을 이해하고 자기와 남을 견주어 삶을 키워 가는 것이다.

저학년은 자기의 글을 반 동무들 앞에 발표하는 것이 만족스럽기도 하지만, 그보다도 교사와 부모들에게 칭찬을 받고 싶어 한다. 그러니 교사들은 아이들의 글을 그 누구보다 잘 이해하지 않으면 안 된다. 아이들 글의 특성, 더구나 저학년 아이들 글의 일반 특성 및 개별 특징을 잘 알아 두어야 하고 또한 그 지방의 사투리를 알아야 한다. 그래서 글에 담긴 아이들의 마음과 생활을 이해해 주고 공감해 주는 일이 절대로 필요하다. 이렇게 해서 다른 아이들에게 글을 쓴 아이의 마음이며 생활을 친절히 해설해 주고 대변해 주는 것이 좋다.

학년이 높아 감에 따라 작품이 읽는 이에 미치는 사회 영향을 더욱 자각하게 되겠는데, 이에 따라 사회와 관계되는 가치 있는 글을 쓰고 싶어 하도록 지도해야 한다. 곧 자기와 함께 이웃과 전체를 생각하는 마음, 땀 흘려 일하는 사람들의 삶, 그들의 느낌과 생각의 소중함, 인간스런 정, 돈이나 어떤 힘 앞에 주눅 들지 않고 굽실거리지 않는 태도, 사치와 유행에 넋을 팔지 않고 거짓과 불의를 비판하는 정신, 이러한 판단력과 마음가짐은 글쓰기 지도의 전체 과정에서 언제나 유의할 일이지만, 특별히 마지막 발표와 감상의 지도에서 중요한 과제로 삼아야 할 것이다. 글을 못 쓰는 아이의 개별 지도와 함께.

발표의 방법

작품의 발표와 감상비평이 함께 되는 경우가 예사지만, 여기서는 다만 발표의 방법만을 말하겠다.

발표에는 개별 방법과 일반 방법, 두 가지가 있다고 볼 수 있다. 개별 방법은 글을 쓴 아이와 교사의 사이에서만 개별로 이뤄지는 것으로, 이것은 글의 내용으로 보아 보통 하는 발표를 피하는 것이 좋겠다는 판단이 내려질 때 취하는 방법이다. 이 방법은 특수한 작품에 대한 특수한 방법이라 할 수 있다.

일반 방법에는 낭독, 판서, 회람, 인쇄 배부, 문집 만들기, 신문 잡지 투고 들이 있다. 이러한 여러 가지 방법에는 저마다 장점과 단점이 있으니, 현장의 여건과 지도의 목적에 따라 알맞은 방법을 취함이 좋겠다.

(1) 낭독

낭독은 쓴 아이 자신이 하는 것과 교사가 읽어 주는 두 가지 경우가 있다. 자기가 쓴 글을 자신이 낭독하도록 하면 미리 그것을 예상해서, 쓸 때나 쓰고 난 다음 고칠 때, 여러 가지 면에서 좀 더 노력을 하게 될 것이 틀림없다. 그러나 늘 그렇게만 하면 글을 연설조로 웅변 원고같이 쓰게 될 염려가 있으니 주의해야 한다.

또, 요즘에는 방송 시설이 어느 학교든지 다 되어 있으니 방송 기재를 이용하면 더 많은 아이들이 들을 수 있어 아주 편리하다. 그러나 이것 또한 결점이 있다. 발표하는 아이들 편에서 보면 아주 제한된 일부 아이들밖에 할 수 없기 때문이다.

(2) 판서

칠판에 쓰는 것은 짧은 글로 한꺼번에 지도를 할 때는 아주 편리하지만, 긴 글은 할 수 없다. 이 방법은 일반 글을 발표할 때보다는 짧은 글을 감상비평할 때 적합한 방법이라고 하겠다.

(3) 인쇄 배부

이것은 칠판에 써서 하는 단점을 잘 보완해 준다. 가장 효과 있게 발표하는 방법이기는 하나 어느 글이고 다 인쇄해서 나눠 줄 수는 없다.

인쇄는 옛날부터 원지에다 필경을 해서 등사판으로 인쇄하는 방법이 널리 보급되어 왔으나, 최근에는 여러 가지 인쇄 기재가 만들어져서 함께 쓰이고 있다. 앞으로 복사 인쇄기가 더 널리 보급되면 아이들 글의 발표 지도를 한결 더 많이 할 수 있을 것이 기대된다.

(4) 회람

원고 그대로 돌려보도록 하는 것으로 가장 쉽고 편리한 방법이나 그만큼 관심과 흥미를 끌기 힘들다고 하겠다.

(5) 신문 잡지 투고

이것은 투고 작품을 골라 뽑는 사람들의 작품을 보는 안목이 무엇보다도 문제 된다. 현재 우리 나라 신문 잡지에 실리는 어린이 작품은 그 대부분이 순수하지 못하다. 교사들의 지나친 첨삭과 개작으로 불순하게 되었거나, 빈말만 꾸며 만드는 지도를 받아 얕은꾀로 쓴 것, 아니면 어른들이 돈벌이 의도로 선전하는 재주를 부린 것이다. 어른들의 불순한 세계에 오염된 이런 작품들 속에서, 순수한 아이들의 마음과 생활을 표현한 작품을 가려낼 줄 아는 흐리지 않은 감성과 식견을 가진 사람이 너무나 드물다. 이런 상황에서 아이들의 글을 신문 잡지에 발표하고 싶어 하는 것은 좋지 못하다. 참된 글쓰기 교육의 정신을 가진 사람이라면 아이들의 글을 신문 잡지에 싣는 것을 피할 것이다.

(6) 백일장, 글짓기 대회 참가

이것도 권장하고 싶지 않다. 해방 이후 우리의 글쓰기 교육이 잘못된 길을 걸어온 것은 백일장, 글짓기 대회에 입상을 목표로 한 것이 되었기 때문이다. 이런 돈벌이 행사를 관리 운영하고 작품을 심사하는 사람이나, 신문 잡지의 투고 작품을 선정하는 사람들의 식견이라는 것이 한결같이 아이들의 세계를 무시하고 삶을 벗어난 말장난의 글을 진짜 아이들의 글로 알고 있다. 아이들과 아이들의 글을 진정으로 이해하고 있는 교사라면 이제부터라도 이런 행사에 참여하기를 거부함이 옳다고 본다.

(7) 문집 만들기

아이들의 글을 발표할 때 문집은 가장 좋은 수단이 되기에 다음에 다시 항목을 베풀어 좀 자세히 말해 보기로 한다.

발표의 가장 좋은 수단, 문집

(1) 문집의 뜻

문집은 아이들의 글쓰기에 대한 의욕을 높이고, 사물을 보고 생각하는 힘과 살아가는 태도를 기르며, 부모들에게 아이들의 생활과 교육을 이해시키고, 아이들에게 가장 친근한 읽을거리를 만들어 준다. 그리고 또 있다. 자주성과 창의성을 북돋워 주는 것, 이것이 가장 중요하다. 농촌 아이들은 도시 아이들에 대해, 공부를 못하는 아이들은 점수를 많이 딴 아이들에 대해 열등감을 가질 필요가 없다는 것을, 오히려 긍지를 가져야 한다는 것을, 좋은 문집은 가르쳐 주고 있다.

(2) 문집의 조건

문집은 학교교육을 자랑하기 위해 만들어서는 안 된다. 교사를 위해 만드는 것도 아니다. 어디까지나 아이들을 위해 만드는 것이다. 그러니 문집에서 가장 중요한 점은 모든 아이들이 좋아하는 문집이 되어야 한다는 것이다. 특수한 어린이를 위한 문집은 겉치레요, 선전이요, 교육을 해친다.

모든 아이들이 좋아하는 문집이 되려면 무엇보다 모든 아이들의 글이 실려야 한다. 어떤 모양으로든지 다 실려야 한다. 그리고 정직한 글만 실려야 한다. 또한 읽기 쉽고 친근하게 만들어져야 한다는 것도 반드시 고려해야 할 조건이다.

(3) 학년 문집

저학년의 문집은 글자를 좀 크게 하고 띄어쓰기를 정확하게 하는 것이 아주 중요하다. 적당한 공백을 두고, 아이들의 그림으로 된 삽화를 넣고, 제목의 글자 같은 것도 보기 좋게 써야 하겠다. 아이들의 글은 띄어쓰기와 구두점과 부호 같은 형식의 것을 빼고는 될 수 있는 대로 쓴 그대로 싣는 것이 좋다. 더구나 사투리를 표준말로 고쳐서 죽은 글을 만들어 보이지 않도록 해야 한다.

3, 4학년의 문집도 자유롭게 쓴 생활서사문이 중심이 되겠는데, 잘 다듬어진 글보다는 싱싱하게 살아 있는 아이들의 마음과 생활이 나타난 글이라야 모든 사람에게 환영받는다. 저학년의 글보다 좀 더 정리된 글이 나오겠지만, 긴 글, 자세하게 쓴 글, 예사말씨와 높임말씨가 구별되는 글처럼 3, 4학년 단계에 알맞은 글이 실리면 좋을 것이다. 편지, 일기, 관찰기록 같은 것이 나올 수도 있고, 한 가지 제목으로 여러 아이들의 생활이나 의견이 나타난 글을 실을 수도 있으며, 부모와 교사의 글을 함께 실을 수도 있겠다. 글자는 너무 작지 않게 한다. 작품들은 어떤 연구 의도로 편집하여 아이들이 관심을 가지고 학습할 수 있는 문집이 되도록 하는 것이 좋겠다.

5, 6학년의 문집은 단순히 기념하는 것으로 만들어져서는 안 된다. 아이들의 글을 뒤섞어 어지럽게 나열만 할 것이 아니라, 제재로 나눈다든지, 표현형식으로 나눈다든지, 같은 제목으로 쓴 글을 견주어 그 생각의 깊이나 정확성, 표현의 잘됨을 배우게 한다든지 하여, 문집으로써 보고 듣고 생각하는 힘을 길러 가려는 의도가 나타나 있어야 할 것이다. 여러 가지 과목의 학습기록이나 감상문, 편지글, 일기문 같은 것도 나와야 할 것이다. 상급생의 문집은 편집과 인쇄, 제본을 될 수 있는 대로 아이들과 의논해서, 또는 아이들의 손으로 하는 것이 좋겠다.

중학생의 문집은 학생들이 만들어야 하겠고, 더러는 개인 문집도 만들 수 있을 것이다.

(4) 문집의 종류

① 학급 문집

글쓰기 교육은 학급을 담임한 교사가 하고 있는 만큼 학급에서 내는 문집은 여러 가지 문집 가운데서도 가장 뜻이 깊고 보람이 있는 문집이라 하겠다. 학급 문집은 학급 아이들의 삶을 키워 가는 공동의 자리요, 아이들의 가장 친근한 마음의 벗이요, 참된 글쓰기의 교과서요, 학급의 기관지다. 한마디로 학급 문화를 창조하는 자리다.

앞에서, 문집이라면 모든 어린이들의 글이 실려야 한다고 했는데, 더구나 학급 문집은 그래야 한다. 만약 글을 전혀 못 쓰는 아이가 있으면 교사가 그 아이의 말을 대신 써서 보여 주는 수도 있겠고, 문집에 넣을 그림을 맡아서 그리게 한다든지 하여 어떤 방법으로든지 함께 참여하도록 해야 하겠다.

② 한 장 문집

한 장으로 된 문집을 말한다. 일 년에 한두 번 만드는 문집에 견주어 그때그때 자주 내는 것이어서 실제 교육에 아주 유익하다. 일주일에 한 번이나 두 번씩 만들어 생활문, 시, 조사 기록문 같은 여러 가지 글은 말할 것도 없고, 재미있는 학급의 계획이나 기사, 마을의 소식 같은 것도 실을 수 있다. 이것을 문집이라 하지 않고 글쓰기 신문이라고 말할 수도 있겠는데, 신문이라면 현재 우리 나라의 많은 학교에서 내고 있는 겉치레 교육을 선전하는 인쇄물 같은 느낌이 든다. 이름이야 어찌 되었든 아이들을 위한 문집이면 그만이다.

한 장 문집을 차례로 모든 아이들의 글을 실을 수 있다. 호마다 지도 목표나 주제가 있는 것이 좋다. 한 장 문집을 모아 나가면 학기 말이나 학년 말에는 훌륭한 학급 문집이 된다.

③ 학교 문집

이것은 일부 어린이의 글만으로 만들기 쉽다. 그러니 특수한 교육 의도가 있는 것이 아니면 권하고 싶지 않다. 특수한 의도라는 것은, 전교 어린이의 공통된 생활 문제를 논의한 작품을 모은다든지, 마을의 역사나 향토조사기록문 같은 것을 모아 편집하는 따위다.

④ 회람 문집

원고지에 쓴 그대로를 책으로 만든 것인데, 아이들이 쓴 글씨 그대로라서 친밀감을 주고, 아이들의 성격 같은 것도 알 수 있고, 만드는 데 힘도 안 들어 좋다.

회람 문집은 개인별로 쓴 것을 모아 만들 수도 있고, 분단별로 만들 수도 있고, 같은 제목으로 썼거나 같은 시간에 쓴 한 학급 아이들의 글을 모아 만들 수도 있다. 그 어느 것이든 표지를 단단하게 만들어 오래 보관하도록 하는 것이 좋겠다.

⑤ 모임 문집

몇 사람이 모인 모임에서 만드는 것이다. 같은 마을에 있는 아이들끼리, 친한 동무들끼리, 또는 특별 학습 조직으로 모인 학생들끼리 만드는 것인데, 초등학교 5, 6학년이나 중학생이라야 할 것이다.

⑥ 개인 문집

이것은 저학년이라면 교사가 만들어 주고, 고학년은 아이들 스스로 만들게 한다. 쓴 때로 나누어 2학년 때의 작품, 3학년 때의 작품…… 이렇게 엮을 수도 있고, 글의 종류나 내용에 따라 편집할 수도 있다. 가령 '어머니'라는 작품을 2학년 때 쓴 것과 3학년 때, 4학년 때 쓴 것을 모은 것과 같이. 원고지를 그대로 묶을 수도 있고 인쇄할 수도 있겠다.

이 개인 문집에서 한 가지 말해 둘 것은, 더러 도시의 부유한 사람들이 자기 아이의 문집을 호화판으로 만들어 자랑하는 일이다. 이것은 어느 면으로 보나 교육을 해치는 일이다. 이런 문집은 예외가 없이 그 내용이 비어 있다. 문집은 종이가 너무 좋고 제본이 고급으로 되어 있으면 오히려 읽히지 않고 친근감이 안 든다는 것을 알아야 한다. 타자로 된 편지글보다 펜으로 쓴 편지글이 더 반갑게 읽히는 이치와 같다.

시의 이해와
쓰기

어린이시란 어떤 시인가?

어린이시는 어린이가 쓰는 시다. 어린이시는 어린이가 그들의 삶에서 그때그때 부딪히는 온갖 일들에 대해 느끼고 생각한 것을 제법 짧은 말로 토해 내듯이 쓴 시를 말한다.

여기 "토해 내듯이"라고 말했는데, 이 점이 아주 중요하다. 이것은 어린이시가 대체로 저절로 써진다는 것을 말하는 것이다. 마음속에 우러나는 감동을 이것저것 가공하고 기교를 부려서 표현하는 것이 아니고, 솔직하고 소박한 어린이의 말을 그대로 내뱉듯이(또는 부르짖듯이) 쓴다는 뜻이다.

다만 상급생이 되면 좀 의식하여, 얼마쯤 말의 선택에도 유의해서 쓰게 된다.

어른의 시와 어떻게 다른가?

어린이시가 어른의 시와 다른 점을 알아보기 위해서 먼저

어른이 쓰는 시와 어린이가 쓰는 시의 갈래를 나눠서 볼 필요
가 있다.

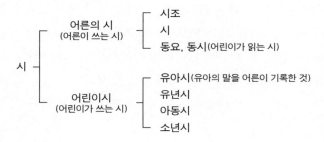

이 갈래를 보면 무엇보다도 먼저 어른이 쓰는 '동요' '동시'
와 어린이가 쓰는 시가 판이하게 다름을 알 수 있다. 그리고
이 점을 확실히 알아 두지 않으면 바른 시 지도를 할 수 없다.

그러면 동요, 동시와 어린이시는 어떻게 다른가?

어린이가 쓰는 시는 직감으로 느낀 것을 내뱉듯이 쓰지만,
어른이 쓰는 시는 외부에서 받은 자극이 시의 핵으로 되어 일
단 마음속에 머물러 있다가 생각이나 상상 같은 것이 보태지
고 표현 기술이 작용되어 써진다. 어른들의 이러한 시 쓰는 과
정은 시조든 일반 시이든 동요, 동시든 마찬가지다.

다음에는 시에 담기는 내용인데, 어린이의 시는 어린이 자
신의 삶이지만, 어른의 동요, 동시는 어른이 본 어린이의 세계
다. 다시 말하면 어른의 마음속에 남아 있는 어린이의 세계, 또
는 어린이도 이해할 수 있는 어른의 세계다.

이러한 어른의 시로서 동요, 동시는 마치 일반 어른의 시가

청년시, 장년시, 노인시로 나뉘어 있지 않는 것처럼 그 어느 누가 썼더라도 그대로 동요, 동시일 뿐이다. 그런데 어린이시는 어린이가 나날이 성장하는 만큼 그 시도 성장한다. 그래서 유년의 시, 저학년의 시, 중학년의 시, 고학년의 시, 소년의 시로 나눌 수 있다. 또 나누지 않더라도 어린이시에는, 쓴 어린이가 사물을 인식하고 느끼는 그 나이 단계의 세계가 나타나 있다. 그래서 어린이시는 다음과 같이 발전한다고 보아야 한다.

유아시→유년시→아동시→소년시→일반 어른 시→동시

이 발전 경로를 눈여겨볼 필요가 있다. 어린이시에서 바로 동시로 발전하는 것이 아니다. 오히려 일반 시로 발전하는 것이 더 정상이고 보편화된 현상이며, 동시는 일반 시에서 다시 조금 다른 길(어린이에게 읽히는 시를 쓰는 길)로 들어가는 것이라고 할 수 있다.

시를 어떻게 이해하게 할 것인가?

시는 말로 설명해서 이해되는 것이 아니다. 바로 시 작품을 보여 주어야 하며, 그리고 손수 쓰도록 해야 한다.

시는 그것을 쓰는 사람의 얼굴같이 각양각색이며, 또 그래야 한다. 마치 꽃밭의 꽃들이 온갖 색깔과 향기와 모양으로 다 다른 것과도 같다. 그러나 여기서는 시 지도의 편의를 생각해서, 무엇을 보고 쓴 시, 어떤 일을 겪고서 쓴 시, 언제나 생각하고 있는 것을 쓴 시의 세 가지로 나누어서 보기를 들어 본다.

(1) 보고 느낀 것을 쓴 시
　무엇을 가만히 보고 있을 때 '참 좋구나' 하고 마음이 끌린
것, 깊이 느낀 것을 자기의 말로 짧게 쓴 시다.

코스모스　황순분 경북 상주 청리초 3학년

코스모스 아름답다.
길 옆에 가는 사람 예쁘다.
코스모스는 길 가는 사람이
반가워서 어쩔 줄을 모른다. (1963. 9. 28.)

이슬　김춘옥 경북 안동 대곡분교 3학년

이슬이
코스모스 잎사귀에
두 줄로 졸로리 있다.
손가락으로 건드리니
낭낭낭 떨며
땅에 떨어져서
흙같이 팍삭 깨졌다. (1970. 6. 18.)
　＊졸로리: 조로리, 쫄로리, 조르르, 쪼르르, 쪼로리 따위로 쓴다.

구름 박선용 경북 상주 청리초 3학년

구름이

해님을 꼭 안고

놔주지 않았다.

그런데 해님이

가랭이 쌔로

윽찌로

빠자나왔다. (1963. 10. 31.)

　＊가랭이: '가랑이'라고도 한다.　＊쌔로: 새로. 사이로.

　＊윽찌로: 억지로.　＊빠자: 빠져.

'코스모스'는 길가의 코스모스를 보고 '아, 좋구나' 하고 마음이 끌렸다. 길 가는 사람도 예뻐 보인다고 했다. 그래서 코스모스를 의인화하여 그 모습을 더욱 잘 그려 놓았다. '이슬'은 이슬을 보고 마음이 끌렸다. 여기에는 "졸로리" "낭낭낭"과 같은 자신의 말이 있다. '구름'도 구름에 가린 해님을 관찰한 것을 썼는데, 구름과 해님을 의인화하여 동화 같은 이야기로 썼다. "쌔로" "윽찌로" 같은 이 어린이의 말이 한결 싱싱한 느낌을 주어 시를 살려 놓았다.

　(2) 겪은 일을 쓴 시

　무슨 일을 체험했을 때 그 일에 대해서 강하게 느낀 것, 깊이 생각한 것을 자기의 말로 짧게 쓴 시다.

강냉이죽   김성환 경북 상주 청리초 3학년

강냉이죽 끼리는 데 가 보니
맛있는 내금이 졸졸 난다.
죽 끼리는 아이가 숟가락으로
또독또독 긁어 먹는다.
난도 먹고 싶다.
그걸 보니 춤이 그냥 꿀떡
넘어간다.
참 먹고 싶었다. (1963. 9. 26.)
 * 끼리는 데: 끓이는 데. 끓이는 데.
 * 내금: 내음. 내미. 냄새.   * 난도: 나도.

공부   김일겸 경북 안동 대곡분교 3학년

아버지가 공부를 못한다고
막 머라 하신다.
통신표 나오는 거 보고 모두 못하면
지지바고 남자고 호채리 해다 놓고
두드러 가며 갈챈다 하신다.
또 물을 떠다 놓고

눈까리를 씻겨 놓고

공부를 갈챈다고 하신다. (1970. 5. 16.)

＊머라 하신다: 뭐라 하신다. 꾸중하신다.

＊지지바: 지지바. 계집애. 여자아이.　＊호채리: 회초리.

＊두드러: 두드려. 때려.　＊갈챈다: 갈친다. 가르친다.

＊씻거: 씻겨. 씻어.

나뭇잎을 끌어내며　유태하 경북 상주 청리초 6학년

연못에 들어 있는

나뭇잎을 쓸어 내다가

나도 모르게

일하기 싫어졌다.

비를 들고 서서

동화 이야기를 생각하다가

문득

바보 이반을

생각하였다.

아무리 아파도

일을 한다는

바보 이반,

바보 이반을 생각하면서

다시 나뭇잎을

깨끗이 끌어내었다. (1966. 11. 6.)

'강냉이죽'은 농촌 학교에서 강냉이죽으로 급식을 하던 때
에 쓴 시인데, 눈으로 본 것뿐 아니라 냄새를 맡고 소리로 들
은 것까지 썼다. 여기서도 이 어린이의 생활어가 이 어린이의
느낌을 살아 있는 것으로 읽는 이에게 잘 전달하고 있다.

'공부'는 아버지한테서 공부를 못한다고 꾸중을 들은 다음
에 쓴 것이다. 역시 아버지의 말을 들은 그대로 써서 시를 살
려 놓았다. 산촌에서 살아가는 이들의 세계가 잘 나타나 있다.

'나뭇잎을 끌어내며'는 청소를 한 다음에 쓴 것이다. 청소를
하기 싫어졌을 때 동화에 나오는 바보 이반의 이야기가 생각
나서 나뭇잎을 깨끗이 쓸었다고 했다. 이렇게 자기만이 겪은
삶에서 우러난 절실한 느낌이나 생각은 시가 된다.

(3) 언제나 생각하고 있는 것을 쓴 시

마음속에 언제나 품고 있는 생각, 남몰래 가지고 있는 생각
을 쓴 시다.

공부를 못해서   정익수 경북 상주 청리초 3학년

나는 공부를 못해서 걱정이다.

집에 가마 맞기마 한다.

내 속에는 죽는 생각만 난다. (1964. 2. 15.)

　*가마: 가면.　　*맞기마: 맞기만.

내 마음　이승영 경북 안동 대곡분교 2학년

내 마음에는 날마다 놀았으면 좋겠다.

그래도 사무 일만 시킨다.

내 마음에는 도망갔으면 좋겠다. (1969. 10. 10.)

　*사무: 사뭇. 내처. 잇달아.

우리 오빠　정점열 경북 상주 공검초 2학년

나는 오빠가 보고 싶어요.

남의 집에 일꾼을 들었는데

우리 오빠 고생하는 것 보면

참 눈물이 납니다.

아래 저녁에 왔는데

참 뱃작 말랐는 걸 보고

나는 어머니하고 울었습니다. (1958. 12. 2.)

　*남의 집에 일꾼을 들었는데: 남의 집에 머슴으로 들어갔는데.

　*아래: 아레. 그저께.

　*뱃작: 배짝, 비쩍, 버쩍, 비썩, 배싹…… 따위로 쓴다.

'공부를 못해서'를 쓴 어린이는 공부를 못한다고 집에만 가면 언제나 꾸중을 듣고 매를 맞는다. 죽어 버리고 싶다는 생각까지 하는 어린이다. '내 마음'의 어린이는 집에서 늘 고된 일을 해야 하기 때문에 실컷 놀아 보는 것이 소원이다. 그래 멀리 도망을 가 버릴까, 하는 생각까지 한다. 이와 같이 몸이 그 어떤 일에 잡혀 있거나 마음이 짓눌려 있는 어린이는, 그런 현실을 개선할 수 없더라도 괴롭고 답답한 마음을 시원스레 시로 토해 버리는 것만이라도 뜻이 있을 것 같다. 그것은 상당한 구원이 될 것 아닌가.

'우리 오빠'는 오빠 생각으로 그 마음이 꽉 차 있는 어린이의 시다. 이 어린이는 오빠에 대한 생각밖에는 다른 어떤 글도 쓰고 싶지 않았을 것이다. 슬퍼하고 눈물 흘린 이야기를 쓴다는 것은 기뻐하고 웃은 이야기를 쓰는 것보다 훨씬 중요하다는 것을 생각하게 된다.

시의 재미는 익살의 재미가 아니다

시를 읽고 맛보는 재미, 시를 느끼고 시를 붙잡아 쓰는 재미는 마음이 따뜻해지고, 또는 뜨거워지고, 풍성해지고, 깨끗해지고, 긴장하게 되는 재미다. 그것은 사람의 마음이 착해지고 진실해지고 순화되는 데서 느끼는 기쁨이라 하겠다. 그러니 이런 시의 기쁨이나 재미와 익살스런 이야기를 들었을 때의 재미와는 다르다. 만화를 볼 때 느끼는 재미, 수수께끼 놀이에서 얻는 재미, 과학이나 산수 공부를 할 때의 재미와도 다르다.

내 책상은 곰보

호떡 장수 빵 구워도 될 거야.

　이런 것은 아무 뜻도 없이 웃기는 유치한 말 흉내다. 이런
익살이 시로 될 수 없다.
　'구름은 구름은 변덕쟁이……' '거울은 거울은 요술쟁이……',
한갓 우스갯거리밖에 안 되는 이런 글 장난을 동시 짓기라는
이름으로 얼마나 많은 어린이들이 지난 수십 년 동안 전국의
글쓰기 교실에서 다투어 써 왔고 백일장에서 상 받고 신문, 잡
지에 자랑스레 발표하여 왔던가? 순진하고 총명한 이 땅의 그
많은 어린이들이 이렇게 해서 바보가 되거나 꾀부리는 재주
꾼이 되어 버린 것을 생각할 때, 그리고 지금도 여전히 엉터리
동시 짓기를 시키고, 그런 교육을 장려하고 있는 현실을 생각
할 때, 눈물이 나도록 어린이들이 불쌍하고 분한 마음을 금할
수 없다.

　좋은 시와 좋지 않은 시의 구별
　좋은 시는 다음과 같다.
　첫째, 자연의 모습을 생생하게 붙잡은 것.
　둘째, 인간의 마음이나 생활의 진실을 붙잡은 것.
　셋째, 남들이 보지 못한 사물의 생명을 붙잡은 것.
　좋지 않은 시는 다음과 같다.
　첫째, 감동이 없는 것.

둘째, 생명감이 없는 것.

셋째, 재미있게 말만 꾸며 맞추려고 한 것.

넷째, 정확하게 대상을 붙잡지 못한 것.

다섯째, 같은 내용이나 형식으로 계속 쓴 것.

여섯째, 설명하는 표현으로 된 것.

일곱째, 평범한 것을 붙잡은 것.

여덟째, 개념인 것.

아홉째, 모방한 것.

좋은 시와 좋지 않은 시의 구별, 시와 시 아닌 것의 구별은 어디까지나 실제 작품을 두고 감상비평하면서 지도하여야 한다.

자기의 삶을 소중히 여기는 태도

시를 쓰게 할 때 가장 중요한 것이 남을 따르지 않도록, 모방을 하지 않도록 하는 일이다. 신문 잡지에 나온 작품, 교과서의 작품을 모방해서는 안 된다. 무슨 대회에서 수상한 작품의 흉내를 내는 것은 금물이다. 쓰기에 앞서 어떤 참고 작품을 보였을 경우에도, "방금 읽어 준 작품을 흉내 내어서는 안 됩니다" 하고 말해 주는 것이 좋다. 그렇게 말해 주어도 어린이들은 그 암시 작품의 영향을 받는다. 그래서 자기만의 느낌과 생각을 썼는데도 저도 모르게 암시 작품을 어떤 면에서 닮아 버린 것은 그 어린이의 것으로 인정해 줄 수 있다. 아무튼 자기의 느낌, 자기의 생각, 자기의 삶을 소중히 여기는 마음가짐이 시를 쓰는 어린이의 기본자세라는 것을 알아야 하겠다.

글쓰기 지도
계통안

문장 형태 풀이

	① 기본 형태	② 문장
과거의 일을 과거형으로	• 예사말씨 –았다(었다). • 높임말씨 –았습니다(었습니다).	• 현재진행형이 과거형 속에 끼어 있을 수 있음.
현재진행형 으로	• 예사말씨 –한다/ 하고 있다. • 높임말씨 –합니다/ 하고 있습니다.	• 과거형 속에 자연스럽게 끼어 있는 현재 진행형. • 현재형 속에 끼어 있는 과거형.
오랫동안에 걸친 경험을 설명하는 글	• 예사말씨 –이다. 아니다. 있다. 없다. 하다. • 높임말씨 –(생략)	• 설명식 문장 속에 과거형 또는 현재형이 들어가는 경우가 있음. • 언제나 있었던 일, 생각한 일에 대하여 쓰는 글임.
새로 얻은 지식과 경험 을 설명하는 글	(위와 같음)	• 과거형과 설명식이 혼용됨.
사색하고 주장하는 글	• 예사말씨 –이다. 아니다. 있다. 없다. 듯하다. 것 같다. –ㄹ까? • 높임말씨 –(생략)	• 상대 없이 쓰는 형식. • 상대를 정해서 말하는 형식. • 많은 사람 앞에서 이야기하는 형식.
호소하고 당부하고 말을 건네는 식으로	• 습니다. 아요(어요). 지요. 네요. 아(어). 지. 네. ㄹ까. ㄴ다. 싶다. 습니다. 아요(어요). 지요. 네요. 아(어). 지. 네. ㄹ까. ㄴ다. 싶다.	• 호소하는 글에는 설명이나 주장이 들어 있기 예사임. • 특정한 사람에게 주는 글과 여러 사람에게 주는 글. • 혼자 지껄이는 글.

③ 고찰	④ 제재 예 들기	⑤ 시 지도
• 어린이들이 가장 많이 쓰는 글의 형태. • 언제, 어디서, 누가, 무엇을, 어떻게 해서,어떻게 되었다-의 원칙. • 예사말씨는 2학년부터 쓰기 시작함.	• 심부름. 오늘 아침. 축구. 피구. 땅뺏기. 밭매기. 설거지. 밥 짓기. 빨래하기. 청소하기. 학교 가는 길. ○○시간. 쉬는 시간. 슬펐던 일. 기뻤던 일. 분했던 일. 안타까웠던 일.	• 생활시
• 배경과 인물, 심리의 묘사. • 사물의 모습을 생동감 있게 보여 준다. • 서사문을 쓰는 수련 과정으로. • 과거의 경험을 현재형으로 쓰기(산문시).	(사생문) (관찰기록)	• 사생시
• 추상화, 정리, 요약하는 힘을 기른다. • 비교, 분석, 종합하는 힘을 기른다.	• 내 신. 내 가방. 걱정. 내 버릇. 내가 늘 생각하고 있는 것. 공부. 시험. 우리 반. 우리 학교의 생활. 농촌 생활. 우리 마을. 길에서 만나는 사람. 내 희망. 우리 집 살림(농사).	
• 공부(연구)한 것, 발견한 것, 깨달은 것을 요령 있게 설명할 수 있도록.	• 내가 한 실험. 연구 보고. ○○ 책을 읽고. 국어 시간에 배운 것. 텔레비전에서 본 것. 시장에서 본 것. 시골에서 배운 것.	
• 초등학교 3학년부터 쓰게 함.	• 내가 어른이 되면. 내가 ○○이라면. 싸움에 대하여. 우정. 성공. 경쟁. 참된 공부. 할머니의 죽음. 청소 문제. 자치회. 즐거운 학급을(학교를) 만들자.	
• 상대에 따라서 달라지는 말의 형태.	• 아버지께. 어머니께. 형님께. 선생님께. ○○에게. 시장님께. 대통령께. 반동무에게. 느티나무에게. 참새에게. 구름에게. (동물원) 사슴에게. 소에게.	• 호소하는 시 • 혼잣말의 시

초등학교 저학년 글쓰기 지도 계통안

목표 ＼ 단계	① 취재	② 구상	③ 쓰기
과거의 일을 과거형으로 쓰는 방법을 익힌다.	• 어제의 일, 오늘 아침의 일을 말로 발표하게 한다. • 본 것, 들은 것, 한 것을 마음대로 실컷 쓰게 한다. • 놀이한 것을 많이 쓰게 한다. • 심부름한 이야기를 쓰게 한다.	• '처음' '중간' '끝'이 있는 이야기가 되도록 한다. • 일이 진행된 차례를 따라서 쓰도록 한다. • 단락 의식을 자연스럽게 가지도록 한다.(교과서나 그 밖의 책의 문장으로.)	• 교사가 어린이의 말을 대신 써서 읽어 준다. • 잘 생각해 내어서 쓰도록 한다. • 남이 한 말(들은 말)도 넣어서 쓰게 한다. • 어미는 '었(았)습니다'체를 주로 하여 '었다'체에 대해서도 알게 한다.
현재 진행형으로 쓰는 방법을 익힌다.	• 산이나 들에 나가서 보는 대로 '……합니다' '……고 있습니다'로 쓰게 한다. • 이런 것을 사생시처럼 쓰게 한다.		• 글의 보기를 들어서 현재형으로 쓰는 것을 가르친다.
오랫동안에 걸친 경험을 설명식으로 쓰는 방법을 익힌다.	• '내 신' '내 가방' '내 필통' '내 ……'에 대해 쓰게 한다. • '우리 집 식구' '내 친구(동무)' 들의 과제로 쓰게 한다.	• 쓸거리를 미리 생각해서 쓰고 싶은 것부터 차례로 쓰게 한다.	• '입니다' '아닙니다'로 쓰기. • '이다' '아니다'는 전체 어린이에 강요하지 않도록. • 한 가지 이야기를 쓰고 나면 줄을 바꿔서 쓰게 한다.
새로 얻은 지식과 경험을 설명하는 글을 쓸 수 있게 한다.	• '나는 ○○○ 책을 읽었습니다'로 과제를 내어 쓰기. • '이런 공부를 하였습니다'라고 하여 공부한 것을 쓰게 한다.		• '그리고' '그러니까' '그런데' 하는 접속사에 주의하도록 한다.

④ 고치기	⑤ 쓴 뒤의 지도	
	보기와 생각하기	표현하기
• 마침표(.)를 잊지는 않았는가. • 띄어쓰기가 되어 있는가. • 빠진 글자가 없는가. • 반드시 다시 읽어 보도록 한다.	• 남의 이야기(대화)나 문장의 재미있는 곳을 서로 지적한다. • 자기가 겪었던 비슷한 경험을 서로 이야기한다. • 아주 다른 경험도 말한다. • 발견한 것, 감동한 것에 주의를 기울이게 한다.	• '그래서' '그리고' '그러니까' '그런데' 들로 말을 이어 가는 방법을 알게 한다. • 원고지에 정서를 시키면서 한 칸 한 칸 써 나가는 방법을 익히도록 한다. • 과거형에 대해 의식하게 한다.
• 잘 알 수 있도록 했는가.	• 자세하게 보거나 신선한 눈으로 본 것을 칭찬한다. • 어린이 전체의 작품을 인쇄하거나 문집으로 만들어 보인다.	• '갑니다' '있습니다' '하고 있습니다'로 쓰기. • '간다' '있다' '하고 있다'로도 쓸 수 있음을 알린다. • 줄 바꿔 쓰기(2학년 2학기).
• 앞 뒤의 이야기가 서로 틀리지는 않았는가. • 잘 알 수 있도록 써 놓았는가.	• 잘 생각하고, 잘 정리해서 쓴 데를 칭찬한다. (서로 칭찬하게 한다.) • 잘 설명해 놓은 데를 칭찬한다. • 모르는 내용에 대해서 서로 묻게 한다.	• 어느 때 어느 곳에서 있었던 일과 언제나 있는 일을 구별하도록 한다. • 단지 이 혼동은 크게 잘못된 것으로 보지 않도록 할 것이다.
	• 공부한 것도 쓰는 것이 중요하다.	

목표＼단계	① 취재	② 구상	③ 쓰기
사색하고 주장하는 글을 쓸 수 있게 한다.			
남에게 호소하고 부탁하는 형식의 글을 쓸 수 있게 한다.	• 선생님이나 어머니께 알리기 위해서 쓴다. • 선생님이나 어머니, 동무 앞으로 편지를 쓴다.		• '합니다' '입니다'로 쓰기. • '하였어요' '하지요'로 쓰기. • '했어' '했지'로 쓰기. • '해 주세요'와 '해 줘요'로 쓰기.

초등학교 중학년 글쓰기 지도 계통안

목표＼단계	① 취재	② 구상	③ 쓰기
과거의 일을 과거형으로 쓰는 방법을 익힌다.	• 생활 체험 가운데서 쓰고 싶은 것을 마음껏 쓰게 한다. • 글감을 학교생활의 것, 가정생활의 것, 사회생활의 것으로 넓혀 간다. • '기뻤던 일' '분했던 일' '화났던 일' '슬펐던 일'을 쓰게 한다. • '나는 ○월 ○일에 났습니다' 하고 먼 과거의 일도 쓰게 한다.	• '처음' '중간' '끝'의 의식을 더욱 확실하게 한다. • 사건이나 행동을 시간의 차례를 따라 쓰는 것을 철저히 한다. • 중심점을 정한다. • '처음' '중간' '끝'의 각 부분을 단락으로 나누게 한다.	• 잘 생각해 내어서, 자세하게, 쓰고 싶은 대로 실컷 쓰게 한다. • 대화를 넣는 방법을 생각하게 한다. • 문맥이 잘 통하도록 한다. • 접속하는 말에 유의하게 한다. • 자기의 말로 써야 한다는 것을 늘 강조한다.
현재 진행형으로 쓰는 방법을 익힌다.	• 사생을 하러 나간다. • 사생을 할 작정으로 보고 와서, 그것을 지금 눈 앞에 진행되고 있는 것처럼 쓴다. • 계속 관찰한 기록을 만든다. • 사생시를 쓰게 한다.	• 쓸거리를 정해서 그것을 쓰는 차례를 생각한다.	• '바람이 분다' '불고 있다'로 쓰는 것을 익힌다. • 단락을 잘 정리해서 쓴다. • 읽은 이의 눈에 정경이 떠오르도록 쓴다. • 자기의 마음을 어디에 두고 쓰는가.

④ 고치기	⑤ 쓴 뒤의 지도	
	보기와 생각하기	표현하기
	• 남에게 하고 싶은 말이 누구에게나 다 있음을 깨닫게 한다.	

④ 고치기	⑤ 쓴 뒤의 지도	
	보기와 생각하기	표현하기
• 마침표(.), 물음표(?), 따옴표(" ")를 잘 쓰고 있는가. • 띄어쓰기가 잘되었는가. • 틀린 글자, 빠뜨린 글자는 없는가. • 예사말씨 '하였다'와 높임말씨 '하였습니다'가 섞여 있지는 않은가.	• 꼭 쓰고 싶었던 것, 쓰고 싶어 견딜 수 없었던 것은 무엇인가. • 개성 있게 본 것을 칭찬해 준다. • 부분이거나 일면인 관점에 대해서 음미해 본다. • 감정의 흐름과 움직임에 대해 음미해 본다.	• 과거형으로 문장을 써 나가는 방법. • 단락을 짓는 방법에 대해서. • 가장 쓰고 싶었던 것을 자세히 쓴다. • 개념의 글을 쓰는 버릇을 고친다. • 높임말씨와 예사말씨를 구별해서 쓰게 한다.
• 과거형과 현재형을 뒤섞어 쓰지는 않았는가. • 말뿐 아니고 사실로서 쓰고 있는가.	• 관찰을 잘하면 사물의 진실을 파악할 수 있다는 사실에 대하여. • 신선한 개성 있는 눈(견해)에 대하여.	• 과거형의 문장에 부분으로 나타난 현재형의 표현을 지적해서 칭찬해 준다. • 과거형과 현재형의 다름에 대하여 자각하게 한다.

단계 목표	① 취재	② 구상	③ 쓰기
오랫동안에 걸친 경험을 설명식으로 쓰는 방법을 익힌다.	• 과제 보기 - '언제나 생각하는 것' '걱정하고 있는 것' • 자유롭게 글감을 고르는 경우에도 오랜 경험 가운데서 그 무엇을 정리해서 설명식으로 쓰는 버릇을 들인다. • 보기글을 들어서 암시한다.	• '처음' '중간' '끝'의 의식을 더욱 확실하게 한다. • 사건이나 행동을 시간의 차례를 따라 쓰는 것을 철저히 한다. • 중심점을 정한다. • '처음' '중간' '끝'의 각 부분을 단락으로 나누게 한다.	• 잘 생각해 내어서, 자세하게, 쓰고 싶은 대로 실컷 쓰게 한다. • 대화를 넣는 방법을 생각하게 한다. • 문맥이 잘 통하도록 한다. • 접속하는 말에 유의하게 한다. • 자기의 말로 써야 한다는 것을 언제나 강조한다.
새로 얻은 지식과 경험을 설명하는 글을 쓸 수 있게 한다.	• 책에서 안 것, 공부한 것에 대해서도 제재를 찾아내도록 한다. • 학습해서 얻은 것을 확인하는 태도로 쓰게 한다.	• 쓸거리를 정해서 그것을 쓰는 차례를 생각한다.	• '바람이 분다' '불고 있다'로 쓰는 것을 익힌다. • 단락을 잘 정리해서 쓴다. • 읽은 이의 눈에 정경이 떠오르도록 쓴다. • 자기의 마음을 어디에 두고 쓰는가.
사색하고 주장하는 글을 쓸 수 있게 한다.	• '내가 만일 ○○이라면' '내가 어른이 되면' 이런 제목으로 쓰게 한다. • 선생님과 그 밖에 많은 사람들 앞에서 주장하고 싶은 것을 쓰게 한다. • 일기에 생각을 쓰게 한다.	• 하고 싶은 말의 중심을 정하게 한다. • 그것을 '처음'에 넣는가, '중간'에 넣는가, '끝'에 넣는가를 정한다.	• 감정이나 의견을 나타내는 말에 주의해서. • 대담하게 쓸 수 있도록.
남에게 호소하고 부탁하는 형식의 글을 쓸 수 있게 한다.	• 학급 안에서 편지를 교환한다. • 편지를 쓴다. • '여러분, ○○○○ 해 주세요'라는 글을 쓴다.	• 편지의 '처음' '중간' '끝머리'에 대해 알게 한다.	• 눈앞의 사람에게 말하듯이 쓰게 한다.

④ 고치기	⑤ 쓴 뒤의 지도	
	보기와 생각하기	표현하기
• 설명하고 있는 것을 잘 알 수 있는가. • 글이 조리 있게 써졌는가.	• 오랫동안에 있었던 일을 반성해 보는 버릇을 갖게 한다. • 좀 추상화해서 요약해 보는 일에 대하여.	• 문맥이 통하지 않는 부분의 음미. • 묘사식으로 된 부분과 설명식으로 된 부분의 다름에 대하여.
	• 사실에서 배우는 것뿐만 아니라 문화에서 배우는 것이 중요하다는 일에 관해서 서로 이야기하게 한다. • 정확함에 대하여.	
• 조리가 잘 서 있는가. • 제 혼자밖에 알 수 없는 곳이 있지는 않은가.	• 거짓을 쓰지 않도록 한다. • 말을 꾸미려 하지 말고, 생각한 그대로 보여 주도록 한다. • 자기 스스로 생각하고 주장하는 일의 귀중함에 대하여.	• 조리를 세우는 방법에 대하여. • '아마도 ……일 것이다' '……듯하다' '……일지 모른다' 같은 표현에 대하여.
• 예사말씨와 높임말씨(또는 정중한 말씨)에 대하여.	• 문장을 모든 사람 속에서 살리는 일의 중요함에 대하여. • 모든 사람이 관심을 가지는 일의 발견.	• '호소'하는 문체와 '부탁'하는 문체에 대하여.

초등학교 고학년, 중학교 1학년 글쓰기 지도 계통안

목표 ＼ 단계	① 취재	② 구상	③ 쓰기
과거의 일을 과거형으로 쓰는 방법을 익힌다.	• 경험한 일에 대하여 '어떻게 생각하고' '어떻게 느꼈는가'를 중심에 두고서 제재를 결정하게 한다. • 제재를 자연, 사회, 인간, 인간의 마음 내부에 걸쳐서 넓혀 간다. • 넓은 범위의 과제를 준다. • 행동을 쓰는 시.	• 일의 진행을 따라 쓰는 것을 철저히 한다. • 앞뒤가 바뀐 구성도 연구하게 한다. • 중심점을 명확히 정하도록 한다. • 첫머리의 시작과 마지막 결말을 잘 연구하게 한다.	• 자세하게 쓸 곳과 간략하게 쓸 곳을 구별해서 쓴다. • 사실이나 정경을 써서 생각이나 기분을 표현한다. • 단락을 잘 짓게 한다. • 꾸미는 말과 꾸며지는 말의 관계를 분명히 한다. • 제목을 정하는 연구. • 줄 바꿔 쓰기에 유의해서.
현재 진행형으로 쓰는 방법을 익힌다.	• 과거의 일을 현재진행형으로 쓰도록 한다. (지난 일요일의 일을 '오늘은 일요일이다'고 하는 형식으로 쓰게 하는 것.) • 거리의 사생이나 자연 사생을 하러 간다. • 묘사풍의 시를 가끔 쓰게 한다.	• 불쑥 내미는 식의 첫머리 쓰기를 가르친다. • 현실의 어디에서 어디까지를 쓸 것인가를 생각하게 한다. • 초점(시의 경우는 특별히)을 정하게 한다.	• '하고 있다' '한다'형 문장의 좋은 보기를 보여 준다. • 과거형이나 설명식의 글 가운데 이런 형을 끼워 넣는 방법을 가르친다.
오랫동안에 걸친 경험을 설명식으로 쓰는 방법을 익힌다.	• '우리 집' '내 버릇' '내 공부' 이런 제재로, 잘 정리해서 쓰게 한다. • 설명문을 써야 할 필요성을 학급 안에서 만든다.(보기-우리 반 아이들의 생활.) • 마을의 풍속, 버릇에 대해서 쓰게 한다.	• 문장에 담아야 할 일들을 확실히 정해서 쓰는 차례를 생각한다. • 무엇을 가장 설명하고 싶은가, 내용의 중점을 생각한다. • 여러 마디로 나눠 쓰는 방법도 알게 한다.	• '아니다' '이다'체를 정확히 쓴다. • 특수한 경우에는 '예를 들면'이라든가 '며칠 전에도' 하는 말을 넣어서 쓰게 한다.

④ 고치기	⑤ 쓴 뒤의 지도	
	보기와 생각하기	표현하기
• 표기상의 약속을 지키고 있는가. • 조리가 서 있는가. • 제 혼자만 알도록 쓴 것은 아닌가. • 틀린 글자, 틀린 말은 없는가. • 유행어, 뻔한 관용어를 쓰지는 않았는가.	• 개성의 눈으로 보도록. • 넓은 각도에서 보도록. • 깊이 생각할 수 있도록. • 교실과 책에서 배운 지식도 써서 판단하도록 • 자기가 보는 관점을 귀하게 여기는 동시에 남이 보는 관점도 소중히 여기도록. • 역사 속에서 본다.	• 자세히 쓰는 것과 간결하게 쓰는 것의 차이. • 대화를 효과 있게 끼워 넣도록. • 글의 중간에다 현재형이나 설명식 문장을 끼워 넣는 방법. • 제 것으로 된 말을 쓰도록. • 원고지 쓰는 방법. • 글다듬기에 대하여.
• 때(매김)는 틀림없는가. • 주어와 술어가 정연하게 되어 있는가. • 과거형이 위주가 되고 거기에 다른 형이 섞여 있는 경우에는 이런 접속 상태가 잘되어 있는가.	• 자기가 과거 어떤 시점에서 한 것을 떠올리거나 생각해 내는 능력. • 사물을 자세히 관찰하는 일. • 움직임이나 변화를 잘 보는 일.	• 자연스럽게 나온 현재진행형을 찾아내어 칭찬한다. • 의식해서 이 형식으로 쓰도록 권한다. • 이 형식으로 쓴 좋은 문장을 감상한다.
• 어느 때, 어느 곳에 있었던 일의 표현과 오랫동안에 있었던 일을 정리해서 쓰는 표현이 함부로 섞여 있지는 않은가. • 개괄한 말이 정확한가.	• 오랫동안에 걸쳐 있는 일, 생각하고 느끼고 있는 일들을 종합해서 정리해 보는 버릇을 들이도록. • 변화와 발전을 파악하는 일에 대하여.	• 설명문과 묘사하는 글의 다름에 대하여. • 논리를 세워서 쓰는 방법에 대하여.

목표＼단계	① 취재	② 구상	③ 쓰기
새로 얻은 지식과 경험을 설명하는 글을 쓸 수 있게 한다.	• 새로 발견한 일, 깨달은 일, 정말이다 하고 확인한 일들을 쓰게 한다. • 책을 읽거나 이야기를 듣거나 했을 때 알게 된 것을 요약해서 쓰게 한다. • 교과 학습에서 알게 된 것을 쓰게 한다.	• 주요한 일의 내용을 정해서 그것을 '처음' '중간' '끝'으로 짠다. • 1,2,3…… 이렇게 조목으로 나누어 쓰게 한다. • 색인표를 붙여서 쓰게 한다.	• 과거형으로 쓰거나 설명식으로 쓰는 것을 내용에 따라 결정하도록 한다. (역사 속의 일과 인물의 설명 같은 것은 과거형으로 한다.)
사색하고 주장하는 글을 쓸 수 있게 한다.	• 요즈음의 일. • 자기의 생각과 느낌에 주안점을 둔 제재를 선택하게 한다. • 남 앞에서 주장하고 싶은 것을 쓰게 한다. • 요즈음 생각하고 있는 일. • 독서 감상. • 생각하는 시.	• 서론, 본론, 결론의 차례를 가르친다. • '첫머리'에 결론을 쓰고, 그 이유, 근거를 뒤에 진술하는 방법을 가르친다.	• 잘 생각하면서 쓰고, 쓰면서 생각한다. • 상대편이 눈앞에 있다는 생각으로 쓴다. • 문맥이 통하도록 다시 읽으면서 쓴다.
남에게 호소하고 부탁하는 형식의 글을 쓸 수 있게 한다.	• 편지글. • 요청하는 글. • 학급 집단이나 개인에 대한 항의문. • 사람이나 자연에 호소하는 시.	• 첫머리, 중간, 끝머리를 잘 계획한다. • 청탁, 항의의 요지를 먼저 쓰고, 그 이유를 분명하게 밝히는 방법. • 시의 구상.	• 예사말씨와 높임말씨에 주의해서. • 상대방의 심정을 생각해서. • 말에 주의해서. • 친근한 태도로 호소한다. • 대담 솔직하게.

④ 고치기	⑤ 쓴 뒤의 지도	
	보기와 생각하기	표현하기
• 이것을 읽고 자기가 쓰려고 한 것을 남들이 잘 알 수 있는가. • 설명의 효과가 나타나 있는가.	• 중요한 곳을 잡아서 정리할 수 있도록 한다. • 지식이나 법칙을 진정 제 것으로 만드는 일에 대하여. • 자기의 생각을 정리한다.	• 상대를 확실히 예상해서 쓰는 방법에 대하여. • 단락 짓기와 줄 바꾸기를 정확하게 할 일.
• 과장된 말은 없는가. • 거짓말을 하고 있는 데는 없는가. • 조그만 말에도 주의를 기울이고 있는가.	• 자기주장의 귀중함에 대하여. • 자신을 돌이켜 살펴보는 필요에 대하여. • 솔직 소박한 느낌의 귀중함에 대하여.	• 내 생각이나 심정, 그 자세가 잘 나타나도록 쓰는 방법에 대하여.
• 말씨는 괜찮은가. • 바라는 말, 미루어 헤아리는 말을 나타내는 말들이 정확하게 써져 있는가.	• 학급 생활에서 서로의 의견 충돌이나 의견 보충을 귀중하게 여기는 일에 대하여.	• 특정한 상대를 예상했을 때 말 쓰는 방법의 중요함에 대하여. • 혼잣말 시의 표현 특징에 대하여.

중학교 2학년 이상 글쓰기 지도 계통안

목표 \ 단계	① 취재	② 구상	③ 쓰기
과거의 일을 과거형으로 쓰는 방법을 익힌다.	• 진실한 것, 감동한 것을 기본 바탕으로 해서 문장을 쓰도록 한다.(초점이 있는 글.) • 자기의 생활이나 사회생활의 깊은 곳에서도 제재를 찾도록 한다. • 비판이 들어 있는 시를 쓰게 한다.	• 꽉 짜인 문장을 구상하는 일을 생각하게 한다.(좋은 보기 글을 보여서 지도한다.) • 표현의 효과를 생각한 구상을 연구하게 한다. • 첫머리와 결말에 주의하게 한다. • 시의 구성에 대해 학습시킨다.	• 사실이나 행동을 계속해 써서 의견이나 감정을 나타내도록. • 문맥에 어울리는 적절한 말을 선택해서. • 단락 짓기를 의식해서. • 결말이 흐지부지하게 되지 않도록 주의해서. • 없어도 좋은 말을 생략한다(시의 경우).
현재 진행형으로 쓰는 방법을 익힌다.	• 이를 위해 특별한 제재를 선택하게 하지는 않는다. • 사생문, 사생시를 쓰게 한다.		• 과거형의 문장 속에 현재 진행형의 문장을 부분으로 잘 넣어서 쓸 수 있도록 연구한다. • 설명식의 문장 속에 현재 진행형의 문장을 넣어서 쓴다.
오랫동안에 걸친 경험을 설명식으로 쓰는 방법을 익힌다.	• 신변의 일뿐 아니라 자연, 사회, 인간의 넓은 곳에서 오랫동안에 걸쳐 붙잡은 일들, 생각하고 느낀 일들을 정리해서 쓰는 제재를 다루게.	• 중학교 1학년까지 지도한 것을 더 철저히 한다. • 간결하게 정리해서 쓰기 위해, 주제를 살릴 수 있는 좋은 구상을 하게 한다.	• 높임말과 예사말을 적당히 선택해서 쓰게 한다. • 상대를 잘 생각해서 알기 쉬운 표현을 하게 한다.

④ 고치기	⑤ 쓴 뒤의 지도	
	보기와 생각하기	표현하기
• 다시 읽는 버릇을 꼭 들인다. • 맞춤법, 띄어쓰기, 구두점과 부호에 대한 검토. • 단락이 잘 지어져 있는가. • 더 써넣어야 할 곳, 줄여야 할 곳은 없는가. • 제목은 적당한가.	• 현실 속에서 바른 것, 아름다운 것, 진실한 것을 찾아내는 태도를 기른다. • 다른 교과에서 배운 것을 살려서 사물을 판단하는 힘을 기른다. • 역사, 사회, 과학의 관점을 가지도록 한다.	• 과거형으로 문장을 완전히 쓸수 있도록 한다. • 주제를 살리기 위해 힘을 들여쓰는 방법. • 뻔한 말을 쓰는 것과 자기의 것으로 된 말을 쓰는 것의 다름에 대하여.
(위와 같음)	• 쓰는 사람의 시점을 어디에다둘 것인가에 대하여. 나는 – 1인칭 너는 – 2인칭 당신은, 그는 – 3인칭	• 과거형으로 쓰는 것과 차이를 분명히 가르친다.
• 종합 정리를 하는 데 중요한 것이 빠지지는 않았는가.	• 오랫동안에 걸친 경험을 잘 돌이켜 보는 태도를 기른다. • 비교, 분석, 종합하는 사고력을 기른다.	• 어른들이 쓴 개괄, 설명식 문장에서 좋은 작품을 감상시킨다.

목표 \ 단계	① 취재	② 구상	③ 쓰기
새로 얻은 지식과 경험을 설명하는 글을 쓸 수 있게 한다.	• 조그만 논문을 쓰게 한다. • 책에서나 공부로 알게 된 것을 요약하게 한다. • 연구한 결과를 보고하게 한다.	• 온갖 소재를 잘 정리해서 구상하게 한다. • 조목 쓰기, 작은 마디로 나누어 쓰기, 색인표 붙이기.	• 사실과 자기의 의견, 감상을 명확히 구분해서 쓰도록. • 글자 수를 한정해서 쓰기도 함. • 정한 시간 안에 요령 있게 정리하기.
사색하고 주장하는 글을 쓸 수 있게 한다.	• '우정에 대하여' '나의 이상에 대하여'와 같은 제재로 쓰게 한다. • 독서감상문을 쓰게 한다.	• 서론, 본론, 결론 – 이런 체재에 대하여. • 이런 차례의 앞뒤를 바꾸는 구상에 대하여.	• 하나하나 근거를 보여서 생각거나 주장하도록 쓸 것. • 논지를 살려서 쓴다. • 결론이 상투성에 빠지지 않도록. • 읽는 사람도 생각을 할 수 있게.
남에게 호소하고 부탁하는 형식의 글을 쓸 수 있게 한다.	• 편지글을 쓰게 한다. • 제안, 항의, 회답 같은 문장을 쓰게 한다.	• 전문, 본문, 결말에 대해서 이해시킨다. • 주장하는 뜻이 어디 있는가를 정해서 쓰게 한다.	• 남의 처지, 심정을 잘 생각해서 쓴다. • 편지글의 서식에 대해서 알린다.

④ 고치기	⑤ 쓴 뒤의 지도	
	보기와 생각하기	표현하기
• 추상어나 전문 술어를 바르게 쓰고 있는가.	• 지식이나 어떤 의견을 진정 자기의 것으로 변화시키는 일에 대하여. • 지식을 정확하게 정리해 보는 것이 자기의 사고를 정리하는 일에 도움이 된다는 사실을 깨닫게 한다.	• 어른이나 다른 학생이 쓴 좋은 해설식 문장을 가끔 감상시킴.
• 제목은 적절한가. • 암시하는 제목 붙이기. • 더욱 알맞은 말로 고쳐 쓰기.	• 자기주장의 버릇을 몸에 붙이도록 한다. • 집단 속에서 개인의 의견을 검토하는 작업을 귀중하게 여기도록 한다.	• 좋은 작품을 감상시키는 지도를 중시한다. • 서로의 작품을 견주어서 문장의 효과에 대해 생각하게 한다.
• 알기 쉬우면서도 정확한 말로 썼는가.	• 인간 심리의 복잡함에 대하여 생각하게 한다.	• 좋은 편지글을 감상하는 일이 중요하다.

어린이
문장 연구

어린이 글을
어떻게 볼까

●
●

쓰는 자유, 발표하는 자유

실내화   이영선 서울 신길초 6학년

선생님은 우리들을 보고 실내화를 신고 밖에 나가지 못하게 했는
데, 그래서 주번까지 세우는데, 선생님들, 교장 교감 선생님들이
실내화 신고 돌아다니는 것을 보았다. 여기서 선생님들도 우리들
한테만 그럴 것이 아니라 선생님들께서부터 지키신 다음에 실천
이고 무엇이고 했으면 좋겠다.

꼭 하고 싶은 이야기   박미영 경북 성주 대서초 6학년

선생님들께서는 우리 학생들에게 군것질을 하지 말라고 말씀하
신다. 그러나 우리 학생들에게만 군것질을 하지 말라고 말씀하시
지 않았으면 좋겠다. 그렇다고 해서 군것질을 매일 하는 것이 아
니다. 나는 요전에 있었던 일인데, 점심시간에 탁구를 치기 위해

탁구 빠트를 가지러 교무실에 들어갔는데 여선생님 세 분께서 과자를 잡수시고 계셨다. 그것도 한 번이 아니고 여러 차례 아이를 시켜서 책상 속에 감춰 놓았다가 점심시간에 드시는 것을 여러 번 봤다. 그런데 어떻게 아이들을 보고 군것질을 하지 말라고 말씀을 하실까? 이건 너무 어처구니가 없는 일이다. 아예 이런 말을 꺼내지도 않았으면 이런 일도 벌어지지 않았을 것인데 말이다. 또, 도서실에 있는 만화책을 없애 버렸으면 좋겠다. 만화책을 읽는 아이가《톰 아저씨의 오두막집》등을 읽는 아이보다 영 많다. 왜냐하면 만화책이 영 재미있기 때문일 것이다. (1983. 4. 18.)

옛날의 아이들은 선생님이라면 아주 하늘같이 여겼다. 그래서 변소에 가는 선생님을 보고 선생님도 정말 오줌을 누는가 하고 이상하게 생각했던 것이다. 선생님을 보는 아이들의 이러한 눈이 지금은 참 많이 달라졌다. 선생님이 옛날처럼 귀한 존재가 못 되어 그 수가 흔하기도 하지만, 선생님도 별 수 없이 다른 사람들과 똑같은 존재라는 것을 어린 학생들도 다 알고 있는 것이다. 그뿐 아니라 신문이나 텔레비전 같은 데서 가끔 아이들을 괴롭히고 해치고 하는 선생님에 관한 보도를 듣고 보고 한다. 이럴 때에 선생님들이 굳이 권위를 세운다고 겉모양만 보기 좋게 꾸며 갖추려고 애쓰는 것은 도리어 그 속이 비어 있음을 드러낼 뿐이다. 선생님은 완전한 인간이 아니다. 완전할 수도 없고 완전해서도 안 된다. 잘못된 일, 실패한 일이 있으면 솔직하게 아이들 앞에서 그것을 시인하는 것이 훌륭한 교육자의 태도다. 인간 교육은 거기서부터 출발한다. 교사의 잘못을 아이들이 모르는 줄 아는 것은 얼마나 어리석은 태도인가? 아이들은 어른들보다 훨씬 더 사물을 정직하고 순수하게 보는 눈과 마음을 가지고 있는 것이다.

아이를 벌준다고 교실에 꿇어앉혀 놓고는 그만 잊어버리고 집으로 가 버린 선생님의 이야기를 나는 몇 번 들은 적이 있다. 그 선생님들은 밤늦게, 또는 이튿날 아침에야 아이를 교실에 그대로 두고 온 일이 생각났다. 그 순간 아이가 자신의 명령을 어기고 어둡기 전에 집으로 가 버렸기를 얼마나 간절히 바랐겠는가!

숙제를 너무 많이 내어서 밤잠을 못 자는 아이들이 많다. 도저히 그 학년의 아이로는 해낼 수 없는 어려운 과제를 내는 일도 가끔 있다. 나는 우리 아이들이 건강과 순수성을 지키기 위해서, 비록 선생님의 명령일지라도 분명히 잘못되었다면 무조건 명령에 따라서는 안 된다는 것을 부모들이나 선생님 자신이 가르쳐 주어야 한다고 생각한다. 그렇지 않고는 아이들의 마음과 건강을 지켜 나갈 수 없는 것이 오늘날 우리가 살고 있는 사회로 되어 있다.

여기 작품 두 편이 있다. 이런 글은 실제로 많이 쓰고 싶어 할 것인데 쓰는 아이가 드물고, 그 드물게 써진 글이 세상에 발표되는 일은 더구나 희귀하다. 아이들이 어른들의 잘못을 호소하는 글이 세상에 발표되는 일은 더구나 희귀하다. 아이들이 어른들의 잘못을 호소하는 글이 최근 언론에 더러 공표

되고 있지만 선생님의 이야기를 쓴 글만은 잘 볼 수 없다. 그 까닭은, 학교에서 쓰는 아이들의 모든 글이 일단 담임교사의 손을 거쳐 세상에 발표되기 때문에 담임교사의 처지를 곤란하게 하는 글은 금기로 되어 있기 때문이다.

그래서 이런 글은 학교 교문 밖에서 어떤 교육의 의도로 쓰게 한 것이거나, 아니면 교육에 대한 폭넓은 이해심을 가지고 있는 특수한 교육자가 지도한 작품인 것이다.

그런데 누가 이 글들을 읽고 두 아이가 있는 학교의 선생님들만 실내화를 신고 밖을 돌아다니거나, 아이들에게는 군것질을 하지 말라고 해 놓고 선생님들은 예사로 과자를 사 먹는다고 생각하겠는가? 오히려 다른 모든 학교에서는 반드시 문제 삼아야 할 일들을 덮어 감추고, 그런 일이 없는 것처럼 겉만 꾸며 보이고, 아이들에게는 정직한 소리를 못 하게 하고 있는데, 이 두 학교의 어느 학급 선생님만은 아이들의 소리에 귀를 기울이려고 하고, 그래서 훌륭한 교육을 하려고 애쓰고 있구나, 하고 생각할 것이다.

이 두 작품에서는 무엇보다도 교육하는 어려움, 어린 사람들의 스승 노릇을 하는 어려움을 생각하게 한다. 그런 어려움을 이겨 내지 못한다면 한갓 월급쟁이는 될 수 있지만 스승은 못 될 것이다. 그리고 여기서 우리는 아이들 삶의 문제, 글을 자유롭게 쓰고 발표해야 하는 문제, 정직한 마음을 기르는 교육의 문제들을 생각하지 않을 수 없게 된다.

한편 이런 정직한 글과는 대조되는 글들이 넘쳐 나고 있다는 사실을 생각하지 않을 수 없다. 교육을 잘하는 것처럼 보이기 위해 학교 자랑을 아이들의 글을 통해 떠벌리고 늘어놓는 것은 우리 교육자들이 마땅히 부끄러워해야 할 것이다.

쓰고 싶은 것을 쓴 글

죽어 버리면 좋겠다   조실규 경남 통영 풍화초 5학년

우리 어머니는 나를 보고
죽어라고 한다.
그러면 나는
죽어 버리고 싶다.
우리 아버지는 죽도록
약도 사 먹이지 말고
놔두라고 한다.
그리고 우리 아버지는
약도 사 미 봐야
병도 낫지 안 하는 것
약도 사 미지 말고
그냥 죽도록
놓아두라고 한다. (1982. 9. 8.)
 *사 미 봐야: 사 먹여 봐야.   *사 미지 말고: 사 먹이지 말고.

이 아이는 기관지 천식을 앓고 있다. 6월 9일에 쓴 일기를 보면 "둘째 시간부터 숨이 조금 가파서 호주머니 속에 약이 있는가 싶어 손을 넣어 보았더니 약이 없었다. 그래서 걱정이 되었다. 집에 갈 때 숨이 더 매 가팠다. 집으로 영 못 갈 지경이었다"고 쓰여 있다. 그래서 집으로 간신히 와서 "병 있는 사람이 살아 뭐 하것노. 죽어 삐는 게(죽어 버리는 것이) 좋제"하고 생각한다. 7월 1일의 일기에는 "어머니께서 약이 한 첩밖에 없는데, 아버지가 약도 안 지러 가끼다 쿠던데(말하던데) 하시며 어머니께서 나를 보고 말씀하셨다. (중간 줄임) 인자 약도 없는데 우찌 하끼고 하며 어머니께서 나를 보고 말씀하셨다. 나는 아무 말도 하지 않고 마루에 멍하니 앉아 있었다"고 써 놓았다. 얼마나 매정한 부모이기에 병든 자식 보고 죽으라고 하고, 약도 먹이지 말고 버려두라고 할까? 그러나 부모인들 오죽하면 그런 말이 나오겠는가? 이 아이가 쓴 또 다른 글에는 이런 말이 있다.

"나의 소원은 내 병이 낫는 것이다. 어머니는 나 약 지어 먹이려고 배추나 시금치, 무 같은 것을 가지고 날마다 저자를 간다. 나는 그럴 때마다 눈물이 난다."

어린이헌장에는 병든 아이를 어떻게 해야 한다고 했던가? 이런 아이를 구하지 못한다면 그 책임이 누구에게 있겠는가? 죄짓지 않고 편히 살아가는 사람이 세상에는 결코 없을 것이다.

글이란 행복한 아이만 쓰는 것이 아니다. 불행한 아이일수록 글을 쓸 권리가 있다.

거적 덮기 배신호 경북 성주 대서초 3학년

나는 아래 거적 덮기를 하였다. 나는 거적을 덮을 때마다 바람이
불어 가지고 거적이가 날라갔다. 나는 거적이를 꼭 붙잡았다. 그
래서 나는 모두 다 흙을 놓았다. 그러다 바람이 불어 가지고 거적
이가 날아갔다. 나는 성이 났다. 그래서 거적이 위에 흙을 많이 놓
았다. 인제 좀 안 날라간다고 생각하였다. 그때 바람이 세차게 불
어오더니 거적이가 안 보일 정도 올라갔다. 그래 거적이가 하늘
높이 올라가다가 그만 물에 떨어졌다. 그래서 나는 고장깽이로
거적이를 꺼냈다. 꺼내다가 나는 까떡그만 물에 너쪘다. 아이고
살았다 했다. 그래 거적 덮으로 갔다. 그래 해가 산 위로 올라갔
다. 좀 있으니까 해가 저물었다. 해가 저물은게 거적이가 좀 안 날
라갔다. 내 생각으로 인제 좀 살았다고 생각하였다. 그때 우리 큰
집에서 형이 왔다. (1983. 4. 4.)

＊고장깽이: 거적을 덮을 때 쓰는 막대기.

＊까덕그만 물에 너쪘다: 하마터면 물에 빠질 뻔했다.

＊해가 산 위에 올라갔다: 해가 산 위 가까이 갔다(저녁에).

＊거적: 거적이, 거지기, 꺼지기, 꺼저기 따위로 쓰이며, 참외, 수
박 농사에서 비닐을 덮은 밭골 위에 이 거적을 한 장 한 장 덮는다.
보온을 위해서 저녁에는 덮고 아침에는 벗기는 이 작업은 아주 이
른 봄부터 5월까지, 주로 아이들이 맡는다. 긴 밭골을 걸어가면서
막대기로 거적을 걸어 덮고 벗기는 이 일은 많은 시간과 노력이

필요하지만 아이들은 익숙한 솜씨로 해내고 있다.

　이 글은 바람이 부는 날(지난봄에는 바람이 많이도 불었지) 거적 덮기를 하는데 얼마나 힘이 들고 애썼는가를 잘 보여 주는 좋은 글이다. 3학년 아이가 바람에 날려 가는 거적을 붙잡아다 흙을 얹고 또 날아가는 거적을 따라가서 잡아 오고 물에 빠진 것을 건지려다가 하마터면 같이 빠질 뻔하고는 아이고 살았다 했으니 말이다. 우리가 무심히 먹는 과일 한 개도 이처럼 농사 짓는 사람들, 더구나 농촌에서 살아가는 어린아이들의 애씀과 땀 흘림의 결과라는 것을 이 글은 잘 가르쳐 주고 있다. 그리고 괴로운 일을 마다하지 않고 혼자 어떻게 해서라도 해내려고 한 이 아이의 마음과 태도는 참으로 훌륭하다. 일하기를 싫어하고 일하는 사람을 천시하고 일하는 생활을 부끄럽게 여기는 사람들의 사회, 그래서 학생들의 공부하는 목표가 될 수 있는 대로 일을 적게 하거나 안 하고서 편안하게 살 수 있는 자리에 앉기 위함이고 그러기 위해서 점수 많이 따는 경쟁과 싸움으로 넋이 모조리 빠져 있는 세상에서, 아직도 이런 아이들이 있다는 것은 얼마나 유쾌한 일인가? 이 민족의 앞날을 비관하지 않아도 된다는 생각이 든다.

　그런데 참으로 어이없게도 이렇듯 살아 있는 좋은 글을 두고 명랑하지 못하다, 재미가 없다고 하여 쓰지 못하게 하는 경향이 있다. 그래서 먹고 놀고 하는 이야기만 쓰게 하고, 또는 어른들의 생경한 이념이나 사상을 흉내 내는 글을 강요하여 다듬고 고치는 재주 부림 노릇이나 가르치는 것을 글짓기라 한다. 아이들의 정직성과 순수성과 창조성, 그리고 무한히 뻗어 갈 삶의 세계를 모조리 짓밟아 버리는 폭행을 감행하는 '글짓기' 지도가 장사꾼들 때문에 더욱 장려되고 있다는 것은 통탄할 일이다.

일기에 대하여

이미 떠났어 여학생 초 5학년

1982년 9월 22일 수요일. 해님이 방긋 웃었다.

운동회 연습을 마치고 집으로 돌아왔다. 나를 보신 엄마는, "오늘 진이가 몇 번이나 토하고 지금 앵두나무 밑에 가 있다" 하고 말씀하셨다. 나는 가방을 내던지고 진이가 있다는 앵두나무 밑으로 가 보았다. 진이는 부들부들 떨고 있었다.

나는, "진이가 왜 그러지?" 하며 아무렇지도 않은 듯 다시 마루로 왔다. 한참 후 진이는 이리저리 날뛰었다. 가시덤불 속으로 헤치고 뛰며 담 위로 뛰어오르려다 떨어지기도 하였다. 다시 조용해졌다. 그제서야 나는 진이가 이상하다는 것을 느낄 수 있었다. 나는 울먹이는 목소리로, "엄마, 진이가 죽으면 어쩌지?" 다급히 엄마에게 물어보았다. 신발을 신고 마당을 두리번거렸으나 진이의 모습은 보이지 않았다. 엄마와 나는 온 동네를 돌아다녀 보았으나 진이는 온데간데없었다. 엄마는, "아무래도 진이가 쥐약을 먹은 모양이다."

이 말을 들은 순간 나의 마음속은 부들부들 떨렸다. 진이를 다시는 못 만나게 되다니 울고 싶었다. 엄마는 아랫집 담에 기대어 계셨다. 나도 돌 위에 올라서서 마당을 두리번거렸다. 그때였다. 갑자기 어디서, "부스럭" 하고 무엇이 꿈틀거리고 있었다. 그러고는 꼬리가 조금 보였다.

"엄마, 진이가 저기!"

아랫집 천막 속에 진이가 있는 것 같았다. 나는 얼른 뛰어 내려갔다. 꺼내 보니 진이의 눈은 감겨져 있었지만 숨만은 가쁘게 쉬고 있었다. 진이를 안고 가축병원으로 뛰었다. 혹시나? 하는 생각에 겁이 났지만 쉬지 않고 뛰었다.

간신히 주사 네 대를 맞혀서 집으로 돌아왔다. 나의 마음은 조금 안정이 되었다. 진이를 햇볕이 없는 그늘진 곳에 시원하게 눕혔다. 진이는 나을 것 같지가 않았다. 엄마는 우유와 계란을 타서 진이에게 먹였다.

"진아, 살아라" 하시며 먹이는 엄마의 눈에는 눈물이 글썽거렸다. 그러나 한참 후 진이는 우리의 간절한 바람을 버리고 떠나 버렸다.

나는 드디어 참고 있었던 울음을 터뜨렸다. 눈이 퉁퉁 붓도록 울었다. 진이의 몸은 점점 식어 갔다. 하나님이 미웠다.

자꾸만 꼬리 치며 장난을 치던 진이의 모습이 눈앞에 아른거린다. 지난날들이 자꾸만 생각난다.

이 글은 어느 아이의 하루치 일기다. 요즘 학교마다 아이들에게 일기 쓰기를 거의 강요하다시피 하고 있는데, 이러한 일기 쓰기 지도에 대해서는 여러 가지 문제점이 있어 찬반양론이 나올 수 있다. 쓰기 싫어한다고 안 쓰게 하면 더욱 편한 것만 찾게 되고 자기반성의 기회도 갖지 못하여 인격 형성에 문제가 생긴다. 그러니 억지로라도 일기를 쓰게 해야 한다고 주장하는 이들이 있다. 한편 싫은 것을 억지로 쓰게 하면 결국 마음에도 없는 것을 형식만 갖춰 일기장을 메우게 되니 거짓 글을 장려하는 결과가 되고, 이렇게 자란 아이들이 학교를 졸업하면 일기 쓰기를 지긋지긋하게 여길 것이니 무리하게 쓰게 하는 것은 교육이 될 수 없다고 한다.

또 지도교사가 일기장을 읽어 주는 것도 찬반양론이 있다. 옛날 일제강점기 때부터 일기장은 '검사'한다고 말해 왔다. 지금도 일기장을 검사하게 되어 있는 것이 거의 모든 학교의 실정이다. 쓰게 하는 내용도 문제가 된다. 쓰고 싶은 것을 자유로 쓰게 하는 교사도 있지만, 어떤 교훈 조의 내용을 지나치게 강요하는 교사도 많다. 날마다 한 것을 반성하도록 하는 반성문을 쓰게 하는 교실도 있고, 심지어 충효일기, 효도일기, 선행일기 따위로 이름을 붙이고는 교사의 교훈을 담은 이야기를 실천한 것같이 쓰게 하는 경우도 있고, 일기장의 양식을 별나게 만들어 착한 일, 효도한 일들을 기계같이 써넣게 하는 학교나 학급도 결코 드물지 않다.

여기서 일기 쓰기에 대한 의견을 간단히 적어 본다. 일기는 아이들이 스스로 즐겨 쓸 수 있게 하는 것이 가장 바람직하다.

성격상, 능력상 도저히 쓸 수 없는 아이란 아주 드물 것이다. 즐겨 쓸 수 있게 하려면 첫째, 어떤 내용을 쓰라고 지시하지 말고 어디까지나 자유롭게 쓰게 한다. 둘째, 날마다 일정한 길이로 쓰게 하지 말고, 쓰고 싶은 것이 많을 때는 많이 쓰고, 쓸거리가 없을 때는 한두 줄로 간단히 쓰도록 한다. 그래도 전혀 못 쓰는 날이 있을 것이다. 셋째, 너무 글씨를 잘 쓰라고 강조하지 말 것, 넷째, 교사가 자주 보아 주고 칭찬할 것, 다섯째, 결코 일기장의 양식을 부자유스럽게 만들어 주어서 기계같이 쓰게 하지 말 것이다.

일기장을 '검사'한다는 말은 아주 나쁜 말이다. 검사할 것이 아니라, 읽어서 아이들의 마음과 생활과 가정환경을 알고 깨달아 교사가 배우는 것이다. 교사와 학생들이 한 몸이 되어 있다면 학생들은 모두 자기가 쓴 일기를 읽어 주기를 바랄 것이다. 일기의 내용을 지시하고, 선생님의 가르침을 알뜰히 지킨 것처럼 쓰게 하고, 일기장에 기계가 하듯이 어떤 기호나 말을 적어 넣게 하여 훌륭한 교육을 한 것처럼 보이는 것은 더러운 장사꾼들이나 하는 짓이다.

그러면 앞에 든 일기를 다시 보자. 일기는 선생님이 보게 된다고 하더라도 보이기 위해 써서는 안 되는데, 이 글은 너무 읽는 사람을 의식해서 쓴 글이 되어 버렸다.

제목도 별나게 붙였고, 첫머리 한 줄도 어색하다. "해님이 방긋 웃었다" 이것은 아침의 날씨를 말한 것인가? 낮의 날씨인가? 저녁 무렵을 말한 것인가? 조금도 실감이 느껴지지 않는 이런 격식을 차린 문장은 이 글 전체의 흐름이 되어 있다. 더구나 마지막 대문에서 잘 나타나 있는데, 이것은 아마도 표준어 말 맞추기 연습에서 익힌 최상급의 교과서 흉내 내기 글짓기 작품이 아닌가 싶다.

일기는 아이들에게 지나친 부담이 안 되도록 간결하게 쓰도록 함이 좋다. 학교에서 따로 글쓰기 시간을 못 두고 일기 쓰기로 글짓기를 겸하게 할 생각이라면 일주일에 하루쯤, 그것도 아이들이 저마다 원하는 날에(쓰고 싶은 것이 많은 날에) 길게 쓰도록 하면 좋을 것 같다.

산문 지도는 서사문부터

일기 쓰기 박은호 경남 거창 샛별초 2학년
나는 일기가 쓰기 싫다. 일기를 쓸 때도 팔이 아프다. 나는 신경질이 나서 다시 쓴다. 나는 다시 쓰면 엄마가 머라 캤다. 나는 엄마가 머라 카면 눈물이 나온다. 그리고 또 쓴다. 나는 그림을 그릴 때 엄마가 참외를 주신다. 그리고 나는 누나한테 그려 줄라 카면, 누나가 나를 머라 카면 누나하고 싸움이 난다. 엄마가 종아리를 때린다.

(1) 글감 지도
제목을 지시했을까? 자유로 선택하게 했을까? 이 학교 어린이들의 다른 글들을 보면 퍽 자유스럽게 쓰도록 하는 것 같다.

(2) 쓰는 태도

일기를 쓰기 싫다고 했다. 대개 어느 학교나 일기 쓰기가 무리하게 강요되는 경향이 있는 것을 생각하게 한다. 그러나 쓰기 싫은 것을 싫다고 이렇게 말할 수 있게 한 것만 해도 잘한 것이라 본다.

(3) 글의 길이

얼핏 보면 짧은 글 같지만, 농촌 학교의 2학년(1학기) 어린이가 이만큼 썼으니 평균 수준은 된다.

(4) 문장의 길이

전문이 원고지 한 장 정도 되는 길이인데, 문장이 아홉 개나 된다. 한 가지 행동이나 생각을 한 문장으로 간결하게 쓸 줄 아는 어린이다.

(5) 저학년 글의 특성

이 글의 전반부는 일기 쓰기에 대한 것이고 후반부는 그림 그리기에 대한 것이다. 아마 일기를 쓰고 난 다음 그림을 그렸으리라. 제목이 '일기 쓰기'인데 후반부의 이야기는 제목과 맞지 않다. 그래도 괜찮다. 저학년의 글은 이렇게 제목을 써 놓고 그 제목에 관한 이야기를 쓰다가 그다음에는 다른 이야기가 나오는 수가 흔하다. 굳이 '제목에 안 맞다'느니 '통일이 안 된다'느니 말할 필요가 없다. 제목에 매일 필요가 없이 쓰고 싶은 것을 마음껏 쓰게 하는 것이 좋다.

(6) 높임말씨와 예사말씨

2학년 1학기라면 대개 '-습니다'라는 높임말씨를 쓰는데, 이 어린이는 예사말씨로 썼다. 어린이의 글이 높임말씨에서 예사말씨로 옮겨 가는 때가 2학년에서 3학년인데, 2학년 1학기에 벌써 예사말씨로 쓴 것은 지도교사가 이렇게 쓰도록 지시한 것인지도 모른다. 또는 이 어린이의 국어 학습이 남달리 앞선 때문일까? 아무튼 2학년 어린이들에게 군이 예사말씨로 쓰게 할 필요는 없다. 예사말씨고 높임말씨고 쓰고 싶은 대로 쓰게 할 일이다.

(7) 사투리

어린이의 생활어인 사투리를 그대로 쓰게 한 것이 좋다. "그려 졸라 카면"도 경남 사투리다. '졸라'는 '줄라'로 통용되는 사투리인 줄 안다.

(8) 지도해야 할 곳(생활 면)

일기 쓰기가 싫다고 하고, 그림도 누나한테 그려 달라고 한 이 어린이는 너무 자주성이 없고 게으른 것이 아닐까. 그렇다면 이런 점에서 생활지도가 필요하다.

(9) 고치기 지도

"엄마가 머라 캤다"고 한 것은 그다음에 오는 말을 읽어도 엄마가 무슨 말을 했는지 왜 꾸지람을 했는지 알 수 없다. 그러니 "엄마가 그때 무슨 말을 했나?" 하고 물어서 엄마가 말한 내용을 알 수 있게 쓰도록 지도할 필요가 있다.

(10) 쓴 때와 자리

이 글은 아마 집에서 그런 일이 있었을 때 썼을 것이다. 이렇게 문장을 현재진행형으로 쓰지 않고 과거형으로 쓸 경우에는 본문에 때와 자리가 분명히 밝혀지도록 쓰는 것이 좋다.

또 글 끝에 될 수 있는 대로 쓴 날짜를 적어 놓는 버릇을 들이는 것이 좋겠다.

(11) 글의 형식

뭐니 뭐니 해도 이 글에서 가장 크게 문제 되어야 할 것이 글 형식의 모호함이다. 이 글을 잘 살펴보자. 보통 자기가 한 일을 쓰고 마지막에 가서 느낌을 쓰는 것인데, 이 글은 처음에 느낌을 쓰고 그다음부터 한 일을 썼다. 그리고 아홉 개의 문장 가운데서 한 개만 풀이말의 어미가 과거형으로 되어 있고, 나머지 여덟 개는 모두 현재진행형으로 되어 있다.

아마 글에 나타난 일을 겪은 바로 뒤이거나 그 일을 겪으면서 썼으리라 짐작된다. 그러나 이것은 어디까지나 짐작일 뿐 이 글에는 쓴 때와 곳이 나타나지 않았고, 언제나 있는 일을 설명하는 식으로 써 놓았다. 곧, 이 글은 형태로 보아서는 설명문인데 내용을 보아서는 대체로 어느 특정한 때의 이야기를 썼다. 말하자면 설명문과 서사문이 뒤섞인 형태다. 이런 글을 쓰는 어린이는 저학년에도 있고 고학년에도 있다. 중학년 이상의 어린이들은 설명문과 서사문을 구별하여 글의 형태를 명확히 의식해서 쓰도록 할 것이고, 저학년 어린이들은 설명문을 쓰게 하지 말고 서사문 쓰는 기본 지도를 해야 할 것이다.

가령 이런 글을 쓴 어린이라면 '언제 어디서 일기를 썼는가?' '어머니가 왜 꾸중을 하셨는가?' '그림은 또 언제, 어디서 그렸던가?' 하는 것을 물어서, 그때 있었던 일, 했던 일들을 차례로 다시 쓰도록 하면 될 것이다. 그러면 이 글은 서사문으로 고쳐질 것이라 생각된다. 이렇게 해서 서사문의 조건이 갖춰지도록 전문을 다시 고쳐 쓰게 되면, 앞에서 말한 바와 같은, 일부분 지적해서 고쳐 쓰게 하는 지도는 필요 없게 될 것이다.

어쨌든 저학년에서는 자기가 한 일을 다시 잘 생각해 내어서 그것을 쉽게 알 수 있도록 쓰게 하는 글(서사문)의 지도가 가장 기본이고 중요하다.

참글과 거짓글

차숙아, 읽어 주렴.
추운 겨울 날씨에 몸 건강히 하기 바란다.
차숙이 곁으로 못 가지 시프다.
신정 때 집에 왔더니 아버지, 엄마가 월배도 공장이 많은데 시내에 못 가게 하여서 못 가게 되었다.

미안하지만 내 부탁 하나 들어주렴. 다름 아니라 숙사 방에 내 물건 좀 챙겨 도. 내 보따리에 옷과 신, 운동화 흰색에 노란 줄 끈 있는 것, 수건에 동신직물 마크 글렸는 것.

거기서 수건이 두 개야. 그중에서 내 꺼는 새 기다. 무조건 내 물건은 간직해 도고. 숙사 방 이동했는지 궁금하다. 방 이동이 된다면 몇 호실 방에 가는지. (회답해 조.)

내가 그 회사에 못 가게 된다는 것은 내가 뒤에 옷 찾으러 너한테 가면 상세한 이야기 해 줄게.

나도 너와 한 구미다.

펜을 들고 보니 할 말이 없구나.

그동안 몸 건강히 잘 있기를 이 영란이가 바란다. 만날 때까지 잘 있어.

1921년 1월 6일

김영란

선생님 받아 보십시오.

비가 내립니다. 비가 내리며 사각대며 내리는 소리는 어쩜 태어날 때부터 가슴에 머물고 있었다고 생각합니다. 그 빗소리 속에서 부엉이 울어 대는 고향과 여우 나는 산골, 그리고 어머니의 밤새 두드리는 다듬이 소리가 토담을 돌아와 귓가에 머물고 있어요.

흔히 남들이 말하는 향수.

향수라는 감정이 우러나기 위해선 멀리 고향을 떨어져 있어야 한다는 것이 통례이지만 일반적으로 안동에 있으면서도 늘 안동의 현실적인 면이 못마땅하고 자기가 자기 마음에 들지 않고……

그러면서도 늘 이상으로 생각하는 고향 안동.

많은 시인, 작가의 묘한 심리를 해갈대게 하던 고향은 도시의 소음 공해 속에 스러져 가는 것 같아요.

어쩜 이 도시를 몹쓸 곳으로 만든 장본인이 자신인 것을 알면서도 무책임하게 도시를 비방하는 언어들.

그 속에 자꾸만 늘어 가는 기교. (줄임)

여기 들어 보이는 편지 두 통 가운데, 앞의 것은 초등학교 3학년을 중퇴한 어느 여공의 편지글이고, 뒤의 것은 여자고등학교 3학년이며 문예반장으로 공부하는 학생의 편지글이다. 이 두 편지는 글의 내용과 쓰는 태도에서 서로 아주 다른데, 그래서 오늘날의 학교교육(그 가운데서도 국어교육, 작문 교육)의 문제점을 잘 보여 준다고 생각된다.

먼저 앞의 글은 같은 공장에 다니던 친구한테, 회사에 못 가게 되었으니 두고 온 물건을 좀 챙겨 달라는 부탁을 한 편지다. 평소에 하는 말을 그대로 써서 진정이 스며들어 있고 간결하여 편지글의 모범이 될 만하다. 글을 쓴 아이의 알뜰하고 성실한 마음과 태도까지 느껴진다. 이것이 초등학교도 졸업하지 못한 아이가 쓴 글이다.

뒤의 글은 몇 번을 읽어도 무슨 소리를 해 놓았는지 알 수 없다. 도무지 실감으로 느껴지는 말이 없고 글을 쓴 사람의 생각이 전달되어 오지 않는다. 모든 말이 부자연스럽고 모방이다. 여기 보인 것은 원고지 열 장 정도로 쓴 이 편지글의 첫머리다. 이 편지는 끝까지 이런 식으로 써져 있어서 무엇 때문에 쓴 것인지 종잡을 수 없고, 이 학생의 느낌이나 생각을 이해할 도리가 없다. 이것이 여자고등학교 문예반장의 글이라니 어떻게 보아야 할까?

이 편지글을 다시 한번 검토해 보자. 이 글을 쓴 학생은 정신 착란증에 걸린 아이도 아니고 지능이 낮은 아이도 아니다. 뭔가 차분히, 그것도 제법 지성 있는 어떤 이야기를 할 수 있는 능력까지 갖추고 있을지도 모른다는 느낌이 들기도 한다. 그런데 말은 뒤숭숭하고 글은 통일되지 않았으며 낱말이 잘못 쓰이기도 했다.

이 글에 대한 진단을 내려 본다. 이것은 자기 자신의 느낌이나 생각, 생활을 갖지 못하고 남의 것만 모방하도록 훈련받아 온 학생이 쓴, 글 흉내인 것이다.

학생들이 쓴 이러한 글은 얼마든지 보기를 들 수 있다.

여기서 중고등학교 문예부 학생들이 보통 쓰는 글의 경향을 짐작하게 되고, 이른바 문예 교육의 문제점을 지적할 수 있다. 그 문제점이란 다음 두 가지다.

첫째, 자기의 삶을 이야기한 글은 가치가 없다. 문학다운 글을 쓰려면 일상의 삶을 떠나 고상한 문학 취미를 가져야 하고 명상과 사색을 즐겨야 한다.

둘째, 그러니 글을 쓰려면 문학작품을 많이 읽고 그 속에서 표현하는 기교를 배워야 한다. 창조는 모방에서 시작된다.

이러한 문예 교육의 견해와 방법은 크게 잘못되어 있다. 어떠한 글도 삶을 떠날 때는 거짓이 되기 때문이다. 삶을 떠난 이야기는 아무리 깊은 명상과 사색으로 이루어졌다고 해도 거기에는 대개 허위가 들어 있다. 어른들의 글도 그러한데 아이들의 글은 말할 것도 없다. 그리고 글을 쓸 때 문학작품을 흉내 내게 하는 데서 시작하는 방법은 아이들의 글을 불순하게 만드는 가장 큰 원인이 되어 있는 것이다.

생활을 떠난 말장난을 하게 하는 이러한 문예주의 글짓기 교육은 중고등학교뿐 아니라 초등학교에서부터 성행하고 있다. 문예부 학생들이 백일장이나 글짓기 대회에서 입상할 수 있도록 괴상한 글을 조작해 내는 재주를 가르치는 것이 오랫동안 고질이 되어 있더니, 최근에는 국어 교과서부터 이런 경향을 조장하는 듯하다. 가장 순진하게 자기의 느낌이나 체험을 쓸 수 있는 저학년 아이들에게 그런 생활글을 쓸 기회를 주지 않고 아무 맛도 없는 말 만들기, 말 꾸미기 공부만을 글짓기라 하여 시키는 따위다.

삶을 떠난 빈말을 가지고 글을 만들게 하는 노력은 다 헛된 짓이다. 헛될 뿐 아니라 그런 노력은 하면 할수록 병든 글을 낳을 뿐이다. 병든 글을 쓰는 아이는 병든 마음이 된다. 앞의 두 편지글을 견주어 보라. 차라리 학교교육을 안 받은 아이의 글이 이렇게 싱싱하게 살아 있는 이유를 알 만하지 않은가.

학교교육(문예 교육)을 받지 않은 아이들이 이런 살아 있는 글을 쓰는 보기는 얼마든지 들 수 있다.

거짓 이야기를 아름다운 글로 알아서야

친구 사이에   남학생 초 6학년

1학년에 입학하기 전이다. 봄이 되어 여러 가지 식물이 자라나자 나는 내 동생이 다 먹고 난 분유통과 외할머니네 집에서 가져온 호미를 가지고 우리 집 바로 앞인 전봇대로 가서 아무것이나 캐고 있었다. 그때 우리 옆집에서 분유 장사를 하고 있는 아이가 와서 그 분유통이 자기네 것이라고 하길래 우리가 샀다고 이야기했더니 그래도 자기네 것이라고 우기자 나는 손에 들고 있던 호미로 그 녀석의 이마를 쳐 버리고는 집으로 도망갔다.

저녁때쯤 되자 그 아이 엄마가 찾아와 있는 것을 보고는 변소로 들어가서 문을 잠그고 나서 나오질 않았다. 그 아이 엄마가 가는 것을 보고야 집으로 잽싸게 들어갔다.

아버지는 아직 오지 않으시고 엄마한테 회초리로 종아리를 많이 맞았다. 아버지가 오고 나서 또 맞을 줄 알았는데, 혼내지 않고 다음부터는 그러지 말라고 하시며 타일러 주셨다.

1학년에 입학하자 그 녀석은 4반이 되었고, 나는 3반이 되었다. 학교에서 그 녀석과 한 번 만났는데, 속으로 고소하다는 생각이 들었다. 운동회날 1반서부터 5반까지 달리기를 하는데, 나는 그 아이와 같이 뛰게 되었다. 땅! 하는 소리를 듣자 이 녀석한테는 죽어도 지지 않겠다고 다짐을 하고 뛰었다. 그 아이와 나는 비슷하게 1등을 했지만 똑같이 1등이라고 해 주었다.

운동회가 끝나고 나서 그 아이 엄마와 우리 엄마가 같이 저녁을 먹게 되었는데, 그때 그 아이와 어쩌다가 신나게 놀다가 친구 사이에 그래서야 되겠냐고 악수를 하며, 서로 화해하고 그 아이와 굉장히 친하게 지냈는데, 2학년에 올라와 내가 전학을 가게 되었다. 그 아이는 무척 섭섭해하며 '잘 가' 하고 손을 흔들어 주자 나도 '잘 있어' 하며 손을 흔들어 주었다. 나는 그 아이를 아직도 잊지 않고 있다.

이웃집 아이와 겪은 몇 해 동안의 일을 썼다. 학교에도 들기 전 분유통 때문에 호미로 이마를 때린 일, 그래서 변소에 숨고, 엄마한테 혼나고 한 일들, 1학년이 되어 그 아이와 운동회 때 같이 달린 일, 그런 일들이 아주 인상 깊게 써져 있다.

그런데 그다음 이야기를 써 놓은 마지막 부분에서는 이야기가 거짓스럽게 느껴지도록 걸넘어가 버렸다. 그때의 일을 잘 생각해 내어 체험 그대로 정직하게 쓰지 않고, 적당히 이야기를 꾸며 만들어 보기 좋은 결론이 되도록 했다는 느낌을 지울 수 없다.

"…… 그 아이와 어쩌다가 신나게 놀다가 친구 사이에 그래서야 되겠냐고 악수를 하며, 서로 화해하고……" 이건 어른들이나 할 말이요 행동이지, 결코 초등학교 1학년 아이들의 짓은 아니다. 그리고 운동회 때 일 등을 다투었다고 해서 원수가 된 것처럼 여겼을 리가 없고, 학교에도 들기 전인 일 년 전에 있었던 일 가지고 그제야 화해하자고 했을 리도 없다. 1학년쯤이면 아무리 싸웠더라도 그다음 날이면 그만 다 잊어버리는 것이다.

또 그다음을 이은 문장에서, 2학년에 올라와 전학을 가게 됐을 때, 두 아이가 손을 흔들어 작별했다는 것도 상황을 뚜렷하게 표현한 말 한마디 없이 격식을 차린 문장으로 되어 있다. 이런 일이 실제로 있었다면 있었던 그대로 쓸 것이다. 아무래도 거짓스럽게 느껴진다. 다음에 한 편 더 들어 본다.

허풍쟁이 아이 남학생 초 5학년

내가 2학년 때의 여름방학이었다. 나는 동네 아이들과 냇가에서 놀고 있었다. 그때는 장마가 난 지 얼마 안 된 뒤였기 때문에 냇가의 물은 아주 많이 불장나 있었다.

그때 어떤 아이가 자기는 수영 학원에 다닌다고 하였다. 그래서 나는, "너 수영 잘하니?" 하고 물었다. 그러자 그 아이는, "나는 수영은 무엇이든지 할 수 있어" 하고 말하였다.

그러던 도중 내 친구 정원이의 신발이 물에 빠져 떠내려갔다. 나는 수영 학원을 다녔다는 아이한테, "야, 너 수영으로 저 신발 좀 건져 줘" 하고 말하고 나서 그 아이를 떠밀었다. 그러자 그 아이는 "어어어" 하고 물에 풍덩 빠졌다. 그러자 상상 외로 그 아이는, "살려 줘. 나는 수영 못 해" 하였다. 그래서 정원이가 나뭇가지로 그 아이를 물에서 건져 주었다.

그러자 그 아이는 얼굴이 빨개졌다. 그때 내가, "너 얼굴이 새빨간 사과와 같으니까 대구에 가서 너의 얼굴과 새빨간 사과와 바꿨다고 말하지 그러니?" 하니까 아이들이 모두 하하하 웃었다.

이 글은 처음부터 거짓 이야기를 만들어 쓴 것이다. 왜 이런 글을 쓰게 될까? 자기가 겪은 이야기를 그대로 쓸 줄 모르기 때문이다. 그래서 뭔가 보기 좋은 것만 찾든지, 재미있는 것을 만들어 내어서 쓰게 된다. 이렇게 이야기를 만들어 낼 경우 아이들에게는 거의 예외 없이 거짓이 되어 버린다.

이 점이 아이들 글의 특징이다. 그래서 아이들에게 소설이나 동화 쓰는 흉내를 내게 해서는 안 된다. 글 쓰는 태도가 비뚤어지고 삶의 자세도 비뚤어지는 것이다. 아이들 삶의 세계는 너무나 풍부하여 어른들같이 거짓 이야기를 만들어 낼 필요가 전혀 없다.

아이들이 자기의 삶을 정직하게 쓰기를 꺼리거나 피하는 것은 교육의 영향이다. '친구 사이에'의 끝부분은 교과서의 영향이고, '허풍쟁이 아이'는 만화와 텔레비전의 영향이라 생각된다. 아무튼 거짓이 빤히 드러나 보이는 이런 글을 쓰는 아이들이 요즘은 너무나 많다.

진실이 담긴 거짓말

청소 시간 여학생 초 3학년

쩌르르릉 쩌르르릉 청소 시간입니다, 하고 선생님께서 말씀하신다. 급장이 야 빨리 청소해. 그러나 아이들은, 하고 싶으면 니가 해라, 하면서 가만히 있으니 급장은 회초리로 때린다. 아이들은 알았다. 우리 청소할 테니 그 회초리로 좀 때리지 마. 그래, 안 때릴 테니 빨리 청소해. 니가 때려서 안 한다. 그러자 너희들 때문에 선생님한테 나만 혼나지 않니. 안 혼날라면 니가 청소해라. 그러자 급장은 멋이 어쩌고 어째, 너희들이 청소할 것 내가 해? 그래 우리는 청소만 하고 너는 회초리로 우리 때리고, 싫다 싫어. 그러자 급장은 그래, 나는 선생님 다음가는 사람이야. 선생님이 안 계시면 내가 선생님 대신할 사람이란다. 그러니까 빨리 청소나 해. 그러고 나니 선생님께서 들어오시면서 너희들 빨리 청소해. 급장, 아이들 시켜. 예, 4반 빨리 청소해. 급장이 말한다. 나는 선생님께, 선생님 급장은 자꾸 회초리로 때려요. 선생님께서는 너희들이 말을 안 들으니까 그러는 거야. 선생님은 급장 핀만 든다. 나는 선생님과 급장이 미웠다. 그래서 뒤로 돌아서니 급장이 깔깔깔 웃고 있었다. 야, 웃지 마, 하고 말하니까 급장은, 봐, 선생님도 내 핀 들어 주시잖아. 야, 너도 가서 빨리 청소해. 으응 너가 청소하면 나도 청소한다. 하고 말하니까 아이들은 그래, 혜경이 니 말이 맞았다. 그러니까 급장은 회초리를 놓고 걸레를 집어서 마루를 닦는다. 나는 빨리 회초리를 집어서 급장을 자꾸 때렸다. 그러자 급장은 내 혼자 청소할게, 했다. 딴 아이는 안 하고 급장만 청소 시간 끝날 때까지 시켰다. 급장은 이제 살았다 하면서 교실로 들어갔다. 이번 시간 종이 쳤다. 아이들은 교실로 들어가 조용히

앉았습니다.

이 글에서 무엇보다도 먼저 생각하게 되는 것은 학교 아이들의 청소 문제다. 학교교육에서 청소를 아이들에게 시키는 것이 옳은가, 안 시키는 것이 옳은가, 하는 문제는 논란거리가 될 수 있다. 서양의 많은 나라들은 아이들에게 청소를 전혀 시키지 않는다고 하는데, 동양의 대부분 나라들은 청소의 노역을 아이들에게 떠맡긴다. 이 청소 문제는 마치 체벌을 허용해야 하느냐, 금지해야 하느냐, 하는 문제와 같이 그것 자체만 가지고 가부를 논하는 것은 별로 유익하지 않다. 이론만 말하자면 어디까지나 체벌은 안 하는 것이 좋고, 청소는 어느 정도 시키는 것이 좋다. 그것이 사람다운 교육이다. 그러나 실제 교육의 현장에서는 그런 일반론이 전혀 소용없는 공론밖에 되지 않는다. 우리 나라 아이들의 청소만 해도 강요당하는 지긋지긋한 노역이 되고 있는 것이다.

아이들은 하기 싫은 일을 억지로 해야 하는 것뿐 아니다. 급장이나 반장이 매를 들고 독려를 하는 광경은 어디서나 볼 수 있다. 선생님들은 다른 일에 매달려 청소하는 현장에 없는 게 보통이다. 그래서 다른 생활지도와 마찬가지로 선생님을 대신하는 급장이나 반장이 독려의 책임을 맡는 것이다. 독려하는 사람이 없으면 청소는 안 된다. 능률이 안 올라간다. 독려도 말만 가지고는 잘 안된다. 회초리나 작대기를 가지고 돌아다니며 때리는 것이 가장 효과가 높다고 생각하는 것이 독려하는 아이들의 태도다. 이래서 꾀를 잘 부리는 아이, 게으른 아이는 놀고, 소수의 성실한 아이, 평소에 공부를 못하고 미움받는 아이, 약한 아이들이 청소를 맡게 된다. 우리 사회 전체의 모양이 이런 어린 학생들의 청소 시간에 너무나 잘 나타나고 있다.

이런 실정이 아이들의 글에 잘 나타나지 않는 것은, 그것이 학교교육의 그늘진 면이라 가리워지기 때문이다. 아이들은 쓰기를 꺼리거나 피하고, 교사들은 쓸 기회를 안 주고 발표하지도 않기 때문이다.

이 글은 내가 출제를 했던 어느 백일장에서 나온 글이다. 그 백일장에서는 우리 나라 학교에서 청소가 어떻게 이루어지고 있는가를 생생하게 보여 주는 글들이 많이 나왔다. 일단 학교의 교문에서 벗어난 아이들이기에 그런 글을 쓸 수 있었던 것이라 생각된다.

다른 또 하나, 이 글에서 밝혀 두고 싶은 것이 있다. 이 글은 처음부터 끝까지 청소 시간에 일어났던 일을 그대로 써 보인 서사문의 형태로 되어 있다. 그런데 자세히 살펴보면 청소하는 장면이란 것이 구체화하여 나타나 있지 않으며 날마다 겪는 일, 일어날 것 같은 일을 그려 놓은 것임을 알 수 있다.

아마도 교실 청소일 것이다. 급장이 독려를 하면서 회초리로 때린다. 아이들은 급장을 싫어한다. 말다툼이 생긴다. 선생님이 오셔서 아이들을 꾸짖는다. 아이들은 선생님과 급장이 한편이라고 속으로 생각한다. 그래서 선생님이 나간 다음에는 또 급장과 아이들이 다툰다. 여기서부터 사태는 달라진다. 아이들이 모두 같은 태도로 나오니까 급장은 회초리를 놓고 걸레를 집어서 마루를 닦는다. 이것은 실제로는 있을 수 없는 일이다. 더구나 "나는 빨리 회초리를 집어서 급장을 자꾸 때렸다. 그러자 급장은 내 혼자 청소할게, 했다. 딴 아이는 안 하고 급장만 청소 시간 끝날 때까지 시켰다. 급장은 이제 살았다 하면서 교실로 들어갔다"고 한 것은 거짓말이다. 여기 쓴 문장도 그렇고 실제 현실에도 있을 수 없는 이야기가 된 것이다.

그런데 또 잘 생각해 보면 이것이 거짓말이기는 하나 진실이다. 글은 정직하게 써야 하고 거짓을 쓰는 것은 좋지 않다. 그런데 여기 나타난 거짓은 남에게 없는 것을 있는 것처럼 잘 보이기 위해 꾸며 쓴 거짓과는 전혀 질이 다르다. 말하자면 어떤 간절한 바람을 현실에서 이뤄진 것처럼 쓴 것이다. 그렇게 하여 쌓여 있던 울적한 마음을 터뜨렸다고 할 수 있다. 마치 어린이가 미운 아이가 얻어맞고 우는 그림을 그려 놓듯이.

이 글은 서사문의 형식이지만 그 내용은 '언제나 있는 일→있을 수 있는 일→있었으면 좋겠다 싶은 일' 이렇게 현실에서 공상으로 옮겨 가면서, 현실과 공상이 하나로 된 보기 드문 글이다. 글쓰기가 아이들의 독소를 풀어 주는 귀중한 노릇을 감당한다는 사실도 여기서 깨닫게 된다.

자기중심의 상상과 전체를 보는 눈

구름에게 여학생 초 6학년

나에게 구름이 있다면 동화책에 나오는 것처럼 구름을 타면서 학교에 가면 좋겠다. 매일 구름을 타고 학교에 가서 공부를 하고 나서 집으로 돌아올 때도 타고 왔으면 좋겠다. 나만의 욕심이지만 내 혼자만 구름이 있으면 여러 아이들에게 자랑도 하고 싶다. 구름을 타고 가는데 떨어지지만 않으면 제일 좋겠다. 구름을 타고 집으로 갈 때에는 무척 일쩍 집에 당도하고 학교에 늦을 때에도 일쩍 갈 수 있으니까 편리하다. 구름이 늘 하늘에 있다가 내가 부를 때 빨리 내려왔으면 좋겠다. 학교 갈 때에는 내 동생과 여러 아이들을 태워 가지고 학교에 갔으면 좋겠다. 그렇게 되는 시대도 있으면 좋겠다. (1983. 6. 13.)

구름에게   여학생 초 6학년
나는 구름에게 부탁할 게 있습니다. 요사이 농사철입니다. 그런데, 비가 안 와서 모내기를 할 수가 없습니다. 그래서 구름이 비한테 부탁을 좀 해 보라는 것입니다.
어제는 비가 좀 왔는데 물을 퍼야 되느니, 안 퍼도 되느니, 하면서 싸우는 소리가 났다. 그러니, 구름이 비한테 가서 속 시원히 비 좀 내려 달라고 구름에게 부탁하고 싶어요. (1983. 6. 13.)

이것은 같은 날 같은 자리에서 몇 가지 제목을 주어 선택해서 쓰도록 한 글 가운데 한 가지다. 두 아이가 같은 제목으로 썼지만, 그 내용이 아주 다르다. 글이란 이와 같이 쓰는 사람의 개성, 환경, 생활에 따라 다를 수 있고 달라야 한다는 것을 말해 줄 필요가 있다.

이 두 작품을 두고 아이들과 같이 평가를 한다고 할 때, 어떻게 하는 것이 좋을까? 무엇보다도 두 아이가 구름을 보는 관점이 다르다는 점에 착안하여 저마다 생각을 말하게 하고 토론까지도 할 수 있으면 좋을 것이다.

앞의 '구름에게'는 구름을 보고 동화 같은 상상을 하고 있다. 학교에 갈 때 구름을 타고 가면 얼마나 재미있고 편리할까, 하고 생각한다. 구름을 타고 다니고 싶다는 생각과 그런 상상은 구름을 쳐다보는 사람마다 누구나 자연스럽게 떠오르기도 하는 것이다. 이 아이는 그런 상상을 더욱 현실화시켜서 자기가 학교에 가고 오는 데 그 구름을 타고 다니고 싶다고 했고, 동생과 다른 이웃 아이들도 태워 주면 좋겠다고 하고 있다. 마치 구름을 차같이 보고 있는 것이다.

그런데 뒤의 '구름에게'는 구름을 보고 모내기를 할 수 없는 농촌의 딱한 사정을 생각한다. 그래서 구름한테 비가 오도록 해 달라고 말하고 있다. 구름에게 말하는 것은 동화 같은 마음이지만, 그런 말은 어디까지나 절실한 생활 현실에서 저절로 터져 나온 말이다.

앞의 '구름에게'는 공상의 세계를 쓴 글이고 뒤의 글은 현실을 이야기한 글이다. 구름을 쳐다보고 마음껏 공상을 펼치는 것도 재미있을 것이지만, 구름을 보고 자기의 마음을 이야기하고 현실을 호소할 수도 있다는 것을 깨닫게 하면 될 것이다.

다음에 이 두 작품을 견주어 지도할 때 놓칠 수 없다고 생각되는 것은, 앞의 글에 나타난 자기중심의 닫힌 상상의 세계에 대해서다. 동화 같은 공상은 좋다. 그런데 이 글은 초등학교 6학년생으로는 너무 자기중심의 좁은 세계에 갇혀 있다는 느낌이다. 구름을 타고 학교에 가면 편리하겠다는 생각을 하면서 "내 혼자만 구름이 있으면 여러 아이들에게 자랑도 하고 싶다"고 하는 것은 아직 어린아이와 같은 심리 상태에서 벗어나지 못한 것이라 할 수 있다. 그래서 내 동생과 여러 아이들을 태워 가지고 학교에 갔으면 좋겠다고 한 것도 자기가 그런 구름 차의 주인이 되어 뽐내고 싶어서 그러는 것임을 알 수 있다. 이것은 평등한 자리에서 모두가 즐겁게 살아가야 한다는 생각이 아직 서 있지 않은 데서 나온 말이라 할 수 있다.

여기에 견주어 아래의 글을 쓴 아이는 자기 혼자만의 세계에 들어앉아 있지 않고 바깥을 내다보고 있다. 분명히 그 마음자리가 넓고 높은 데 있다. 이런 점을 아이들이 깨닫도록 했으면 싶다.

문장의 형식을 보더라도 제목이 '구름에게'라면 구름에게 주는 말로 되어야 할 것인데 앞의 글은 이 점에서도 잘못되었다. 차라리 '나에게 구름이 있다면' 하는 제목쯤이 맞을 것 같다. 어째서 제목에도 맞지 않는 글을 썼을까? 구름에 관한 뻔한 상상을 썼기 때문이다. 안이한 모방의 세계라는 점에서도 앞의 '구름에게'는 비판해야 할 것 같다.

이렇게 자기 자신의 세계만을 즐길 때, 이런 정서의 한계 안에서는 아무리 자라면서 글재주가 늘어난다 하더라도 어른이 되어 '구름에 달 가듯이 가는 나그네'와 비슷한 글의 세계에 연결될 수밖에 없을 것이라는 생각이 든다.

일 속에서 얻은 생각

봉지 홍미경 경북 성주 대서초 6학년

우리가 방학 때에 돈 벌이는 것에는 봉지 넣기이다. 우리 마을에는 올해 70원 할 차례인데 봉지 값이 너무 헐해서 우리 마을 아이들이 작전을 짰다. 봉지를 넣을 때 백 봉지에 100원 안 주면 안 넣는 작전이다. 그러자 그단새 봉지 값이 올랐다. 이 집, 저 집 넣다 보니 많은 돈이 생겼다. 11월 달에 봉지 넣은 사람도 있었다. 돈이 많이 모이고 나서 생각을 해 보니 티끌 모아 태산이라는 속담이 생각났다.

올해는 비닐하우스 재배하는 사람이 제일 많았다.

그래도 우리 마을에 목사님이 새로 왔다. 키가 작고 좀 뚱뚱한 편이었다.

생각을 해 보니 우리 고모부 많이 닮았다고 느꼈다.

이번 방학에 봉지를 많이 넣어서 부모님께 효도를 해야겠다고 생각했다. (1984. 1. 4.)

봉지 넣기 박남기 경북 성주 대서초 6학년

우리 집에는 봉지를 6,000봉지를 넣었다. 아이들을 불러서 돈 안 주고 좀 했다. 그러나 그 아이들은 하기 싫다는 말은 없고 봉지 넣는 것이 재미있다고 한다. 나는 그 아이들을 보고 희망도 났다. 나도 다음부터 다른 집에 가서 돈 안 받고도 좀 넣어 주려고 생각한다. 요사이 아이들은 그저 돈 벌이려고 넣고 있다. 그러나 이번에 우리 것을 넣어 주는 것을 보니 나는 이제부터라도 꼭 다른 집에 가서 도와주고 싶다. (1983. 12. 26.)

이 아이들이 있는 지방에서는 참외, 수박 농사를 많이 한다. 그래서 한겨울에도 비닐하우스 안에서 씨앗을 심고 접을 붙이고 하는데, 참외, 수박 농사일에는 아이들의 노동이 아주 큰 몫을 차지한다. 씨앗을 심을 비닐봉지 안에 흙을 담는 일(이것을 '봉지 넣기'라고 말한다)부터 시작하여 접을 붙이는 일, 모종을 옮기는 일, 아침저녁으로 거적을 벗기고 덮는 일, 참외나 수박이 익으면 그것을 따고 씻고 하는 일, 그리고 마지막에 넝쿨을 걷어 내는 일에 이르기까지 아이들의 노동에 힘입는 바가 크다. 노동력이 모자라기 때문에 아이들의 힘을 빌리지 않을 수 없다. 그래서 아이들에게 과도한 일을 시키자니 어쩔 수 없이 돈을 주게 된다. 또 어른들의 농사일 자체가 돈을 벌기 위한 것이라, 노동을 제공하는 아이들에게도 자연 보수를 지불하게 되는 것이다. 아이들의 집일 돕기도 이렇게 변질이 되어 버렸다.

이런 사정으로 아이들은 겨울방학 동안 돈벌이를 하기 위해 일을 한다. 저학년 아이들도 하루 몇 시간씩, 고학년이면 하루 종일 일하기 예사다. 단지 돈 모으는 재미로! 하우스 안은 한

겨울인데도 무덥다. 그래서 감기가 걸리기 쉽다. 감기에 걸리고 손을 다치고 해도 돈벌이 맛을 못 잊는다. 어떤 아이가 쓴 글을 보면 자기 집에서는 일하기가 싫다고 했다. 돈을 안 주기 때문이란다. 이래서 부모와 자식의 관계도 돈으로 맺어지는 세상이 되어 가고 있다. 그 돈을 모아서 대개는 과자를 사 먹는 데 쓰는 것도 큰 문제다.

이렇게 여러 가지 문젯거리가 있기는 하지만, 그래도 이런 아이들의 삶을 긍정할 수 있는 면이 있다. 그것은 부모와 마을 사람들과 같이 노동을 체험해 본다는 것, 그 노동 속에서 세상 일을 생각하고, 그 생각을 나누어 가지고 지혜를 발견한다는 것이다.

여기 들어 놓은 글 두 편은 모두 봉지 넣기 일을 하는 가운데 얻은 생각을 쓴 것이다. '봉지'를 쓴 아이는 자기 마을에서 백 봉지에 70원도 안 주어서, 아이들끼리 100원을 안 주면 일을 안 해 준다는 "작전"을 짰다고 했다. 그 작전이 성공해서인지, 돈을 많이 벌었다는 것이다.

그런데 '봉지 넣기'를 쓴 아이는 전혀 반대의 생각을 하고 있다. 아이들을 불러 일을 시키고는 돈을 안 주었는데, 그 아이들이 싫다는 말이 없고 재미있다고 해서 "나는 그 아이들을 보고 희망도 났다"고 했다. 그러면서 나도 다음부터 돈 안 받고 일해 주겠다고 생각하는 것이다. 이 아이가 이렇게 생각하는 까닭은 아이들이 돈벌이만을 목적으로 일하고 있는 것이 뭔가 잘못되어 있다고 느꼈기 때문이다.

이러한 생각은 참으로 훌륭하다. 이 훌륭한 생각은 책에서 지식으로 배운 것도 아니고, 선생님이 말해 준 교훈으로 깨달은 것도 아니다. 오직 일하는 삶 속에서 스스로 느끼고 깨친 것이다. 이러한 깨침이 얼마나 이 아이의 온몸으로 된 것인가 하는 것은, "나도 다음부터 다른 집에 가서 돈 안 받고도 좀 넣어 주려고 생각한다"고 하는 행동으로 실천하고 싶어 하는 말에서 잘 나타나 있다.

그러나 '봉지'를 쓴 아이의 글에서 백 봉지에 100원을 안 주면 안 넣기로 한 작전을 하였다는 것도 무조건 잘못한 것이라고 말할 수 없다. 모든 것이 돈으로 값이 매겨지는 세상 아닌가. 이것은 노동에 대한 정당한 대가, 남들과 같은 대가를 요구하고 평등을 주장하는 아주 합당한 사고방식에서 나온 태도다. 더구나 그러한 생각을 실현하기 위해 의논을 하고 통일된 행동을 하기까지 나아가고 있으니 말이다. 이것 또한 삶 속에서 얻은 지혜라고 할 수 있다.

하지만 아무리 합리를 추구하며 살아야 한다 하더라도 집에서 일하는 아이들까지 이렇게 모든 것을 돈으로 따져야 할까, 하는 의문은 여전히 남는다. 그래야 한다면 참 너무나 서글픈 세상이다. 그렇다고 해서 아이들에게 힘에 겨운 일을 무작정 시켜도 된다는 것은 더욱 아니다. 문제는 아이들에게 너무 많이 일을 시키는 데 있다. 일을 전혀 안 시켜도 아이들은 병들지만 일을 너무 많이 시켜도 병든다. 그래도 일을 전혀 안 하는 것보다는 좀 과도하더라도 일을 하는 것이 낫다 함은 이런 글을 보면 알 수 있다. 일하는 삶에서만 사람은(아이들까지도) 지혜를 얻고 진리를 발견하기 때문이다.

훌륭한 삶이 훌륭한 글을 낳는다

비니루 끼기 김순신 부산 감전초 6학년

나는 요즈음 신발을 넣을 비니루봉지에 줄을 끼는 일을 한다. 한 뭉치에 다섯 묶음이 있고 한 묶음에는 백 장의 비니루가 있다.

한 장 한 장마다 줄을 8번이나 끼어야 되고 한 묶음을 끼면 처음에는 2시간이나 걸렸는데 지금은 1시간이다. 다섯 묶음을 하면 250원인데 팔, 목, 허리가 아프다. 보통 6시부터 9시까지 한다. 비니루 월급은 하루 일한 것을 적어 놓았다가 30일이 되면 계산해서 월급을 준다.

비니루를 끼고 피곤해서 자면 4시 반에 일어난다. 일어나면 형님은 공부하고 동생은 자고 있다. 나는 밥을 하고 반찬을 만들어 놓는데 만들어 놓으면 6시다. 6시에 밥을 먹고 나서 공부를 하는데 잠이 무척 온다.

잠을 이끌고 공부를 하고 나서 학교로 간다. 학교에서도 잠이 많이 온다. 집에 가서는 어제 하다 남은 비니루를 낀다. 지금까지 낀 비니루 값은 1,770원이다. 더 많은 일을 해서 돈을 모아 학용품 등 나에게 모자라는 물건을 사겠다.

– 학급 문집 〈해 뜨는 교실〉 1983년 11월 호

이 글을 읽고 누구나 느끼겠지만, 한 어린 초등학생이 이렇게도 힘겨운 노동을 하면서 살아가고 있다는 사실에 놀라지 않을 수 없다. 신발을 넣을 비니루봉지에 줄을 꿰는 일을 하는 것인데, 잠깐 이 아이가 하는 일을 다시 알아보자. 그 비니루봉지는 한 뭉치가 다섯 묶음이고, 한 묶음에 백 장이 들어 있다. 그러니 한 뭉치는 오백 장이 되는 셈이다. 한 장마다 여덟 번 줄을 꿰어야 하니 백 장이면 팔백 번이다. 오백 장, 곧 한 뭉치를 다 꿰려면 사천 번이나 꿰어야 한다. 한 묶음을 꿰는 데 처음에는 두 시간이 걸렸지만 지금은 좀 숙련이 되어 한 시간이 걸린다. 그러니 한 뭉치 사천 번을 다 꿰는 데 열 시간 걸리던 것이 다섯 시간으로 줄어들었다.

한 뭉치를 다 꿰면 그 보수가 겨우 250원이다. 한 뭉치를 꿰고 나면 "팔, 목, 허리가 아프다"고 말하고 있다. 다섯 시간(처음에는 열 시간) 노동에 250원을 받다니 참 이건 너무하다는 생각이 든다.

이런 아이가 또 얼마나 있을까? 이와 비슷한 일로 끼니를 이어 가는 사람들이 얼마나 많을 것인가?

이 아이는 또 새벽 네 시 반에 일어나 밥을 짓는다. 여섯 시에 밥을 먹고 공부하면 잠이 온단다. 학교에 가서도 잠이 온단다. 그럴 것이다. 한창 잠을 많이 자야 할 나이에 저녁 늦게까지 일하고 새벽에는 또 네 시 반에 일어나자니 잠이 오는 것이 당연하다.

지금까지 모아 놓은 돈이 1,770원. 넉넉한 집 아이가 하루

동안 쓰는 용돈밖에 안 되는 돈을 모으기 위해 이 아이는 서른다섯 시간도 넘게 일한 셈이다. 그래도 불평불만 한마디 없이 "더 많은 일을 해서 돈을 모아 학용품 등 나에게 모자라는 물건을 사겠다"고 했으니 참으로 놀랍다. 흔히 저축이란 제목으로 용돈을 모아서 소중한 일에 썼다는 이야기를 거짓스럽게 꾸며 써서 상을 받고 신문에 발표하는 것을 보는데, 이 글은 저축 이야기를 쓴 작품으로 본다고 하더라도 지금까지 나온 우리 나라 아이들의 글로는 최고 수준의 작품이다.

이 글은 이른바 '저축 글짓기'가 아니다. 저축을 잘했다는 것을 자랑하기 위해 쓴 것이 아님은 말할 것도 없다. 겨우 1,770원을 저금했으니 아마 도시 아이들이 저금한 금액으로 보면 최하가 될 것이다. 그런데도 이 아이는 자기의 이야기를 쓰고 싶었다. 여느 아이들 같으면 부끄러워서 쓰지 못하고 다른 보기 좋은 이야기를 꾸며 썼을 터인데, 이 아이는 조금도 자기의 삶을 부끄럽게 여기지 않는다. 오히려 당당한 태도로 자기가 하고 있는 괴로운 일에 관한 이야기를 정직하게 썼다.

이 아이의 이러한 믿음직한 인간스런 태도는 어디서 온 것일까? 그것은 아마도 담임선생님한테서 배운 것이라 믿어진다. 아이들 글을 보기 좋게 속성으로 조작해서 이름이나 내고 싶어 하는 교사라면 "끼기"와 같은 사투리를 결코 그냥 두지 않을 것이다. 다만 아이들의 마음과 삶을 귀하게 가꿀 줄 아는 교육자만 그 아이들이 쓰는 말도 소중히 여길 줄 안다. 이 아이가 살고 있는 지방의 서민들과 아이들의 생활어는 "끼기"이

지, 결코 '꿰기'가 아닌 것이다. 그래서 제목부터 '비니루 끼기'
로 되어 있다.

글쓰기를 가르친다는 것은 바른 삶을 가르치는 것이고, 참
되게 살려는 마음가짐 없이 좋은 글을 쓸 수 없다는 것을 이런
아이들의 글에서 깨닫게 된다.

이 글을 우리 나라의 모든 도시와 농촌의 아이들에게 보여
주고 싶다. 그러면 다 같은 도시에 살고 있는 아이들이라면
'이런 아이도 있구나' 하고 놀랄 것이고, 그리하여 대부분의 아
이들이 자기들의 편안하고 게으른 생활을 부끄럽게 여기고 반
성할 것이다. 농촌의 아이가 이 글을 읽는다면 도시 생활에 대
한 그릇된 달콤한 환상에서 깨어나 현실을 바로 볼 수 있게 될
것이다. 그리고 모든 아이들이, 글이란 이와 같이 정직하게 자
기의 삶을 이야기한 것이라야 감동을 주게 된다는 것을 깨닫
고 배우게 될 것이다.

애정과 관찰

우리 집 소   김기수 경북 성주 대서초 6학년
우리 집 소는 다른 소보다도 깨끗하고 미남인 것 같다. 오늘 일요
일 마침 소 주사 주는 사람이 왔다. 주사기를 보니까 우리들이 맞
는 주사기보다 훨씬 크고 약도 많이 넣었다. 주사를 맞는 소들마
다 벌떡벌떡 뛰었다. 그러나 우리 소는 주사를 맞아도 안 아픈지
가만히 있었다. 또 맞은 소 중에 다리를 저는 소도 있었다. 그러나

우리 소는 가만히 잘도 집으로 걸어갔다. 아픈 다리에다 또 거름을 실어 냈다. 우리가 만약 그렇게 했으면 팔 아프다고 마구 울 것이다. 그러나 소들은 착한지 거름도 얼른 갖다 날랐다. 우리 소를 지금 저렇게 기운 세게 만든 사람은 우리 식구들이다. 처음 사 올 때는 말라서 67만 원을 주고 샀지만 지금은 200만 원 가까이 간다. 우리 소는 또 기운이 세고 뿔이 길어서 다른 소는 우리 소 근처에 잘 오지도 안 한다. 왜냐하면 우리 마을에서 기운이 세고 힘이 많기 때문이다. 또 우리 소는 다른 소하고 싸울 때 꼭 이기고 물러난다. 우리 소는 송아지를 요번에 낳으면 4번째다. 우리 송아지는 낳는 송아지마다 까불이다. 등치는 작지만 다른 송아지한테는 대박머리로 박아서 넘가뜨린다. 또 사람이 무섭지도 않은지 어른들도 마구 떠받는다. 8살 된 아이는 우리 송아지 근처에 오지 않는다. 우리 송아지가 까부는 것은 어미를 닮아서라고 마을 어른들은 말씀하신다. 그래서 우리 소와 송아지는 우리 마을에서 왕소라고들 한다. 우리 소는 또 며칠 안 되어 송아지를 낳는다. 송아지를 낳으면 내가 잘 먹여서 이제는 값이 가장 비싼 송아지로 만들고 싶다. 그리고 보니 우리 소와 송아지가 인기를 많이 끌 것 같다. (1983. 4. 4.)

고양이   박경진 경북 성주 대서초 3학년

우리 고양이는 참 웃기는 것이었다. 쥐는 안 잡아먹고 밥이나 고기를 주어야 먹는다. 어떤 때는 쥐를 잡아먹을 때도 있다. 그때 보니 쥐를 잡아 가지고 집으로 물고 와 가만히 나두다가 도망갈라고 하면 물고 또 나두다가 도망가면 잡아먹는다. 나하고 할배하고 누나하고 우리 고양이를 좋아한다. 우리가 어데 갈라고 하면 따라와 데리고 간다. 어떤 때는 나두고 갈 때도 있다. 그라면 아랫집에 가다가 우리가 돌아오는 소리를 듣고 나온다. 집에 다 가서 땅바닥에 구부다가 일어난다. 어떤 때는 우리 동네 할머니가 데리고 갈 때도 있다. 데리고 가서 도망쳐 집으로 온다. 우리가 잘 때는 나한테서 잔다. 우리 고양이는 참 기엽다. 내가 책을 보면 내가 있는 데 와 누어 있다. 그런데 부엌에 가서 부엌을 지저분하게 해서 판다. 우리 고양이는 잡아도 잡힌다. 나는 우리 고양이가 잡아질 때가 좋다. 우리 고양이는 잡아져서 기엽다. (1983. 5. 30.)

여기 든 글 두 편은 모두 집에서 기르는 짐승을 제목으로 하여 쓴 것이다. 이런 가축들은 어린이들이 가까이하면서 좋아하는 것으로, 글감으로 잘 다뤄지고 있다. 더구나 농촌에 있는 어린이들에게 소라는 가축은 그들의 생활과 밀접한 관계를 맺고 있다. 소를 부려 짐을 나르고 논밭을 가는 일을 하는 것은 어른들이지만, 소의 먹이인 풀을 뜯어 주고, 소를 들이나 산에 데리고 가서 풀을 뜯어 먹게 하는 일은 옛날부터 어린이들에게 맡긴 가장 중요한 일이 되어 있다. 요즘은 농촌에 경운기가 보급되어 소가 많이 줄었지만, 아직도 산간 지방에는 소가 흔하고 육용 소의 사육도 성하다.

'우리 집 소'는 소에 대한 이야기를 자세하고 재미있게 쓴 글이다. 자기 집 소를 아주 잘 알고 있기 때문에 이렇게 쓸 수 있었다. 또 이렇게 잘 알고 있는 것은 소를 사람과 다름없는 식구로 여기고 있기 때문이다. '고양이'도 귀여운 고양이의 모습과 행동을 아주 재미있게 썼다. 이 어린이가 얼마나 고양이를 좋아하는가를 잘 알 수 있다.

우리는 흔히 이런 글을 어린이들에게 보여 주면서 관찰의 중요성을 말하고 관찰 지도를 하고 싶어 한다. 어떤 사물을 눈앞에서 보는 것같이 그리기 위해서 "자세히 보아라" "깊이 보아라" "마음으로 보아라"고 힘주어 말한다. 틀린 말은 아니다. 그러나 내가 겪은 바로는 이런 관찰 지도란 것이 별로 효과가 없었다. 특수한 경우에 할 수도 있겠지만 대개는 공연한 지도가 되고 만 것 같다.

그러면 어떻게 지도해야 하는가?

어린이들이란 아무리 "자세히, 깊이 보아라" 하는 교사의 말을 듣고 그대로 따르기 위해 무엇을 본다고 하더라도, 그 대상에 대한 관심이 없다면 보아도 보이지 않는다. 어른도 그런데 어린이는 더구나 그러하다. 반대로 "보지 마라"고 해도 마음이 거기 가 있으면 저절로 눈이 가게 마련이고 또 보지 않아도 눈앞에 훤히 보인다. 마음속에 보인다. 그러니 관찰 지도를 한다고 자세히 보라고 하여 힘주어 말하는 것은 헛된 일이 되기 예사다.

어떻게 해야 할까?

문제는 애정을 가지는 일이다. 애정이라는 것은 결코 강요되어서는 안 된다. 사람은 누구든지 그 어떤 대상에 관심과 애정을 가지는 것이지만, 그 대상이라는 것이 사람마다 다르다. 그러니 사람마다 다른 그 관심의 초점, 애정의 대상을 찾아내는 일이 필요하고, 그 초점과 대상을 찾아 주는 일이 중요하다. 곧 애정을 누구에게나 똑같이 강요하지 않는 것이 굉장히 중요한 것이다.

이것을 달리 말하면 글의 제목이나 내용을 어린이들에게 천편일률로 요구하지 말아야 한다는 것이다. 자기가 쓰고 싶은 것을 쓰도록, 애정을 품고 있는 대상에 대해 쓰도록, 관심을 가지고 있는 글감을 자유로 골라 쓰도록 하는 것이 글쓰기 지도에서 얼마나 중요한가를 여기에서도 깨달을 수 있다. 쓰고 싶지 않은 글감이나 내용을 강요하는 것은 애정을 갖지 못하는 대상에 대해 애정을 갖도록 강제하는 것이다. 그것은 먹기 싫은 물을 억지로 먹이는 것과 다름이 없으며, 어린이의 마음(인간의 정신)에 대한 하나의 폭행이라 할 수 있다.

지나친 높임말씨 쓰기

우리 아버지 남학생 초 5학년
우리 아버지는 가끔 술을 마신다. 그러면 어머니께서 술을 먹지 말라고 하면 아버지께서는 성질을 내어 우리 어머니와 싸움을 할려고 한다. 그러면 어머니께서도 아버지한테 욕을 하면 아버지도 욕을 하시면 싸움이 되어 우리까지 욕을 하신다.

그래 형수님께서 밥 먹으로 오라고 하면 우리는 집에 들어가면 아버지께서는 자신다.

그래 아침에 일어나면 아버지께서는 어제 한 일을 한 개도 모르고 있으면 어머니께서 웃으면서 이야기를 해 주면 아버지께서는 술을 먹지 않을 거라고 한다.

그래도 술을 먹는다.

나는 우리 아버지가 술을 먹지 않았으면 좋겠다.

이 글을 읽으면 '○○께서' 하는 말이 많이 나와 아주 거슬린다. 그러나 이 아이뿐 아니라 요즘은 대부분의 아이들이 글을 쓸 때에 이와 같이 높임말을 지나치게 쓰고 있어 어색하고 부자연스럽게 느껴진다. 왜 아이들의 글이 이렇게 되고 있는가? 이것은 살아 있는 말을 가르치지 않고 죽은 말, 사전에나 나오는 말을 위주로 해서 가르치는 국어교육의 영향임에 틀림없다.

교과서 중심의 국어교육이 아이들의 글쓰기에 어떤 영향을 주고 있는가를 두 가지 면에서 생각할 수 있다.

그 하나는 저학년에서부터 높임말씨 쓰기 지도만은 철저하다는 사실이다. 시험 점수로 학력을 평가하는 일이 중시되고 있는 상태에서, 평가 문항을 만들기 힘든 국어과의 경우 이런 높임말씨 사용에 관한 문항은 쉽게 출제할 수 있어서 아마 시험문제로도 충분히 익히고 있을 것이다.

다음 또 하나는 국어 교과서의 문장에서 바로 받는 영향이다. 국어 교과서의 교재가 너무 목적의식으로 만들어진 듯하고, 그 문장은 표준어 학습을 위해 써진 것 같다. 다시 말하면, 아이들의 생활과 심리에 맞는 글이 드물다는 것이다. 이래서 아이들은 교과서의 글이라면 자기들의 생활과는 거리가 먼 어떤 틀에 박힌 이야기라 느낀다. 표준화된 이야기에 표준화된 문장, 이것을 달리 말하면 다 똑같은 이야기에 개성 없는 문장이란 말이 된다. 그래서 글을 쓰게 되면 이런 개성이 없는 교과서의 문장을 애써 따르게 되는 것이다. 점수 따는 글, 상을 받는 글이 이렇게 해서 나온다. 저학년의 시골 아이들까지 구수하고 정이 들어 있는 자기들의 말을 버리고, 얌전한 표준말로 아무 맛도 없는 죽은 글을 만들어 내는 재주를 고생스럽게 익히게 되는 까닭이 여기에 있다. 이것은 '글이란 말을 하듯이 쓰면 된다'는 천하에 명백한, 문장 쓰는 길에 어긋나는 일이다. 말과 글이 하나 됨을 목표로 발달하고 변천해 온 근세 이후의 글쓰기 역사에 역행하는 일이다. 또한 우리 말에서 복잡한 상하의 계층 구별이 점점 해소되어 가야 하고, 실제로 어느 정도 그렇게 해소되는 과정에 있는 언어의 민주화 현실에도 역행하는 현상이다.

나는 아이들의 글에서 높임말을 쓰지 말아야 한다는 것이 아니다. 평소에 말하는 그대로, 적당하고 자연스럽게 써야 한다는 말이다.

앞의 보기글을 살피면 쓰지 않아도 될 '께서'란 말은 부자연스럽게 많이 쓰면서 정작 5학년쯤이면 예사로 쓸 만한 '주무신다' '잡수신다'라는 말들은 "자신다" "먹는다"로 쓰고 있다. 이것도 이 아이의 일상용어가 그대로 나타난 것이다. 자기를 둘러싼 일상의 이야기를 쓰자니 자기 자신의 말이 나온 것이다. 그러면서 '께서'란 말만은 무리하게 자꾸 쓰고 있는 것은, 아마도 마음을 누르고 있는 외부의 압력—곧 교육의 영향이라고 생각된다.

최근 이원수 선생의 유고를 정리하다가 다음과 같은 글을 발견했다. 벌써 17년 전에, 그것도 학교에서 아이들을 가르쳐 보지 않았던 분이 이렇게 아이들의 글과 교과서의 문장을 꿰뚫어 보았다는 것은 놀라지 않을 수 없는 일이기에 여기 참고로 들어 본다.

나는 우리들의 국어교육이 좀 더 철저해야겠다는 걸 느끼고 있다. 국어책의 말이 어린이들의 생활과 맞아 들어가지 않고, 책의 말은 글을 쓸 때나 쓰는 것이고 실제의 말은 책의 말과는 다른 것으로 알게끔 된 어린이들이 많다.
농촌 어린이의 작문에서 이런 구절을 본 일이 있다.

밭에 일을 나가신 어머니께서 부르셨습니다.
어머니, 왜 그러서요?
하고 내가 여쭈어 보았습니다.

이렇게 쓴 어린이—초등학교 4학년짜리의 그 농촌 소년은, 사실은 작문에 쓴 사실을 실제대로 적었다면,

밭에 일을 나가던 어머니가 불렀다.

엄마, 왜 그래?

하고 내가 물어보았다.

이런 정도로 말했을 것이다. 이것은 오늘의 국어교육이 지나친 경어 교육으로 하여 아동이 그 속에 들어서지 못하고 거짓스런 글을 쓰게 된 좋은 예이다.

중학교만 가면 국어 같은 건 시시하게 생각하고 영어나 소중한 것으로 아는 학생들도 우리 국어의 아름다운 말을 모르고 장차 더러운 말을 함부로 쓸 우려가 있는 것이다.

– 이원수, '말에 대하여'(1967. 8.)

온몸으로
쓰는 글

●
○

창조성을 말살하는 흉내 내기의 동시

글은 삶의 기록이다. 어른의 글이 그런 것과 같이 아이들의
글도 마찬가지다. 좀 더 자세히 말하면 아이들의 글은 아이들
이 이 세상을 살아가면서 보고 듣고 느끼고 생각하고 행동한
것을 자기 말로 정직하게 쓴 것이다. 그러니 글이 있기 전에
말이 있었고, 말이 있기 전에 삶이 있었던 것이다. '삶→말→
글'이지 '글→글'이 아니며, 삶이 없이 글은 써질 수 없다. 만
약에 그런 글이 있다면 그것은 엉터리 글이요, 생명이 없는 죽
은 글이다.

그런데 요즘 아이들의 글을 보면 어떤 글에서 또 다른 글 하
나를 적당히 꾸며 맞춰 만들어 낸 경우가 너무나 많다. 다시
말하면 남의 흉내를 낸 글이 많은 것이다. 삶이 없이 쓴, 아무
맛도 없는 이런 글은 신문이나 잡지에서 얼마든지 볼 수 있다.

겨울 여학생 초 1학년

겨울은
심술꾸러기.

우리들의 몸을
꽁꽁 얼게 하지요.

겨울은
장난꾸러기.

변화가 심해서
나는 싫어요.

구름 남학생 초 6학년

구름은 요술쟁이.
사과로 변했다가
싫증이 나면
꽃으로 변하는
구름은 요술쟁이.

구름은 장난꾸러기.

4장-어린이 문장 연구

천사로 변했다가도
싫증이 나면
악마로 변하는
구름은 장난꾸러기.

  이 두 작품은 전혀 다른 지방에서 살고 있는 두 아이의 이름으로 나온 것이며, 그것도 1학년과 6학년이다. 여기 무슨 삶이 있는가? 개성이 있는가? 살아 있는 말이 있는가? 'ㅇㅇ은 요술쟁이(……인가 봐)' 'ㅇㅇ은 심술꾸러기' 'ㅇㅇ은 장난꾸러기' 이런 꼴로 써서 구름이고 겨울이고 거울이고 물이고 무엇이든지 꾸며 맞추는 것을 아이들은 '동시 짓기'로 알고 있다. 1학년이고 6학년이고, 도시 아이고 농촌, 어촌의 아이고 같은 꼴이다. 시를 모르고 자라는 아이들, 그들 자신의 삶 속에 무한히 풍성한 시의 세계가 있으면서도 그것을 모르고, 그것을 덮어 감추고, 스스로 그것을 짓밟아 깔아뭉개고서 어떤 비참한 동물의 흉내만 내고 있는 아이들! 이 아이들이 왜 이렇게 되었는가?
  내가 알기로 우리 아이들이 '동시'라는 것을 쓴다면서 'ㅇㅇ는 바아보'라든지 'ㅇㅇ는 ㅇㅇ인가 봐' 같은 말장난을 해 온 것은 해방 이후 미군정 때부터였다고 본다. 그것은 분명히 국어 교과서에 실렸던, 어린아이인 척하는 동요, 특별히 윤석중 씨의 동요에서 받은 영향이었다. 윤 씨의 동요가 반드시 잘못되었다는 것이 아니다. 어른들이 어린애를 귀엽게 생각하여 쓴 동시를 어린애들 스스로 흉내 내도록 가르친 지난날의 이른바 문예 지도교사들의 잘못이 이런 결과를 가져오게 한 것이다.

그런데 요즘에 와서는 또 하나 새로운 경향의 유형과 획일성이 아이들의 글에 나타나고 있다.

우리 집

하하하 호호호
웃음소리 떠나지 않는
우리 집.
싸우지도 다투지도 않아요.
남들은 야외 나가 놀지만
우리 집은 엄마 아빠
노래자랑 해요.
단란한 우리 집은
행복이
물들어 있어요.

이 글은 '백일장의 문제점과 시정책'이란 글(경북글짓기교육연구회 회보 〈글쓰기〉 26호)에서 김녹촌 씨가 들어서 이런 유형의 글이 넘쳐 나고 있음을 지적한 바 있다. 아이들이 왜 이런 글을 쓰게 될까?

이것 또한 알고 보면 교과서의 영향이다. 교과서를 잘못 지

도한 결과다.《바른생활》2학년 2학기 '12. 우리들의 글'이란
단원에 나오는 2학년 아이가 쓴 것으로 되어 있는 '웃음소리'
란 것이 다음과 같다.

우리 아빠 웃음소리 허허허.
우리 엄마 웃음소리 호호호.

나는 아빠 따라 웃어도 하하하.
엄마 따라 웃어도 하하하.

허허허, 호호호, 하하하.
허허 호호 하하, 즐거운 우리 집.

이 '웃음소리'란 작품이 여러 가지 웃음소리의 재미있는 표
기를 가르치기 위한 교재로 쓴 것 같아, 그런 면에서 수긍이
가기는 한다. 그러나 이게 하필 2학년 아이가 쓴 작품으로 되
어 있고, 그래서 아이들이 이런 것을 훌륭한 시라고 생각하여
다투어 흉내 내고 있는 것이 문제다.
　더구나 3학년 이상의 교과서를 보면 '글짓기'에서 이런 교재
를 그대로 흉내 내도록 하는 말재주를 가르치고 있으니, 아이
들의 시란 것이 그런 꼴로 되지 않을 수 없다.
　나는 자주 글쓰기를 그림 그리기에 견주어 이야기하는데,
우리 나라의 미술(그리기)교육 전반이 교과서의 그림을 그대로

보고 베껴 그리게 하는 후진성에서 벗어나지 못하고 있는 것과 마찬가지로 글쓰기 또한 교과서에 나온 글을 그대로 흉내 내도록 하고 있다. 그런데 문제는 이런 교육이 단순한 흉내를 내게 하는 데 그치고 마는 것이 아니라는 사실이다. 그림을 베끼게 하는 짓과 다름없이 글을 흉내 내는 말장난을 하게 하는 짓은 무한히 피어날 수 있는 인간의 창조성을 아주 어릴 때부터 완전히 시들어 버리게 하는 것밖에 아무런 뜻도 없는 것이다.

머리로 쓴 시, 가슴으로 쓴 시

어린이의 시란 무엇인가? 어린이시는, 어린이가 현실 속에 살아가면서 어떤 일에 부딪혔을 때 마음속에 일어나는 느낌이나 생각, 곧 감동을 별다른 기교를 부리지 않고 짧게 토해 내듯이 쓴 시다. 이렇게 어린이시의 뜻을 매겨 놓고 다음에 드는 몇 편의 작품들이 시로서 제대로 되어 있는지 살펴보기로 하자.

꽃길 남학생 초 4학년

이 길로 누가
오길래
개나리가 노란 꽃을
들고 섰을까.

이 길로 누가
오길래
봉숭아가 꽃가루를
뿌려 줄까.

이 길은 아름다운
꽃길이래요.
첫돌맞이 우리 아기
지나간대요.

'꽃길'은 '현실 속에 살아가면서 어떤 일에 부딪혔을 때 마음속에 일어난 느낌이나 생각'을 쓴 것이 아니다. 이렇게 머리로 어떤 정경이나 이야기를 꾸며 만든 것은 어린이의 시가 될 수 없다. 왜 그런가 하면 어른들(시인들)은 관념에서 출발하여 상상의 세계를 만들어 내는 일이 가능하지만, 어린이는 그것이 불가능하기 때문이다. 그래서 이 작품은 어른이 만들었거나, 어른이 지나치게 고쳐 놓았거나, 어른의 흉내를 낸 것이다. 아무튼 좋지 않은 시다.

　첫 연에서 "개나리가 노란 꽃을/ 들고 섰을까"했는데, 개나리가 꽃을 들고 섰다는 것은 맞지 않는 말이고 더구나 개나리꽃의 모습을 실감으로 순박하게 잡은 어린이의 말일 수 없다.

　둘째 연에서 "봉숭아가 꽃가루를/ 뿌려 줄까"했는데, 여름에 피는 봉숭아꽃이 꽃가루를 뿌려 주는지 모르지만 그렇다고 하더라도 봉숭아가 꽃가루를 뿌려 주는 길이라니, 그런 길이 어디 있겠는가? 더구나 어린이라면 이러한 실감이 없는 말은 쓰지 않는다.

셋째 연에서 "첫돌맞이 우리 아기/ 지나간대요" 했다. 왜 갑자기 첫돌맞이 아기가 나오는가? 이 말은 지은이가 어떤 마음의 갈등이나 긴장을 나타내기 위해 저절로 내뱉은 말이 아니다. 첫 연과 둘째 연에서 개나리꽃이 피고 봉숭아가 꽃가루를 뿌려 준다고 해서, '아름다운 꽃길'을 그려 놓고는 이 꽃길에 어울리는 귀여운 첫돌맞이 아기를 어떤 동요에서 연상해 내어서 등장시킨 것이다.

이것은 시 같은 흉내를 내어 본 것이지 시가 될 수 없다. 말꾸며 맞추기라고 할밖에 없다.

모심기 남학생 초 4학년

논에는 모심기.
나는 책 읽기.

어디만큼 심었나
궁금하구나.

눈은 책에 있고
마음은

논둑을 달린다.

'모심기'는 모내기를 할 때 학교에 가서 공부를 해야 하는 어린이가 책을 읽어도 마음은 집에 가 있는 상황을 쓴 시다. 이것은 '꽃길'과는 달리 '현실 속에 살면서 어떤 일에 부딪혔을 때 마음속에 일어나는 느낌이나 생각'을 쓴 시로 보인다. 더구나 농촌에서 살아가는 어린이들이 가지고 있는 문제성을 잘 드러낸 작품으로 여겨진다. 그런데 학교에 가서 공부를 하는 어린이가 책을 읽어도 마음은 집에 가 있는 상황을 쓴 시라고 했지만, 좀 더 정확하게 말하자면 '상황을 쓴 시'라기보다 '상황처럼 보이고 있는 시'다. 왜 그런가?

1연에서 "논에는 모심기./ 나는 책 읽기"라고 하여 어느 때 어떤 일에 대해서 말하려고 하는 것임을 간결하게 써 놓고, 2연과 3연에서 자기의 심정과 상황을 적었는데, 이 2연과 3연의 말이 살아 있는 자기 말이 아니고 일반으로 쓰는 뻔한 말이 되어 있기 때문이다.

"어디만큼 심었나/ 궁금하구나" "눈은 책에 있고/ 마음은/ 논둑을 달린다"는 말들은 조금도 지은이의 가슴에서 우러나온 실감이 느껴지는 말이 아니다. 모내기 때는 이렇겠지, 이런 걸 써야 바쁜 모내기 때 집일을 도와주지 못하는 어린이의 마음이 나타나겠지, 하여 머리로 만들어 낸 말이다.

집에서 모내기를 하는데 그것을 도와주지 못하고 학교에 와야 하는 어린이는 얼마든지 있을 것이다. 그러나 책을 보다가 집 생각이 나서 어디만큼 심었을까, 하고 공부도 머리에 들어가지 않고 마음은 논둑길에 가 있는 어린이가 과연 있을까? 만약에 있다고 하면 그런 특수한 사정과 마음을 구체화하여 나타내야 할 것인데, 여기서는 아주 평범한 말로 설명했을 뿐이다. 그래서 '책을 읽어도 마음은 집에 가 있는 것처럼 꾸며 놓은 시' 같다고 한 것이다.

이것은 어린이의 실제 삶을 쓰려고 한 점에서 보면 '꽃길'과 다른 작품이지만, 쓰는 태도가 잘못되어 어린이의 살아 있는 마음이 나타나지 못했다.

광산 마을　남학생 초 3학년

우리 고장 광산촌은
까아만 골짜기.
길섶의 새싹에도
까아만 꽃가루.
우리 집 빨간 꽃잎
까아만 꽃가루.
들판의 황금 열매
까아만 꽃가루.
앙상한 나뭇가지
까아만 꽃가루.
눈 오는 날이면

하얀 세상 되지요.
우리 고장 광산촌은
흑진주 고장이지만
우리들 마음은
언제나 밝지요.

'광산 마을'은 어떤 삶의 순간 머리를 스쳐 간 느낌을 잡은 것이 아니고, 늘 마음속에 간직하고 있는 생각을 쓴 것이다. 이런 시도 있을 수 있다. 그런데 '늘 마음속에 있는 생각'이라 하더라도 그것은 어떤 구체로 된 모습으로 나타나야 하는 것인데, 이 작품은 너무 개념의 말로만 써져 있다.

"까아만 골짜기" "길섶의 새싹" "까아만 꽃가루" "빨간 꽃잎" "들판의 황금 열매" "앙상한 나뭇가지" "흑진주 고장" 같은 추상 표현은 어린이의 것이 아니다. 더구나 이런 말 가운데는 3학년 어린이가 쓰기에는 너무나 어른스런 말들도 있다.

위의 세 편은 전국 규모의 어느 글짓기 대회에서 상을 받은 작품으로, 어느 잡지에 발표된 것을 인용한 것이다.

시와 어린이를 가꾼다는 것

우리 나라의 글쓰기 지도는 대개 산문보다 시 지도가 한층 더 잘못되어 있다. 여기 보이는 시 세 편은 보통 신문 잡지에 발표되거나 무슨 대회, 무슨 백일장에서 상을 받는 작품들과 달리 훌륭한 시가 되어 있지만, 이것은 그 어느 것이나 교사가 의도를 갖고 시(동시 또는 문예) 지도를 한 결과 써진 것이 아니다. 교사의 의도와는 상관없이, 또는 아무런 내용이나 형식에도 매이지 않고 다만 쓰고 싶은 것을 쓰도록 한 데서 써진 것이다.

우리 할아버지 박경진 경북 성주 대서초 3학년

우리 할아버지는 제일 좋다.
우리 할아버지는 나를 좋아한다.
우리 할아버지는 눈이 어둡다.
우리 할아버지는 나를 두고 다닌다.
우리 할아버지는 내 올 때까지 집에 있다.
우리 할아버지는 내가 올 때까지 밥을 안 자신다. (1983. 6. 7.)

시 쓰기를 전혀 해 보지 않고 다만 1학기 동안 주마다 한 시간씩 산문 쓰기를 한 아이가 이런 글을 써냈다.

이것을 읽어 보면 이 아이가 얼마나 할아버지를 좋아하고 있으며, 할아버지는 또 이 아이를 좋아하는가를 잘 알 수 있다. 여기서 어떤 사람은 넷째 줄을 고쳤으면 좋겠다고 생각할지 모른다. 그렇게 좋아하는 할아버지가 저를 두고 다닌다는 것은 앞뒤 다른 말들과 어울리지 않는 말이 아닌가 하고. 그러나 할아버지를 그처럼 좋아하기에 할아버지와 늘 같이 있을 수 없고 할아버지 혼자 다니시는 일을 마음 아프게 여기는 것이다. 눈이 어두우신 할아버지가 나를 두고 그렇게 다니시니 얼마나 괴롭고 외로우실까, 하는 생각이 그 한 줄에 나타나 있다.

어울리지 않는다고 생각되는 말, 엉뚱한 말, 이런 말이야말로 어린이시에서는 소중하다. 그런데 이른바 문예 지도를 한다는 이들의 대부분은 이런 말들을 못 쓰게 하고 깎아 없앤다. 가장 살아 있는 말을 없애고 시를 죽이는 것이다.

마늘 공순현 경북 안동 길안 묵계초 5학년

마늘집 식구는 가난한데 왜 이리 식구가 많을까? 참 이상한 생각이 드는군요. 어머니 아버지께서 마늘을 하나 쪼개 가지고 밭에다 심으면 꼭 식구가 많아요. 해마다 해마다 마늘의 식구가 다섯 식구도 있고, 여섯 식구도 일곱 식구도 있고, 아홉 식구도 있고, 열 식구도 있죠. 나는 마늘 한 송이가 있으면 욕심쟁이라고 하고, 여러 식구와 같이 살면 착하고 귀엽다고 생각합니다. 비가 오면 빗물도 혼자 먹지 않고 같이 먹지요. (1983. 6.)

산문같이 쓴 시다. 담임교사가 이 아이에게 "이것은 산문인가? 시인가?" 하고 물으니 시로 쓴 것이라고 대답하더라 했다. 그러니 의식하고 쓴 시 작품이다.

이 담임교사는 시 지도를 열심히 하여 시와 문학에 아주 타당한 견해를 가지고 있는 분이기도 하다. 같은 반에서 쓴 다른 아이들의 시를 보니 모두 상당한 수준에 이르러 있어 시 지도의 방법을 진지하게 모색한 자취가 엿보였다. 그러나 아이들의 개성 있는 느낌이 살아 있지 못하고 대체로 획일화의 경향성을 보여 주어서 어떤 문제점을 극복하지 못한 상태를 느끼게 하였다. 그러던 가운데 뜻밖에 이 작품이 나왔다면서 보내왔기에 정말 반가웠다. 내가 기뻐한 것은 담임인 ㅅ 선생의 그 안목이다. ㅅ 선생은 지금까지 쓰게 한 다른 어떤 작품과도 다른 것, 담임교사의 지도를 따르지 않고 저 자신의 마음을 비로소 찾아내어 쓴 작품을 발견한, 이런 안목으로 시를 보고 어린이를 가꿀 것이다.

이 '마늘'은 가난한 이들의 삶에 대한 따스한 정을 느끼게 하는 좋은 시다. 이런 시가 어떻게 하면 써질 수 있는지 생각해 볼 일이다. 다만 이런 것을 시로 볼 줄 모르는 사람이라면 애당초 말할 필요가 없지만.

표　이상욱 서울 문창초 6학년

교실 뒤에 늘어 붙은
갖가지 표들은
우리들의 몸을 대신합니다.
□칸에 갇혀 있는 ○, △, ×가
우리들의 몸을 대신합니다.

우리들의 생활과

모든 일들은
갖가지 표들이 확인시키고
우리들은 모두
□칸에 갇혀서
○표 받기를 소원합니다.

교실 뒤에 늘어 붙은
갖가지 표들을
나는 미워합니다.
그 표 안에 갇혀
빠져나오지 못하는 우리가
원망스럽습니다. (1980.)
- 학급 문집 〈6학년 9반〉

이것은 아이들에게 훌륭한 생각과 건강한 생활 태도를 가꾸는 교육을 열심히 하고 있는 어느 학급에서 나온 문집에서 발견한 작품이다. 그 문집을 살펴보니 지도교사가 시 지도라는 것을 특별히 달리 하지는 않았던 것 같다. 이것은 아주 다행한 일이다. 그러기에 살아가는 이야기, 공부하는 이야기들을 정직하게 쓴 다른 산문들에 섞여 이렇게 또 개성 있고 창조성 있는 시가 써질 수 있었구나, 하는 생각이 드는 것이다.

시와 어린이를 바르게 이해하고 그래서 어린이들에게 그들 자신의 시를 찾아 쓸 수 있도록 지도하는 분을 만나기란 쉬운 일이 아니다. 우리의 상황에서는 시 쓰기라 해서 별다른 쓰기 기술을 가르치는 노릇이 보통은 해롭다. 오히려 시 지도를 전혀 안 하고 다만 산문 쓰기로 삶을 가꾸어 가는 가운데 저마다 눈떠서 저절로(우연히) 쓰게 되기를 바라는 것이 좋겠다는 생각도 든다.

시로써 키우는 어린이 마음

학급 문집 〈해 뜨는 교실〉(부산 감전초등학교 6학년 13반, 백영현 지도) 1983년 11월 호에는 재적생 55명 전원의 작품이 실려 있다. 대부분이 시 작품인데, 학급 시화전 때 출품한 작품인 듯하다. 좋은 시가 많기에 여기 몇 편을 들어 감상해 보고 싶다.

비둘기 박정하

비둘기가 사뿐사뿐 걸어가면
비둘기 머리도 끄덕끄덕거린다.

사방을 둘레둘레 보다가
날개로 배를 한 번 탁 치고는 날아가고

비둘기 머리가 내려가면
꼬랑댕이는 올라간다.

이것은 비둘기가 걸어가는 모양, 날아가는 모양을 자세히 보고서, 그 움직이는 특징을 잘 잡아 쓴 시다. 이런 것이 사생 시다. 자기의 주관을 전혀 개입시키지 않고, 느낌이나 상상을 더하지 않고 이렇게 현실감 있게 어떤 대상을 보고 파악한다 는 것은 귀한 일이다. 그 까닭은 요즘 어린이들이 쓰는 시라는 것이 안이한 감상 아니면 남의 흉내에 불과한 얄팍한 생각을 쓴 것이 대부분이기 때문이다.

그런데 이 시는 둘째 연과 셋째 연을 서로 바꿔 놓았더라면 좋았겠다는 생각이 든다. 이 아이에게 바꿔 보면 어떨까, 하고 물어본다면 곧 그 까닭을 이해해서 그렇게 하고 싶어 할 것이 다. 연을 이렇게 구분해서 쓸 줄 아는 아이니까. 이렇게 바꿀 경우에는 각 연 마지막의 서술어미는 고쳐야겠지. 2연의 마지 막은 '올라가고'로 하고 3연의 마지막은 '날아간다'로 말이다.

어쨌든 비둘기를 다시 관찰해서 그 움직임을 더 정확하게 나타내면 좋겠다.

고향 류건정

내 고향은 강원도. 나는 강원도에 살고 싶지만, 엄마 병 때문에 고 향에 못 간다. 우리 고향 집은 뒷산에는 할아버지 산소, 옆에는 할 머니 산소가 나란히 주무시고 있다. 우리 집 옆에는 큰 과수원, 오 른쪽에는 큰 고구마밭과 감자밭이 있고 우리 집 앞에는 시원한 시냇물이 참 좋아요.

강원도에 살던 아이가 고향 생각을 한 시다. 고향 집 뒷산에는 할아버지와 할머니 산소가 "나란히 주무시고" 있다. 집 옆에는 과수원이 있고 고구마밭과 감자밭이 있다. 앞에는 시원한 시냇물…… 한 폭의 그림 같은 풍경이다. 그 고향에 가고 싶지만 엄마 병 때문에 못 간다. 엄마 병이 아니더라도 갈 수 없는 것이 아닐까? 어린아이들이 벌써 이렇게 고향을 생각하면서 살아가지 않으면 안 되는 우리의 삶이 너무나 서글프다. 더구나 이런 고향조차 없는 아이들이 늘어나고 있으니!

빨래 김은숙

찬물로 빨래를 하니 손이 씨러왔다.
나는 비누칠을 해서
빨래를 깨끗이 빨았다.
빨래를 다 하고 나니
손에 열이 난 것같이
손이 뜨거웠다.

아이들이 일을 한다는 것은 귀한 공부지만 일한 것을 시로 쓴다는 것은 더욱 귀하다. 이 시의 마지막 한 줄은 찬물로 빨래를 해 본 사람만 공감할 수 있을 것이다. "씨러왔다"라는 사투리도 살아 있는 말이 되어 있다.

일한 것을 쓴 시가 귀하다고 했는데, 이렇게 귀한 '일하는 시'에서도 더욱 귀한 것이 바로 그 일하는 순간의 마음을 보여 주는 시다. 대부분의 '일하는 시'가 일을 다 마치고 난 다음의 기분이나 생각을 쓴 데 머물고 있다. 이 시 또한 그렇다. 이 점에서는 어른들인 시인의 시들도 마찬가지다. 노동의 체험이 있어도 그것을 시로 쓰기가 어려운데, 더구나 노동을 해 보지 못한 사람이라면 참된 노동의 시를 쓸 수 없는 것이 아닐까.

77번 차장 언니 김경숙

온천초등학교에 다닐 때
77번 차장 언니가 과자를 사 주었고 나누어도 먹었다.
그래서 언제나 차를 탈 때는 즐거웠다.
얼굴이 예쁜 차장 언니.
스케치북을 나두고 갔을 때
다음에 차 탈 때
스케치북을 찾아 주던 77번 차장 언니.
그 언니는 지금 어디에 있는지
지금쯤 결혼했겠지.
얼굴이 예쁜 77번 차장 언니.

차장 언니를 생각하는 따스한 마음이 느껴지는 시다. "지금쯤 결혼했겠지" 이런 현실감 있는 생각이 글쓴이의 마음을 더욱 절실한 것으로 느끼게 한다.

우리 아버지 전은정

우리 아버지는 봄여름에는 이것저것 온갖 일을 다 한다.
가을에는 남의 집 보일러를 고치신다고 바쁘시다.
아버지께서는 밤에 세민이 묻은 옷을 입고,
휘파람을 부시며 집으로 오신다.
방에 들어오셔서 일하시다 다친 곳에
아까징기를 바르면서
나에게 공부 잘하라고 말씀하신다.
난 그럴 때마다 공부를 더욱더 잘해야겠다고
생각한다.
  * 세민: 시멘트.   * 아까징기: 옥도정기.

이 시는 맨 처음에 아버지가 하시는 일이 어떤 일인가 하는
것을 쓰고 다음에 그 일을 하고 밤에 돌아오시는 모습을 쓰고,
그다음에는 집에 오셔서 하시는 것, 하시는 말을 썼다. 이렇게
쓰는 가운데 일하면서 살아가는 아버지를 훌륭하게 생각하는
마음, 아버지께 감사하는 마음이(한마디로 그런 주관 있는 말이 들어
있지는 않지만) 잘 나타나 있다. 그래서 맨 마지막에 가서 "난 그
럴 때마다 공부를 더욱더 잘해야겠다고/ 생각한다"고 한 말이
자연스럽게 나온 말로 되어 있다.
  "세민이 묻은 옷을 입고,/ 휘파람을 부시며 집으로 오신다"
든지, "다친 곳에/ 아까징기를 바르면서……"하는 말들에서,

가난하지만 밝은 마음으로 살아가는 아버지와 딸의 따스한 정이 느껴지는 좋은 시다.

구김살 없는 동심의 글

동네 아저씨 　김선미 충남 보령 대천여중 3학년

집에 가는 길에 술 취하신 분과 만나서 같이 집에 갔다. 우리 동네 아저씨라고 하는데, 나는 모르고 있었던 아저씨였다. 6년 동안 살면서도 동네 아저씨의 얼굴도 모르다니, 내가 한심스러웠다. 아저씨는 술이 머리끝까지 올라서 몸을 제대로 가누시지 못하고 휘청거리셨고, 3번이나 넘어지셨다. 3번째 넘어지셨을 때 아저씨는 "나, 10만 원어치 술 먹었다"고 하셨다. 그 아저씨는 나이가 40이 넘으셨는데도 아직 장가를 가지 못하셨다고 한다. 젊었을 때 남의 집 머슴을 살고 술고래라서 시집온다는 여자가 없어서 아직 장가를 못 가셨단다. 아저씨께 "아저씨, 술 잡수실 돈에서 좀 떼어 장가 밑천으로 보태고, 술 안 드시면 장가가실 수 있는 거 아녀요?" 하고 여쭈었더니, "집에 여편네만 있다면 술 안 마셔"라고 말씀하셨다.

전에 아저씨와 어떤 여자분을 중매결혼시키려고 선을 보았는데, 아저씨가 덩치가 작고 가난하고 또 농사꾼이라고 싫다고 했단다. 왜 농사지으면, 가난하면, 장가를 못 갈까? 열심히 농사지어서 알뜰살뜰 재미있게 살면 될 텐데, 이 말을 하는 나 자신도 사실은 농사꾼에게 시집을 갈지 궁금하다. 하지만……

이 글을 읽고 무엇보다 먼저 생각하지 않을 수 없는 것이 오늘날의 황폐한 농촌 현실이다. 이 글에 나타난 농사꾼 아저씨는 "젊었을 때 남의 집 머슴을 살고 술고래라서 시집온다는 여자가 없어서 아직 장가를 못 가"신 사람이다. 그러나 술고래가 아니고 착실하게 살아가는 젊은이라 하더라도 장가가기 힘들다는 사실은, 이렇게 농사꾼의 처지를 동정해서 "왜 농사지으면, 가난하면, 장가를 못 갈까?" 하고 불합리한 사회와 사람들의 물질 중심의 삶에 의문을 가지는 이 아이까지도 곧이어 "이 말을 하는 나 자신도 사실은 농사꾼에게 시집을 갈지 궁금하다"고 말하는 것을 보면 짐작할 수 있다.

이 글에서 우리는 농촌의 실태를 살피고, 농업과 공업과 상업의 관계라든가, 노동과 생산과 소비의 관계 같은 것을 어느 정도 생각해 볼 만하다. 그리하여 삶의 목표를 어디에 두어야 하겠는가, 인간다운 삶이 과연 무엇인가, 하는 문제를 이야기하고 토론하는 기회를 가질 수도 있을 것이다.

이 글을 쓴 아이의 마음가짐이 잘못되었다는 것은 아니다. 도시환경에 살면서 이 정도로 농촌을 생각하고 농사꾼의 문제를 친밀한 이웃 사람의 문제로 생각하고 싶어 하는 아이도 드물 것이다. 그리고 학생들의 생각을 이만큼 끌어올린 지도교사의 노력도 대단한 것이라고 본다. 다만 막연한 동정(그것도 귀하지만)에 그치고 있을지도 모르는 사물 인식의 태도를 더 확실한 지식과 몸에 붙은 절실한 생각으로 다져 둘 필요가 있을 것 같다.

다음 두 번째로 느낀 점은 이 글을 쓴 학생이 참으로 구김살 없이 자란 아이로구나, 하는 생각이다. 학교에서 집으로 가는 길에 낯설은 술주정꾼을 만난 여학생이라면, 대개는 질겁을 하고 슬슬 피해 버릴 것이다. 그런데 이 아이는 술이 취한 분과 같이 갔다고 하면서 "6년 동안 살면서도 동네 아저씨의 얼굴도 모르다니, 내가 한심스러웠다"고 한다. 그러고는 마치 한 집에서 살고 있는 사람을 대하듯, 술이 취해 지껄이는 온갖 이야기를 들어 주고 저도 말을 건네고 한다. 이런 아이가 좀처럼 없겠다는 생각이 든다.

우리가 골목길을 가다가 거기 놀고 있는 아이들을 보고 더러 말을 건네는 수가 있다. 그럴 때 어떤 아이는 이상하다는 눈으로 묻는 사람을 보다가 대답도 않고 슬슬 피하는데, 다른 한 아이는 곧 달려와 다정하게 대답해 준다. 이렇게 낯설은 사람에게 의심스런 눈으로 경계 태세를 취하는 아이는 반드시 가정에서 부모 형제들과 인간관계에 문제가 있는 아이라고 본다. 이 글을 쓴 학생은 골목에서 낯설은 어른의 물음에 웃으며 대답해 주고, 또 주저 없이 하고 싶은 이야기를 하는 그런 아이로 자라난 학생일 것이라 느껴진다. 그래서 이 글도 조금의 구김살조차 없이 써진 글이 되었다.

세 번째로, 문장 표현에서 아쉬운 점을 말해 두고 싶다. 술에 취한 아저씨가 과연 어린 학생에게 이렇게 말해 주었을까, 하는 의심이 좀 난다는 점이다. 그래서 다시 읽어 보게 되고, 잘 살펴보면 역시 그런 말을 해 준 것이라 판단된다. 워낙 술에 취했고, 워낙 외롭게 살아가는 아저씨니까, 아이를 붙잡고서라도(모처럼 친절하게 대해 주는 기특한 아이가 아닌가) 온갖 이야기를 털어놓고 싶었을 것이다. 문제는 과연 그런 말을 해 주었을까, 하고 의심이 나도록 이 글이 써졌다는 것이다. 이 아이가 아저씨한테서 그런 말을 들은 것이 아니라, 같이 가던 다른 그 누가 아저씨의 신상 이야기를 들려준 것이 아닌가 하는 의심이 나는 것은 다음과 같은 문장 진술 때문이기도 하다.

3번째 넘어지셨을 때 아저씨는 ① "나, 10만 원어치 술 먹었다"고 하셨다. 그 아저씨는 나이가 40이 넘으셨는데도 아직 장가를 가지 ② 못하셨다고 한다. 젊었을 때 남의 집 머슴을 살고 술고래라서 시집온다는 여자가 없어서 아직 장가를 ③ 못 가셨단다.

여기서 ①이 들어 있는 문장은 아저씨한테서 바로 들은 말을 쓴 형식이다. 그런데 ② "……다고 한다" ③ "……단다"가 들어 있는 두 문장은 마치 다른 사람한테서 들은 말같이 써진 것으로 받아들여질 수 있는 문장이다. 이런 의문은 같이 가던 또 다른 사람이 없었다는 것으로 풀리기는 하지만, 아무래도 부정확한 문장이라고 할 수 있다. "……고 하셨다"와 그 "아저씨는……" 사이에다 "그러면서 술이 취한 목소리로 혼자 신세 타령을 늘어놓았다"는 문장을 끼워 넣기라도 했더라면 좋았겠다는 생각도 든다.

우등생이 빠지기 쉬운 생각의 틀

울면서 하는 숙제   하상룡 초 5학년

나는 이 책이 무엇을 의미하는지 모르겠다. 왜냐하면 그것도 그럴 만한 것이 나는 초등학교 교문을 밟고 나서 지금까지 계속 숙제를 빠짐없이 하였다. 그랬기 때문에 이 책의 '울면서 하는 숙제'라는 것이 이상하게 느껴진다. 나는 숙제를 나쁘게 생각하지 않는다. 학교 갔다 바로 와서 숙제를 하면 아무런 짐이 되지 않는다. 이 책에서 숙제 때문에 많은 시간이 빼앗긴다고 하였다. 그렇게 생각하지 않을 수도 있다. 숙제를 잘하지 않는 사람의 예만 들었기 때문이다. 열심히 숙제를 하면 즐겁게 느껴질 수도 있다.

우리 반에도 숙제를 잘 안 해 오는 아이가 있다. 그 아이들은 보통 밤늦게 숙제를 하여 잠이 들어 안 해 오는 게 보통이다. 학교 수업을 파하면 집에도 가지 않고 노는 데만 정신을 쏟고, 집에 가는 아이들도 밥도 제대로 안 먹고 노는 데 열중한다. 저녁때에도 텔레비전이나 실컷 보고 나서 밤늦게 눈을 비비며 숙제를 한다. 잠을 못 자는 아이가 있다고 하는데 위의 이유 때문이다. 세상의 모든 것이 나쁘게 생각하면 나쁘게 느껴지고 좋게 생각하면 좋게 느껴지듯이 숙제도 똑같다. 나쁘다고만 생각하니까 하기 싫고 없어지면 좋겠다고 생각한 것이다. 학교에서 숙제를 내 주어서 불만하고 게으름만 피워서 숙제를 안 하면 그 아이는 자기의 의무를 다

못 한 아이가 된다.

숙제는 약속과 같은 것이다. 약속은 꼭 지켜야 한다.

이 책에는 숙제를 울면서 한다고 하여 숙제라는 것이 심각한 문제라고 말하고 있는데 내가 생각하기에는 숙제가 심각한 문제가 아니고 숙제를 밤늦게 하고, 골치 아프다고 귀찮아하는 사람들이 심각한 문제라고 말하고 싶다. 대뇌 활동이 가장 두드러지게 활발한 시기는 초등학교 시절이라고 하는데, 이 초등학교 시절에 게으름을 피우고 공부를 하지 않는다면 열매가 열리지 않는 사과나무와 같이 되어 후에 어떻게 되겠는가?

아무튼 이 책이 주장하는 숙제는 심각한 문제가 아니라 나는 필요한 숙제라고 말하고 싶다.

이 글은 내가 쓴 《울면서 하는 숙제》(1983)라는 책에 나오는 같은 제목의 글을 읽고 쓴 감상문이다. 독서감상문으로는 아주 잘 쓴 글이다. 보통으로 독서감상문이라면 그 책의 내용을 무조건 받아들여 감동한 것같이 쓰는 것인데, 이 글은 책에 나타난 생각과 다른 반대의 생각을 말하고 있을 뿐 아니라, 그런 생각을 조리 있는 말로 주장하고 있어 눈여겨보게 된다. 논리가 있고 개성 있는 글이라 할 수도 있다.

그러나 여기 나타난 이 아이의 생각은 문제가 되지 않을 수 없다. 숙제가 짐이 되지 않는다고 하고, 숙제를 안 해 오는 아이는 게을러서 그렇다고 하는 말은 옳은가? 이것은 아무래도 지능이 높은 아이, 시험공부 같은 것에만 열중하는 아이, 선생님의 가르침을 잘 순종하기만 하는 아이의 자기중심 소견이라 생각된다. 지능이 높은 아이가 암기 위주의 공부에만 몰두하고 있는 것은 불행한 일이다. 아이들이란 잠잘 시간이 충분해야 하고, 놀 시간도 있어야 한다.

공부를 하더라도 스스로 조사하고 연구하고 창조하는 공부를 할 것이지, 시험 점수 따는 공부, 날마다 기계같이 되풀이하는 베껴 쓰기 숙제를 몇 시간씩 해야 한다는 것은 비참한 일이다. 이런 기막힌 공부를 하면서도 그것이 잘못된 줄 모르는 것은 더욱 큰 비극이다. 이렇게 글을 잘 쓰는 아이가 숙제 공부 같은 것에 머리를 쓰지 않고 날마다 창조하는 공부를 자유롭게 찾아서 한다면 그 재능이 얼마나 놀랍도록 뻗어 나겠는가, 하는 생각이 든다.

숙제에 시달려서 병들고 있는 아이들의 사정은 도시뿐 아니라 농촌도 마찬가지다. 여기 농촌 아이가 쓴 글 한 편을 들어보자.

농촌의 속   양성찬 전남 해남 현산초 6학년
농촌은 매우 바쁘다.
그런데 선생님은 농촌 속을 모르고 있다. 선생님은 농촌이 얼마나 바쁜지를 모른다.
나는 어제 그제 물을 푸고, 논둑을 베고, 꼴 비고, 소 뛰기고, 매우 바빴다. 그래서 숙제를 못 했다. 아침에 숙제를 할려고 하니까 풍로질을 하라고 하여 풍로질을 하였다. 학교에 가려 하니 어머니께서 "빨리 와 소 뛰겨라" 하셨다. 나는 대답하고 학교엘 왔다.

숙제 검사를 하셨다. 난 숙제를 안 해 가지고 청소를 하였다. 아침에 어머니께서 하신 말씀이 생각났다. 나는 빨리 집에 갔으면 하는 생각밖에 없었다.

나는 숙제 많이 내 준 선생은 제일 나쁘고, 숙제 조금 내 준 선생님이 제일 좋고 농촌 속을 잘 아는 선생님이라고 생각한다.

이것은 결코 특수한 아이의 경우가 아닌 것이다. 그런데《울면서 하는 숙제》의 독후감을 쓴 아이는, 무엇이든지 나쁘게만 생각하면 나쁘게만 보인다고 한다. 분명히 잘못되어 있는 것을 어떻게 잘됐다고 말할 수 있는가? 그릇된 것을 옳다고 말하는 사람은 그릇된 일을 한 사람과 같은 자리에 서 있기 때문이다. 그리고 무엇이든지 좋게 보아야 한다면《울면서 하는 숙제》에 나타난 생각이나 여기 인용한 농촌 아이의 글에 나타난 의견도 좋게 보아야 하지 않을까?

이 아이는 또 "숙제는 약속과 같은 것이다. 약속은 꼭 지켜야 한다"고 했는데, 이것도 잘못이다. 숙제가 약속이라고 하는 것은 선생님들의 말이다. 그것은 선생님이 하라고 일방으로 지시하는 과제이지, 결코 서로 뜻이 맞아서 결정되는 약속은 아닌 것이다. 그러고 보니 이 아이가 한 모든 말들이 어떤 선생님들의 훈화를 요약해서 옮겨 놓은 말같이 생각된다. 다만 선생님들의 생각을 아이의 말로 아주 잘 옮겨 놓았을 뿐이다.

숙제를 안 하는 아이, 공부를 못하는 아이는 게을러서 그렇

다는 생각은 우등생이 빠지기 쉬운 생각의 틀이다. 그것은 가
난한 사람은 모두 게을러서 가난하다는 생각과 다를 바 없다.

아이들의 잔인성

개구리 남학생 초 5학년

날마다 일어나면 개구리가 개골 운다. 나는 거적을 빗기면 개구
리 한 마리가 나온다. 나는 논으로 돌아다니면서 화살을 쏘았는
데 눈에 맞았다. 나는 개구리를 잡아서 불에다가 넣었다. 개구리
가 팔딱 뛴다. 나는 개구리가 다리가 익으면 먹는다. 작년에는 개
구리를 잡아서 끄네끼를 묶었다. 그래서 나는 눈지러 보니 깨꼴
소리가 났다. 개구리를 잡아다 돌멩이에다가 꼭 쩍었다. 개구리
가 다리를 덜덜 떨고 있었다. 또 돌멩이로 쩍었다. 이번에는 죽었
다. 개구리는 겨울에는 잠만 자고 봄이 되면 다시 나온다. 개구리
를 잡아다 땅에다 묻었더니 아침을 먹고 냇가에 가서 땅을 파 보
니 썩은 냄새가 났다. 나는 집으로 돌아왔다.

 * 빗기면 : 벗기면.   * 끄네끼 : 끈.   * 눈지러 : 눌러.

전쟁놀이 홍재봉 경북 성주 대서초 3학년

나는 점심을 먹으려니까 내 친구들이 왔다. 점심을 먹는 내 동생
은 내 친구가 오니까 밥을 먹고 내보다 더 일찍 갔다. 나의 친구
재희는 "낫을 가지고 온나" 하고 말하였다. 나는 낫이 없다 하였
다. 우리 아버지가 낫을 가지고 갔기 때문이다. 나의 친구 이름은

유재희, 임대근이었다. 나는 나무총을 만들고 전쟁놀이를 하자고
했다. 재희는 내 동생하고 한편을 하라고 하였는데 내 동생은 아
버지 따라 논에 갔다. 재희는 안 한다고 하였다. 대근이의 말은 혼
자 한편씩 했다. 재희는 비스끌 안에 숨고, 나는 돌팍에 숨었다.
대근이는 나무를 많이 해 놓았는 데 숨었다. 두두두두 타타타타
티아티아 하는 소리를 내고 나는 타타타타 재희는 두두두두 대근
이는 티아티아 하면서 전쟁놀이를 하였다. 나는 돌팍을 떠나 딴
두로 가니까 대근이가 있었다. 나는 나무총을 쏘았다. 대근이는
죽었다. 나는 또 딴 두로 갈라 하는데 재희가 쏘았다. 나도 죽었
다. 또 전투 준비 시작! 재희가 말하였다. 우리는 또 시작하였다.
또 대근이를 쏘았다. 또 재희가 나를 쏘았다. 전투 준비 시작! 내
가 말하였다. 또 나는 대근이를 쏘고 재희를 쏘았다. 나는 내가 전
투 준비 시작할 때 내가 이겼다. 재희는 종진이 아재가 가자 하는
데 갔고, 대근이하고 나하고 놀았다. 참 재미있었다. (1983. 4. 4.)

＊비스끌, 돌팍: 무슨 말인지 알 수 없음.

＊딴 두로: 딴 데로, 다른 곳으로.

　　앞의 '개구리'라는 작품을 보면 아이들이 이렇게 잔인할 수
있는지 놀라지 않을 수 없다. 그런데 이곳의 아이들은 이런 글
을 예사로 쓰고 있다. 소름이 끼칠 만큼 끔찍한 짓을 예사로
하면서도 조금도 자기가 한 일에 대해 반성할 줄 모르는 아이
들, 그런 짓을 자랑처럼 써 놓은 이 아이들의 세계를 어떻게
보아야 하겠는가?

물론 이런 글을 써낸 아이에게 "왜 이런 걸 써냈는가?" 하고 나무라서는 안 된다. "자기가 한 일을 정직하게 잘 썼다"고 먼저 칭찬해 주어야 한다. 이 글에 나타난 글쓴이의 생활 문제는 그다음에 마주 앉아 문답으로 생각을 주고받든지 학급 전체 아이들이 협의하든지 해서 해결할 일이다. 이러한 생활지도도 이와 같은 정직한 글쓰기의 태도가 확립된 다음에 비로소 가능한 것임을 생각할 필요가 있다.

어쨌든 이 글은 쓴 사람의 생활 태도, 마음의 세계가 문제된다. 옛날 우리가 자라났던 농촌에서는 아이들이 결코 개구리를 돌로 쳐 죽이지는 않았다는 생각이 든다. 요즘의 농촌 아이들이 다 이러한지 잘 알 수는 없다. 그러나 옛날보다 요즘 아이들이 더 잔인해졌고, 앞으로는 갈수록 더 그럴 것이란 생각이 든다. 아이들이 왜 자꾸 나빠져 가는 것일까?

그 첫째 까닭은, 사람들이 점점 돈만 알고 돈만 가지고 살아가려고 하기 때문이다. 개구리를 예사로 죽이는 것도 개구리가 돈으로 팔리기 때문이다. 이른 봄이면 도시 사람들이 보신용으로 개구리를 구하러 온다. 그래서 아이들은 개구리를 잡는 하수인이 되는 것이다. 개구리가 사람과 같이 생명이 있는 것으로 안 보이고 돈으로 보인다. 개구리 때려잡는 버릇은 그렇게 생겼다. 또 닭을 기르는 데도 사료로 잡아다 판다.

이곳은 참외와 수박 농사로 농가 소득이 제법 높은 편이다. 아이들은 이른 봄부터 농사일을 거들면서 용돈을 번다. 참외, 수박 모종을 옮겨 주고 돈을 받고, 거적을 덮고 벗기면서 돈을 번다. 그 돈을 어디에 쓰는가? 대개는 과자를 사 먹는 데 소비한다. 모든 것이 돈과 결부되고, 돈을 버는 것이 유일한 삶의 목표가 되어 있는 농촌에서, 아이들 또한 인간다운 감정을 잃어 가고 있는 것이다.

이런 아이들이 자기 집에서 기르던 강아지를 팔게 되면 어떤 태도를 취할까? 강아지가 개장수한테 끌려가는 것을 예사로 보고 있을까? 그렇지는 않을 것이다. 강아지와 개구리는 다르다. 강아지와 아이들은 정으로 연결되어 있다. 그런데 개구리와 아이들은 단지 돈으로 연결될 뿐이다.

이 아이들에게 '자연보호'란 무슨 말인가 하고 물어보았다. 길바닥의 휴지나 비닐을 줍는다는 말이라고 대답한 아이가 3분의 1이고 나머지는 모두 바르게 대답할 줄 알았다. 풀이나 나무나 곤충이나 짐승을 해치지 않고 우리와 같이 살아가게 한다는 말이라고 대답한 것이다. 그런데 개구리를 보면 이렇게 잔인하게 대한다. 머리로 알고 있는 것과 마음으로 느끼고 있는 것이 다른 것이다. 알고는 있지만 행동이 따르지 않는다. 학습이 생활과 따로 떨어져 있는 것이다. 학교교육이 제 노릇을 못 하고 있는 것이 두 번째 까닭이다. 여기서 우리는 이 세상의 모든 살아 있는 것은 우리와 한 형제라는 것을 몸으로 실천해 보임으로써 가르쳐야 할 과제를 발견하게 된다.

세 번째 까닭은 인간 사회 전체가 살벌해져 가고 있기 때문이다. 핵무기를 비롯한 온갖 무시무시한 살인 무기가 한없이 만들어지고 있고 아이들은 전쟁이라는 것을 한갓 장난스런 놀이쯤으로 생각하고 있다. 총으로 쏘아 사람을 죽이고 죽고 하는 것을 아이들은 거의 날마다 텔레비전에서 보고 있는데 그것은 다만 재미스런 구경거리인 것이다. 이런 상황에서 아이들이 어떻게 잔인하지 않을 수 있겠는가?

'전쟁놀이'라는 글은 놀이한 모습을 생생하게 이야기한 좋은 글이다. 그러나 이것 또한 아이들의 생각을 키워 가는 좋은 교재로 삼을 만하다. 전쟁의 실상이 어떤 것인가? 개구리들이 돌에 맞아 터져 죽는 것같이 사람들도 그와 같이 수천 명 수만 명이 한꺼번에 죽는 것이다. 그 전쟁은 누가 일으키는가? 전쟁은 결코 재미스런 장난 같은 것일 수 없다는 사실을 우리는 기회 있을 때마다 가르쳐 주어야 한다.

수필 쓰기에 대하여

수필 예찬　남학생 고 1학년

수필! 참 이상하고 괴상한 문학 종류다. 문장은 자유로운데 쓰기가 불편하다. 그렇지만 매력이 있는 문학이다. 어디 이런 문학이 이 세상에 어디 있으랴. 문장 형식이 자유로워 쓰기는 편하다. 그렇지만 막혔다 하면 그다음으로 이어지지 않아서 쓰기가 불편한 점도 있다. 그러나 학생이 쓰는 글 중에서는 가장 좋은 문학이다. 그래서 수필이 좋은지 모르겠다.

지금 내가 쓰고 있는 글이 장난으로 쓰는 글인지, 아니면 편지인지, 아니 일기인지는 모르지만, 수필이란 정말로 어렵고 쉬운 것 같다. 조금 전까지만 해도 잘 안되던 것이 지금은 냇가에 물 흐르듯이 줄줄줄 나오니 말이다.

수필은 정말 어려운 갑다. 한 달 전쯤에 내어 준 숙제를 지금 쓰니 말이다. 하지만 걱정될 것은 없다. 1시간 내에 숙제를 다 할 수 있으니까 말이다. 우리 반에서 이제까지 한 명만 수필을 내었는데 참 잘 졌다고 생각한다. 나도 그만큼 써 보고 싶지만 이상한 생각만 머리에 떠오른다.

수필의 좋은 점이라면 무엇이 있을까? 형식, 문장이 자유로운 점일까? 아니면 쓰기가 편한 점일까? 내가 생각하기에는 형식, 문장이 자유로운 점도 있지만 가장 좋은 점이라면 내용이 아무거나 써도 되는 그런 점이 나는 가장 좋은 점이라고 생각된다.

수필! 정말 어렵고도 쉬우며, 좋으면서 좋지 않은 것이 수필이다. 이제 얼마 쓰지도 않았는데 자꾸 막혀진다. 이제 그만 쓰고 싶지만 좀 짧은 것 같아 괴상한 이런(지금 쓰고 있는) 글을 쓰고 있는 내 머리가 정말 이상하다.

이제 정말 그만 쓰겠다.

수필! 좋은 문학.

이 글은 어느 고등학교의 1학년생들에게 '○○ 예찬'이라는 과제를 주어 글을 쓰게 해서 얻은 작품이라고 한다. 제목의 '예찬'이라는 말 앞에는 자기가 예찬하고 싶어 하는 것을 무엇이든지 선택해 넣도록 한 것이다. 이 학생들은 대부분 지금까지의 학교생활에서 저축이니 통일이니 하는 행정 지시로 써야 하는 글이 아니고는 한 번도 써 본 일이 없었다고 하며, 이 글은 그래도 말이 되도록 썼다 싶은 몇 편 가운데 하나라고 한다.

　한 번 읽으면 누구나 알 수 있듯이 이 글을 쓰려고 한 생각, 내용이 없다. 하고 싶은 말이 없는데, 쓰기는 써야 하고, 그래서 쓴다는 것이 같은 말을 되풀이하고, 앞뒤가 모순되는 뒤숭숭한 말을 늘어놓았다.

　첫머리에서 수필은 "이상하고 괴상한 문학 종류"라느니 "매력이 있는 문학"이라느니 했는데, 이것은 어떤 어른들이 제멋대로 수필론을 떠벌려 놓은 것을 교과서 같은 데서 읽고서 들은풍월로 이렇게 적당히 쓴 것이라 생각된다.

　그래서 "문장은 자유로운데 쓰기가 불편하다"고 했다가도 곧 "문장 형식이 자유로워 쓰기는 편하다"는 모순된 말을 하는가 하면 "어렵고도 쉬우며, 좋으면서 좋지 않은 것"이란 뒤숭숭한 말을 늘어놓는다. 이것이 모두 어른들의 수필론을 수박 겉핥기로 흉내 내는 꼴이다.

　자기가 쓰고 있는 글의 내용이 무엇인지도 알지 못하고 그저 글을 쓰기 위해(숙제를 하기 위해) 쓰다 보니 "지금 내가 쓰고 있는 글이 장난으로 쓰는 글인지, 아니면 편지인지, 아니 일기인지는 모르"게 되고, 그래서 "괴상한 이런 글을 쓰고 있는 내 머리가 정말 이상하다"고 한 것은 도리어 정직한 마음의 표현이 되어 있다.

　그러면서 수필을 예찬하는 글이니 거기 맞은 말을 안 할 수 없어 "학생이 쓰는 글 중에서는 가장 좋은 문학"이라 하고 마지막에도 "수필! 좋은 문학"이란 헛소리 같은 말을 해 놓았다.

중언부언이 되고 뒤죽박죽이 되어 어떻게 보면 정신이상자의 말같이 느껴지기도 하지만, 그러나 이 글을 쓴 학생은 정신병자도 아니고 아직은 건강하여 좋은 글을 쓸 수 있는 바탕을 잃지 않고 있다고 판단된다.

이 글에서 발견되는 글쓰기 지도의 문제점을 살펴보자.

첫째, 글이란 초등학생이든지 고등학생이든지 어른이든지, 어떤 사람이고 글을 쓰는 사람 자신이 하고 싶은 이야기, 관심을 가진 일에 대해서 쓰도록 해야 한다. 쓰고 싶지 않은 것을 쓰게 할 때 거짓글이 되고 아무 맛도 없는 글이 써진다. 이 글은 학생들 저마다 쓰고 싶어 하는 것, 관심을 가진 문젯거리가 무엇인가를 찾아 그것을 쓰게 해야 하는 글쓰기 지도의 첫째 단계인 취재 지도에서 실패했다고 할 수 있다.

둘째, 이것 또한 취재 지도의 문제인데, '○○ 예찬'이라는 과제를 준 것은 학생들의 생각을 어떤 어른들의 치우친 생각으로 몰고 가는 결과가 된다. 왜 하필 무엇을 예찬해야만 하는가? 더구나 처음으로 글을 쓰게 하는 학생들인데 말이다. 우리는 어떤 대상을 칭찬할 수도 있고 그와 반대로 비판하거나 질책하거나 충고를 할 수도 있다. 비판과 충고와 칭찬을 함께할 수도 있다. 또 비판도 칭찬도 아닌 눈으로 보고 느낄 수도 있다. 학생들에게 한결같이 똑같은 견해를 요구하고 강요한다는 것은 대단히 위험한 교육이다.

그리고 이 예찬이라는 말 자체가 어른스런 말이다. 교과서에서 배운다고 하더라도 글쓰기의 제목으로는 부적당하다. 이런 말을 넣어야 하는 글쓰기의 제목이라면 어른들의 글을 모방하게 되는 것이 거의 확실하다. 삶을 떠난 점잖은 어떤 어른들이나 보여 주는 수필 문학의 세계(지금까지 우리의 수필 문학이 이런 것이었다)를 학생들이 모방하도록 한다는 것은 글쓰기 교육을 잘못된 길로 이끌어 가는 것이다.

셋째, 그럼 어떤 글을 쓰게 해야 하는가? 무엇보다도 자기의 생활 이야기(서사문)를, 생활 속에서 느끼고 생각한 것(감상문, 논문)을 쓰도록 해야 한다. 그래야만 살아 있는 글을 쓰게 된다.

중고등학생들에게 수필이라는 말을 가르칠 필요는 있겠지만, 글을 쓸 때는 "수필을 쓰자"고 하지 말고 좀 더 글의 형식을 세분한 서사문, 감상문, 설명문, 논설문, 서간문 들로 나누어 쓰도록 함이 좋겠다. 수필을 쓰라고 하면 교과서나 수필집에 나오는 어른들의 문학작품을 흉내 내게 되기 때문이다.

앞에서 든 글은 내용이 없는 억지스런 글이지만 미사여구를 나열한 글은 아니다. 이 글은 글쓴이를 둘러싼 오늘날의 교육 상황을 잘 보여 준다. 그래서 이 학생에게 자기 삶의 이야기를 정직하게 쓰도록 한다면 즐겨 좋은 글을 쓸 것이라 믿는다.

고등학생의 글쓰기

나에 대하여 박노혁 고 1학년

나는 친구들에게 신용이 좋지 않다. 왜냐하면 돈을 빌려 가고는 갚아 주지 않았기 때문이다. 그래서 꼭 돈이 필요할 때에도 친구에게 빌리지 못하고 나 혼자 애타한 적이 있었다. 나는 돈을 아끼지 않고 막 쓴다고 어머니에게 충고도 종종 듣는다. 그래도 나는 그 버릇을 고치지 못하고 있다. 내 동생만 하여도 2년 동안 꾸준히 저금을 하여 지금은 꽤 큰돈을 저금통장에 가지고 있다.

그러나 나는 이제까지 저금이라고는 학교에서 내는 저금밖에 하지 못하였다. 그것도 부모님께 받아서 내었다. 나는 친구들이 돈을 충분히 가지고 있으면서도 아껴서 쓰는 걸 보면 내 가슴이 답답했다. 지금 생각해 보니 그때 나의 그런 생각이 부끄럽기만 하다.

나의 중학교 3학년 때의 일이다. 수업을 마치고 종례를 한 뒤에 집으로 가는 버스를 타려고 버스 정류장에서 차가 오기를 기다렸다. 멀리서 내가 탈 차의 번호를 본 순간 차비 생각이 내 머리를 스쳐 갔다. 호주머니를 뒤져 보니 아무것도 없었다. 옷을 툭툭 털면서 다시 한 번 뒤져 보니 역시 없었다. 마지막으로 내가 차표를 자주 넣어 두는 가방에 희망을 걸었지만 역시 없었다.

이상하게도 가슴이 뛰었다. 친구에게 빌려야 되겠다고 생각하고 뒤돌아서는 순간 같은 반 친구가 있었다. 기쁜 마음으로 다가가서 차비가 없어서 그러니 차표 한 장만 빌려 달라고 하였다. 그러나 그 친구는 안 된다고 하였다. 평소에 내가 신용이 없다는 것을 알고 그러는 것 같았다. 나는 내일 꼭 갚아 주겠다고 하면서 사정 이야기를 하였다. 그 순간 내가 널 무엇을 믿고 돈을 빌려주니, 하고 뜻밖의 이야기를 하였다. 나는 눈물이 핑 돌 정도로 섭섭하고 한편으로는 그 친구를 때려 주고 싶었다. 그러나 나에게도 잘못이 있다는 것을 알았다.

평소에 내가 신용이 얼마나 없었으면 친구가 저런 말을 할까? 나는 내 자신이 미웠다. 반성하는 뜻에서 집까지 걸었다. 고등학교에 입학한 후로도 돈을 빌려주지 않는 경우가 많았다. 그러나 나는 빌려 가고는 주어야 한다는 것을 알고 있다. 그런데 왜 주지 않는 걸까? 돈이란 무엇인가? 그것은 쓰는 사람의 마음가짐에 따라 좋고 나쁜 것이 아니겠는가…….

－ 학급 문집 〈낟가리〉

이 글은 친구들한테서 돈을 빌려 쓰고는 갚을 줄 모르는 학생이 그만 친구들한테 신용을 잃어버려서 한 번은 차표 한 장을 빌릴 수가 없어 먼 길을 걸었다는 이야기를 쓴 글이다. 그러니까 자기의 한 일을 쓴 서사문이다. 앞뒤에 설명이나 감상이 붙었지만 자기의 체험을 쓴 부분이 이 글의 중심이 되어 있다. 돈이란 너무 그것을 아껴 구두쇠같이 되어도 곤란하지만 함부로 써도 문제다.

이 학생은 낭비벽이 있는 것 같다. 낭비를 하고 보니 빌린 돈을 갚을 수 없게 되고 그것이 또 버릇이 되고 말았다. 중학교 때 이야기를 이렇게 썼는데 고등학교에 들어와서도 친구들이 돈을 빌려주지 않는다니, 그 버릇이 완전히 고쳐지지 않은 것 같다. 이 글은 마지막에 가서 좀 더 철저한 자기반성이 있을 법한데 뭔가 미흡한 느낌이 드는 것은 아직도 글을 쓴 학생이 이 문제를 극복하지 못했음을 말해 주는 것이다.

그래도 자기의 잘못, 굳어진 나쁜 버릇을 이만큼 솔직하게 썼다는 것은 기특하다. 이렇게 쓴 만큼 이 학생은 자기의 버릇을 다시 확인하고 반성하여 삶을 키우게 되었을 것임은 말할 것도 없다. 초등학생이거나 고등학생이거나 결코 문예 작품을 만드는 것이 글쓰기 목표가 되어서는 안 된다.

다음은 문장에 대한 것인데 이 글의 중심부, 곧 3학년 때 차비를 빌리지 못하고 집까지 걸어간 이야기를 쓴 대문은 아주 잘 썼다.

"멀리서 내가 탈 차의 번호를 본 순간 차비 생각이 내 머리를 스쳐 갔다. 호주머니를 뒤져 보니 아무것도 없었다. 옷을 툭툭 털면서 다시 한 번 뒤져 보니 역시 없었다. 마지막으로 내가 차표를 자주 넣어 두는 가방에 희망을 걸었지만 역시 없었다. 이상하게도 가슴이 뛰었다. 친구에게 빌려야 되겠다고 생각하고……." 이것은 1년 전의 일을 상기해서 쓴 것인데 살아 있는 문장이기도 하지만, 그 체험을 자세하게 돌이켜 생각하고 상상해 내는 힘이 있었기 때문이다. 단지 마지막 결말 부분에서 너무나 요령 없는 말이 되고 허술하게 써졌다. 앞에서 말한 대로 자기 행위에 대한 반성이 철저하지 못한 때문이겠다.

여기서 우리 나라 중고등학교의 글쓰기 교육을 잠깐 말해 본다. 대개 중고등학교에서는 초등학교보다 더 글쓰기가 버려진 상태로 되어 있다. 문예반 학생들에게 문예 작품을 쓰게 하는 교사들이 대부분은 문단인이거나 문인 지망자로서 학생들에게 시나 소설이나 수필 같은 것, 곧 어른들의 문학작품을 흉내 내게 하는 창작 지도를 하고 있다. 그래서 올바른 글쓰기 교육은 거의 없는 실태이며, 학생들은 자기의 삶을 정직하게 보고 쓰는 태도가 전혀 안 된 채로 다만 죽은 낱말의 조합과 문장 수식의 기교를 부릴 뿐이다. 그런 것을 문예 작품이라 알고 있는 것이다.

한편 그런 문예 지도조차 받지 못하고 있는 학생들, 더구나 여학생들은 애당초 그런 글 만드는 재주를 부릴 엄두도 못 내지만 예쁜 표지의 개인 문집은 흔히 가지고 있다. 전시회에 낼 필요도 있겠지만 그런 것이 취미인 듯하다. 다만 그 문집 안에는 유명 시인들의 시라든가 유행하는 통속 작가들의 글귀 같은 것이 때로는 원작자의 이름도 없이 제 것인 양 복사되어 있을 따름이다.

훌륭한 글을 쓸 수 있는 수많은 학생들이 이러고 있는 것을 보면 딱한 느낌이 들고, 교육의 부재를 한탄하지 않을 수 없다. 이런 상황에서 남의 것을 흉내 내지 않고, 남의 것을 슬쩍 가져오지 않고, 거짓을 쓰지 않고, 지시 명령의 글만을 쓰지 않고, 다만 쓰고 싶은 것, 자기의 정직한 삶의 이야기를 쓰게 한다는 것은, 그것이 더구나 고등학생일 경우 얼마나 힘들고 귀한 일인가? 이 글은 우리 나라에서 보기 드문, 고등학교의 한 학급 문집에서 아무것이나 한 편을 뽑아내어 보인 것이다.

백일장은 거짓글 쓰기 대회

얌순이　여학생 초 6학년

귀여운 암송아지가 태어나던 날 집안 식구들은 모두 기뻐서 어쩔 줄을 몰라 했다. 아버지께서는 싱글벙글 웃으며, "명숙아, 이 송아지는 네가 잘 보살펴 주도록 해라" 하셨다.

"어머 정말이셔요? 아버지 정말 제가 잘 키워 볼게요" 하고 나는 신이 나서 대답했다. "먼저 송아지 이름을 지어 주어야지 않겠니?" 어머니께서도 한마디 하셨다.

나는 뒷짐을 지고 어른스럽게 몇 발짝 뒤로 물러서서 송아지를 훑어보았다. 누렁이라고 할까? 이쁜이라고 할까? 아니야, 이 녀석은 너무 착하고 얌전하지. 그래 '얌순이'라고 하자.

'얌순이'는 온 식구의 정성과 나의 사랑 속에서 무럭무럭 잘 자랐다. 얌순이가 풀을 먹을 수 있게 되자 나는 학교에서 돌아오면 언제나 싱싱한 풀을 뜯어다가 얌순이에게 갖다주곤 했다.

어머니께서는 그러는 내가 기특하게 보이셨던지, "우리 명숙이가 뜯어 온 풀에는 특별한 양분이 들어 있는 모양이다. 얌순이가 저렇게 부쩍부쩍 커 가니 말이야. 그런데 너도 덤벙대지 말고 얌순이처럼 좀 얌전해졌으면 좋겠다" 하시며 웃으셨다.

"그렇지 않아도 저도 얌전해지려고 애쓰고 있어요."

나는 얼굴을 붉혔다. 어느덧 나는 얌순이와 아주 친한 사이가 되어 갔다. 집에 돌아오면 얌순이에게로 먼저 뛰어갔고 얌순이가 어미 소를 따라 들에 나가 있는 날이면 나는 학교에서 십 리 길이나 걸어와 피곤했지만 피곤을 무릅쓰고 얌순이를 찾아 나서곤 했다. 얌순이도 멀리 내 모습이 보이면 반갑다고 껑충껑충 들판을 질러 달려와 주었다.

어느 날 학교에서 돌아오다 보니 우리 집 근처에 소를 사러 다니는 낯익은 아저씨의 얼굴이 보였다. 나는 가슴이 덜컥 내려앉았다. 불길한 예감이 퍼뜩 스치고 지나갔다.

"어쩜 내 송아지를……."

나는 가만히 있을 수가 없어 외양간으로 달려갔다. 역시 암순이는 마당으로 끌려 나와 있었다. 나는 암순이를 끌어안았다. 암순이의 귀엽고 예쁜 눈에도 눈물이 괴어 있었다.

아버지께서는, "너무 정이 들어서 슬프겠지만 어쩔 수 없잖니? 다음에 또 송아지를 낳으면 그땐 절대로 팔지 않으마" 하시며 나를 위로하시느라고 쩔쩔매셨다. 나는 집안이 떠나라고 울고불고 야단을 쳤지만 잠시 후 어쩔 수 없이 암순이와 헤어져야만 했다. 암순이도 나와 헤어지기가 싫은지 안절부절못하다가 떼어지지 않는 발걸음을 내디디었다.

팔려 가는 송아지를 보며 어미 소도 나도 슬픔을 참아야 했다. 날이 저물도록 암순이가 끌려 간 쪽으로만 눈길이 갔다.

아버지께서는 "미안하구나, 명숙아" 하시며 내 등을 두들겨 주셨다. 나는 아버지의 따스한 눈길을 피했다. 잠시 동안이었으나 아버지를 원망했던 나 자신을 후회했다.

산모퉁이를 돌아가며 매애애 울던 암순이의 울음소리가 자꾸만 귓가에서 맴을 돈다.

이 글은 얼마 전 전국 규모의 무슨 글짓기 대회에서 상을 받은 작품이다. 백일장이나 글짓기 대회 같은 행사에서 어떤 글이 뽑히는가를 말하기 위해서 보기로 들었다. 아이들의 글을 별로 읽어 보지 못한 사람, 만들어 낸 거짓글만 보아 온 사람들은 이런 글의 어디가 잘못되었는지 알아차리지 못할는지 모른다. 그러나 잘못된 글짓기 교육의 해독을 입지 않은 사람이면 누구나 이 글이 '거짓으로 꾸며 냈구나' 하고 느낄 것이다. 더구나 농촌에서 송아지를 길러 본 아이라면 이 글의 거짓됨을 쉽게 찾아낼 수 있을 것이다.

이 글의 형식은 서사문이다. 송아지를 기른 이야기를 쓴 것이다. 그런데 여기서 가장 생생하게 구체화하여 써야 하고 써질 수밖에 없는 송아지의 모습과 송아지를 기른 지은이의 모습이 전혀 나타나지 않는다. 하나의 이야기를 만들어 추상의 말로 아주 어설프게 써 놓았다. 아이들이 자기가 한 일을 쓰는 글이란 결코 이렇게 될 수 없다. 이것은 어른이 만든 글이다.

좀 더 자세하게 지적해 보자. 그렇게 귀여웠다고 하는 송아지가 태어나던 날, 송아지의 이름까지 짓는다고 하면서 송아지의 모습은 어떻다고 한마디도 이야기하지 않았다. 다만 "귀여운" 송아지라고 했고 "기뻐서 어쩔 줄을 몰라" "싱글벙글 웃으며" 했을 뿐이다. 지은이 자신은 "뒷짐을 지고 어른스럽게 몇 발짝 뒤로 물러서서 송아지를 훑어보았다"고 하면서 말이다. 정직하게 쓰는 아이들의 글이라면 결코 이럴 수 없다.

송아지가 자라나는 것도 "온 식구의 정성과 나의 사랑 속에서 무럭무럭 잘 자랐다"고 해 버리고, "풀을 뜯다가……" 한 것도 전혀 구체로 된 행동을 보여 주는 말이 아니다.

더구나 송아지와 아주 친한 사이가 되어 갔다는 이야기를 하기 위해서 들에 있는 송아지를 찾아갔더니 "얌순이도 멀리 내 모습이 보이면 반갑다고 껑충껑충 들판을 질러 달려와 주었다"고 썼는데, 이건 송아지를 전혀 모르고 있는 사람의 글이다. 송아지는 결코 이렇지 않다. 송아지와 강아지를 똑같은 것으로 알고 있다. 그러고 보니 이 글에서 송아지를 강아지로 전부 고쳐도 될 것 같다. 다만 풀을 뜯어 준다는 것만 달리 바꾸면.

또 그다음에 송아지가 팔려 가는 이야기도 거짓 냄새가 너무 지나치게 난다. 마을마다 개를 사러 다니는 사람은 있지만 소 장수가 그렇게 다니지는 않는다.

"얌순이의 귀엽고 예쁜 눈에도 눈물이 괴어 있었다"도 거짓말이고, 다 큰 아이가 소를 팔았다고 울고불고 야단을 쳤다든지, 그런 아이를 아버지가 "위로하시느라고 쩔쩔매셨다"든지 "얌순이도…… 안절부절못하다가 떼어지지 않는 발걸음을 내디디었다"든지, 모두가 거짓으로 조작된 말들이다.

정직한 글, 감동을 주는 글은 버림을 받고 거짓말 재주를 잘 부리는 글은 상을 받는 것이 대부분의 글짓기 대회요, 백일장이다.

청각장해아의 글

우리 집 손경란 경북 안동 안동농아학교 초 6학년 우리 집에는 어머니, 아버지, 그리고 동생들이 있어요. 예쁜 강아지도 있어요.

옥수수도 익어 가고 호박 넝쿨도 잘 올라가고 있어요. 가지도 달려 있고 도마도도 달려 있어요. 금방이라도 뛰어가고 싶어요. 아버지는 강아지를 사랑하셔요. 어머니는 호박 넝쿨, 가지, 도마도를 사랑해요.

동생은 옥수수를 좋아하지요. 오빠와 다음 일요일에 여동생을 데리고 자취방을 떠나 집에 놀러 가도 좋아요?

안 되면 안 된다고 엽서를 보내 주세요.

나는 여동생과 친척 아저씨, 우리 집, 친구들 모두를 사랑합니다. 욕심도 많지요.

우리 집 모두를 사랑하니까요. 여름방학이 되면 수영을 배우고 싶어요. 수영을 하려면 물에 들어가야지! 안집 아저씨가 웃으시며 말씀하셨습니다. 아저씨 저는 수영할 때 팔다리를 어떻게 움직여야 하는지를 잘 알고 있어요. 그런데 저는 물에 들어가기가 무서워요.

진작 이렇게 생각한 것을 쓰면 참 좋았겠지요. 또 나는 조용히 집이나 지키고 음악 듣고 혼자 있고 싶어요.

이것은 청각장해아의 글이다. 청각에 장애가 있는 아이들도 이렇게 글을 쓸 수 있으니 놀랄 수밖에 없다. 이들의 글을 별로 읽지 못했고, 연구한 바는 더구나 없으니, 여기 나온 글에 나타난 그들의 삶과 글의 특징을 몇 가지만 생각해 본다.

먼저 무엇보다 크게 느껴지는 것이 고향과 집과 부모를 생각하는 마음의 간절함이다. 그것도 그럴 것이 농아학교(다른 심신장해아의 학교도 마찬가지겠지만)라면 그 수가 아주 적다. 그래서 대부분의 청각장해아들이 멀리 집을 떠나서 학교의 기숙사에 있다. 아주 어린 나이 때부터 집과 부모를 떠나 살아야 하는 이 아이들은 얼마나 부모가 그립고 집에 가고 싶을까? 어머니와 아버지뿐 아니라 강아지, 옥수수, 호박 넝쿨, 가지, 토마토, 이웃 사람들 이야기를 쓰면서 그런(평범한) 것들을 사랑한단다. 이 글에 나타난 사랑이라는 말은 가장 순수하고 소박한 뜻으로 써져 있는 것 같다.

마지막에 가서 "진작 이렇게 생각한 것을 쓰면 참 좋았겠지요" 했는데 이것은 글로 자기의 생각을 표현하게 된 즐거움을 말한 것이다. 아마 이 아이는 앞으로 부지런히 글을 쓰게 되리라.

그리고 그다음 이어 "또 나는 조용히 집이나 지키고 음악 듣고 혼자 있고 싶어요" 하고 끝맺어 놓았는데 이것은 장해아로 소외당하고 있는 이 아이의 고독한 심정을 말한 것 같다. 그런데 "음악 듣고"라니 음악을 어떻게 들을 수 있는가? 불가능한 소원을 말하는 것일까? 아니면 아주 희미한 소리를 어느 정도는 들을 수 있는 아이일까?

다음은 글의 형태 면에서 곧 눈에 띄는 것이 일반 서술형과 특정인에게 말을 건네는 편지글 형식의 문장이 혼동되어 있는 것이다. 이 작품에서 거의 모든 문장의 서술어미가 '-요'로 끝나고 있는데 이것은 구화형口話形 문장이다.

그러나 어떤 상대방을 불러서 말하지 않는 이상, 이 구화형 어미는 일반 서술어미에 가깝게 쓰인다. 이런 일반 서술어미가 갑자기 어떤 사람에게 말을 건네는 형식으로 쓰는 곳이 나오는데, 그것도 상대방을 부르는 말을 빼 버리고 말이다. "동생은 옥수수를 좋아하지요. 오빠와 다음 일요일에 여동생을 데리고 자취방을 떠나 집에 놀러 가도 좋아요? 안 되면 안 된다고 엽서를 보내 주세요" 이렇게 아버지와 어머니를 부르지도 않고 혼자 묻고 있다. 이와 같이 독백 서술형과 대화형을 구별하기 힘든 것이 청각장해아들의 글의 특징이 아닐까?

문장을 어디까지나 눈으로 익혀야만 하는 이들의 글에는 사투리가 별로 안 나올 것이라는 생각도 하게 된다. 그리고 눈으로 볼 수 있는 사물의 이름을 표기하는 명사 같은 것이 가장 익히기 쉬울 것이고, 조사(토씨)와 동사, 형용사의 활용어미도 잘 쓰기가 어렵겠다는 생각이다.

앞의 글에서 첫머리에 "예쁜 강아지도 있어요"라는 말이 쓰여 있는데, 이것은 일반 아이들 같으면 대개 "귀여운 강아지도 있어요" 하고 쓸 것이다. 귀엽다, 예쁘다, 곱다, 사랑스럽다, 이런 좀 섬세한 느낌을 나타내는 형용사를 쓰는 것도 이들에게는 힘들 것이라는 생각이 든다.

어머니를 생각하며 권윤기 경북 안동 안동농아학교 중 1학년
나는 공부를 열심히 하여 훌륭한 사람이 되어 어머니를 편안히

모시고 싶다.

우리 아버지는 돌아가셨다. 그리고 지금 어머니는 병들어 누워 계신다. 초등학교에 다니는 동생이 둘 있다.

우리 아버지는 광부였다. 그런데 탄광에서 일하시다가 올 4월에 사고가 나서 갱 속에서 돌아가셨다.

난 결심을 했다. 아버지가 안 계시니까 어머님을 편안히 모시도록 하겠다고 두 주먹을 쥐고 결심을 하였다.

나는 기숙사 생활을 하면서 한 달에 한 번씩 집에 갔다 온다.

어머니는 우리를 낳아 주셨고 고생을 많이 하셨다. 그래서 나는 어머니를 위해서라면 어떤 고생도 참을 용기가 있다.

내가 어른이 되면 어머니를 모시고, 아버지께서 나를 보시고 하신 말씀, "공부 열심히 하여 훌륭한 사람이 되어라"는 뜻을 받들고 싶다. 나는 우리 아버지처럼 훌륭한 사람이 되어서 동생들을 대학교까지 보내고 싶다.

어머니! 건강하세요.

이것은 청각장해아의 여건을 생각할 때 아주 능숙하고 훌륭한 글이다. 그리고 훌륭한 생각과 태도를 보여 주는 글이다. 아버지는 탄광에서 사고로 돌아가시고, 어머니는 병으로 누워 계시고, 그래도 이 아이는 슬프다는 말 한마디 없이, 두 주먹을 쥐고 훌륭한 사람이 되어 동생들을 대학교까지 보내고 싶단다. 이 나라의 모든 아이들에게 보여 주고 싶은 글이다.

교과서의 글은 글쓰기의 본보기가 아니다

숙제 남학생 초 2학년
나는 어제 집에서 숙제를 하였다. 숙제를 하니까 참 재미있었다.
그래서 나는 숙제를 열심히 하였다. 그리고 나는 숙제를 하고 내
동생캉 노니까 엄마하고 아버지가 오셨다. 나는 밖에 나가 물을
먹고 방에 들어와 놀았다. 나는 또 숙제를 마자 하고 저녁을 먹고
공부를 하였다. 숙제를 하니까 참 재미있었다.

이 글에 "참 재미있었다"라는 말이 두 번이나 나온다. 그것
도 숙제를 하는 것이 재미있었다는 것이다. 숙제를 하는 데 무
슨 재미가 있었을까? 초등학교에 입학하면 1학년 때부터 숙제
에 시달린다. 도시의 아이들만 그런 것이 아니라 농촌의 아이
들도 그렇다. 거의 모든 아이들이 숙제를 지긋지긋하게 여기
는 것이 엄연한 현실이다. 더러는 지긋지긋하게까지 여기지는
않더라도 숙제를 귀찮은 것으로, 억지로 다 해 놓고서야 속이
시원하게 느껴지는 것으로 생각한다. 여기 이 글에 나타난 것
같이 재미있는 것으로 생각하는 아이는 아마 없을 것이다.
　물론 그것이 아무리 짐스런 것으로 되어 있더라도 거기 몰
두해 있으면 그 몰두해 있는 동안에는 싫다는 감정을 잠깐이
라도 잊을 수 있으니까 그런 상태를 재미있었다고 말한 것인
지 모른다. 그러나 이 글에 나오는 "참 재미있었다"라는 말은
아무래도 부자연스럽다. 이 아이의 순수한 자신의 말이라기보

다 어딘가 남의 글에서 흉내 낸 상태의 말이란 느낌이 든다.

　요즘 초등학교 2, 3학년생들의 일기를 읽어 보면 글 끝에 자주 '참 재미있었다'라는 말이 나온다. 골목에서 친구들과 고무줄놀이를 한 이야기의 끝에 '참 재미있었다'고 써 놓은 것은 그래도 괜찮은데, 집일을 거들거나 숙제를 하거나 무슨 일을 한 다음에는 대개 그렇게 써 놓는다. 설거지를 했을 때 미끌미끌한 기름 묻은 그릇을 닦으려면 손을 대기가 싫었을 것 같은데, 그런 이야기는 안 나온다. 숙제도 베껴 쓰기를 한참 하노라면 손가락이 아프고 싫증이 났을 것이고, 바깥에서 아이들이 노는 소리가 들려오기도 했을 텐데, 한결같이 참 재미있었다는 글이다. 놀았던 이야기도 그렇지, 고무줄놀이든 딱지치기든 흔히 놀다가 싸우기도 하고, 그래서 울면서 집으로 돌아갈 경우도 있을 것인데 말이다. 다만 보기 좋고 듣기 좋고 책에서도 흔히 나올 것 같은 말만 쓰는 것이다. 앞에 든 글에서 "내 동생 캉 노니까 엄마하고 아버지가 오셨다"고 하는 이 아이의 생활어가 그대로 나오는 곳이 있는데, 이렇게 어쩔 수 없이 자기의 말을 쓰고 있는 나이의 아이조차 한편으로는 교과서나 신문 잡지에 나오는 삶이 없는 글을 저도 몰래 따르는 상태가 되어 있다.

　아이들이 어째서 글 끝에 '참 재미있었다'라는 말을 잘 쓰는가 했더니, 2학년 1학기 국어 교과서에 나오는 글들의 맨 마지막에 이 '참 재미있었다'가 몇 군데나 나와 있었다. 보기를 하나 들겠다.

아기가 꽃밭에서 넘어졌습니다.
정강이에 정강이에
새빨간 피.

아기는 으아 울었습니다.
그건 그건 피가 아니고
새빨간 새빨간 꽃잎이었습니다.

오늘 읽은 노래이다. 아기가 빨간 꽃잎을 피인 줄 알고 우는 것이
참 재미있었다.

교과서에 실린 글, 더구나 아이들이 쓴 것으로 되어 있는 글
은 그것을 배우는 학생들에게 하나의 훌륭한 글쓰기의 모범문
이란 암시를 준다. 글을 처음으로 읽는 아이들이 이런 일기를
읽게 되니 자기들의 일기도 이런 형태로 쓰지 않을 수 없다.
같은 2학년 1학기 교과서 '4. 사이좋은 의논'에서도 맨 끝에는
"참 재미있었습니다"로 되어 있다.

이런 교재들이 모두 아이들에게 보기 좋고 듣기 좋고 기분
좋은 이야기만을 글로 쓰도록 하는 결과를 가져온 것이 아닐까.

아빠 윤미란 서울 문창초 2학년
아빠께서 회사를 그만둔 지 오래된다. 아빠께서 회사를 왜 그만
둔지 모르겠다. 나는 아빠께서 매일 회사를 다니시면 좋겠다.

아빠께서 회사를 다니지 않으시면 우리는 어떻게 살까? 아빠께서
일자리를 구해서 다시 회사를 다녔으면 좋겠다.
아빠께서 회사를 다니시지 않으니까는 어머니께서 속상해하신다.
나는 아빠께서 회사를 다니는 것이 소원이다. (1983. 10. 19.)
- 학급 문집 〈우리들의 글〉

이것은 서울의 어느 아이가 쓴 일기다. 2학년이지만 아버지
의 실직과 집일을 걱정하는 마음이 글에 넘쳐 있다. 그런데 이
글을 읽으면 아빠라는 말 다음에 붙여진 '께서'라는 높임말이
너무 자주 나와 아주 거슬리게 느껴진다. '께서'라는 높임말은
이 아이뿐 아니라 모든 아이들이 너무 지나칠 만큼 철저하게
쓰고 있는데, 앞서 말했지만 이런 높임말은 아이들이 일상으
로 쓰는 말이 아니다. 일상의 말이 아닌 것을 이렇게 쓰는 것
은 교과서에서 배웠기 때문이다. 초등학교 2, 3학년 교과서에
는 이런 높임말 쓰는 공부를 하게 되어 있는 것이다.

아이들의 글은 평소에 쓰는 말을 그대로 쓰는 것이 바람직
하며, 그래야 살아 있는 글이 된다. 높임말도 평소에 자연스럽
게 쓰는 정도로 글에서 쓰는 것이 좋다. 앞에 든 글과 같이 '께
서'가 자주 나오는 아이들의 글을 읽으면 우리 말의 아름다움
이 아주 손상된 듯한 느낌이 드는데, 이것은 나 혼자만의 생각
일까?

국어 교과서는 어휘를 가르치고, 문법, 어법, 높임말 들을 가
르친다. 그러니 교과서 지도하는 시간('짧은 글 짓기'도 낱말을 익히

기 위한 지도다)과 살아 있는 자기의 이야기를 쓰는 글쓰기 시간
은 분리하는 것이 좋겠다고 생각한다. 그래야만 글쓰기 시간
에 교과서의 글을 그대로 흉내 내는 잘못을 조금은 막을 수 있
으리라 생각한다.